LESLIE WOLFE
Dein ist der Schmerz

# Über die Autorin

Leslie Wolfe ist eine erfolgreiche amerikanische Krimi- und Thrillerautorin. In ihren Krimireihen erschafft sie unvergessliche, starke und brillante Ermittlerinnen und begeistert ihre Leser mit rasanten Spannungsplots und einem umfangreichen psychologischen Hintergrundwissen.

Leslie Wolfe

# DEIN IST DER SCHMERZ

Thriller

Aus dem Amerikanischen von Kerstin Fricke

lübbe

Dieser Titel ist auch als E-Book erschienen

MIX
Papier aus verantwortungsvollen Quellen
FSC® C014496

Vollständige Taschenbuchausgabe
der bei Bastei Lübbe erschienenen E-Book-Ausgabe


Titel der amerikanischen Originalausgabe: »Dawn Girl«
Originalverlag: Italics Publishing Inc., Gulf Breeze, Forida, USA


Titelillustration: © shutterstock/Eky Studio; © shutterstock/Reinhold Leitner; © Attitude/shutterstock; © Protasov AN/shutterstock
Umschlaggestaltung: Massimo Peter-Bille
Satz: 3w+p GmbH, Rimpar (www.3wplusp.de)
Gesetzt aus der Palatino
Druck und Verarbeitung: GGP Media GmbH, Pößneck
Printed in Germany
ISBN 978-3-404-18319-7

5 4 3 2 1
Sie finden uns im Internet www.luebbe.de
Bitte beachten Sie auch: www.lesejury.de

# 1. Bist du bereit?

Mühsam versuchte sie, die Augen zu öffnen. Aber ihre Augenlider spielten nicht mit. Sie schluckte schwer und kämpfte gegen die Übelkeit an. Ihre Kehle war rau und trocken. Verwirrt und benommen rang sie darum, einen klaren Kopf zu bekommen. Wo war sie? Sie fühlte sich wie betäubt, so als würde sie aus tiefem Schlaf oder einem Koma erwachen. Als sie versuchte, die Arme zu bewegen, stellte sie fest, dass es nicht ging. Irgendetwas hinderte sie daran. Aber es tat nicht weh. Möglicherweise konnte sie den Schmerz aber auch einfach nicht mehr spüren.

Ihre Augen gewöhnten sich langsam an die Dunkelheit. Am Ende des Raums konnte sie den Umriss eines Manns erkennen. Seine Silhouette bewirkte, dass ihr Gehirn von einer Flut an Erinnerungen überschwemmt wurde. Sie keuchte auf und spürte, wie sich ihre Kehle zusammenschnürte und ihr eine Träne über die geschwollenen Wangen lief.

Je wacher sie wurde, desto mehr Adrenalin strömte durch ihre Adern, und sie versuchte verzweifelt, sich von den Fesseln zu befreien. Aber das war unmöglich. Mit jeder nutzlosen Bemühung keuchte sie heftiger und rang nach Luft. Die Angst raubte ihr den Atem und mit jeder Sekunde, in der sie hilflos an ihren Fesseln rüttelte, würde sie schwächer. Erneut drohte die Dunkelheit über sie hereinzubrechen, aber sie versuchte dagegen anzukämpfen. Ihr Körper durfte sie jetzt nicht im Stich lassen.

Die Geräusche, die sie dabei machte, erregten die Aufmerksamkeit des Mannes.

»Wie ich sehe, bist du wach. Hervorragend«, sagte er, ohne sich umzudrehen.

Sie beobachtete, wie er eine Spritze auf ein kleines Metalltablett legte. Dem Klappern folgte ein weiteres Geräusch, der vielsagende Klang eines Glasfläschchens, das geöffnet wurde, gefolgt von einem Ploppen. Der Mann nahm die Spritze, zog die Flüssigkeit aus dem Fläschchen auf und ließ dann die Luft entweichen, indem er den Kolben herunterdrückte, bis einige Tropfen aus der Nadel drangen.

Ihr wurde schwindlig, und sie schloss kurz die Augen.

»Verdammt«, murmelte der Mann, zog eine Schublade auf und kramte hektisch darin herum.

Er ging zu ihr und sie spürte, wie die Nadel tief in ihren Oberschenkel eindrang. Aber es war, als würde das einer anderen Person passieren. Obwohl sie es fühlen konnte, schien alles sehr weit weg zu sein. Es brannte, als er die Flüssigkeit in den Muskel injizierte, aber das verschwand, sobald er die Nadel herauszog. Sie schloss die schweren Augenlider und zerrte erneut an ihren Fesseln.

Der Mann hielt ihr ein Behältnis mit Riechsalz unter die Nase, wodurch sie schlagartig in die Wirklichkeit zurückgeholt wurde. Sofort war sie hellwach, wachsam und wütend. Eine Sekunde lang versuchte sie mit ganzer Kraft, sich zu befreien, nur um zu erstarren, als sie den Blick auf den Mann vor sich richtete.

Er hielt ihr ein Skalpell dicht vors Gesicht. An und für sich war dieses kleine, glänzende silbrige Objekt durchaus dazu in der Lage, heilende Dinge zu bewirken. Aber es konnte auch schrecklichen Schmerz hervorrufen. Entscheidend war die Hand, die es führte. Und sie wusste, dass sie keine Heilung, sondern nur Schmerz zu erwarten hatte.

»Nein. Bitte nicht …«, flehte sie. Heiße Tränen liefen ihr aus den verquollenen Augen und rannen über ihre Wangen. »Bitte nicht. Ich … Ich tue alles, was du willst.«

»Ich bin bereit«, sagte der Mann. Er wirkte ruhig und gefasst. »Bist du bereit?«

»Nein, nein, bitte nicht …«, wimmerte sie.

»Ja«, murmelte er leise, fast schon flüsternd und ganz dicht vor ihrem Gesicht. »Bitte sag weiter Nein. So mag ich das.«

Sie verstummte vor Angst. Diesmal war es anders. *Er* war anders.

# 2. Dämmerung

»Und wenn wir erwischt werden?«, flüsterte das Mädchen, das hinter dem Jungen herlief.

Sie rannten die schmale Wohnstraße entlang, die ins Dunkel getaucht war, und hielten sich in der Straßenmitte. Es gab keine Bürgersteige. Auf beiden Straßenseiten erhoben sich schicke Häuser, die höchstwahrscheinlich Außenlampen mit Bewegungssensor hatten, der nicht ausgelöst werden sollte.

Sie zerrte an seiner Hand, aber er blieb nicht stehen. »Dir ist das wahrscheinlich egal, Carl, aber mir nicht. Wenn wir erwischt werden, kriege ich ewig lange Hausarrest!«

Der Junge marschierte weiter und umklammerte fest ihre Hand.

»Carl!« Ihre Stimme wurde schriller.

Endlich blieb er stehen und sah sie an. Als er ihr ängstliches Gesicht sah, runzelte er kurz die Stirn, lächelte dann und strich ihr eine lockere Haarsträhne aus dem Gesicht, die unter der Kapuze ihres Sweatshirts hervorlugte.

»Hier ist niemand, Kris. Keiner wird uns sehen. Schau dich doch mal um. Nirgendwo brennt Licht. Die schlafen alle tief und fest. Es ist fünf Uhr morgens.«

»Ich weiß.« Sie seufzte. »Aber …«

Er gab ihr einen sanften Kuss auf den Schmollmund, leicht zögernd und etwas unbeholfen.

»Uns wird nichts passieren, das verspreche ich dir«,

sagte er und nahm wieder ihre Hand. »Komm, wir sind fast da. Es wird dir gefallen.«

Nach einigen Schritten endete die schmale Straße auf dem gepflasterten Parkplatz eines Grundstücks, auf dem demnächst gebaut werden sollte, vermutlich ein Einkaufszentrum. Danach mussten sie den Highway überqueren. Sie hockten sich an den Straßenrand und warteten, bis weit und breit kein Auto zu sehen war. Sie durften nicht riskieren, dass man sie entdeckte. Im richtigen Moment rannten sie Hand in Hand über die Straße in Richtung Strand. Nun mussten sie nur noch den Ocean Drive überqueren und sich durch einige Meter voller Büsche und Bäume den Weg zum Sandstrand bahnen.

»Mann, Carl«, protestierte Kris und blieb am Waldrand wie angewurzelt stehen. »Wer weiß, was da für Tiere leben. Da könnte es Schlangen geben. Oder Eidechsen. Igitt ...«

»Ach, Quatsch«, erwiderte Carl. »Vertrau mir.«

Sie hielt den Atem an, zog den Kopf ein und klammerte sich noch fester an Carls Hand. Er schaltete die Taschenlampe seines Handys ein und ging ohne zu zögern voraus. Einige Sekunden später hatten sie den Strand erreicht, und Kris stieß die Luft aus, die sie unwillkürlich angehalten hatte.

Das Licht des abnehmenden Mondes spiegelte sich auf den sanften Wellen, ließ überall Lichtspiegelungen aufflackern und tauchte den Strand in silbrige Schatten. Außer ihnen war keine Menschenseele zu sehen. Die einzigen Kreaturen, die ihnen Gesellschaft leisteten, waren die blassen Krebse, die in Angriffsposition gingen, als Kris und Carl kichernd um sie herumstampften.

»Siehst du? Ich hab's dir doch gesagt«, meinte Carl. »Hier wird uns niemand sehen. Wir können tun, was immer wir wollen«, fügte er verschmitzt hinzu.

Kris sah sich um. Sie standen direkt vor dem Turm der Strandwache. Tagsüber konnte man die strahlend gelb-orange Farbe auf dem von Touristen übervölkerten Sandstreifen stets deutlich erkennen, aber nachts wirkte die Struktur düster und beinahe wie eine bedrohliche Kreatur auf langen, insektenartigen Beinen.

»Das sieht aus wie eins der Aliens aus *Krieg der Welten*«, stellte Kris fest. Prompt rannte sie los und wedelte mit den Armen in der Luft herum, als würde sie fliegen.

Carl jagte ihr lachend und kreischend hinterher. Sie umkreisten den Turm und liefen zwischen den soliden Holzpfosten herum.

»Bäh«, rief Carl aus, ließ von der Verfolgung ab und entfernte sich ein Stück. »Hier stinkt's nach Pisse. Lass uns woanders hingehen.«

»Igitt«, erwiderte Kris und folgte ihm. »Warum machen Männer so was?«

»Was? Pinkeln?«

»Jeder Mensch pinkelt, du Genie«, spottete Kris noch immer keuchend.

»An Stellen pinkeln, wo es stinkt und andere stört, meine ich. Frauen pinkeln in Büsche. Männer könnten doch wenigstens ins Wasser pinkeln, wenn es ihnen in den Büschen nicht gefällt.«

»Was? Das ist ja eklig.«

»Was glaubst du, wohin Fische pinkeln? Jedenfalls würden die Wellen die Pisse dann wegtragen und es würde nicht stinken und uns den Sonnenaufgang verderben.«

»Fische pinkeln?« Carl starrte sie ungläubig an.

»Wieso denn nicht?«

Sie gingen händchenhaltend weiter, um etwas Abstand zwischen sich und den Turm zu bringen. Auf einmal ließ sich Carl zu Boden fallen und zog Kris mit sich. Sie kreischte wieder auf und musste lachen.

»Setzen wir uns doch hierhin«, schlug er vor. »Die Show geht gleich los. Ich bin gespannt, wie es wird.«

Der Himmel wurde im Osten nach und nach heller. Händchenhaltend sahen sie zu, wie das Blau und Grau zunehmend in Dunkelrot- und Orangetöne überging. Der Horizont glich einer scharfen Kante, die das Meer vom Himmel trennte.

»Das wird super«, meinte Carl. »Keine Wolken und kein Dunst.« Er gab ihr einen schnellen Kuss, wandte sich dann aber wieder der Lichtshow am Himmel zu.

»Du bist ein seltsamer Junge, Carl.«

»Ach ja? Warum?«

»Andere Jungs hätten mich gebeten, mich nachts rauszuschleichen, damit wir knutschen können. Du willst dir den Sonnenaufgang ansehen, mehr nicht. Muss ich mir Sorgen machen?«

Carl grinste Kris breit an und kitzelte sie dann, bis sie nach Luft schnappend und gleichzeitig unkontrolliert lachend um Gnade bettelte.

»Hör auf damit! Lass das! Ich krieg keine Luft mehr!«

»Vielleicht will ich ja doch ein bisschen mit dir knutschen«, sagte Carl amüsiert.

»Nein, es wird schon hell. Jemand könnte uns sehen.« Kris rückte ein Stück von ihm ab und machte ein skeptisches Gesicht. »Oder hier vorbeikommen.«

Achselzuckend wandte sich Carl erneut dem Sonnenaufgang zu. Er nahm ihre Hand, hielt sie sanft fest und streichelte ihre Finger.

Inzwischen leuchtete bereits der halbe Himmel, während der Mond noch immer am Himmel stand, dessen Licht sich jedoch kaum noch auf dem ruhigen Meer spiegelte.

Carl sah auf die Uhr an seinem Handy.

»Noch ein paar Minuten, dann kommt die Sonne raus«, erklärte er und klang so ernst, als würde er ein seltenes und bedeutendes Ereignis ankündigen. Er fotografierte mehrmals den Himmel, drehte sich abrupt um und schoss auch ein Foto von Kris.

»He … nicht«, protestierte sie. »Gib mir sofort dein Handy, Carl.« Sie nahm ihm das Handy aus der Hand und sah sich das Foto an, das er geschossen hatte. Darauf war ein junges Mädchen mit zerzaustem goldbraunem Haar, das das angespannte Gesicht verzog und die Stirn runzelte. Auf dem Schnappschuss knabberte Kris gerade gedankenverloren am Nagel ihres Zeigefingers und etwas Speichel tropfte ihr auf den Ärmel.

»Ein furchtbares Bild«, erklärte sie und lösche es.

»Nein!«, rief Carl und nahm ihr das Handy weg. »Mir gefällt es!«

»Daran kann einem doch nichts gefallen. So«, meinte sie, entspannte sich ein wenig und fuhr sich mit den langen, dünnen Fingern durchs Haar. »Ich werde für dich posieren.« Sie strahlte ihn an.

Carl machte einige Fotos. Sie sah vor dem feurigen Himmel, dem rosafarbenen Sand und dem türkisenen Wasser wunderschön aus. Er schoss ein Bild nach dem anderen, während sie richtig in Fahrt kam, Grimassen schnitt und lachend vor ihm herumtanzte und -wirbelte.

Der erste lodernde Sonnenstrahl schoss aus dem Meer und erhellte den Strand, als Kris plötzlich innehielt und mit einer zitternden Hand auf den Turm der Strandwache zeigte.

Carl drehte sich um und sah, was Kris so erschreckt hatte. Unter den Holzpfosten, die die erhöhte Struktur stützten, befand sich eine junge Frau. Sie war nackt und schien zu knien, als würde sie die aufgehende Sonne anbeten. Ihre Hände waren vor ihr zu der universellen, unverkennbaren Gebetspose verschränkt.

Carl und Kris hielten den Atem an und gingen langsam näher. Die Frau bewegte sich nicht. Sie war tot. Im zunehmenden Tageslicht wurden immer mehr Details sichtbar. Ihr Rücken war mit Prellungen und kleinen Schnitten übersät und mit Flecken aus getrocknetem Blut bedeckt. Ihre blauen Augen standen weit offen und starrten glasig ins Leere. Einige Sandkörner hingen an ihren langen dunklen Wimpern. Auch ihr wunderschönes, regloses Gesicht war von funkelndem Sand überzogen. Ihre Lippen standen leicht offen, als wollte sie ein letztes Mal ausatmen. Ihr langes blondes Haar wehte im Wind und verdeckte fast vollkommen die tiefe Schnittwunde an ihrem Hals.

Aus der Verletzung quoll kein Blut; ihr Herz hatte schon vor einiger Zeit aufgehört zu schlagen. Dennoch blieb sie weiterhin in dieser betenden Position und im Sand, während sie den toten Blick auf den wunderschönen Sonnenaufgang richtete, der die beiden Teenager hierhergeführt hatte.

# 3. Der Tatort

Detective Gary Michowsky vom Palm Beach Police Department fluchte leise, während er die Tür seines Dienstwagens, einem Ford Crown Victora, aufdrückte. Er biss die Zähne zusammen und spannte die schwachen Muskeln an, als er die Füße auf den Boden stellte und versuchte, aus dem Wagen auszusteigen. Wäre er für würdig erachtet worden, einen der neuen Ford-SUVs zu bekommen, die Polizisten im ganzen Staat erhalten hatten, hätte er vermutlich weniger Probleme beim Aussteigen gehabt. Aber nein, er hatte natürlich nicht zu den Glücklichen gezählt, jedenfalls noch nicht.

Er wartete, dass sein Partner Todd Fradella zuerst ausstieg, schließlich sollte sein schmerzender Ischias nicht das Gerede im Einsatzraum bestimmen. Auf dämliche Witze von oberschlauen Detectives und neunmalklugen Streifenpolizisten, die sich auf sein Alter, seine Fähigkeit, den Job auszuüben, und die dicke Fünfzig bezogen, konnte er nämlich gut verzichten. So alt war er noch gar nicht; gerade mal neunundvierzig. Erst in einigen Monaten drohte die dicke Fünfzig. Abgesehen davon gab es selbstverständlich keinen Grund für diese Ischias-Attacke, schließlich stemmte er die Hanteln noch immer wie mit zwanzig. Dass er jeden Tag mit seinem jungen Partner Fradella verbrachte, der mit seinem schulterlangen Haar wie ein Künstler aussah und offenbar ständig irgendwelche heißen Bräute abschleppte, war da wenig hilfreich. Er hatte das Gefühl, mithalten und sich an dem Überrest der Jugend, der noch durch seine Adern rann, festklammern zu müssen.

Ein paar Tage lang würde er jetzt leiden und mit schrecklichen Schmerzen arbeiten, obwohl er alle paar Stunden Schmerztabletten einwarf. Aber er konnte sich nicht freinehmen, nicht jetzt, wo sie einen neuen Fall hatten. Der Captain hätte allein die Bitte darum nicht besonders witzig gefunden.

Fradella sprang mit beneidenswerter jugendlicher Beweglichkeit aus dem Wagen und knallte die Tür hinter sich zu. Die Schockwelle jagte einen kurzen, stechenden Schmerz durch Michowskys Rücken und rief ihm in Erinnerung, dass er die Sache ruhig angehen sollte. Er stieß ein Knurren aus, packte mit der linken Hand den Türrahmen und zog sich halb aus dem Wagen. Einige schreckliche Sekunden später war er auf dem Weg zum abgesperrten Bereich und bewegte sich mit beinahe geradem Rücken, jedoch etwas langsamer als üblich.

Der Turm der Strandwache war bereits von gelben Polizeiband eingezäunt, das an im Sand steckenden Stäben befestigt war. Die Beamten, die als Erstes am Tatort gewesen waren, hatten sich beeilt und diesen rasch gesichert. Michowsky blieb zögernd am Absperrband stehen. Sich darunter durchzubewegen, wie er es normalerweise tat, stand außer Frage. Er beschloss, außen herumzugehen, da er bemerkt hatte, dass das Band nicht bis hinunter zum Wasser reichte, und tat das so schnell, wie er nur konnte. Als der Van des Rechtsmediziners vorfuhr und halb mit den Reifen im weichen Sand stecken blieb, hatte er die andere Seite gerade erreicht.

Michowsky näherte sich dem Turm und konnte das Opfer nun deutlich erkennen. Es lief ihm kalt den Rücken herunter. Die Tote war in einer seltsamen und erschreckenden Pose dort platziert worden. Sie sah beinahe lebendig aus. Nackt und leicht vorgebeugt kniete sie auf dem Sand, hielt den Rücken jedoch gerade und den Kopf aufrecht. Selbst im Tod war sie wunderschön. Er schüttelte verbittert den Kopf. Manchmal machte ihn sein Job krank und bewirkte, dass ihn das Leben und die menschlichen Monster anekelten.

»Was haben wir?«, erkundigte er sich, ohne näher an die Leiche heranzutreten.

Ein uniformierter Beamter trat mit Notizbuch in der Hand näher.

»Der Anruf kam um 6.48 Uhr. Die beide Kids da drüben haben sie gefunden.« Er deutete auf einen Jungen und ein Mädchen, die neben dem abgesperrten Bereich im Sand saßen, und das so eng beieinander, dass sich ihre Schultern berührten. Das Mädchen weinte lautlos. »Carl Colluga, sechzehn, und Kristen Bowers, ebenfalls sechzehn. Sehen Sie die Stelle da vorn, die mit Beweismarker sieben markiert ist? Das Mädchen hat sich dort übergeben. Mehrmals. Sie war ganz schön durcheinander.«

»Verstehe. Wurden die Eltern schon informiert?«

»Ja«, bestätigte der Streifenpolizist. »Sie sind auf dem Weg.«

»Was haben die Kids gesagt?«, wollte Fradella wissen.

»Sie sagten, sie wären hergekommen, um sich den Sonnenaufgang anzusehen, und hätten die Leiche da gefunden. Mehr nicht.«

»Den Sonnenaufgang, ja?« Michowsky schnaubte.

»Ja …« Der Officer lachte auf. »Die beiden hatten ein ziemlich aufregendes Date.«

»Gibt es irgendwelche interessanten Hintergrundinformationen über die beiden?« Michowsky lehnte sich an einen der Holzpfeiler des Turms.

»Gut situierte Familien, keine Vorstrafen, alles sauber. Sie haben sich rausgeschlichen und werden vermutlich Ärger kriegen, sobald ihre Eltern hier eintreffen.«

»Das kann ich mir vorstellen. Was ist mit ihr?«, fragte Michowsky und deutete auf die Leiche. »Kennen wir ihre Identität?«

»Bisher nicht.«

Langsam näherte er sich der Leiche, betrachtete sie genau und nahm alle Details in sich auf.

»Die Fußabdrücke brauchen wir wohl nicht zu sichern«, murmelte Michowsky und betrachtete den von Abdrücken übersäten Sand. Innerhalb weniger Sekunden hatte die Meeresbrise Sand hin und her geweht und alles verändert. Die Natur war die perfekte forensische Gegenmaßnahme und zerfraß und veränderte alle Beweise. »Das wäre sinnlos. Der Mistkerl ist clever … Hier werden wir keine Beweise finden. Die Leiche wurde hier ohnehin nur abgelegt. Nirgendwo ist Blut. Aber wir werden sicherheitshalber auch unter der Leiche graben und etwas von dem Sand mitnehmen.«

Dann murmelte er: »ah …«, und deutete auf die Hände der Toten.

»Ja«, stimmte Fradella ihm zu. »Ich habe es auch nicht auf den ersten Blick gesehen.«

Die Hände der toten Frau waren mit einer dünnen, durchsichtigen Angelschnur gefesselt, die so gut wie unsichtbar war und ihre Handflächen in dieser Gebetshaltung hielt. Von dieser Schnur führte eine weitere nach oben und war an dem Holzpfahl befestigt, wodurch sichergestellt worden war, dass sie in dieser Position blieb. Der Mörder hatte das genau inszeniert.

Michowsky zog sich einen Handschuh über und berührte die Angelschnur. Sie war stramm gespannt und gab nicht nach. Er drückte etwas fester dagegen, aber die

Hände bewegten sich noch immer nicht. Etwas anderes schien sie daran zu hindern.

»Da muss noch etwas anderes sein«, sagte Michowsky und kniff die Augen zusammen, um zu erkennen, ob die Leiche noch an anderen Stellen gefesselt war. »Überprüfen Sie den Kopf. Das ist keine natürliche Position.«

»Ich fasse die Leiche nicht an, solange Doc Rizza nicht hier ist«, erwiderte Fradella.

»Kluge Entscheidung«, sagte Doc Rizza, der soeben hinter dem gelben Absperrband auftauchte. Er trat näher, dicht gefolgt von seinen beiden Assistenten, die die übliche Ausrüstung mit sich führten. »Wir stellen alles hier auf«, fügte er hinzu und deutete auf eine Stelle in der Nähe des Turms.

Sein erster Assistent, ein junger Mann namens AJ, stellte die Trage ab, holte einen Leichensack hervor und zog den Reißverschluss auf. Danach öffnete er einen Koffer und reichte Doc Rizza ein Thermometer.

Der Rechtsmediziner nahm es entgegen, ohne den Blick von der jungen Frau abzuwenden. Mit der behandschuhten Hand untersuchte er sanft ihre Fingerspitzen und bat den Kriminaltechniker Javier Perez mit einer Geste, näher zu treten und ihre Fingerabdrücke zu scannen. Danach zog er einige Strähnen ihres langen blonden Haars zur Seite und enthüllte eine tiefe Schnittwunde auf der linken Halsseite.

Michowsky sah Doc Rizza gern bei der Arbeit zu. Der Mann war noch von der alten Schule, respektvoll und gründlich; er ließ sich Zeit und beschäftigte sich nicht ständig zwanghaft mit Statistiken, Zahlen und Berichten, sondern war vertrauenswürdig und sorgsam.

»Ich kann Ihnen eine vorläufige Todesursache nennen«, erklärte Doc Rizza.

»Schießen Sie los.« Michowsky hatte Stift und Notizblock gezückt.

»Ich tippe auf Ausbluten aufgrund einer Gewalteinwirkung am Hals mit einem spitzen Objekt. Vorerst jedenfalls. Sie kennen die Regel: Zitieren Sie mich erst, wenn ich meinen Bericht fertiggestellt habe.«

»Was ist mit der Mordwaffe? Irgendwelche Hinweise?«

»Dazu muss ich erst Abdrücke nehmen … Vermutlich ein Skalpell. Keine Anzeichen dafür, dass der Täter gezögert hat. Das hat er schon öfter getan.«

Doc Rizza fuhr sich mit der behandschuhten Hand durch sein dünner werdendes Haar und wischte sich den Schweiß von der glänzenden Kopfhaut. Dann hielt er inne und starrte seine Hand kurz an. »Schlau … wirklich sehr schlau …«, murmelte er. Er zog sich den kontaminierten Handschuh aus, warf ihn in den Müllbeutel und streifte sich einen neuen sterilen über.

»Sie ist nicht im System«, sagte Javier, legte den Fingerabdruckscanner weg und griff nach der hochauflösenden Kamera. »Ich fange mit den Fotos an.«

»Noch nicht«, hielt Doc Rizza ihn auf. »Geben Sie uns noch eine Minute.« Er suchte nach weiteren Angelschnüren und fand noch mehrere. Sie waren im Zwielicht unter dem Turm nur schwer zu entdecken.

Ihr Kopf wurde durch eine Schnur, die unter ihrem Kinn entlangführte, und eine weitere, die man ihr um die Stirn gewickelt und im Haar verborgen hatte, in der Position gehalten. Ihre Schultern waren ebenfalls umwickelt, und die Schnüre hatte man unter gut platzierten Haarsträhnen verborgen.

»Ich hätte mit mehr Ligaturpunkten gerechnet«, setzte Doc Rizza hinzu und ging beiseite, damit Javier fotografieren konnte. »Was brauchen Sie noch? Ach ja, die

Todeszeit.« Er warf einen Blick auf das Thermometer und runzelte die Stirn. »Der Tod ist vermutlich vor zwölf bis sechzehn Stunden eingetreten, es könnte aber auch schon länger her sein.«

»Dann wurde sie Stunden nach ihrem Tod hierher gebracht«, stellte Michowsky fest. »An diesem Strand ist an jedem Abend bis neun oder zehn noch gut was los.«

»Ja. Leider vergrößert das die mögliche Distanz zum eigentlichen Tatort«, bestätigte Doc Rizza. »Sie könnte mehrere Kilometer von hier entfernt getötet worden sein.« Er wandte sich an Javier. »Sind Sie fertig? Dann helfen Sie mir, sie loszuschneiden.«

AJ trat auf die andere Seite und stützte die Leiche, und Javier reichte dem Rechtsmediziner die Werkzeuge, die dieser mit ruhiger, professioneller Stimme anforderte. Er schnitt die Angelschnüre nacheinander durch, aber die Leiche behielt die Position weitestgehend bei.

»Sind Sie sicher, dass Sie alle erwischt haben?«, erkundigte sich Michowsky.

»Ja«, antwortete Doc Rizza. »Das ist die Totenstarre.«

Michowsky wandte sich ab und überließ Doc Rizza und seine Leute ihrer Arbeit. Er ging um das Absperrband herum zu den beiden Teenagern, die in einigen Metern Entfernung auf dem Strand hockten, und winkte Fradella zu sich.

Als sie näher kamen, blickten die beiden jungen Leute auf und sahen sie wortlos an.

»Ich bin Detective Michowsky, das ist Detective Fradella. Man hat mir gesagt, Sie hätten die Leiche gefunden?«

»J… ja«, bestätigte der Junge. »Ich bin Carl, und das ist Kris.«

»Und das ist alles? Ihr habt die Leiche einfach entdeckt?«, fragte Michowsky. »Ihr habt niemanden gesehen und nichts gehört?«

»Nein, das schwöre ich«, antwortete der Junge fast schon zu schnell, was Michowskys Neugier weckte. Hatte er etwas zu verbergen? Vermutlich war das nichts weiter als nachvollziehbare Nervosität.

»Was habt ihr hier überhaupt gemacht?«

»Wir haben uns den Sonnenaufgang angesehen. Nichts weiter«, erwiderte der Junge. »Wer ist sie?«

»Das wissen wir noch nicht. Bitte ruft mich an, falls euch noch etwas einfällt.« Michowsky zückte zwei Visitenkarten, und Kris nahm sofort eine.

»Dürfen wir jetzt nach Hause? Bitte?«, flehte sie leise. »Wir … wir haben niemandem gesagt, dass wir das Haus verlassen. Meine Eltern werden …«

»Keine Sorge, sie sind auf dem Weg hierher. Wir haben sie bereits angerufen.«

Kris fing an zu weinen. »Warum? Wir haben doch nichts getan!«

»Bleibt schön hier sitzen, habt Ihr verstanden?«, schaltete sich Fradella ein.

Sie gingen langsam zu Doc Rizzas Van, wobei sie ein Tempo anschlugen, das für Michowsky noch angenehm war.

»Ich brauche dringend einen Kaffee«, sagte Michowsky und rieb sich energisch das Kinn. »Irgendwie muss ich mein Hirn auf Touren bringen.«

»Was halten Sie von der Sache?«

»Von den Kids? Ich vermute, sie haben größere Angst vor ihren Eltern als vor dem, was sie hier entdeckt haben.«

»Nein, ich meinte den Fall. So etwas habe ich noch nie gesehen. Glauben Sie, das war ein religiöser Freak?«

»Das ist schwer zu sagen. Für mich sieht es fast wie

ein Ritualmord aus. Die Positionierung, wie gründlich er dafür gesorgt hat, dass sie in dieser Haltung bleibt, bis sie gefunden wird. Der kranke Mistkerl wollte, dass man sie so findet. Er wollte eine Show daraus machen.«

»Wo wir gerade von einer Show sprechen«, meinte Fradella und deutete auf die Vans zweier Medienanstalten, die am Strand hielten. »Wer zum Teufel hat die informiert?«

Aus einigen Metern Entfernung beobachteten Michowsky und Fradella, wie Doc Rizza mehreren Reportern drohte und erst nachgab, als diese die Wagen wenigstens fünfzehn Meter zurückgesetzt hatten. Danach wies Rizza mehrere Streifenpolizisten an, ein zweites Absperrband zu ziehen, um die Schaulustigen fernzuhalten und ihnen den Zugang zu den beiden Teenagern zu versperren.

»Wir müssen schnellstmöglich herausfinden, wer die tote Frau ist«, sagte Michowsky.

Fradella nickte und notierte sich etwas. »Gehen wir die Vermisstenkartei durch?«

»Für den Anfang«, bestätigte Michowsky. »Vielleicht war sie lange genug verschwunden, dass sie im System auftaucht. Irgendjemand muss sie vermisst haben.«

»Hm-m«, murmelte Fradella. »Halten Sie das für das Werk eines Serienmörders? Ich meine, wenn man alles betrachtet ... das Ritual, die Haltung, den Mumm, den der Kerl bewiesen hat, indem er sie von Gott weiß woher an den Strand gebracht hat.«

Wie die meisten jungen Menschen zog auch Fradella gern vorschnell extreme Schlüsse. Diesmal konnte Michowsky allerdings kein anderes Gegenargument als das Fehlen weiterer Leichen anbringen. Mit nur einem Opfer hatte man noch keinen Serienmörder.

»Wir brauchen drei Tote, damit wir es als Serienmord

bezeichnen können. Vorerst wissen wir nur, dass wir Hilfe brauchen. Das hier«, er deutete in Richtung Turm, »ist viel mehr als das, womit wir es normalerweise zu tun haben. Ich bezweifle, dass wir in der Lage sind, hier die richtigen Schlussfolgerungen zu ziehen.«

»Ich würde es wenigstens versuchen. Das wäre eine gute Auszeichnung für unser Team.«

Ja, sein neuer Partner hatte Ambitionen. Fradella war klug, motiviert und hatte das Herz am rechten Fleck. Doch manchmal wünschte sich Michowsky einen erfahreneren Partner, jemanden, der den jugendlichen Enthusiasmus bereits hinter sich gelassen hatte und der wusste, welche Kämpfe einen hohen Einsatz wert waren.

»Wollen Sie es wirklich riskieren, dass wir morgen noch eine tote Frau wie diese hier finden? Oder nächste Woche? Weil uns ein Hinweis entgangen ist? Seien Sie vernünftig, Partner. Wir brauchen Hilfe. Deswegen muss man sich nicht schämen.«

»Ich dachte, wir könnten ...« Fradella runzelte die Stirn und wollte schon weiter argumentieren, wurde jedoch von einem der Reporter unterbrochen.

»Bitte entschuldigen Sie, Detectives«, rief der Mann und beugte sich so weit über das Absperrband, wie er nur konnte, ohne das Gleichgewicht zu verlieren.

Gereizt marschierte Michowsky mit großen Schritten auf den Mann zu und ignorierte den Schmerz in seinem Rücken. Er baute sich direkt vor dem Journalisten auf.

»Sie haben hier nichts zu suchen«, erklärte er ruhig und deutete auf das gelbe Band. »Treten Sie zurück.«

Der Reporter machte sofort einen Schritt nach hinten, streckte Michowsky aber weiterhin das Mikrofon entgegen.

»Kennen Sie die Identität der Morgenrotleiche bereits, Detective? War es ein Serienmörder?«

Michowsky holte tief Luft und versuchte ruhig zu bleiben.

»Wie heißen Sie?«

»Brandt Rusch, von Channel Seven.«

»Mr Rusch, ich rate Ihnen, den Begriff Morgenrotleiche sofort wieder zu vergessen. Sollte ich ihn jemals irgendwo gedruckt sehen oder hören …«

»Dann was?« Rusch wich zurück. »Hier herrscht Pressefreiheit, falls Sie das noch nicht wussten.«

»Passen Sie mal auf. Sie ist mehr als ein Label, das Sie einem Artikel aufdrücken, um Ihren verbalen Dünnpfiff zu verkaufen. Das hat sie nicht verdient. Sie ist eine Person mit einem Namen, einer Familie, Menschen, die sie lieben. Tun Sie das nicht. Bitte.«

»Was sollte mich davon abhalten?«

»Ich kann Sie nur freundlich darum bitten.«

»Dann geben Sie mir ihren Namen«, beharrte Rusch, dessen schiefes Grinsen Michowsky beinahe um den Verstand brachte.

»Wir kennen ihren Namen noch nicht. Sobald wir ihre Identität bestätigt haben, informieren wir ihre Angehörigen, und danach melden wir uns.«

»Sie wollen sich bei mir melden?« Rusch lachte höhnisch. »Halten Sie mich für völlig bescheuert?«

»Geben Sie mir Ihre Karte, und ich rufe Sie an. Versprochen. Und lassen Sie das Gerede von einem Serienmörder. Dafür gibt es nicht den geringsten Beweis.«

Rusch schützte die Lippen, schüttelte den Kopf und drückte Michowsky seine Karte in die Hand.

»Sie sind mir was schuldig«, erklärte er und wandte sich zum Gehen, wobei er sich den Weg durch die wachsende Menge bahnen musste.

Eine Sekunde später nahm ein anderer Reporter seinen Platz ein und streckte den Detectives ebenfalls sein Mikrofon entgegen.

»Detective, ich habe eben gehört, dass die Morgenrotleiche das Opfer eines Serienmörders ist. Können Sie das bestätigen?«

Das würde ein sehr langer Tag werden.

# 4. Der Auftrag

Special Agent Tess Winnett füllte ihre Kaffeetasse an der Maschine im Flur auf und behielt die Fahrstuhltür im Auge. Sie war früh genug ins Büro gekommen, um ihren Fallbericht auf den Schreibtisch ihres Chefs Alan Pearson zu legen, bevor dieser zu seiner üblichen Zeit eintraf. Er würde sie auf jeden Fall in sein Büro rufen, sobald er den Bericht gelesen hatte, und sie wollte die Sache schnellstmöglich hinter sich bringen.

Sie hörte ein Ping. Die Türen des Fahrstuhls öffneten sich und spuckten eine Ladung Agenten, Analytiker und Techniker aus, die sich angeregt unterhielten und zu ihren Arbeitsplätzen strebten. Small Talk ... ein weiterer kleiner Aspekt des Lebens, der ihr entging. Sie war einfach nicht besonders gut darin.

Tess schüttelte die finsteren Gedanken ab und konzentrierte sich auf ihren Kaffee. Nachdem sie die Tasse bis zum Rand gefüllt hatte, wollte sie die Kanne vorsichtig wieder in die Maschine stellen, um ja nichts zu verschütten.

»Ihnen ist schon klar, dass Sie nie einen Kerl ins Bett kriegen, wenn Sie so weitermachen?« Ein Mann ging hinter ihr vorbei und war in die Unterhaltung mit einer Kollegin vertieft.

Tess zuckte zusammen und schüttete den Kaffee über ihre weiße Bluse und die graue Hose. Der kleine Beistelltisch mit den Papiertüchern und der Zuckerdose war voller Kaffeeflecken und auch die Wand war bekleckert. Ein dicker Tropfen lief, in mehrere winzige Rinnsale verteilt, daran herunter. Sogar der Teppich hatte etwas abbekommen.

»Verdammt«, murmelte Tess. *Welcher Idiot stellte die Kaffeemaschine auch auf den dämlichen Flur, wo ständig Verkehr herrschte?*

Sie holte tief Luft und fand einen Teil ihrer Fassung wieder. Natürlich stand die Kaffeemaschine im Flur, weil es für alle am bequemsten war. Daran war überhaupt nichts verkehrt. Die Menschen hier auf dem vierten Stock des FBI-Gebäudes in Miramar, Florida, waren auch nicht gefährlich, sondern völlig in Ordnung. Sie waren schließlich ihre Kollegen. Tess atmete erneut tief ein und fing an, die Sauerei wegzuwischen.

»Dekorieren Sie heute ein bisschen um, Winnett?«, fragte ein Analytiker hämisch. Er grinste und zeigte seine unfassbar weißen und geraden Zähne, die auf gute Herkunft und gute Pflege schließen ließen.

»Ach, lassen Sie mich doch in Ruhe, Donovan«, knurrte sie und tupfte mit einem Papiertuch an der Wand herum.

»Es ist immer ein Vergnügen, sich mit Ihnen zu unterhalten«, erwiderte der Analytiker amüsiert und hielt auf die Fahrstühle zu.

Sie stieß die Luft aus. Niemandem war etwas Außergewöhnliches aufgefallen; sie hatte nur etwas Kaffee verschüttet. So etwas geschah ständig und in allen Büros der Welt. Diese Ereignisse waren auch der Grund dafür, dass Industrieteppiche mit Teflon behandelt wurden, damit die Putzkolonne sie später wieder sauber bekam. Keiner hatte etwas bemerkt. Aber sie durfte nicht vergessen, dass sie es mit Ermittlern zu tun hatte. Irgendwann würde jemand herausfinden, was mit ihr los war.

»Winnett«, die Stimme von SAC Pearson hallte durch den Flur. »In mein Büro, und zwar sofort.«

Frustriert knüllte sie das Papiertuch zusammen und warf es mit solcher Kraft in den Mülleimer, dass dieser beinahe umfiel.

»Bin unterwegs«, rief sie und drehte sich zu SAC Pearson um. Er stand in seiner Bürotür, hielt ihren Bericht in der einen Hand und stützte sich mit der anderen an den Türrahmen. Es entging ihr nicht, dass er angespannt und ungeduldig wirkte. Sie legte einen Schritt zu.

»Schließen Sie die Tür, und setzen Sie sich«, forderte SAC Pearson sie auf. Er klang verärgert.

Sie gehorchte schweigend und wartete darauf, dass die Standpauke begann, wobei sie sich innerlich krümmte und dafür wappnete.

SAC Pearson blätterte ihren Bericht durch und notierte sich einige Dinge.

»Sie haben den Krankenkassenbetrug mit einer Verhaftung abgeschlossen. Na, dann herzlichen Glückwunsch«, sagte er und stieß die Luft aus, als würde es ihm körperliche Schmerzen bereiten, ihren Erfolg anzuerkennen.

Sie nickte und beschloss, nichts zu erwidern.

»Allerdings gab bei diesem Fall ziemlich viele Beschwerden. Vier schriftliche, die formell registriert wurden.«

Sie biss sich auf die Unterlippe und wollte die offensichtliche Frage nicht stellen. SAC Pearson würde ihr die Details schon früh genug um die Ohren hauen.

Er ging seine Notizen durch, und seine Miene verfinstere sich, während er die dichten, buschigen Augenbrauen zusammenzog.

»Ist es korrekt, dass Sie einen prominenten Zeugen um zwei Uhr nachts befragt haben?«

Sie schürzte die Lippen, nickte einmal und wandte den Blick ab.

»Hier steht, Sie hätten an seine Tür gehämmert, bis er aufgemacht hat, und dadurch auch die halbe Nachbarschaft geweckt. Was hatten Sie mit ihm zu besprechen, das nicht bis zum nächsten Morgen warten konnte? Es ging um Betrug, nicht um Entführung, Winnett.«

»Zu dieser Zeit …«, setzte Tess an, musste dann aber kurz innehalten, um sich zu räuspern. »Mehrere Personen hatten bereits begonnen, Beweise zu vernichten. Jede weitere Minute hätte uns die Chance gekostet, den Fall mithilfe umfangreicher Beweismittel aufzuklären.«

»Ja, aber das wussten Sie zu diesem Zeitpunkt noch nicht.« Pearson schob seinen Stuhl zurück. »Sie haben erst am nächsten Tag erfahren, dass Beweise vernichtet wurden, nicht wahr?«

»Auf gewisse Weise wusste ich es bereits, Sir. Es war nur logisch, dass sie das tun würden. Jemand aus der Überwachungsmannschaft hatte mich darüber informiert, dass mehrere Geschäftsführer noch bis spät in die Nacht arbeiten.«

»Dann hat Ihnen also Ihr Bauchgefühl geraten, mitten in der Nacht an diese Tür zu klopfen? Dass mich der Gouverneur am nächsten Morgen anrufen würde, um sich über Sie zu beschweren, ist Ihnen nicht in den Sinn gekommen?«

Sie ließ kurz den Kopf hängen, doch sie besann sich rasch wieder. »So etwas muss man im Einsatz nun mal riskieren, Sir. Und ich hatte recht.«

Ihr letzter Kommentar bewirkte, dass Pearson sie nur noch grimmiger anstarrte. Er mahlte mit dem Kiefer, und unter seiner glatt rasierten Haut sah man die Muskeln zucken.

»Außerdem haben Sie das Team vor Ort nicht eingebunden, Winnett. Sie sollten ein gemeinsames Team mit den dortigen Behörden und Vertretern der Krankenkassen bilden. Aber Sie sind einfach allein losgestürmt, ohne jemanden über Ihre Pläne zu informieren oder auch nur auf dem Laufenden zu halten. So funktioniert Teamarbeit aber nicht, Winnett.«

Diesmal wartete er auf ihre Antwort und hielt Blickkontakt. Sie widerstand dem Drang, wegzusehen, und presste die Worte »Ja, Sir« heraus.

»Wenn Sie im Außeneinsatz einen Fall bearbeiten, repräsentieren Sie diese Institution, und Sie haben sich entsprechend ihrer Standards und Richtlinien zu benehmen. Wir können nicht zulassen, dass Sie das FBI durch Ihr Handeln blamieren. Und dass Sie im Alleingang unsere Beziehungen zu lokalen Exekutiveinheiten und dem Regionalbüro torpedieren. Nur indem wir Teamwork, Engagement und Zusammenarbeit fördern, sind wir in der Lage, effektiv Fälle zu lösen. Das steht in unseren Richtlinien, dem Verhaltenskodex, auf den Sie einen Eid geschworen haben und den Sie respektieren müssen.«

Ihr fiel nichts ein, was sie zu ihrer Verteidigung vorbringen konnte. Die Wahrheit hätte Pearson nur noch mehr aufgebracht. Die lokalen Exekutiveinheiten waren langsam und arbeitsscheu. Sie hatte versucht, ihre Vorgehensweise zu erklären. Aber das war reine Zeitverschwendung. Aber das konnte sie Pearson gegenüber nicht sagen, nicht einmal, um sich zu rechtfertigen.

»Wo wir gerade vom Verhaltenskodex sprechen, Winnett«, fuhr er fort. »Sie haben ihn offenkundig gebrochen, und das ist sogar dokumentiert.«

»Womit denn, Sir?«, sprudelte es vor Überraschung aus Tess heraus.

»Sie sind während der Dienstzeit einem Glücksspiel nachgegangen.«

»Was bin ich?«

»Sie haben gewettet. Mit einem Lieutenant der lokalen Behörden. Eigentlich müssten Sie sich daran erinnern … Hier steht, Sie haben hundert Dollar verloren.«

»Ach, das«, murmelte sie und biss sich auf die Unterlippe.

»Ja, das. Würden Sie mir erklären, worum es dabei ging?«

»Es war erforderlich, dass das lokale Team schneller arbeitet, als es von sich aus wollte. Um das zu erreichen, habe ich an das Ego des Mannes appelliert, was Erfolg zeigte. Als ich mit ihm gewettet habe, wollte ich verlieren, Sir.«

»Soll das etwa heißen, dass Sie diesen Lieutenant manipuliert haben?«

»Ähm … Ja, Sir.«

»Großer Gott, Winnett. Sie scheinen wirklich keine Grenzen zu kennen. Ist Ihnen nie in den Sinn gekommen, dem lokalen Team alles zu erklären, es zu motivieren und mit den Leuten zusammenzuarbeiten?«

»Doch, Sir, aber das mit der Wette ging schneller. Es dauerte nur eine Minute, und uns lief die Zeit davon.«

Pearson hob eine Hand vors Gesicht, als könnte er seine Anspannung und vielleicht auch seine Müdigkeit wegwischen. Möglicherweise war er auch verzweifelt.

»Zu guter Letzt haben Sie allein die Verhaftungen vorgenommen, nicht auf Verstärkung gewartet und sich nicht einmal die Mühe gemacht, Ihrem Team mitzuteilen, dass die Haftbefehle eingetroffen waren. Damit haben Sie das Protokoll auch noch völlig grundlos gebrochen. Sie wussten das und haben es dennoch getan. Warum?«

Sie zögerte, holte dann tief Luft und antwortete zaghaft.

»Um auf Ihr früheres Argument zurückzukommen:

Es ging um Betrug, nicht um Entführung, Sir. Das Risiko war sehr gering.«

»Ich rede hier nicht vom Risiko, sondern von einem lokalen Team, das frustriert ist, weil es das Gefühl hat, nicht die verdiente Anerkennung zu erhalten. Und ich rede davon, dass Sie gegen die Vorschriften verstoßen haben. Und das nicht zum ersten Mal.«

»Bei allem gebührenden Respekt, Sir, aber das Team hat in diesem Fall auch keine Anerkennung verdient. Die Haftbefehle waren ausgestellt und in die Einsatzzentrale gefaxt worden. Aber die Kollegen haben beschlossen, erst einmal frühstücken zu gehen. Donuts und Kaffee waren anscheinend wichtiger. Ich wollte nicht warten, das war alles. Ich wollte den Fall abschließen. Sie wussten, wohin ich unterwegs war, und sie trafen zu spät ein, aber das war ihre Entscheidung, Sir.«

Pearson stand auf, schob den Stuhl energisch zurück und ging in seinem Büro auf und ab. Tess wandte den Blick ab und sah aus dem Fenster, hinter dem der blaue Himmel einen weiteren sonnigen Tag versprach.

Dann blieb Pearson direkt vor ihr stehen. Sie schob instinktiv den Stuhl zurück. So viel Nähe empfand sie als Bedrohung. Sie stand auf, offenbar war die Besprechung beendet.

»Wir sind noch nicht fertig, Winnett. Setzen Sie sich.«

Sie gehorchte, rückte mit dem Stuhl aber noch weiter zurück, um auf möglichst große Distanz zu Pearson zu gehen. Sie hatte Angst, dass die in ihr aufsteigende Panik die Kontrolle über ihr Gehirn übernehmen würde. Sie konzentrierte sich auf ihre Atmung, was die Sache etwas erträglicher machte.

Pearson setzte sich wieder hinter seinen Schreibtisch. Tess entspannte sich und stieß langsam die Luft aus.

»Sie arbeiten seit Monaten ohne einen Partner. Ihre

schroffe, abweisende Art macht die Zusammenarbeit mit Ihnen schwierig. Man beschwert sich über Sie, weil Sie die Menschen ständig vor den Kopf stoßen. Sie mögen ja extrem intelligent sein, aber mit Ihrem Verhalten wird es früher oder später ein Disziplinarverfahren gegen Sie geben. Sie gelten als arrogant und respektlos, und das muss aufhören. Und zwar auf der Stelle.« Pearson trank einen Schluck Wasser. »Wissen Sie, warum Agenten laut Vorschrift in Teams arbeiten, Winnett?«

Sie nickte. Pearson fuhr fort, da er offenbar nicht mit einer Antwort gerechnet hatte.

»Das ist für alle Beteiligten das Beste. Es gibt weniger Beschwerden. Die Agenten machen weniger Dummheiten und geraten seltener in Schwierigkeiten. Partner helfen einander, sind ehrlich zueinander, halten einander ...«

»Den Rücken frei, Sir?«, unterbrach sie ihn. In ihrer Stimme schwangen Verbitterung und Schmerz mit. »Sie werden mir gewiss zustimmen, dass das nicht immer der Wahrheit entspricht.«

»Mikes Tod war nicht Ihre Schuld! Sie wurden von jeglichem Fehlverhalten freigesprochen.«

»Das hat nicht das Geringste zu bedeuten, Sir. Nicht für mich. Er starb, als ich ihm den Rücken freihalten sollte. Sein vierjähriger Sohn wird ohne Vater aufwachsen. Daher sind wir uns doch wohl beide einig, dass es für alle Beteiligten besser ist, wenn ich ohne Partner arbeite.«

»Sie stellen die Regeln nicht auf, Winnett! Sie haben hier gar nichts zu entscheiden, sondern ich!«, entgegnete Pearson etwas lauter. »Haben Sie das verstanden?«

»Ja, Sir.«

»Sie sind noch jung, Winnett«, fügte er etwas ruhiger hinzu. Er blätterte kurz in einer Akte. »Gerade erst vierunddreißig. Ihnen könnte eine glänzende Karriere beim FBI bevorstehen. Aber wenn Sie so weitermachen, scheiden Sie früher oder später freiwillig oder unfreiwillig aus.« Pearson machte eine kurze Pause und schien nachzudenken. »Hiermit verwarne ich Sie. Ihr Verhalten wird sich ändern, und zwar ab sofort. In diesem Augenblick. Sie werden höflich, zuvorkommend, hilfsbereit, koop…«

»Ich soll mich politisch korrekt verhalten, Sir?«

Pearson schüttelte fassungslos den Kopf und verkniff sich einen Fluch.

»Sie werden Ihren Kollegen und Vorgesetzten nicht ins Wort fallen. Sie werden eine vorbildliche, respektvolle und lobenswerte Agentin sein. Wenn ich nur noch eine weitere belämmerte Beschwerde bekomme, war's das für Sie, Winnett.«

»Das heißt beschissen, Sir.«

»Wie bitte?«

»Wenn Sie schon Schimpfwörter benutzen, dann doch die richtigen. Beschönigen Sie nichts. Das lässt Sie nur schwach wirken.«

»Himmel noch mal, Winnett, Sie sind wirklich unglaublich! Ist Ihnen eigentlich klar, warum Sie hier sind? Warum man Sie nicht längst rausgeworfen hat?«

»Ähm … Nein, Sir.«

*Warum konnte sie nicht einfach mal die Klappe halten?* Ein ängstliches Flattern machte sich in ihrer Magengrube bemerkbar. Ihr war nicht klar gewesen, dass die Dinge so schlimm standen. Ihr Job war alles, was sie hatte. Alles, was ihr noch geblieben war.

»Wie lange sind Sie jetzt FBI-Agentin, Winnett? Zehn Jahre?«

»Ja, Sir, etwas mehr als zehn Jahre.«

»Sie haben mir und Ihren Kollegen zehn lange Jahre lang eine Menge Frust und Ärger eingebracht. Aber auch die beste Aufklärungsquote des ganzen Regionalbüros. Sie setzen bei der Arbeit neue Methoden ein, und das FBI erkennt und schätzt Innovation.«

»Neue Methoden, Sir?«

»Diese – wie nennt man das doch gleich? – Ausreißererkennungsanalyse, die Sie beim Krankenkassenbetrug eingesetzt haben. Ich kann es noch immer nicht fassen, aber Quantico will sie ins Handbuch aufnehmen. Sie wollen sie sogar als die Winnett-Methode bezeichnen. Ist das zu glauben?«

Um ihre Mundwinkel spielte ein zaghaftes Lächeln, das Stolz und Freude erkennen ließ.

»Hören Sie ja auf zu grinsen, Agent Winnett! Methode hin oder her, Sie wurden verwarnt. Ich werde Ihnen in den nächsten Tagen einen neuen Partner zuweisen, jemanden, der genug Erfahrung hat und der Ihnen noch etwas über Professionalität und Respekt beibringen kann. Bis dahin werden Sie den Mordfall am Juno Beach bearbeiten.«

»Einen Mordfall, Sir? Das entspricht aber nicht den Vorschriften. Warum kümmern sich die Agenten vor Ort nicht darum? Ist das Ihre Art, mich auf die Strafbank zu setzen?«

»Wagen Sie es ja nicht, mir gegenüber die Vorschriften zu erwähnen. Machen Sie Ihren Job, und seien Sie dankbar, dass Sie noch einen haben. Und jetzt gehen Sie mir aus den Augen.«

# 5. Geschichte

Tess fuhr im Schneckentempo über den Sand und fluchte leise vor sich hin. Es war immer das Gleiche. Sensationslüsterne Schaulustige versammelten sich am Tatort, nur Minuten nachdem die Polizei gerufen worden war. Irgendwelche Idioten hörten den Polizeifunk ab, von Journalisten bis hin zu Amateuren, die den Anblick einer Leiche aufregend fanden. Sie hatte mal einen der Profiler aus Quantico danach gefragt, und er hatte erwidert, dass die Konfrontation mit dem Tod auf gewisse, seltsame Weise einen Weg darstelle, sich darüber zu freuen, dass man selbst am Leben ist. Diese Welt war krank, anders ließ es sich nicht ausdrücken.

Widerstrebend machte ihr die Menge Platz, und es gelang ihr, neben dem Van des Rechtsmediziners zu parken. Die Leiche war noch immer vor Ort; das war gut. Wenn sie sich beeilte, konnte sie sie vielleicht noch am Fundort in Augenschein nehmen, bevor sie weggebracht wurde.

Tess stieg aus ihrem SUV, knallte die Tür zu und näherte sich beschwingten Schrittes dem Polizeiabsperrband. Sie ignorierte die Tatsache, dass ihre Schuhe nach drei Schritten bereits voll Sand waren.

Zwei Detectives, die wahrscheinlich als Erste am Tatort gewesen waren, kamen von der anderen Seite auf sie zu. Tess fuhr sich mit den Fingern durch das schulterlange blonde Haar und zückte ihre Marke.

»Special Agent Winnett, FBI. Sind Sie die ermittelnden Detectives?«

»Ja, Gary Michowsky. Wir sind uns schon mal begegnet, falls Sie es vergessen haben. Das ist mein Partner Todd Fradella«, antwortete Michowsky und schüttelte ihr energisch die Hand. Fradellas Händedruck war weniger überzeugend, und er sah ihr nicht in die Augen.

Sie bückte sich unter der Absperrung hindurch und ging auf den Turm der Strandwache zu.

»Ich kann es nicht fassen, dass Sie das FBI hinzugezogen haben, Gary«, sagte Fradella und gab sich gar keine Mühe, leise zu sprechen. »Wir hätten diesen Fall lösen können, nur wir beide.«

*Na, das war ja wieder super. Ein ambitionierter junger Detective, der ihr garantiert bei jeder sich bietenden Gelegenheit die Stirn bieten und wahrscheinlich ein oder zwei Beschwerden einreichen würde, nur weil er diese Festnahme nicht in seinem verdammten Lebenslauf auflisten durfte.*

»Glauben Sie mir, es ist besser so, Fradella«, erwiderte Michowsky und schaffte es, gleichzeitig geknickt und frustriert zu klingen. Tess drehte sich um und musterte den Mann genauer. Irgendetwas stimmte nicht mit ihm. Möglicherweise war er krank. Fradella hingegen schäumte vor Wut.

Sie ging schneller, als sie bemerkte, dass der Rechtsmediziner und seine Assistenten sich daranmachten, die Leiche einzupacken.

»Augenblick«, rief sie und zeigte ihre Dienstmarke vor. »Hey, Doc«, begrüßte sie Rizza herzlich.

»Ebenfalls hey«, meinte Rizza. »Wollen Sie sich noch mal alles ansehen, bevor wir sie bewegen?«

»Ja, danke.«

Sie ging mehrmals vorsichtig um die Leiche herum, kam ihr dabei immer näher und entdeckte weitere Einzelheiten. Es war eine perfekt postierte Leiche, in ausdrucksstarker Haltung. Es gab keine auswertbaren Spuren. An der Stelle, an der man die tote Frau abgelegt hatte, gab es nur jede Menge Sand, der von der starken Meeresbrise ständig aufgewirbelt wurde. Ein kranker, cleverer, mutiger Killer.

»Wir vergeuden nur Zeit«, beschwerte sich Fradella bei Michowsky. »Merken Sie das nicht?«

»Wieso vertrauen Sie eigentlich nie meinem Urteilsvermögen?«, wollte Michowsky wissen. »Warum müssen Sie wegen jeder Kleinigkeit meckern und stöhnen?«

»Das war unsere Gelegenheit ...«

»Ah ... Eine Gelegenheit wozu? Mit anzusehen, wie noch mehr junge Frauen ermordet werden, bevor wir diesen Kerl festnageln können?«

Tess musste sich ein Grinsen verkneifen. Diese Partnerschaft schien auch nicht gerade gut zu laufen. Sie wandte sich an Doc Rizza.

»Wissen wir überhaupt schon, ob der Täter ein Mann war?«

»Ich würde davon ausgehen, kann es jedoch nicht mit Bestimmtheit sagen. Hier lässt es sich auf jeden Fall nicht feststellen.« Er deutete auf die zahlreichen Kameraleute, die sich hinter dem Absperrband eingefunden hatten.

»Das kann ich verstehen«, erwiderte sie. »Todeszeitpunkt?«

»Vor zwölf bis sechzehn Stunden.«

»Gut, danke. Jetzt können Sie sie bewegen.«

Sie sah zu, wie Doc Rizza und AJ, sein Assistent, sich mit der Leiche abmühten, was aufgrund der Totenstarre einige Probleme bereitete. Während sie sie auf die Trage legten und den Leichensack verschlossen, achteten sie auch darauf, dass die Journalisten sie nicht zu sehen bekamen.

»So sieht man sich wieder«, sagte Michowsky. »Das kann ja was werden.«

»Sie kennen sich?«, fragte Fradella.

»Ja«, antwortete Tess, »leider.«

»Theresa und ich haben vor einigen Jahren zusammen an einem Fall gearbeitet«, erläuterte Michowsky. »Das war denkwürdig.«

»Ich heiße Tess, nicht Theresa.«

»Mag sein, aber auf Ihrem Dienstausweis steht Theresa«, gab er zurück. »Und ich hatte ehrlich gesagt gehofft, dass das FBI jemand anderen schicken würde.«

»Wenn das so ist, dann sprechen Sie mich mit Special Agent Winnett an«, erklärte sie trocken.

Tess seufzte innerlich. Es war nicht ihre Schuld, dass sie keine besseren Beziehungen aufbauen konnte. Sie hatte es versucht, aber Polizisten wie dieser Michowsky machten es einem schwer. Manchmal verstand sie andere Menschen einfach nicht. Sollte sie Fehler nicht ansprechen und riskieren, den Fall dadurch zu gefährden? Hatte sie von jetzt an bescheiden aufzutreten und zu versuchen, eine Beziehung, die bereits von Michowskys altem Groll bedroht war, zu verbessern? Sie beneidete die Menschen, die als geborene Politiker immer genau wussten, wann sie was sagen sollten, die Charisma besaßen und sofort als erfolgreich angesehen wurden, obwohl sie eigentlich gar nichts erreicht hatten.

Sie hatte jedenfalls nicht die geringste Ahnung, wie sie die Sache mit Michowsky wieder in Ordnung bringen sollte. Daher sprach sie das Thema einfach nicht an und konzentrierte sich stattdessen lieber auf den Fall.

»Okay, dann erzählen Sie mal, was wir haben.«

Michowsky und Fradella sahen einander an, dann beschloss Fradella, das Wort zu ergreifen.

»Zwei Teenager haben die Tote bei Sonnenaufgang gefunden. Sie befand sich in dieser Pose und war mit

Angelschnur festgebunden. Wir haben die Schnur durchgeschnitten, als Sie noch nicht hier waren.«

»Gab es verwendbare Fingerabdrücke, Reifenspuren, irgendetwas?«

»Gar nichts. Javier nimmt einige Sandproben. Sie werden im Labor untersucht, vielleicht findet man ja dort etwas.«

Sie sah sich nachdenklich ein weiteres Mal um.

»Was denken Sie?«, wollte sie dann wissen.

»Werden Sie nicht ...«, setzte Michowsky an, aber Fradella fiel ihm ins Wort.

»Sie wurde offensichtlich hier abgelegt, dies ist also ein sekundärer Tatort. Sobald der Rechtsmediziner weitere Details hat, kennen wir die Todesursache, die Tatwaffe und den Todeszeitpunkt. Noch wurde sie nicht identifiziert.«

»Damit haben Sie mir nichts Hilfreiches mitgeteilt«, erklärte Tess kühl. »Ich habe Sie gefragt, was Sie denken, nicht, was Sie wissen.«

»Oh.« Fradella runzelte die Stirn und bekam leicht rote Wangen. »Wir dachten, es könnte ein Ritualmord sein oder eine religiöse Komponente haben. Angesichts dessen, was wir hier zu sehen bekommen haben, halte ich es auch für denkbar, dass es sich um einen Serienmörder handelt.«

»Interessant«, bemerkte sie nachdenklich und schaute zu den beiden Teenagern hinüber, die noch immer dicht nebeneinander im Sand saßen. »Hat es noch weitere Opfer gegeben?«

»Nicht, dass wir wüssten«, antwortete Fradella, während Michowsky prompt die Augen verdrehte.

»Ich habe es Ihnen doch gesagt«, meinte Michowsky, »zuerst die gebührende Sorgfalt, dann die Schlussfolgerungen. Ansonsten ist man genauso faul wie die Medien.«

Fradella schürzte die Lippen und schaute peinlich berührt weg.

»Detective Michowsky, auf ein Wort.« Tess nahm seinen Arm, bevor er etwas sagen konnte.

Sie gingen einige Schritte zur Seite, bis sie seinen Arm schließlich losließ.

»Nicht vor allen anderen«, sagte sie. Als sie seinen verwirrten Gesichtsausdruck bemerkte, fügte sie hinzu: »Sie können nicht so mit Fradella reden. Jetzt verabscheut er Sie, und das aus gutem Grund.«

»Sie müssen mir nicht erzählen, wie ich mit meinem Partner reden sollte. Wenn ich mich recht erinnere, sind Sie in dieser Hinsicht auch nicht gerade ein Musterbeispiel.«

»Gut, wie Sie wollen.«

Sie kehrte zu Fradella zurück und nahm den Gesprächsfaden wieder auf.

»Ich bin Ihrer Meinung, dass wir es mit einem Serienmörder zu tun haben könnten, Detective Fradella, auch wenn es bisher noch keine weiteren Opfer zu geben scheint. Er hat sie hier abgelegt, wo die Everglades doch ganz in der Nähe sind. Hätte er sie dort verschwinden lassen, wäre ihre Leiche vermutlich nie gefunden worden. Aber er wollte, dass wir sie so auffinden. Das spricht für einen Serientäter. Diese wollen mit ihren Morden etwas aussagen.«

»Sie haben nicht genug Daten, um von einer Serie zu sprechen«, konterte Michowsky. »Ich kann es nicht leiden, wenn Fälle derart aufgebauscht werden. Heißt es nicht immer, dass man erst ab fünf Opfern von einer Serie ausgehen kann?«

»Sie fangen alle irgendwo an, Gary. Haben Sie etwas

dagegen, wenn wir ihn frühzeitig erwischen? Außerdem sind es drei und nicht fünf Opfer. Neue Richtlinien.«

Er schnaufte wütend. »Das wusste ich.«

»Ich weiß, dass Sie nichts dagegen haben, dass wir ihn schnell erwischen. Aus diesem Grund haben Sie uns doch angerufen, nicht wahr?« Tess holte tief Luft. »Welche Laus ist Ihnen eigentlich über die Leber gelaufen? Liegt es an unserer Vorgeschichte? Ich kann die Vergangenheit nicht ändern, Michowsky, aber ich kann Ihnen bei diesem Fall helfen. Wir können einander unterstützen.«

Michowsky fuhr sich mit einer Hand über den Bürstenschnitt und war sichtlich frustriert, sagte jedoch nichts.

In einigen Metern Entfernung saßen die Teenager händchenhaltend und in sich zusammengesunken am Strand. Das Mädchen weinte leise, und ihr geschwollenes, gerötetes Gesicht ließ erkennen, dass sie das schon seit einer ganzen Weile tat.

»Seit wann weint sie?«, erkundigte sich Tess.

»Seit wir hergekommen sind, und sie hat nicht aufgehört. Sie musste sich auch mehrmals übergeben«, antwortete Fradella.

»Wissen Sie, warum?«

»Ich vermute, sie hat Angst, Hausarrest zu kriegen, sobald ihre Eltern hier auftauchen«, mutmaßte Michowsky gereizt.

»Vermuten Sie«, wiederholte Tess mit vor Sarkasmus triefender Stimme. »Heutzutage weinen Teenager nicht mehr so viel, und sie übergeben sich auch nicht so leicht. Sie ist eindeutig aufgewühlter als er, was mir zu denken gibt. Und es liegt nicht an der Leiche. Die Kids sehen heute ständig Leichen im Fernsehen; das macht ihnen nichts mehr aus. Darf ich?«, fragte sie und deutete auf die beiden Teenager.

Michowsky zuckte mit den Achseln, und Fradella folgte ihr in einiger Entfernung. Er schien gespannt auf das zu sein, was sie vorhatte.

Tess näherte sich den beiden langsam und hockte sich dann vor sie hin.

»Hey, ihr zwei. Ich bin Special Agent Tess Winnett vom FBI. Aber ihr könnt mich Tess nennen, in Ordnung?«

Sie streckte die Hand aus, und das Mädchen reagierte als Erste und griff scheu danach.

»Kris«, sagte sie schniefend und wischte sich mit dem durchnässten Sweatshirtärmel über das Gesicht.

»Carl«, fügte der Junge hinzu.

»Du scheinst sehr aufgebracht zu sein«, stellte Tess fest und konzentrierte sich auf das Mädchen. »Das ist durchaus verständlich. Ich hätte auch Angst.«

Kris sah sie mit verquollenen Augen an, während ihr die Tränen weiter über die Wangen rannen. Tess sah Angst in diesen Augen, eine unaussprechliche Furcht, die sie nur zu gut kannte.

»Ich wäre völlig verängstigt«, fuhr Tess fort. Ihre Stimme war kaum mehr als ein Flüstern. »Was wäre, wenn mir so etwas passieren würde?«

Während sie das sagte, spürte Tess, wie ein Teil dieser unaussprechlichen Angst von ihr Besitz ergriff und ihr Blut gefrieren ließ. Sie atmete tief ein und verdrängte dieses unheimliche, lähmende Gefühl.

Kris nickte und sah Tess mit ihren haselnussbraunen Augen weiter an.

Tess beschloss aus einer Ahnung heraus, weiter zu bohren.

»Was wäre, wenn der Mörder mich gesehen hätte?«,

fuhr sie fort, und Kris nickte kaum merklich. »Was wäre, wenn er hier gewesen ist, nur wenige Meter von mir entfernt?«

Wieder reagierte Kris mit demselben unauffälligen Nicken.

»Nein, Kris«, flüsterte Carl und umklammerte die Hand des Mädchens noch fester.

»Was wäre, wenn ich einem solchen Monster derart nahe gekommen wäre, während es die Tat gerade beging?«, fragte Tess ganz leise, und Kris nickte wieder. Auf einmal drehte sie sich zur Seite und musste sich heftig übergeben. Ihr trockenes Würgen wurde nur von ihrem Schluchzen unterbrochen. Tess hielt ihr derweil das Haar und stützte ihre Stirn.

»Wasser«, sagte sie lautlos zu Fradella, und er stürzte los, um welches zu besorgen.

Kris würgte noch mehrmals, nahm dann das Wasser entgegen, spülte sich den Mund aus und hob den Kopf, um Tess' fragenden Blick zu erwidern.

»Erzählt es mir«, bat Tess leise. »Sagt mir, was ihr gesehen habt.«

»Nein, Kris«, flehte Carl mit erstickter Stimme. »Sie war nicht hier, als wir hergekommen sind. Die Tote, meine ich. Wir haben da rumgealbert. Genau an der Stelle. Großer Gott …«

Tess sah Kris weiterhin in die Augen, und das Mädchen nickte abermals. Ihr kamen erneut die Tränen.

»Dann sind wir hierher gekommen, haben Fotos gemacht und auf den Sonnenaufgang gewartet«, berichtete Carl. »Als Kris da rübergesehen hat, war sie auf einmal da. Die tote Frau.«

»Ach, verdammt«, murmelte Michowsky, und Carl klappte den Mund wieder zu. Tess warf Michowsky einen finsteren Blick zu.

»Der Mörder war ganz in eurer Nähe, und ihr habt nichts gesehen … Ich kann nachvollziehen, dass ihr jetzt Angst habt«, gab Tess zu und berührte Kris' Hand. »Aber ihr seid gesund und am Leben. Es geht euch gut. Er hat euch nichts getan, und er wird euch auch nichts tun. Wisst ihr auch, warum? Weil wir ihn schnappen werden. Und das hier wird unser kleines Geheimnis bleiben.«

»Versprochen?«, fragte Kris leise.

»Ja, das verspreche ich. Es wird nicht lange dauern, bis wir den Mistkerl erwischt haben.«

Sie stand auf und bat Michowsky mit einer Geste, ihr zu folgen.

Sobald sie außer Hörweite der Teenager waren, drehte sie sich zu ihm um und starrte ihn wütend an.

»Tun Sie das nie wieder, oder ich schreibe es in meinen Bericht. Versuchen Sie nie wieder, einen Zeugen einzuschüchtern, damit er nicht mit uns spricht, haben Sie verstanden?«

»Aber ich wollte doch gar nicht …«

»Sie haben Ihren Job nicht gemacht, und zwar Sie beide«, unterbrach sie ihn, als Fradella zu ihnen getreten war. »Sie haben dieses Verhör vermasselt und wichtige Informationen übersehen. Dieser Killer war dreist genug, eine Leiche, bei der die Totenstarre bereits eingesetzt hatte, gerade mal zwanzig Meter von diesen Kids entfernt abzulegen. Wir reden hier über ein Individuum, das ein großes Risiko eingegangen ist, um etwas auszusagen. Er ist sehr von sich überzeugt und bereit, jederzeit wieder zu töten.«

»Das wissen Sie nicht«, erwiderte Michowsky, der seinen Zorn nicht länger im Zaum hielt. »Sie stellen Mutmaßungen an.«

»Was wäre Ihrer Meinung nach passiert, wenn diese

Kids ihn beim Anbringen der Angelschnüre gesehen hätten? Er hätte sie beide umgebracht, ohne mit der Wimper zu zucken.«

»Nein, ich meinte, Sie vermuten nur, dass die Kids die Wahrheit gesagt haben und die Leiche noch nicht dort gewesen ist, als sie zum Strand kamen.«

»So etwas kann man nicht vortäuschen«, sagte Tess und deutete auf die beiden Teenager. »Sie haben gemutmaßt, Michowsky, als Sie davon ausgingen, die beiden hätten Angst vor ihren Eltern. Sie hatten eine These, sind nicht weiter in sie gedrungen und haben sich geirrt. Genau wie beim letzten Mal«, sprudelte es aus ihr heraus, was sie sofort bereute.

Michowsky verzog vor Zorn das Gesicht und ballte die Fäuste.

»Jemand, der eine Leiche bewegt, bei der die Totenstarre schon so weit fortgeschritten ist, braucht einen großen SUV, einen Van oder einen Lastwagen«, fuhr Tess fort. »Da wir jetzt wissen, zu welcher Uhrzeit sich der Mörder hier aufgehalten hat, können wir die Aufnahmen der Überwachungskameras durchgehen. Sorgen Sie dafür, dass alle aus dieser Gegend besorgt werden. Ich kann mir nicht vorstellen, dass es zu dieser Zeit viel Verkehr gegeben hat.«

»Sie müssen mir nicht sagen, wie ich meinen Job machen muss«, fauchte Michowsky.

»Offensichtlich doch. Erledigen Sie es einfach.«

Michowsky mahlte mit dem Kiefer und verzog den Mund, neben dem sich zwei tiefe Falten abzeichneten.

»Sie haben sich kein bisschen geändert, Special Agent Winnett. Ich hörte, Sie hätten beim FBI einen schweren Stand. Ihre Kollegen können Sie nicht länger ertragen. Vielleicht haben wir ja Glück und das hier wird Ihr letzter Fall? Dann ist die Welt um eine Hexe mit Dienstmarke ärmer.«

Sie stutzte und war bestürzt über seine heftigen Worte. Jedes einzelne davon ließ etwas in ihr zerspringen. Aber es gelang ihr, mit einem Hauch von Würde zu antworten.

»Träumen Sie weiter, Michowsky. Der Tag ist noch jung.«

# 6. Sonya

Tess fuhr bis zum Revier hinter dem Wagen der beiden Detectives her und benötigte dann einige Minuten, um sich am Empfang einen Parkausweis geben zu lassen. Danach ging sie über die Treppe in den ersten Stock und entdeckte Michowsky und Fradella, die zusammen vor einem Computer saßen. Sie trat neben sie und wusste nicht, was sie sagen sollte. Ihr war, als würde jedes Wort die Situation mit Detective Gary Michowsky noch verschlimmern, dabei wollte sie doch das genaue Gegenteil erreichen.

Fradella suchte in der Vermisstendatenbank und verglich die Fotos auf dem Bildschirm hin und wieder mit dem auf seinem Handydisplay.

»Das ist sie«, sagte er irgendwann aufgeregt. »Das ist die Tote. Sonya Weaver, zweiundzwanzig. Wurde vor fünf Tagen, am zweiundzwanzigsten März, als vermisst gemeldet.«

Tess wich einen Schritt zurück, und ihr war auf einmal übel, als sie in Sonyas schöne blaue Augen blickte. Fünf Tage … fünf Tage voller schrecklicher Angst, Qualen und Schmerzen. Ihre Haut kribbelte und sie erschauderte.

Hatte der Mörder sie wirklich fünf Tage gefangen gehalten? Was hatte dieses Monster mit ihr gemacht? Tess rieb sich wütend den Nacken. Fünf Tage … Sie würden es schon bald herausfinden, sobald Doc Rizza die Untersuchung abgeschlossen hatte. Aber sie war sich auch ohne den Bericht des Rechtsmediziners sicher, dass Sonya Weaver furchtbare Qualen durchlitten hatte. Wahrscheinlich hatte sie die Klinge, die ihr Leben beendete, freudig empfangen.

Erneut erschauderte sie und machte einen weiteren Schritt nach hinten, wobei sie gegen einen Schreibtisch stieß. Sie lehnte sich dagegen, schloss kurz die Augen und versuchte, sich zusammenzureißen. Vor ihren geschlossenen Augenlidern entstanden Bilder, die aus einem Albtraum zu stammen schienen.

Tess schlug die Augen auf und sehnte sich sofort nach der Ruhe, die man nur fand, wenn man sich in sich selbst zurückzog. Das war noch etwas, das sie verloren hatte. Stattdessen freute sie sich über das helle Tageslicht, das war das Einzige, was ihre Albträume vertreiben konnte.

»Stimmt was nicht?«, erkundigte sich Michowsky mit gleichgültiger Stimme.

»Alles in Ordnung«, log sie. »Das ist nur Migräne. Ich hole mir mal einen Kaffee. Wann wurde sie zuletzt gesehen?«

»Ähm … vor fünf Tagen, am Abend. Sie ist verschwunden, nachdem sie abends mit Freunden gefeiert hatte. Sie hatte gerade ihren Collegeabschluss gemacht, cum laude«, antwortete Fradella.

»Okay«, meinte sie und rieb sich wieder den Nacken. »Besorgen wir uns die Telefondaten, Social-Media-Konten, Kontoauszüge und all das. Wann wird Doc Rizzas Bericht fertig sein?«

»Er hat gerade erst angefangen«, erwiderte Michowsky. »Es ist noch nicht mal Mittag. Sie haben es aber verdammt eilig.«

»Sie etwa nicht?«, konterte Tess und starrte Michowsky erbost an. Dann senkte sie den Blick. »Ach, verdammt, lassen Sie uns noch mal von vorn anfangen. Wir sind doch im selben Team.«

»Sind wir das?«, fragte Michowsky eisig. »Mir kommt es nicht so vor.«

»Wir versuchen es, aber das funktioniert offenbar nicht.« Sie verspürte auf einmal den Drang zu lachen. Männer und ihre Egos. Sie mussten einfach immer das letzte Wort haben. Was auch immer er sagen würde, sie wollte dem nichts mehr hinzufügen, nahm sie sich vor.

»Wie Sie meinen«, sagte Michowsky und klang ganz zufrieden, was es ihr erleichterte, das Thema zu wechseln.

»Wir sollten mal im Internet nach ihr suchen, vielleicht finden wir ja was.«

Fradella kam der Aufforderung sofort nach. Es gab viele junge Frauen namens Sonya Weaver, aber schließlich entdeckten sie das richtige Facebook-Konto und sahen sich ihre Posts, Fotos und Interessen an.

»Nein, die öffentlichen Einträge sind zu allgemein«, kommentierte Tess, nachdem sie sich alles angesehen hatten. »Damit können wir nichts anfangen. Wir müssen uns Zugriff auf ihr gesamtes Profil beschaffen. Zuerst lassen wir die Identität bestätigen, damit wir die Angehörigen benachrichtigen können.«

»Ja, das wissen wir«, erwiderte Michowsky trocken und leicht gereizt.

»Vorher würde ich gern mit dem Beamten sprechen, der die Vermisstenmeldung entgegengenommen hat. Wer war dafür verantwortlich?«

»Ein Felipe Garcia aus North Miami«, las Fradella vom Bildschirm ab.

»Danke. Kümmern wir uns um die Identifizierung.«

»Ich habe bereits alles an Doc Rizza weitergeleitet.«

Kaum hatte er den Namen ausgesprochen, klingelte

das Telefon auf Michowskys Schreibtisch. Auf dem Display stand: »Rechtsmediziner.« Michowsky stellte auf Lautsprecher.

»Hier ist Michowsky.«

»Ich will Sie alle sofort sehen.«

Doc Rizza hörte sich sehr ernst und müde an.

# 7. Autopsie

Sie lag da, leblos. Um sie herum rostfreier Stahl und weiße Kacheln. Ein weißes Laken bedeckte ihren Körper und ließ nur ihr wunderschönes Gesicht frei. Ihre Augen waren jetzt geschlossen, wahrscheinlich hatte der Gerichtsmediziner dafür gesorgt. Sie hatte auch keinen Sand mehr im Haar, welches sich seidig schimmernd auf dem kalten, nackten Stahl des Untersuchungstischs ausbreitete.

Tess hatte einen Kloß im Hals. Sie stand neben dem Tisch, blickte in Sonyas ernstes Gesicht. *Was für ein Mann tat so etwas?* Aber sie wusste genau, was für ein Mann eine derartige Tat beging. Sie war solchen Männern schon früher begegnet. Seit sie als Ermittlerin arbeitete, hatte sie sie gejagt, gefangen oder getötet. Bei diesem Mistkerl würde es genauso laufen.

Sie war jetzt seit zehn Jahren FBI-Agentin und hatte alle möglichen Psychopathen getroffen, entsetzliche Menschen, deren Geist von der Finsternis in ihnen übernommen worden war. Menschen, die ihre sadistischen und unvorstellbaren Fantasien auslebten und Spuren für Agenten wie sie legten, damit man sie zur Strecke brachte. Tess hatte die Killer, die sie verfolgte, gefangen, einen nach dem anderen. Und doch gelang es ihr nicht, sie zu verstehen. Und das nach zehn Jahren ... Es gab nicht mehr viel Hoffnung, dass sie jemals begreifen würde, wie ein derartiger Verstand funktionierte. Eigentlich wollte sie das auch gar nicht wissen. Sie wollte nicht, dass dieses Grauen sie vergiftete, dass dieser Abgrund sie verschlang. Sie wollte nur genug verstehen, um die Killer fangen zu können, bevor sie erneut mordeten.

Ihre Hand berührte beinahe Sonyas Haar, aber sie riss sich zusammen und steckte die Hände tief in die Hosentaschen. Wie wenig sie bisher über Sonya wussten … Nur, dass sie Collegeabsolventin war. Ihr Leben hatte gerade erst angefangen. Und über ihren Mörder wussten sie rein gar nichts. Es gab keine Fingerabdrücke, keine Spuren, nichts. Aber er mochte noch so clever und noch so vorsichtig sein, sie würde ihn trotzdem finden. Das war eine Tatsache. Es war nicht nur ein Versprechen, sondern die Realität. Es ergab sich allein aus ihrer makellosen Dienstakte, die selbst SAC Pearson nicht hatte ignorieren können. Sie *würde* ihn finden. Bald.

»Ich mache das auch, wissen Sie«, sagte Doc Rizza leise.

»Was denn?«

»Mit ihnen reden.« Er deutete auf den Untersuchungstisch.

»Ah … Sprechen sie auch zu Ihnen?«

»Ja, das tun sie. Jedes Mal. Sie hat mir schon jetzt eine Menge verraten, und unsere Unterhaltung ist noch lange nicht zu Ende.«

»Lassen Sie mich daran teilhaben?«

»Warten wir lieber auf Michowsky und Fradella. Sie müssten jeden Augenblick hier sein.«

»Ja, natürlich.« Tess ließ den Blick durch den Raum schweifen und nahm geistesabwesend zahllose Details aus Doc Rizzas Büro in sich auf. Seine Diplome hingen ordentlich gerahmt über seinem Schreibtisch, vermutlich sogar in chronologischer Reihenfolge. An den Wänden war kein weiteres Bild zu sehen, aber neben dem Schreibtisch hingen mehrere Regalbretter, auf denen er persönliche Habseligkeiten aufbewahrte. Ein kleines Radio, ein Relikt aus vordigitaler Zeit, das wahrscheinlich noch immer funktionierte. Einige illustrierte Referenzwerke über Entomologie, Meeresbiologie, Botanik und Zoologie, die bestimmt auch deutlich älter waren als die entsprechenden Datenbankversionen. Eine Kaffeetasse mit dem Aufdruck »Rechtsmediziner sind auch cool«. Sie war seit Jahren nicht mehr hier gewesen, doch es hatte sich wenig verändert.

»Wie schaffen Sie es, nicht den Verstand zu verlieren, Doc?«, fragte Tess.

»Nachdem ich das hier getan habe?«, erwiderte er und wusch sich die Hände. Das Geräusch von Instrumenten, die auf ein Tablett gelegt wurden, hallte laut durch den großen Raum und von den nackten, gekachelten Wänden wider.

»Ja …«

Er drehte den Wasserhahn zu. Eine Sekunde lang war nur das leise Summen des Kühlschranks zu hören.

Doc Rizza streckte sich und wischte sich die Hände an einem Papiertuch ab, das er dann in den Mülleimer warf. Er strich sich erst mit der einen, dann mit der anderen durch das dünner werdende Haar, als wollte er die letzten Strähnen dazu bewegen, an Ort und Stelle zu bleiben. Auch er hatte sich in den Jahren, in denen Tess die Leichenhalle nicht aufgesucht hatte, kaum verändert. Etwas weniger Haare, ein paar Kilo und ein paar Falten mehr.

»Ich sehe jede Schnittwunde und Prellung als nützlichen Hinweis, der Menschen wie Ihnen helfen kann, diese Tiere zu finden. Wenn sie bei mir ankommen, sind die Opfer schon lange tot. Sie spüren keine Schmerzen mehr. Sie haben ihren Frieden gefunden. Jedenfalls sehe ich das so.«

Tess musterte ihn überrascht. Er sah ungeachtet seiner Worte aufgewühlt und gequält aus. Nach einer kurzen Pause sprach er leise weiter.

»Es gibt aber auch Tage, an denen mein Abendessen flüssiger Natur ist, wenn Sie verstehen, was ich meine. Ich komme hier raus und will niemanden mehr sehen und mit keinem reden. Ich fahre einfach nach Hause, ziehe mich mit einer Flasche Hochprozentigem zurück und hoffe, damit alles wegspülen zu können.«

»Und das klappt?«

»Nein … Es dämpft nur ein wenig den Schmerz und die Wut. Macht sie erträglich und gibt mir die Kraft, auch am nächsten Tag wieder herzukommen.«

Er faltete die Hände und schien mit den Gedanken ganz woanders zu sein.

»Ich höre klassische Musik, wann immer es geht«, fuhr er nach einer Weile fort. »Das hilft mir … Klassik ist rein, klar, voller Emotionen und Leben. Und hin und wieder fliege ich.«

»Sie sind Pilot?«

»Ja, ich habe einen Privatpilotenschein. Den kleinsten, der es mir erlaubt, allein zu fliegen. Ab und zu miete ich mir ein kleines Flugzeug. Ich fliege einfach los und lasse das Gefühl der Freiheit auf mich wirken. Während dieser einen Stunde kann ich mir einbilden, die Welt wäre ein besserer Ort, an dem es derart sinnlose Schrecken nicht gibt.«

Er blickte einige Sekunden lang ins Leere. »Was tun Sie?«, fragte er dann.

Sie überlegte, welche Antwort sie ihm geben sollte. Wenn sie die Wahrheit sagte, hätte sie nur den Weg für weitere Fragen bereitet.

»Ach … meistens lese ich. Noch dazu Krimis.« Sie lachte. Der Klang ihrer Stimme hallte durch die kalte Stille. »Serienmörder, Polizeiverfahren, altmodische Ermittlungen, moderne Detektivgeschichten. Thomas Harris ist einer meiner Lieblingsautoren; ich habe sogar einige Theorien über Dr. Hannibal Lecter.«

»Kriegen Sie denn nie genug von Ihrem Job?« Doc Rizza zog die Augenbrauen hoch und runzelte die Stirn.

»Doch, durchaus. Aber auf diese Weise bleibt mein Verstand offen für neue Ideen. Es fasziniert mich, wie die Welt der Verbrechen sich vor etwa fünfzig Jahren komplett geändert hat. Vor den 1970er-Jahren waren die Verbrechen relativ simpel. Menschen wurden erstochen, erdrosselt, erschossen. Dafür gab es klare Motive wie Eifersucht, Gier oder Rache. Saubere, fast schon elegante Verbrechen im Vergleich zur heutigen Zeit. Die Suche nach dem Täter war meist nur eine Herausforderung an das Gehirn und nichts, bei dem es einem den Magen umdrehte.«

Doc Rizza lächelte.

»Ich weiß genau, was Sie meinen. Eine Theorie besagt, dass die Menschen in den 1970er-Jahren durch die Verbreitung des Fernsehens mehr über diese Art von Verbrechen erfuhren, die es allerdings schon seit Anbeginn der Zeit gab. Die Geschichte enthält genug Hinweise auf Serienmörder wie Jack the Ripper oder sogar Caligula vor zweitausend Jahren. Eine andere Theorie lautet, dass selbst Psychopathen Inspiration brauchen und dank der heutigen Unterhaltungsindustrie durch Musik, Film und Literatur auf alle möglichen Ideen kommen. Aber werden sie nur besser in Ihrem Job, Agent Winnett. Das hilft nicht gegen die Dämonen.«

»Das stimmt. Ich …«

»Entschuldigen Sie, dass es so lange gedauert hat«, sagte Michowsky über das Zischen der Automatiktüren hinweg. »Wir sind dem Captain über den Weg gelaufen, und er wollte auf den neuesten Stand gebracht werden.«

»Gut, fangen wir an«, verkündete der Gerichtsmediziner. Die Freude, die ihm die Unterhaltung mit Tess bereitet hatte, war verflogen und einer gut erkennbaren Mischung aus Traurigkeit und Ekel gewichen. »Das ist noch nicht der vollständige Bericht. Sie wissen, dass Sie ihn erst nach achtundvierzig Stunden erwarten können. Dies ist nur eine vorläufige Analyse, damit Sie etwas haben, womit Sie arbeiten können.«

Michowsky und Fradella zückten ihre Notizblöcke.

Doc Rizza atmete tief ein, bevor er weitersprach.

»Ich kann die Todesursache bestätigen. Sie wurde erstochen, vermutlich mit einem Skalpell, und dabei wurde die Klinge so nach vorn gedrückt.« Er hielt ein Messer an eine Puppe, um es zu demonstrieren. »Er hat sie nicht aufgeschnitten. Der tiefe Stich, gefolgt von der Vorwärtsbewegung bewirkte, dass sowohl die Drosselvene als auch die Halsschlagader durchtrennt wurden. Es gibt keine Anzeichen darauf, dass er gezögert hat. Sie ist sehr schnell durch Ausbluten gestorben. Das Arterienblut muss nur so herausgespritzt sein. Wenn Sie den eigentlichen Tatort finden, werden Sie sehen, was ich meine. Da hören die relativ guten Nachrichten auch schon auf.«

Er wartete, bis Michowsky und Fradella ihre Notizen beendet hatten, bevor er weitersprach.

»Wie erwartet, waren an der Leiche keine Fingerabdrücke oder sonstige Spuren zu finden. Als er sie an den Strand gesetzt hat, war sie Sand und Gischt ausgesetzt. Das hat alle möglichen Hinweise vernichtet.«

»Was ist mit dem Tox-Screen?«, fragte Tess.

»Dazu kommen wir noch. Der vorläufige toxikologische Bericht hat Rückstände von zahlreichen Chemikalien aufgewiesen. Ich habe Proben zur Untersuchung geschickt. In sechsunddreißig bis achtundvierzig Stunden wissen wir mehr.«

»Ich werde versuchen, die Sache zu beschleunigen«, schlug Tess vor. »Ein paar Strippen ziehen.«

»Ich habe mein Möglichstes versucht, aber vielleicht haben Sie ja mehr Glück. Eventuell hat das FBI bessere Chancen als die lokale Polizei. Aber kommen wir zu ihrem eigentlichen Tod zurück. Der Blutstau zeigt, dass sie in dieser betenden Position gestorben ist und nach ihrem Tod darin gehalten wurde, jedoch ohne dass ihre Knie den Boden berührten.«

»Was zum Teufel meinen Sie damit, Doc?«, wollte Michowsky wissen.

»Es bedeutet, dass sie in einer Art Harnisch hing, als sie getötet wurde.«

»Großer Gott«, murmelte Tess.

»Dann, nachdem die Totenstarre eingesetzt hatte, hat er sie bewegt und die Leiche so positioniert, wie wir sie gefunden haben.«

»Dann gibt es also Ligaturspuren?«, fragte Tess.

Doc Rizza zog das Laken ein Stück beiseite und enthüllte nur den linken Arm und das linke Bein der Toten.

»Minimale. Ich hatte mit mehr gerechnet. Dass keine tieferen Ligaturmale vorhanden sind, lässt sich nur durch so etwas wie das hier erklären.« Er drückte auf einer Fernbedienung einen Knopf und schaltete den Fernseher an der Wand ein, auf dem ein Bild zu sehen war. »Derartige Harnische werden in teuren Sexshops verkauft. Sie sind mit Kunstfell gefüttert und schränken zwar die Bewegung ein, sind aber weich und verletzen die Haut nicht. Es können allerdings Reibspuren zurückbleiben, wenn sich das Opfer längere Zeit gegen die Fessel wehrt, und genau das habe ich hier gefunden«, erläuterte er und deutete auf das Handgelenk. »Dieselben Spuren sind an ihren Fußgelenken und am Hals zu finden. An ihrer Taille zeichnen sich kaum Reibemale ab, aber es gibt genug Hinweise, um die Art des verwendeten Harnischs erraten zu können.«

Er drückte auf einen anderen Knopf, und auf dem Bildschirm war ein Sexharnisch in bunter Verpackung zu sehen. Darauf prangte das Bild einer Frau, die im Harnisch von der Decke hing. Ihre Handgelenke waren gefesselt und wurden nach vorn gezogen, und ihre Taille und ihre Schultern wurden von einem dicken, lederähnlichen Band gestützt, das mit Fell gefüttert war. Ihre Beine waren in den Knien gebeugt und an den Fußgelenken festgebunden. Auf dem Foto war außerdem ein Mann zu sehen, der sich der Frau von hinten näherte und in beiden Händen die Riemen des Harnischs hielt, um sie in die gewünschte Position zu bringen.

Tess wurde bei dem Anblick speiübel. Sie holte mehrmals tief Luft und kämpfte dagegen an. Doc Rizza musterte sie fragend, aber sie tat seine Besorgnis mit einem kurzen Zucken der Lippen und einem schnellen Kopfschütteln ab.

»So etwas kann man hier in einigen Geschäften kaufen«, berichtete Rizza. »Es könnte sich um diese oder eine andere Marke handeln. Eine Sache ist allerdings interessant: Die Dinger sind nicht billig. Dafür muss man mehrere Hundert Dollar auf den Tisch legen. Dieser Killer verfügt über einige Geldmittel. Nur die hochklassigen Sexshops führen diese Harnische. Es gibt auch nicht sehr viele Hersteller und Importeure. Möglicherweise können Sie eine kurze Liste der Geschäfte erstellen und den Verkauf nachvollziehen.«

Er trank einen Schluck Tee aus einer bereitstehenden Tasse und verzog das Gesicht. Das Getränk war vermutlich kalt und schal geworden.

»Sie wurde vergewaltigt, vaginal und anal, und geschlagen«, fuhr er fort. »Und das wiederholt über die ganze Zeit, die sie in seiner Gewalt war. Dazu kann ich mehr sagen, wenn ich die Untersuchung abgeschlossen habe. Aber ich konnte keine Rückstände finden und somit keine verwendbaren DNA-Spuren.«

»Was ist mit Fingerabdrücken?«, fragte Tess mit erstickter Stimme. Sie räusperte sich. »Ihren, meine ich.«

»Ihre Fingerabdrücke passen zu denen in ihrer Vermisstenakte. Der Bericht war zu neu, als dass die Abdrücke bereits im System waren, aber sie stimmen überein. Und da ist noch mehr.«

»Entschuldigung«, flüsterte Tess, die ihn nun schon zum zweiten Mal unterbrochen hatte.

»Sie wurde oberflächlich geschnitten, und das mehrmals, mit einer scharfen Klinge, möglicherweise einem Skalpell oder einem Teppichmesser. Ich habe einhundertdreiundfünfzig verschiedene Schnitte gezählt, alle nur wenige Millimeter tief, auf ihrem Rücken und ihren Oberschenkeln, gerade so tief, dass sie eine fast unsichtbare, haarliniendünne Narbe hinterlassen haben. Alle Schnitte wurden perimortal zugefügt. Einige waren schon vollkommen verheilt.«

Tess' Magen zog sich zu einem festen Knoten zusammen.

»Keiner der Schnitte war lebensbedrohend. Sie sollten ihr Schmerzen bereiten und ihr Entsetzen vergrößern. Stellen Sie sich vor, Sie hätten sich einhundertdreiundfünfzig Mal an Papier geschnitten«, erläuterte der Arzt. »Einige Schnittwunden haben sich leicht entzündet, aber den Grund dafür kenne ich bisher nicht.«

»Wollen Sie damit sagen …«, begann Michowsky.

»Er will damit sagen, dass sie gefoltert wurde«, sagte Tess, bevor Doc Rizza antworten konnte, und der Arzt nickte. »Hierbei ging es um Folter, sowohl körperliche als auch psychologische, und das über Tage hinweg.«

»Sie sagten, sie wäre geschlagen worden, Doc«, schaltete sich Fradella ein, »aber ich sehe keine Prellungen auf ihrem Gesicht und auch kaum welche an ihrem Körper.«

»Aus irgendeinem Grund wollte der Täter, dass ihr Gesicht unversehrt bleibt. Ich habe eine Bisswunde an ihrer Unterlippe gefunden, die beinahe ausgeheilt ist. Abhängig davon, wie tief die Verletzung gewesen ist, könnte sie mehrere Tage vor ihrem Tod gebissen worden sein. Ich bin mir nicht sicher, ob diese Wunde mit der Tat in Verbindung steht, aber wir können es nicht ausschließen. Was den Rest ihres Körpers angeht, so sind unter dem Fluoroskop Zeichen tiefer Prellungen zu erkennen, die ihr wahrscheinlich erst kürzlich, also innerhalb von vierundzwanzig Stunden vor ihrem Tod, zugefügt wurden. Ich kann Ihnen versichern, dass sie geschlagen wurde.«

»Es macht beinahe den Anschein, als hätte er mit Bedacht gehandelt«, meinte Fradella. »Das Gesicht blieb unverletzt, und die Fesseln waren gefüttert.«

»Reden Sie nicht so einen Blödsinn, Fradella«, fauchte Tess grober, als sie es beabsichtigt hatte. »Er hat sie fünf Tage lang vergewaltigt, um Himmels willen. Das kann man wohl kaum Bedacht nennen. Dabei ging es um Kontrolle. Es ging um absolute Macht.«

Tess sah, wie Fradella den Kopf abwandte und mit dem Kiefer mahlte. Jetzt hatte sie genau das getan, wovon sie Michowsky abgeraten hatte, und Fradella vor anderen gescholten.

»Entschuldigen Sie, Detective Fradella. Ich wollte nicht …«

»Schon gut«, erwiderte er eisig.

»Noch etwas?«, fragte Michowsky.

»Ja. Das ist auch nur eine vorläufige Erkenntnis, wie alles andere, was ich Ihnen gesagt habe. Man hat ihr wiederholt Spritzen verabreicht, sowohl intravenös als auch intramuskulär. Diese Tatsache führt mich in Zusammenhang mit dem völlig leeren Magen-Darm-Trakt in Kombination mit keinerlei Anzeichen für Dehydrierung zu dem Schluss, dass er sie intravenös ernährt haben muss.«

»Warum sollte er so etwas tun?«, wollte Fradella wissen.

Tess wollte die Antwort des Rechtsmediziners eigentlich nicht hören.

»Um ihre Ausscheidungen zu kontrollieren«, erwiderte er. »Damit sie nicht auf die Toilette musste. Vermutlich hat er sie die ganze Zeit in diesem Harnisch festgehalten und wollte, dass alles so sauber wie möglich blieb.«

»Oh«, murmelte Fradella und wandte den Blick ab.

»Aber das erklärt nur die intravenöse Nadel, nicht die Einstiche in ihren Pobacken. Ich habe Proben genommen und sie eingeschickt. Im toxikologischen Bericht tauchten so viele unterschiedliche Chemikalien auf, die er ihr möglicherweise gespritzt hat. Sobald ich mehr weiß, lasse ich es Sie wissen. Das ist alles, was ich bisher herausgefunden habe.«

Sie schwiegen einige Sekunden lang. Tief in Gedanken verloren rieb sich Tess grimmig den Nacken und ließ die Hand weiter nach links unter ihr Ohr wandern. Manchmal verspürte sie den Drang, über diese Stelle zu streichen und die schmerzhaft steifen Muskeln und den Stress zu lindern. Bei einigen Menschen machte sich Stress im oberen Rückenbereich bemerkbar, worunter ihre Haltung litt, was wiederum die Anspannung in ihrem ermatteten Gehirn erkennen ließ. Bei ihr konzentrierte es sich fast immer auf die linke Seite. Seitdem sie an diesem Fall arbeitete, war der Schmerz an der Halsseite, den sie fast vergessen hatte, umso schlimmer wieder zurückgekehrt und erstreckte sich von der Halswirbelsäule bis hinter das Ohr und zum Haaransatz. Möglicherweise lag es an der Leichenhalle, in der es zu kalt und zu zugig war. Oder an der Klimaanlage ihres Wagens. Wenn sie später ein Heizkissen darauf legte, würde sich der Schmerz schon wieder legen.

»Damit ich das richtig verstehe, Doc«, sagte sie. »Der Killer hat nicht gezögert?«

»Nicht eine Sekunde«, bestätigte Doc Rizza. »Er kann mit dem Skalpell umgehen und kennt sich mit Spritzen aus, hat Zugang zu den Medikamenten, die er benötigt, von Infusionsflüssigkeiten bis hin zu all dem, was wir im Tox-Screen finden werden. Ich vermute, dass er in einem medizinischen Beruf arbeitet, vielleicht sogar Arzt ist, und uneingeschränkt auf Medikamente zugreifen kann, was auf einen Arzt in einem Krankenhaus und nicht etwa einer Tagesklinik schließen ließe. Ein Hospiz wäre auch denkbar. Dieser Mann hat schon früher in Menschenfleisch geschnitten. Daran besteht kein Zweifel.«

»Hab ich's doch gesagt«, meinte Fradella. »Wir haben es mit einem Serientäter zu tun.«

»Es sieht ganz danach aus«, stimmte Tess ihm zu. »Wir müssen seine anderen Opfer finden. Besteht die Möglichkeit, dass Sonya sein erstes Opfer war, Doc?«

»Es ist denkbar, aber eher unwahrscheinlich.«

»Danke«, erwiderte sie und machte sich auf den Weg zur Tür.

Die beiden Detectives hatten die Automatiktüren vor ihr erreicht, und Tess folgte ihnen. Sie drehte sich noch einmal um, weil sie sich verabschieden wollte, da rief Doc Rizza ihren Namen.

»Agent Winnett.«

»Ja?«, erwiderte sie. Die Türen schlossen sich leise hinter Michowsky und Fradella. Sie konnte sehen, wie die beiden die Fahrstuhlkabine betraten, um nach oben in ihr Büro zu fahren.

»Mein Abendessen wird heute flüssiger Natur sein«, sagte Doc Rizza mit traurigem Lächeln. »Was werden Sie tun?«

»Ich habe keine Zeit, um mich zu betrinken, Doc. Da, wo Ihre Arbeit endet, fängt meine erst an. Ich muss einen Killer fangen.«

# 8. Erinnerungen

Tess betrat die Fahrstuhlkabine und wartete ungeduldig, bis sich die Türen schlossen. Sobald das geschehen war, stieß sie die angestaute Luft aus und spürte, wie ihr die Tränen kamen. Ihr war schwindlig, und sie musste sich an der Wand abstützen. Das Metall fühlte sich kalt an, es bot ihr Halt und Trost. Sie drehte sich um und sah in den schmutzigen Spiegel. Angespannte Gesichtszüge, gequälte Augen, in denen Tränen standen, tiefe Falten rings um den Mund und auf der Stirn.

»Reiß dich zusammen, Herrgott noch mal … Du bist eine verdammte FBI-Agentin«, flüsterte sie ihrem Spiegelbild zu. »Du bist hier, um für sie zu kämpfen, und nicht, damit du um sie weinen kannst. Du bist hier, um den Mistkerl zu tö…«

Sie stockte, schürzte die Lippen und ärgerte sich über sich selbst. Dann drückte sie den Knopf für den ersten Stock und setzte die Kabine in Bewegung.

»Fangen, nicht töten. Was zum Teufel stimmt nicht mit dir? Fangen, nicht töten«, wisperte sie.

Als die Türen im ersten Stock aufgingen, sah sie fast schon wieder aus wie immer. Sie trat vor Michowskys Schreibtisch, an dem der Detective vor dem Computer saß. Fradella lehnte an der Wand und sah ihm über die Schulter.

»Wollen wir jetzt die Angehörigen benachrichtigen?«

»Ja«, erwiderte Michowsky, der den Blick anscheinend nur ungern vom Bildschirm abwandte.

»Wonach suchen Sie?«, erkundigte sich Tess, als sie sah, dass er eine Suchmaschine aufgerufen hatte.

»Nach anderen Opfern. Um unsere Serienmördertheorie zu bestätigen.«

»Und?«

»Wir fangen doch gerade erst an. Wollen Sie jetzt mit den Angehörigen sprechen?«

»Geben Sie mir noch ein paar Stunden?« Tess war bereits auf dem Weg zum Treppenhaus. »Ich würde gern noch mit dem Beamten sprechen, der die Vermisstenanzeige aufgenommen hat. Danach fahren wir zu den Angehörigen, okay?«

Sie wartete nicht auf seine Antwort. Tess ging davon aus, dass die beiden Detectives froh waren, wenn sie das Gespräch mit den Angehörigen noch etwas aufschieben konnten. Dann war da auch noch das Problem mit der Presse, die hartnäckig verlangte, die Identität der Morgenrotleiche zu erfahren. Sie konnten diese Informationen noch nicht veröffentlichen, bevor sie mit der Familie gesprochen hatten; das war Vorschrift und ergab auch Sinn. Aber jeder wollte wissen, wer die schöne junge Frau war, die in ihrem verschlafenen Küstenstädtchen ermordet wurde. Allein die Tatsache, dass sie, wenn auch nur kurz, am Strand gewesen war, hatte sich ins Gehirn der friedlichen Einheimischen eingeprägt. Sie wollten Antworten. Sie wollten, dass die Morgenrottote ihre letzte Ruhe fand und der Täter gefasst wurde – damit die Angst, die dieser Mord in ihnen weckte, wieder verschwand.

Tess steckte den Schlüssel ins Zündschloss ihres SUV und schaltete die Klimaanlage auf die höchste Stufe. Wie alle vom FBI ausgegebenen Fahrzeuge war auch dieses schwarz, doch diese Farbe sorgte im Süden von Florida dafür, dass es im Auto extrem heiß wurde, die Luft beim

Einatmen beinahe ihre Lunge versengte und sie sich auf dem Ledersitz die Haut verbrannte. Aber der Wagen hatte eine hervorragende Klimaanlage, sodass sie nur Sekunden später im überhitzten SUV durchatmen und das Lenkrad anfassen konnte.

Sie ertappte sich dabei, dass sie das Losfahren hinauszögerte, indem sie am GPS und dem Radio herumfummelte. Über den Grund dafür musste sie nicht nachdenken, der war sonnenklar. Das Benachrichtigen der Angehörigen war nie leicht, und es wurde auch mit der Zeit nicht einfacher. Seitdem sie Rose hatte mitteilen müssen, dass ihr Mann Mike bei einer Schießerei ums Leben gekommen war, fiel es Tess noch schwerer als sonst.

Mike war ihr Partner und Mentor gewesen, er hatte ihr alles beigebracht, was sie wissen musste. Er hatte ihr gezeigt, wie man am Leben blieb und sich nicht von den andauernden Einschränkungen durch die Politik entmutigen ließ. Fast neun Jahre lang hatte er verzweifelt versucht, ihr etwas politische Korrektheit beizubringen, nicht viel, gerade genug, um keine Probleme zu bekommen. Seine Lehren hatten jedoch kaum etwas bewirkt, sie vielleicht in ruhigem Zustand etwas vernünftiger gemacht, mehr jedoch nicht. Er hatte ihr auch gezeigt, wie man eine gute Ermittlerin wurde, die richtigen Fragen stellte und seinen Instinkten folgte, selbst wenn diese wenig Sinn zu ergeben schienen. Im Laufe der Jahre war zwischen ihnen eine gute Arbeitsbeziehung entstanden, aus der sich eine tiefe Freundschaft entwickelt hatte, die sich auch auf Mikes Frau Rose und später ihren Sohn ausweitete. Die drei waren zu Tess' Familie geworden, mit der sie Thanksgiving und Weihnachten feierte. Sie waren alles, was sie hatte.

Dann hatten sie eines schicksalhaften Tages gegen einen Drogenring mit Verbindungen zum Terrorismus ermittelt. Die Gang war zu dem Schluss gekommen, dass sich Geld für den Terrorismus leichter verdienen ließ, wenn man das Startkapital durch Drogenoperationen exponentiell vermehrte. Tess und Mike arbeiteten in einer gemeinsamen Taskforce mit der DEA zusammen und hatten SWAT-Verstärkung, als sie bei dem Haus eintrafen.

Sie stürmten durch die Türen und verteilten sich im Inneren, um einen Raum nach dem anderen zu durchsuchen. Tess hörte Stimmen, wann immer die Agenten die Räume betraten. »Sauber!« – »Sauber!« Dann kam sie in ein Zimmer, das leer zu sein schien, ging weiter und rief: »Sauber!«

Danach folgte der Schuss. Ein einzelner, lauter Knall von oben, gefolgt vom lauten Poltern eines Körpers, der auf dem Boden aufkam. Der Rest war eine verschwommene Erinnerung, durchbrochen von gelegentlichen klaren Augenblicken, mehr nicht. Kurz darauf hatten sie den Schützen überwältigt und in Handschellen abgeführt. Es war ein Junge, der neunzehn Jahre alt war, aber aussah wie sechzehn. Nach und nach kamen die anderen aus dem verdammten Haus, nur Mike war nirgendwo zu sehen.

Als sie endlich nach oben ging, um ihn zu suchen, hielt sie den Atem an und ihr Magen zog sich zusammen, weil sie bereits Bescheid wusste. Sie musste nicht fragen. Sie fand seinen leblosen Körper auf einem fleckigen Teppich, während das Blut noch aus der Schusswunde an seiner Schläfe sickerte.

Tess wusste noch, dass sie geschrien hatte und dann von der tröstenden Hand des SWAT-Commanders zur Seite geschoben wurde. Danach war alles verschwommen, bis zu dem Moment, in dem sie an Mikes Haus an der Tür klingelte.

Rose begrüßte sie zuerst fröhlich, aber ihr Lächeln erstarb als sie ihr Gesicht sah. Tess stand wie gelähmt im Türrahmen und bekam keinen Ton heraus. Aber Rose brauchte keine Worte; sie verstand, was geschehen war, und musste dazu nur Tess' gepeinigten Blick, ihr verzerrtes Gesicht, ihre zitternden Hände sehen. Sie stieß einen gequälten Schrei aus und schlug Tess so fest ins Gesicht, dass rote Striemen auf ihrer tränenüberströmten Wange zurückblieben. Wieder und wieder schlug sie zu, und Tess stand einfach nur da, ohne sich zu wehren. Sie blinzelte nicht einmal, denn sie war fest davon überzeugt, jeden einzelnen dieser Schläge verdient zu haben. Mike war ihr Partner gewesen, sie hätte auf ihn aufpassen müssen. Sie hätte dafür sorgen müssen, dass er am Leben blieb. Sie hatte versagt.

Dann schlang Rose ihr die Arme um den Hals, schluchzte unkontrolliert und vergrub das Gesicht an Tess' Brust, was fast noch schwerer zu ertragen war. Tess legte die Arme um die schmale, zerbrechliche Frau und drückte sie an sich. Sie merkte nicht, dass sie ebenfalls bitterlich weinte und dass ihre Tränen in Roses Haar liefen.

Abgesehen von der Beerdigung hatten sie sich da zum letzten Mal gesehen. Tess wagte es nicht, an dieser Tür zu klingeln, da sie nicht wusste, ob man sie in diesem Haus jemals wieder willkommen heißen würde. Sie gab sich die Schuld an dem, was passiert war, wieso sollte Rose es dann nicht ebenfalls tun? Mikes Tod war nicht wiedergutzumachen, und sie wollte seiner Witwe nicht noch mehr Leid zufügen. Zwar war sie mehrmals am Haus vorbeigefahren, hatte sogar einmal für einige Minuten in der Straße angehalten, um sich zu vergewissern, dass es den beiden gut ging. Nein … Das war nicht alles. Sie bedauerte sehr, dass ihr der Mut fehlte, in dieser schweren Zeit für ihre Freundin da zu sein und sie zu trösten, aber sie fand einfach nicht die richtigen Worte und konnte ihre eigenen Tränen nicht zurückhalten.

Ein lautes Hupen holte sie in die Realität zurück. Die Ampel war längst umgesprungen, was sie nicht einmal bemerkt hatte. Tess gab Gas und fuhr über die Kreuzung, als es soeben wieder Gelb wurde.

# 9. Vermisste Person

Tess meldete sich am Empfang des North Miami Police Department. Der Officer, ein junger Mann, der nicht älter als fünfundzwanzig sein konnte, starrte ihren Dienstausweis eine volle Minute lang an, bevor er ihr einen Platz anbot und den Officer anrief, den sie sprechen wollte.

Einige Minuten später bat ein weiterer unfassbar junger Officer sie in einen spärlich möblierten Konferenzraum, der auch als Verhörzimmer durchgegangen wäre. Dieser Mann trug jedoch keine Uniform, sondern nur die übliche Glock und seine Dienstmarke am Gürtel.

Sie kam der per Handbewegung übermittelten Geste nach und setzte sich stirnrunzelnd.

»Ich bin hier, um mit Detective Felipe Garcia über Sonya Weavers Verschwinden zu sprechen.«

»Ich bin Detective Garcia. Freut mich, Sie kennenzulernen.«

»Meine Güte, Garcia, sind Sie überhaupt schon volljährig?«, fragte Tess, während sie ihm die Hand schüttelte.

Mit einem irritierten Gesichtsausdruck ließ der junge Mann ihre Hand los und errötete leicht. Als er um den Tisch herumging, biss sich Tess auf die Unterlippe. Sie wurde sich wieder einmal darüber bewusst, dass sie immer das Falsche sagte und jeden Menschen, dem sie begegnete, sofort vor den Kopf stieß.

»Was kann ich für sie tun, Agent Winnett?« Garcia

nahm ihr gegenüber Platz. Sein freundliches Lächeln war verschwunden.

»Ich würde gern wissen, was im Weaver-Fall alles unternommen wurde. Wer hat mit Ihnen gesprochen, was haben Sie herausgefunden, jede Kleinigkeit könnte wichtig sein.«

»Warum interessiert sich das FBI für diesen Fall? Ist eine Lösegeldforderung eingegangen?«

»Wie wäre es, wenn Sie zuerst meine Fragen beantworten?«, entgegnete Tess kühl und ärgerte sich ein wenig über die lässige Haltung des Detectives. Sein Verhalten ließ nicht erkennen, dass Sonyas Fall irgendeine Dringlichkeit für ihn hätte. Das musste jedoch noch lange nicht bedeuten, dass er seine Arbeit nicht machte. Es war eher so ein Gefühl, das sich ihrer bemächtigte. Wahrscheinlich hatte sie schlichtweg zu hohe Erwartungen.

Garcia klappte einen Aktenordner auf und ging einige Notizen durch.

»Sonya Weaver, zweiundzwanzig«, las er vor. »Verschwand am zweiundzwanzigsten März nachts, nachdem sie mit Freunden den Club Exhale aufgesucht hatte.«

»Was für ein Club ist das?«

»Ein Tanzclub. Einer der angesagtesten der Gegend. Es überrascht mich, dass Sie noch nie davon gehört haben.«

Sie beschloss, seinen Kommentar zu ignorieren.

»Bitte gehen Sie alles mit mir durch.«

»Sonya und zwei ihrer Freundinnen, Ashely King und Carmen Pozzan, haben im Exhale gefeiert. Sie haben getanzt, sich amüsiert, Männer kennengelernt, geknutscht.«

Tess warf ihm einen kurzen Blick zu.

»Das sind nur Zitate aus den Aussagen, Agent Winnett, mehr nicht. Ich bin hier nicht derjenige, der etwas bewertet.« Garcia schüttelte kurz den Kopf, als hätte er gerade etwas über sie gedacht.

»Und? Was ist danach passiert?«

»Sonya ist einfach aus dem Club verschwunden. Keiner hat etwas gesehen, niemand weiß etwas.«

»Hat der Club eine Videoüberwachung?«

»Ja, aber die Aufnahmen waren nicht sehr hilfreich. Unsere Techniker konnten sie nicht beim Verlassen des Clubs sehen. Auch auf den anderen Kameras war nicht viel zu erkennen, die Lichtverhältnisse im Club waren nicht gut.«

»Wer hat sie als vermisst gemeldet?«

»Sonyas Eltern, nachdem ihre Freundinnen mitten in der Nacht zu ihnen nach Hause gekommen waren. Aber wir haben den Fall erst am nächsten Morgen in die Datenbank eingegeben. Bei jungen Menschen besteht immer die Möglichkeit, dass sie allein woanders hingegangen oder aufgrund von Alkohol oder Drogen irgendwo eingeschlafen sind.«

»Aber bei diesem Fall sah die Sache anders aus. Warum haben Sie keine Ausnahme gemacht? Hierbei ging es nicht um jemanden, der nicht ausgegangen und zu lange weggeblieben ist. Sie ist von der Tanzfläche verschwunden, um Himmels willen.« Tess ließ sich ihren Zorn anmerken. Wenn sie einen gleichgültigen Beamten vor sich hatte, konnte sie sich nur sehr schwer kontrollieren.

Garcia schien sich über ihren Tonfall zu ärgern; er wirkte sogar leicht beleidigt.

»Ich *habe* eine Ausnahme gemacht, Agent Winnett. Normalerweise bearbeiten wir solche Vermisstenmeldungen erst nach vierundzwanzig Stunden, doch diesmal habe ich sie nach nicht einmal zwölf Stunden eingegeben.«

»Und dann?«

»Ähm … Ich habe mit ihren beiden Freundinnen gesprochen. Das Einzige, das irgendwie ungewöhnlich wirkte, war etwas, das sich fast einen Monat zuvor ereignet hatte. Die Frauen haben im selben Club gefeiert, als Sonya einen Mann kennengelernt hat und mit ihm mitgegangen ist. Später hat sie ihn jedoch auf dem Parkplatz stehen lassen. Am nächsten Morgen erzählte sie Ashely, er sei ein Freak gewesen und sie wäre allein nach Hause gegangen.«

»Wann war das?«

Er sah erneut in die Akte.

»Am achtundzwanzigsten Februar. Ich hielt es nicht für relevant und war der Ansicht, es beweist nur, dass sie gern feiern geht.«

Tess spürte, wie ihr Blut in Wallung geriet. Es war so leicht, jemandem einen Stempel aufzudrücken und es so aussehen zu lassen, als wäre es seine eigene Schuld gewesen. Sonya hatte gern gefeiert, daher war ihr Fall keine gründlichen Ermittlungen wert gewesen. Weil sie gern feierte, hatte sie alles, was auch immer passiert war, verdient.

»Sind Sie den Hinweisen nachgegangen?«

»N… nein«, antwortete er. »Sie ist ja erst drei Wochen später verschwunden. Es war eigentlich gar keine richtige Spur.«

»Was haben Sie noch gemacht?«

»Das Übliche. Wir haben sie zur Fahndung ausgeschrieben, ihre Kreditkarten überwacht, eine Presseerklärung veröffentlicht und so weiter. Im Grunde genommen haben wir alle üblichen Hebel in Bewegung gesetzt.«

»Schön, aber was haben Sie persönlich gemacht? Wie sind Sie in ihrem Fall weiter vorgegangen?«

Er sah sie an und schien nicht zu wissen, wie er reagieren sollte. Schließlich verschränkte er die Arme vor der Brust.

»Sie wissen doch, wie viel wir immer zu tun haben. Die ganzen Fälle …«

»Ich werde Ihnen sagen, was Sie getan haben, Detective Garcia. Sie haben untätig rumgesessen, während sie fünf Tage lang irgendwo da draußen gefoltert und schließlich ermordet wurde.«

# 10. Das Versprechen

Die Rushhour war während Tess' Gespräch mit Detective Garcia angebrochen, und nun steckte sie im Verkehr fest und kam nur im Schneckentempo voran. Ihr Wagen war nicht mit einer Sirene ausgestattet. Sie hatte zwar Blaulicht im Kühlergrill, am Rückspiegel und den Sonnenblenden, aber sie zögerte, es einzuschalten. Die Vorschriften waren eindeutig: Sie durfte das erst bei einem wirklichen Notfall tun.

Die Ermittlungen nach dem Tod einer Person konnten in dieser Hinsicht nicht als Notfall angesehen werden, ebenso das Überbringen der schlechten Nachricht an die Hinterbliebenen des Opfers. Beim FBI waren nicht alle Regeln gut, oder logisch, aber sie hatte sich nun einmal für diesen Job entschieden. Und so schlich sie inmitten der anderen Autos auf der I-95 dahin und erinnerte sich an den Augenblick, an dem sie beschlossen hatte, FBI-Agentin zu werden.

Tess war eine vielversprechende Jurastudentin gewesen und hatte ihre Prüfungen bis zum Ende des dritten Studienjahrs mit Bravour bestanden. In jenem Sommer machte sie ein Praktikum in einer großen Anwaltskanzlei in Fort Lauderdale, wurde von einem der Partner in den höchsten Tönen gelobt und bekam die Einladung, sich wieder zu melden, sobald sie ihr Examen in der Tasche hatte. Sie wusste noch ganz genau, wie aufgeregt sie an diesem Tag gewesen war. Damals hatte sie geglaubt, genau zu wissen, was ihre Zukunft bringen würde. Später an diesem Abend war sie mit Freunden in eine Bar gegangen und hatte ihnen von ihrem Erfolg erzählt. Einer hatte erwidert: »Wow, du wirst stinkreich sein! Dann werden wir uns gar nicht mehr sehen, du weißt ja, dass diese angesagten Anwälte ständig arbeiten. Aber immerhin wissen wir dann, wen wir anrufen müssen, wenn wir mal knapp bei Kasse sind.« Sie hatte noch deutlich in Erinnerung, wie all ihre Freunde gelacht hatten, ausgelassen und sorgenfrei, wie man es nur in der Jugend tat. Sie war jedoch nicht mit in das allgemeine Gelächter eingefallen. War es das, was sie von ihrem Leben erwartete? Wollte sie Tag und Nacht arbeiten und reich werden? Den Menschen Gerechtigkeit verschaffen, die es sich leisten konnten? Das ergab keinen Sinn, jedenfalls nicht für sie. Sie wollte im Leben etwas bewirken und nicht nur auf das große Geld aus sein.

In jener Nacht konnte sie nicht schlafen und wälzte sich im Bett herum. Am nächsten Morgen wusste sie, was sie mit ihrem Leben anfangen wollte. Sie hatte vermutlich den schwierigsten Weg gewählt, den eine junge Anwältin beschreiten konnte, um ihr Studentendarlehen abzuzahlen, aber seitdem hatte sie ihre Entscheidung keinen Tag bereut.

Sie bog in die Straße ab, in der die Weavers lebten. Sie befand sich in einem ruhigen, gehobenen Vorort mit lauter teuren Häusern, von denen die kleinsten mindestens eine halbe Million Dollar wert waren. Als sie die breite Auffahrt der Weavers erreicht hatte, strich sie sich mit den Fingern durch das lange, glatte Haar, das seine natürliche aschblonde Farbe hatte. Tess trug es schulterlang und in einer schlichten, praktischen Mittelscheitelfrisur. Sie ging zur Haustür, richtete ihre Bluse und ihren Blazer und klingelte, während sie sich innerlich wappnete.

Eine Frau mittleren Alters mit dunklen Augenringen öffnete die Tür.

»Mrs Weaver? Ich bin Special Agent Tess Winnett vom FBI. Darf ich reinkommen?«

Die Miene der Frau hellte sich ein wenig auf, als sie Tess ins gut möblierte Wohnzimmer führte. Alles war dunkel, die Vorhänge waren zugezogen, es drang kaum Licht herein. Sie schaltete die Deckenlampe ein und gut zwei Dutzend kerzenförmige Glühbirnen in einem Deckenleuchter gingen an.

»Bitte entschuldigen Sie ... Ich habe Migräne«, sagte Mrs Weaver.

Tess bemerkte die leicht veraltete Eleganz, die sie umgab. Die Möbel waren aus dunkler Eiche, darunter mehrere Bücherregale voller Bücher. Ohrensessel vor einem Kamin, daneben Stehlampen, die ideale Umgebung für Menschen, die gern zusammensaßen und lasen. Auf dem Marmorkaminsims standen mehrere kostbare geologische Artefakte. Eine Amethystdruse sowie mehrere andere Kristalle in faszinierenden Farben, deren Namen Tess nicht kannte. Dies war das friedliche Heim wohlhabender Intellektueller.

Mr Weaver kam aus der Küche, gab ihr schweigend die Hand und setzte sich neben seine Frau aufs Sofa. Die beiden hielten sich an der Hand und schienen die Luft anzuhalten.

»Haben Sie unsere Tochter gefunden?«, fragte Mr Weaver.

»Ich muss Ihnen leider eine traurige Mitteilung machen, Mr Weaver. Wir haben heute früh Sonyas Leiche gefunden.«

»Nein ... nein ...«, flüsterte Mrs Weaver und fing an zu schluchzen. »Nicht mein Baby, bitte nicht. Großer Gott, nein.«

»Sind Sie sicher, dass sie es ist?«, hakte Mr Weaver nach, dessen Kinn bedenklich zitterte.

»Leider ja. Sie ist ermordet worden.«

Der Mann nahm seine Frau in die Arme und drückte sie fest an sich. Sie klammerte sich an ihn und krallte die Finger in sein Hemd.

»Finden Sie den Mörder, Agent. Versprechen Sie mir, dass Sie ihn finden.«

Tess nickte und bekam keinen Ton heraus.

»Versprechen Sie es mir«, beharrte der Mann mit zittriger Stimme. Er schien plötzlich um zehn Jahre gealtert zu sein und wirkte gebrochen.

Sie sah ihm entschlossen in die Augen.

»Ich verspreche es.«

## 11. Media Luna

Es war bereits dunkel, als Tess das Haus der Weavers verließ. Müde stieg sie in ihren Wagen und seufzte frustriert. Von Sonyas Eltern hatte sie keine nennenswerten Informationen erhalten. Rein gar nichts. Sonya war ein gutes Mädchen gewesen, hatte im Studium ausgezeichnete Leistungen erbracht und kürzlich ihren Abschluss gemacht. Es gab schlichtweg nichts Nennenswertes, nicht einmal Streit mit einem Nachbarn.

Tess fiel ein, dass ihr Handy während des Gesprächs mit Sonyas Eltern mehrmals gesummt hatte. Sie zog es aus der Tasche und sah auf das Display. Michowsky hatte einige Male angerufen und wütend auf die Mailbox gesprochen, um danach noch zwei Textnachrichten zu schicken. Die erste lautete: »Hier ist Michowsky. Wir warten noch immer darauf, dass Sie die Angehörigen benachrichtigen.« Danach hatte er noch geschrieben: »Unsere Tote ist in den Nachrichten. Verdammt, Winnett, wo zum Teufel stecken Sie?«

Sie seufzte erneut und schloss kurz die Augen. Danach schrieb sie zurück: »Kann jetzt nicht reden. Wir sehen uns morgen früh.« Die würden ihr die Hölle heißmachen, sobald sie erfuhren, dass sie allein bei den Weavers gewesen war. Irgendwie hatte sie nicht mehr daran gedacht, die beiden zu informieren. Nun ja … Das brachte sie lieber erst am nächsten Morgen nach einer großen Tasse Kaffee über sich.

Ein lästiges Ziehen in der Magengegend rief ihr in Erinnerung, dass sie den ganzen Tag noch nichts gegessen hatte. Sie ging im Geist den Inhalt ihres Kühlschranks durch und stellte fest, dass er so gut wie leer war. Da ihr die Energie fehlte, um noch einkaufen zu gehen und sich ein Fertiggericht in die Mikrowelle zu schieben, entschied sie sich für eine bessere, einfachere Option. Einige Minuten später fuhr sie auf den Parkplatz einer kleinen Bar namens Media Luna. Halbmondförmige Lampen, die ein gelbliches Licht abgaben, waren die einzige Dekoration an den Außenwänden.

Tess betrat die schwach beleuchtete Bar und setzte sich an den Tresen auf einen Stuhl, der schon bessere Tage gesehen hatte. Dasselbe konnte man über das gesamte Lokal sagen. Die Wände waren fleckig und die ursprünglich rotbraune oder rötliche Farbe war bereits an mehreren Stellen rissig und ließ hier und da den weißen Putz darunter erkennen.

Die Ausschanklizenz war das einzige gerahmte Bild an den Wänden. Zusätzlich gab es Dutzende von Fotos, die mit Reißzwecken dort befestigt waren und die alle das Innere der Bar zeigten. Im Laufe der Jahre waren die Stammgäste älter geworden, einige hatten an Haar verloren und an Gewicht zugelegt, und an keinem war die Zeit spurlos vorbeigegangen. Aber einige der Gesichter blieben gleich und hingen als Erinnerung an gute Zeiten und denkwürdige Abende hinter dem glänzenden, fleckigen Tresen.

Sie stützte sich auf die Ellbogen und vergrub das Gesicht in den Händen. Drei Stühle weiter hatte sie ein Mann mit breitem Lächeln und idiotischem Anmachspruch begrüßt. Sobald er ihre Dienstmarke bemerkt hatte, starrte er jedoch nur noch den Fernseher in der Ecke an. Ein anderer Mann saß am hinteren Ende des Tresens und blickte niedergeschlagen in sein fast leeres Glas, während er leise etwas vor sich hinmurmelte. Im

Media Luna war an diesem Abend nicht besonders viel los. Das war keine Überraschung an einem Mittwoch, das Wochenende war schließlich noch sehr weit entfernt.

Der Barkeeper sah grinsend zu ihr herüber. Sie zwinkerte ihm zu und zwang sich ein schiefes Lächeln ab. Er säuberte weiter einige hohe Gläser und warf hin und wieder einen Blick zum Fernseher hinüber, auf dem abwechselnd die neuesten Nachrichten, Sportmeldungen und der Wetterbericht zu sehen waren. Mit seinen fast sechzig Jahren sah der große, gebräunte Mann noch ziemlich gut aus. Er hatte sich seinen von grauen Haaren durchzogenen Bart seit einigen Tagen nicht abrasiert, und sein langes, lockiges Haar sah auch eher grau als schwarz aus. Im Großen und Ganzen erinnerte er auf angenehme Weise an Kenny Rogers oder den jungen Willie Nelson. Was bei anderen ungepflegt gewirkt hätte, schien diesen Mann eher attraktiver zu machen.

Die obersten drei Knöpfe seines Hawaiihemds standen offen, sodass jeder das Tattoo auf seiner Brust erkennen konnte. Es handelte sich um das Tribal eines Tigers mit hypnotischen, durchdringenden Augen, der in ein Flammenmotiv eingebettet war. Dieses Tattoo hatte dem Barkeeper den Spitznamen eingebracht, mit dem er bei allen bekannt war, aber nur wenige durften ihn auch damit ansprechen.

Nachdem er die Gläser gespült hatte, stellte er sie auf den Tresen und mixte einen Drink. Tess sah ihm bei der Arbeit zu, entspannte sich langsam und spürte, wie die Schrecken des Tages nachließen. Sie griff nach der Schale mit den Erdnüssen und wollte ein paar herausnehmen.

»Fass die nicht an«, sagte der Barkeeper. »Das sind die ekligsten, die hier rumstehen. Da hat schon jeder mit dreckigen Händen reingefasst.« Er holte ein neues Päckchen Erdnüsse aus der Vorratskammer, schüttete sie in eine saubere Schale und stellte sie vor Tess. »Bitte.«

Sie erwidere nichts und kaute nur geistesabwesend, während er das Getränk zubereitete. Dann steckte er zwei Strohhalme in den trüben Drink und stellte das Glas vor Tess auf den Tisch.

»So, wie du ihn magst, Kleine.«

»Danke, Cat.«

Sie spielte mit den Strohhalmen herum, ließ die kleinen Eiswürfel im Glas klirren und drückte die Kräuter nach unten. Erst dann trank sie einige Schlucke und sah dabei auf den Fernsehbildschirm, auf dem gerade die Lokalnachrichten anfingen.

Es dauerte eine Weile, bis der Bericht kam. Zuerst ging es um einen Krater, der sich unter einem Haus in Tampa aufgetan hatte. Danach folgten einige schlecht erkennbare Aufnahmen des Strandes aus der Ferne, die von einem ebenso schlechten Kommentar begleitet wurden.

Tess bat den Barkeeper mit einer Geste, den Fernseher lauter zu stellen, was er sofort tat.

»Ihre Leiche wurde heute am frühen Morgen gefunden, weshalb sie in der Öffentlichkeit als Morgenrotleiche bezeichnet wird. Noch wurde ihre Identität nicht bekannt gegeben. Auch über die Todesursache ist noch nichts bekannt, wir gehen jedoch von einem gewaltsamen Tod aus, und allseits wird befürchtet, dass in Juno Beach ein Serienmörder sein Unwesen treibt.«

»Gottverdammt«, murmelte Tess und fuhr sich mit der rechten Hand über die Kehle, woraufhin Cat den Fernseher stumm schaltete.

»Hey, ich wollte das sehen«, beschwerte sich der Mann am Ende des Tresens leicht nuschelnd. Cat nahm es nicht einmal zur Kenntnis.

Er zog sich einen Barhocker heran und setzte sich neben Tess.

»Ist das dein Fall?«, fragte er leise.

Sie starrte einige Sekunden in ihr Glas.

»Ja«, antwortete sie bedrückt und erschauderte leicht.

Cat warf dem Mann, der in ihrer Nähe saß, einen Blick zu und machte eine Handbewegung, um ihn zum Gehen aufzufordern. Der Mann gehorchte prompt, sprang auf die Beine und stürzte auf dem Weg nach draußen den Rest seines Drinks herunter, um das leere Glas neben der Tür auf dem Tresen abzustellen. Aber der andere Mann, der dort saß, blickte nicht einmal auf, obwohl Cat ihm böse Blicke zuwarf.

»Entschuldige mich kurz«, meine er, stand auf und trat zu dem Mann. »Sie müssen sich ein Taxi rufen. Und zwar sofort.«

»Werfen Sie mich raus?«

»Ja. Kommen Sie morgen wieder. Der Drink geht auf mich, aber danach müssen Sie gehen.«

»Okay, okay, hab verstanden. Bin ja schon weg«, nuschelte der Mann, stand auf und schlurfte zur Tür. Sobald sie hinter ihm ins Schloss gefallen war, verriegelte Cat die Tür und hängte das »Geschlossen«-Schild daran.

»Du musst den Laden nicht jedes Mal dichtmachen, wenn ich deprimiert bin, Cat«, sagte Tess und spürte, wie ihr die Tränen kamen. Sie nahm noch einige Schlucke, bis ihr Glas leer war. Er bereitete ihr bereits den nächsten Drink zu, und die vertrauten Gerüche und Geräusche versetzten sie in die Vergangenheit zurück und riefen Erinnerungen wach, die sie nicht auslöschen konnte. In einer finsteren Nacht wie dieser, einer Nacht, die ihr ganzes Leben zerstört und sie für immer verändert hatte, war sie zum ersten Mal auf Catmans Türschwelle aufgetaucht. Sie war blutbedeckt hereingekommen, hatte ihre zerfetzte Kleidung mit zitternden Händen zusammengehalten und gekeucht, nachdem sie verzweifelt um ihr Leben gerannt war. Damals hatte Cat dasselbe gemacht … Er hatte all seine Gäste rausgeworfen, die Bar zugesperrt und sich so lange um sie gekümmert, wie es nötig war. Zu jener Zeit waren sie völlig Fremde gewesen, aber inzwischen war er ihr zu einem guten Freund geworden.

»Bitte sehr«, sagte er und stellte ein größeres Glas vor ihr ab. »Ich habe dir gleich einen doppelten gemacht.«

Sie gluckste leicht verbittert. »Danke, Cat.«

Er setzte sich neben sie und wartete schweigend. Tess knabberte hin und wieder an einigen Erdnüssen, während ihr Gehirn von dunklen Gedanken und schmerzhaften Erinnerungen überflutet wurde.

»Ich habe heute ein Versprechen gegeben, Cat«, flüsterte sie schließlich. »Ich habe ihren Eltern versprochen, dass ich ihren Mörder fange.«

»Und das wirst du auch. Das tust du doch immer, oder nicht?«

»Nein … nicht immer. Es gibt da einen … einen, der mir entwischt ist. Der, der nie eine Fallnummer hatte. Du weißt, wen ich meine, Cat. Ich bin noch immer an der Sache dran. Ich suche weiterhin nach diesem Tattoo, weil das alles ist, woran ich mich erinnern kann. Ich träume immer noch von dem verdammten Ding. Eine eingerollte Schlange … Wie kann es sein, dass sich jemand an das und an nichts anderes erinnert?« Sie schwieg eine Weile, runzelte die Stirn und verzog gepeinigt das Gesicht. »Ich habe mir Tausende von Schlangen in Tausenden von Tattoo-Studios angesehen, aber trotz meines schicken FBI-Ausweises und den ganzen Datenbanken, auf die ich Zugriff habe, konnte ich nichts herausfinden. Seit Jahren suche ich nach einem weißen

Mann mit einem Schlangentattoo auf dem Arm. Ohne jeglichen Erfolg. Doch genau wie bei dem Kerl heute habe ich nichts in der Hand. Rein gar nichts. Keine Spuren, keine Abdrücke, nicht das Geringste. Nur ... nur das, was er ihr angetan hat.«

»Wie lange ist es her?«, fragte er leise.

»Wir haben sie heute früh gefunden.«

»Nicht das mit ihr ... das mit dir.«

»Oh ...«, erwiderte sie und wandte kurz den Blick ab. »Zehn Jahre, sieben Monate und zwölf Tage. Ja, ich zähle noch immer mit.«

»Und du hast es nie gemeldet?« Er berührte sanft ihre Hand, um sie zu trösten.

»Wozu, Cat? Ich war kurz davor, meine Ausbildung beim FBI anzufangen. Das hätte meine Karriere ruiniert. Die Sache wäre bis ans Ende meines Lebens in meiner Akte gewesen, und was hätte das gebracht? Die Polizei konnte mir nicht helfen. Ein paar Wochen später gehörte ich selbst dazu und hatte eine Waffe und eine Dienstmarke, konnte den Kerl aber trotzdem nicht finden.«

Sie nahm die Strohhalme aus dem Glas und trank mehrere Schlucke ihres trüben Drinks. Als sie das Glas wieder abstellte, zitterte ihre Hand.

»Ich habe oben noch immer ein freies Zimmer, Kleine. Du kannst bleiben, solange du willst.«

Sie drückte seine Hand und spürte, wie ihr eine Träne die Wange herunterlief.

»Das geht nicht. Nicht jetzt. Ich habe heute den Eltern des toten Mädchens ein Versprechen gegeben, und ich werde es halten. Du hast ja keine Ahnung ... Dieser Mistkerl ist wirklich ... Wir müssen ihn erwischen, Cat. Ich muss ihn erwischen.«

»Und das wirst du auch. Wenn es jemand schaffen kann, dann du«, meinte er mit etwas mehr Nachdruck.

»Ich bin beeindruckt, dass du diese Fälle bearbeitest, Kleine, wenn man alles in Betracht zieht.«

»Du meinst, bei meiner Vorgeschichte?«

Er nickte.

»Ja ... Es ist ja nicht so, als würde ich nur Fälle mit Serienmördern oder Sexualverbrechern bearbeiten. Man weist uns die Fälle zu, und zwar alle möglichen Fälle. Ich habe gerade einen Krankenkassenbetrug abgewickelt, ein reines Wirtschaftsverbrechen. Aber ich hatte im Laufe der Jahre auch einige der richtig miesen Fälle, doch so wie dieser hat mich noch keiner aus der Bahn geworfen. Irgendetwas ist bei diesem Fall anders, Cat. Irgendwie ist dieser Täter anders. Der Schlimmste, den ich je gesehen habe.«

Sie rieb sich wiederholt den Nacken und wirkte nachdenklich. Danach strich sie sich über die linke Halsseite, direkt unter dem Ohr, bis das Brennen langsam nachließ.

»Warum?«, erkundigte er sich leise. »Warum ist es anders? Das kannst nur du beantworten, Kleine.«

»Ich kann es nicht genau erklären, es ist fast so, als ob ... Eigentlich weiß ich es nicht wirklich. Ich ging zum Rechtsmediziner, ohne auch nur zu ahnen, was er uns sagen würde, aber als er uns mitteilte, was er herausgefunden hat, habe ich ...« Sie hielt einen langen Augenblick inne. »Ich weiß nicht einmal, wie ich es ausdrücken soll, Cat. Dieser Fall geht mir einfach unter die Haut, das ist alles. Er löst in meinem Kopf alles Mögliche aus. Aber ich stehe das schon durch.«

Sie versuchte, nicht völlig die Fassung zu verlieren. Schließlich war es nicht nötig, Cat das volle Ausmaß ihres innerlichen Abgrunds zu zeigen.

Aber Cat verstand sie auch so. Er stand auf.

»Seit deinem letzten Besuch habe ich mir übrigens einen Grill gekauft. Jetzt bieten wir auch Burger und Pommes an.« Er lehnte sich verschmitzt an den Tresen. »Möchtest du was essen?«

»Sehr gern«, antwortete sie und hatte das Gefühl, ihr Leben normalisierte sich gerade ein bisschen.

Er legte einige Pattys auf den Grill, die sofort zu brutzeln anfingen. Danach beförderte er eine anständige Portion Pommes frites in die Fritteuse, packte einige Käsescheiben aus und wärmte die Brötchenhälften an. Cat bei der Arbeit zuzusehen, erfüllte Tess mit einem friedlichen, wohltuenden Gefühl. Das hier war eine einfache, begrenzte, sichere Welt, in der ihr nichts und niemand schaden konnte.

»Hast du Jim in letzter Zeit mal gesehen?«, erkundigte er sich, ohne sie anzusehen.

»Du liebe Güte, mit der Frage habe ich jetzt aber nicht gerechnet«, gestand Tess lachend. »Für dich mag er ja Jim sein, aber für mich ist er noch immer Dr. Navarro.«

»Und?«, hakte er nach, konzentrierte sich dabei aber weiterhin auf den Grill.

»Nein, nicht in letzter Zeit.« Sie runzelte die Stirn und wusste selbst gar nicht mehr, warum sie den Psychiater, den sie in ihrer Freizeit aufsuchte, schon so lange nicht mehr gesprochen hatte. »Er hat mir sehr geholfen, aber …«

Cat drehte sich um und stellte zwei große Teller mit Burgern und Pommes auf den Tresen, wirbelte dann noch einmal herum und holte Senf, Ketchup und Mayonnaise. Nach einer dritten Drehung standen auch noch Gurkenscheiben bereit.

»Aber?«, wollte er wissen.

»Er kann mir auch nur begrenzt helfen, verstehst du? Die Besuche sind nicht offiziell und er verschreibt mir keine Medikamente; wir reden nur. Ich will auch gar nichts einnehmen. Wir reden und reden, aber einem Teil von mir geht es trotzdem nicht besser. Er meint, ich würde unter einem posttraumatischen Stresssyndrom leiden, doch ich will kein Label. Ich weiß auch so, was ich habe. Ich bin … beschädigt, und das lässt sich nicht mehr ganz reparieren. Atemübungen und Reden bringen mich nur begrenzt weiter.«

Er biss herzhaft in seinen Burger und kaute gemächlich, und sie tat es ihm nach.

»Das mag ja sein, aber warum versuchst du es nicht wenigstens weiter?«

Sie aßen schweigend, und Tess versuchte derweil, eine Antwort auf diese einfache Frage zu finden. Aber es gab keine, jedenfalls keine logische.

»Du hast recht, ich hätte nicht damit aufhören sollen«, gab sie schließlich zu. »Ich werde diesen Fall abschließen und dann wieder zu ihm gehen. Ich habe immer Angst, dass es doch mal jemandem bei der Arbeit auffällt, dass ich mich komisch verhalte und zickig und schreckhaft bin.«

Er nickte und aß ein paar Pommes frites.

»Ich fühle mich in der Gegenwart anderer Menschen nur so unwohl, verstehst du? Dr. Navarro sagte, ich wäre allen gegenüber misstrauisch, wegen … wegen dem, was passiert ist. Vielleicht hat er recht, möglicherweise ist dieses Misstrauen aber auch angebracht. Ist dir klar, wie schnell sie mich rauswerfen würden, wenn sie wüssten, was mit mir los ist? Wer will denn schon, dass jemand mit einer posttraumatischen Belastungsstörung mit einer Waffe und einer Dienstmarke herumläuft? Oder dass eine Bundesbeamtin Panikattacken bekommt?«

»Vielleicht solltest du wieder anfangen, anderen zu

vertrauen«, sagte Cat leise. »Nicht alle Menschen sind schlecht. Einige ja, aber nicht alle.«

Sie betrachtete ihn mit müden Augen. Wo sollte sie damit anfangen?

»Menschen sind immer voller Schmerz und Angst, und sie schleppen alle ihr eigenes Elend mit sich herum«, fuhr er fort. »Vertrau mir; ich weiß, wovon ich rede. Wenn sie am Ende ihres Lateins angekommen sind, tauchen sie hier auf und erzählen mir ihre Geschichten. Versuch einfach, einigen wenigen Menschen zu vertrauen, und warte ab, was passiert.«

»Das kann ich nicht, Cat. Ich habe vergessen, wie das geht.«

»Mir vertraust du doch, oder nicht?«

»Ja, aber du bist etwas Besonderes«, gab sie mit einem traurigen Lächeln zu.

»Eventuell findest du ja bei deinem Job einige vertrauenswürdige Menschen, die einen Versuch wert sind.«

»In meinem Job ist man in letzter Zeit nicht gerade glücklich mit mir, und das tut weh, weil ich meine Arbeit liebe. Aber ich fahre andere an und bin ständig wütend. Und dann ist da noch dieser Fall.« Sie schob ihren Teller von sich weg, obwohl sie nicht aufgegessen hatte. »Immer, wenn ich einen dieser Freaks erwische, geht es mir etwas besser. Vielleicht bin ich eines Tages sogar so weit, dass ich mich wieder normal fühle.«

»Du wirst dieses kranke Schwein hinter Gitter bringen, nicht wahr?«, fragte er mit einem schiefen Grinsen.

»Oh ja, Cat, das werde ich. Davon bin ich überzeugt. Ich weiß zwar noch nicht wie, aber ich kriege ihn.«

# 12. Jene, die sterben

Es war noch nicht einmal acht Uhr, als Tess in der Einsatzzentrale eintraf. Sie hatte drei Kaffeebecher auf einem Kartonträger in der einen und eine Tüte mit frischen Donuts in der anderen Hand, um dem Team, das sie am Vorabend völlig ignoriert hatte, ein Friedensangebot zu unterbreiten.

»Na, endlich«, sagte Michowsky, sprang auf und schnappte sich sein Jackett. Er zog eine Schreibtischschublade auf und holte seine Waffe heraus.

»Hey, nicht so schnell«, meinte sie und reichte ihm einen der drei Becher. »Es ist bereits erledigt. Lassen Sie uns stattdessen zum Rechtsmediziner gehen; vielleicht hat er ja Neuigkeiten für uns.«

»Was soll das heißen, dass es bereits erledigt ist?«, wollte Michowsky wissen und stellte seinen Kaffeebecher ab, ohne einen Schluck zu trinken.

»Ich war gestern Abend bei den Angehörigen.«

»Ohne uns?«, schaltete sich Fradella ein. »Was zum Teufel soll denn das?«

»Ach, die Sache in North Miami hat länger gedauert als gedacht, und dann war der Verkehr so dicht und ich ging davon aus, dass Sie so spät nicht mehr mit den Angehörigen sprechen möchten. Ich dachte, Sie wären längst nach Hause gegangen. Es tut mir leid«, sagte sie. »Es tut mir wirklich leid.«

»Machen Sie so was nie wieder, verstanden?«, schimpfte Michowsky. »Wir sind doch angeblich ein Team. Das haben Sie selbst gesagt.«

»Es wird nie wieder vorkommen«, versprach sie.

»Gut, dann gehen wir jetzt mal nach unten«, meinte Michowsky, der immer noch leicht verstimmt aussah.

Sie fuhren schweigend mit dem Fahrstuhl in den Keller. Tess war dankbar dafür, dass ihr die beiden Männer wegen ihres eigenmächtigen Handelns keine weiteren Vorwürfe machten. Es konnte nicht schaden, wenn zur Abwechslung mal keine Beschwerden auf SAC Pearsons Schreibtisch landeten.

Die Tür öffnete sich mit leisem Zischen, und schon umgab sie die kühle Luft der Leichenhalle. Doc Rizza telefonierte gerade. Er winkte ihnen zu und bat sie mit einer Geste, Platz zu nehmen. Michowsky und Fradella kamen der Aufforderung nach, aber Tess blieb stehen und ging langsam an der Wand auf und ab.

Hinter Doc Rizzas Schreibtisch hing ganz oben seine gerahmte Abschlussurkunde. Er hatte in Berkeley in Kalifornien Medizin studiert. Das war interessant. Tess' Blick wanderte an der Wand weiter nach unten, wo sie herausfand, dass er einen zweiten Abschluss, diesmal in klinischer Psychologie, an der Florida State University gemacht hatte. Wenn das so war, dann konnte es sich durchaus lohnen, ihn etwas mehr in die Ermittlungen und ihre Überlegungen mit einzubeziehen. Danach fielen ihr die Decke und das Kissen auf dem Sofa ins Auge. Er war am Vorabend gar nicht nach Hause gefahren. Das mit dem geplanten flüssigen Abendessen war gelogen gewesen, stattdessen war er hiergeblieben und hatte gearbeitet.

»Ihre Beharrlichkeit hat Wirkung gezeigt«, sagte Doc Rizza, nachdem er das Telefonat beendet hatte. »Der toxikologische Untersuchungsbericht kam heute Morgen um sechs rein.«

Sie versammelten sich um ihn, und er schaltete den

Fernseher an der Wand ein, ging zu einem Laptop und rief einen E-Mail-Anhang auf. Dann scrollte er etwas herum.

»Wir haben die Bestätigung für die Befunde sowohl aus ihrem Blut als auch von den zahlreichen Einstichstellen. Ihr wurden mehrere starke, seltene Mittel verabreicht, darunter Flibanserin, eine Droge, die die Libido bei Frauen steigert.«

Tess zuckte zusammen.

»Dann haben wir hier noch niedrig dosierte Opiate, ebenso Stimulanzien wie auch Mittel, die die Schmerzgrenze herabsetzen. Diese Variante von Methylphenidat stimuliert beispielsweise das zentrale Nervensystem.«

»Ist dieses Zeug, das die Schmerzgrenze senkt, wirklich so ungewöhnlich, Doc?«, fragte Fradella. »Schmerzmittel nimmt doch so gut wie jeder.«

»Wenn die Schmerzgrenze gesenkt wird, bedeutet das, dass man mehr Schmerzen spürt und nicht weniger«, erklärte Doc Rizza. »Zusammen mit den unzähligen feinen Schnitten an ihrem Körper hat sie eine chemisch verstärkte Folter durchleiden müssen.«

»Großer Gott, das ist … das ist ja krank.«

»Genau wie der Rest«, entgegnete Tess.

»In ihren Nasenlöchern befanden sich Spuren von Ammoniak. Sie hat das Bewusstsein verloren, und er hat ihr kleine Fläschchen mit Riechsalz unter die Nase gehalten, um sie wieder aufzuwecken. Zudem hat er sie mit einer fünfprozentigen Glukoselösung intravenös ernährt. Das ist alles, was der Befund ergeben hat. Auf die Spurenanalyse der entzündeten Wunden warte ich noch. Aber ich gebe Ihnen eine Liste der Komponenten, denen Sie nachgehen können.«

»Das hier ist Miami, Doc«, sagte Michowsky. »Hier kriegt man an jeder Straßenecke, was man haben will.«

»Einige der Substanzen sind wirklich selten. Es könnte sich dabei natürlich auch um Schmuggelware handeln. Man weiß ja nie.«

»Der Mörder kannte sich also mit diesen Mitteln aus. So etwas lernt man nicht aus dem Fernsehen oder dem Internet«, stellte Fradella fest.

»Ganz genau«, meinte Doc Rizza. »Dieser Mann hat irgendeine medizinische Ausbildung genossen. Kommen wir zum nächsten Punkt.«

Er drückte einige Tasten, und auf dem Bildschirm erschien eine Großaufnahme von Sonyas Mund.

»Die Bisswunde. Ich habe das Narbengewebe analysiert, und es könnte älter sein, so etwa sieben bis fünfzehn Tage alt. Bei Bissverletzungen ist so etwas immer schwer zu bestimmen, aber sie ist eindeutig älter als die Entführung und steht somit wahrscheinlich in keinem Zusammenhang damit. Der Biss war heftig genug, um ihre Haut an zwei Stellen zu durchdringen, hinterließ jedoch fast keine Narbe.«

»Könnte es sich dabei vielleicht um ein Versehen handeln?«, fragte Tess.

»Ich wüsste nicht, wie das möglich sein sollte, es sei denn, sie hat sich selbst aus irgendeinem Grund in die Lippe gebissen und dabei zu viel Kraft aufgewendet. Möglicherweise stand sie unter Schock … Sie ist vielleicht beim Autofahren in ein Schlagloch geraten. Das ist denkbar, allerdings eher unwahrscheinlich. Dasselbe gilt für einen erotischen Biss. Auch das wäre möglich, aber auch unwahrscheinlich.«

»Zwei Wochen, sagten Sie?«, hakte Michowsky nach.

»Ja, in etwa. Dann … habe ich noch sehr schwache Parfümrückstände auf ihrem Körper entdeckt und lasse sie gerade auswerten. Vielleicht können Sie in diesem

Fall ja ebenfalls Ihre Magie einsetzen, damit wir die Ergebnisse schneller bekommen?«

»Ich versuche es«, meinte Tess.

»Dann wäre da die DNA. Nein, machen Sie sich gar keine Hoffnungen, es gibt keine. Ich habe es wirklich überall versucht und nicht die geringste Spur gefunden. Er hat Kondome benutzt und war stets sehr vorsichtig, wann immer er sie berührt hat. Vermutlich trug er die ganze Zeit Handschuhe. Eine Sache wäre da noch.«

»Raus damit«, verlangte Tess.

»Es gibt Anzeichen für sexuelle Atemkontrolle. Sie wurde mehrmals beinahe erstickt, bevor sie getötet wurde.«

Sie starrten Sonyas blasses Gesicht auf dem Bildschirm schweigend an.

»Mehr habe ich nicht«, schloss Doc Rizza seinen Bericht.

»Gehen wir die Sache noch einmal durch, Doc«, bat Tess. »Wir haben es mit jemandem zu tun, der Erfahrung damit hat, in Menschenfleisch zu schneiden, der wahrscheinlich einen medizinischen Beruf ausübt, der sehr viel über Medikamente weiß, der dreist genug ist, einen Körper, bei dem die Totenstarre bereits eingesetzt hat, nur wenige Meter von ahnungslosen Passanten entfernt abzusetzen, und der Zugang zu einem derart abgelegenen Ort hat, dass er sich sicher genug fühlt, sein Opfer, das wahrscheinlich lauthals geschrien hat, fünf Tage lang zu foltern. Habe ich etwas übersehen?«

»N… nein, Sie haben alles Entscheidende genannt.«

»Wenn Sie raten müssten, mit welcher Art von Mann haben wir es Ihrer Meinung nach zu tun?«

»Ich rate nicht gern, wie Sie wissen. Ich würde davon ausgehen, dass er relativ jung ist, wahrscheinlich Ende zwanzig oder Anfang dreißig, wohlhabend und unverschämt. Ihn verlangt es nach einer komplizierten Form der Befriedigung. Er ist ein gefühlskalter Psychopath, und ich würde davon ausgehen, dass ein MRT Anomalien in seiner Amygdala nachweisen würde.«

»Sonst noch etwas, das uns von Nutzen sein könnte?«, fragte Tess.

»Ich lasse es Sie wissen, falls mir noch etwas einfällt.«

»Danke, Doc«, sagte Michowsky und wandte sich zum Gehen.

Tess blieb noch einen Moment stehen, starrte Sonyas Gesicht auf dem Bildschirm an und dachte darüber nach, wie wenig die Lebenden von den Toten trennte.

# 13. Die ersten Opfer

Die Fahrt im Fahrstuhl verlief ebenso schweigend wie zuvor, aber aus anderen Gründen. Diesmal hingen sie alle ihren Gedanken nach, die noch etwas finsterer waren als zuvor. Tess bildete da keine Ausnahme. Libidoverstärker? Mittel, die die Schmerzgrenze senkten? Der Mörder war ein Psychopath, daran bestand kein Zweifel. Trotzdem musste man sich fragen, was für ein kranker Geist sich eine derart perfide Foltermethode ausdachte. Bevor sich die Türen im ersten Stock mit einem Ping öffneten, hatte sie die Antwort bereits gefunden. Sie hatten es mit einem narzisstischen, sadistischen Psychopathen zu tun, den nicht der Sex erregte, sondern die Macht. Und der Schmerz, den er seinen Opfern zufügte. Aus diesem Grund hatte er auch darauf geachtet, Sonya nicht im Gesicht zu verletzen. Für ihn musste das Opfer wie eine makellose Kreatur aussehen, die vom Schmerz verzehrt wurde und ihm ganz und gar ausgeliefert war. Sie hatten es bei diesem Fall nicht mit einem religiösen Ritual zu tun, wie sie ursprünglich angenommen hatten. Es handelte sich zwar um ein Ritual, dem aber nichts Religiöses anhaftete. Vielmehr ging es dabei um das Ausüben von Macht, *seiner* absoluten Macht. Er hatte Sonya in dieser betenden Haltung postiert, doch sie betete dabei nicht etwa Gott an, sondern ihn. Genau das war die Fantasie des Killers.

»An die Arbeit, Männer«, sagte Tess und ging schnellen Schrittes auf Garys Schreibtisch zu, wobei sie sich unterwegs noch ihre Laptoptasche unter den Arm klemmte. »Es wird Zeit, dass wir seine anderen Opfer finden.«

»Wir haben gestern den ganzen Abend recherchiert, während wir auf Ihre Rückkehr gewartet haben, konnten jedoch keine Fälle finden, bei denen der Täter ähnlich vorgegangen ist«, erwiderte Michowsky.

»Wo und wie haben Sie gesucht?«, erkundigte sich Tess.

»Wir haben in den Datenbanken nach weißen Opfern unter dreißig gesucht, die in einer bestimmten Haltung gefunden wurden. Heraus kamen gerade mal zwei, eines an der Golfküste in der Nähe von Tampa und eines hier in der Nähe in Miami«, führte Fradella aus. »Aber die beiden Fälle kommen nicht infrage und haben nichts miteinander zu tun.«

»Warum nicht?«

»Das Opfer in Tampa wurde übel zusammengeschlagen, hat ein zerschundenes Gesicht und passt nicht zu unserem Täter. Das andere wurde erschossen, war ansonsten jedoch unversehrt und wurde weder geschlagen noch vergewaltigt, ist also auch kein Treffer.«

»Wie weit haben Sie die Suche ausgedehnt?«

»Auf den ganzen Staat, soweit wir Zugriff haben«, antwortete Michowsky stirnrunzelnd.

»Dann wird es Zeit, dass wir mehr unternehmen«, entschied Tess. »Zuerst werde ich in der Datenbank eine Benachrichtigung einschalten, damit wir sofort informiert werden, wenn eine junge Frau im Südosten als vermisst gemeldet wird.«

»Dann werden Sie aber allein heute im Laufe des Tages unzählige Meldungen reinbekommen«, gab Michowsky zu bedenken. »Ich bin mir nicht sicher, wie nützlich das sein wird.«

»Solange wir die Suche nicht einschränken können,

müssen wir damit leben«, erwiderte Tess. »Wir wissen nicht, wie lange sich der Mörder Zeit lässt, bevor er wieder zuschlägt. Er könnte schon jetzt da draußen rumlaufen und sein nächstes Opfer entführen.«

Michowsky nickte, schien aber nicht überzeugt zu sein. Fradella trat hinter sie.

»Darf ich mir ansehen, wie Sie das machen?«

»Ja«, erwiderte Tess ein wenig verstimmt.

Dass ein Mann so dicht hinter ihr stand und sie nicht sehen konnte, was er tat, machte sie nervös. Aber sie riss sich zusammen, das musste sie ertragen. Es war wichtig, dass sie sich normal verhielt und logisch handelte. Todd Fradella war Polizist und darüber hinaus ein netter Mann. Sie befanden sich mitten in der Einsatzzentrale und waren umringt von anderen Polizisten. Hier würde sie niemand angreifen, daher beschloss sie, die panischen Stimmen in ihrem Hinterkopf zu ignorieren, die lauter wurden, als er hinter ihr auftauchte und ihr über die Schulter sah. Sie konzentrierte sich auf die Suche und bemerkte, dass sie etwas leichter atmen konnte. Diese verdammte Hypervigilanz.

»Beim FBI setzt man etwas ein, das DIVS oder Data Integration and Visualization System genannt wird. Es zieht Informationen aus Datenbanken, mit denen es verbunden ist und bei denen es sich um den Großteil der Datenbanken von Strafverfolgungsbehörden in den gesamten Vereinigten Staaten handelt. Auf diese Weise haben wir ein einziges Suchtinterface. Geben wir einige Parameter ein«, schlug sie vor, »und gehen wir, hm, zwei Jahre zurück.«

»Reicht das denn aus?«, wollte Fradella wissen.

»Vermutlich nicht, aber wir haben noch nicht sehr viele Filter, mit denen wir arbeiten können, und bekommen sonst viel zu viele Ergebnisse. Sobald wir herausgefunden haben, wie wir die Viktimologie weiter einschränken können, lässt sich der Suchradius weiter in die Vergangenheit ausweiten.«

»Hm«, murmelte Michowsky. »Sind Sie sich wirklich sicher, dass wir es mit einem Serientäter zu tun haben?«

»Sind Sie nach allem, was wir unten gesehen haben, noch immer nicht davon überzeugt?«, fragte Tess. »Was wollen Sie denn noch?«

»Ich denke nur, dass wir davon gehört haben müssten. Würde in unserer Gegend ein Serienmörder sein Unwesen treiben, hätten wir längst davon erfahren.«

»Und wenn er nicht von hier ist? Was ist, wenn er normalerweise nicht in Miami zuschlägt?«, gab Fradella zu bedenken.

»Ganz genau«, pflichtete Tess ihm bei. »Sie müssen global oder in diesem Fall national denken. Er könnte überall angefangen haben. Vielleicht hat er seine Vorgehensweise mit der Zeit verändert und konnte bisher unauffällig bleiben. Sehen wir mal, was uns die Daten verraten. Den Zeitrahmen legen wir auf zwei Jahre fest, und … ungelöste Fälle, weibliches Mordopfer, weiß, erwachsen, aber unter dreißig.«

»Warum erwachsen?«, wollte Fradella wissen. »Woher wissen Sie das?«

»Pädophile sind anders gepolt. Sie stehen nicht darauf, einen Erwachsenen zu foltern und zu vergewaltigen, sondern konzentrieren sich auf Kinder, meist noch relativ junge.«

»Großer Gott …«, murmelte Fradella und verzog angewidert das Gesicht.

Sie drückte die Eingabetaste, und das System spuckte einhundertsiebenundzwanzig Opfer aus.

»Oh, wow.« Fradella staunte. »Das sind aber viele ungelöste Mordfälle.«

»Als Nächstes legen wir ein paar Ausschlussfilter fest und schränken die Ergebnisse weiter ein.« Sie lehnte sich auf dem Stuhl zurück und überlegte. »Die meisten Serienkiller sind auf eine bestimmte Physiognomie beschränkt. Ihre Opfer sind nur der Ersatz für das eigentliche Ziel, gegen das sich ihr Zorn richtet, im Allgemeinen eine Frau, die sie abgewiesen, ihr Ego verletzt oder sonst etwas getan hat, das sie als schädigend einstufen. Nehmen wir Sonyas körperliche Merkmale mit in die Suche auf.«

Das System bezog die neuen Parameter mit ein und produzierte zweiunddreißig mögliche Treffer.

»Das können nicht alles seine Opfer sein, oder?«, fragte Fradella.

»Das ist sehr unwahrscheinlich.«

Sie fügte »am Strand gefunden« als Filter hinzu, woraufhin keinerlei Resultate gefunden wurden. Was entging ihnen? Der Strand war ein wichtiger Faktor; davon war sie überzeugt. Das große Risiko, das er eingegangen war, um Sonyas Leiche am Strand in die richtige Stellung zu bringen, und seine Dreistigkeit dabei ließen gar keinen anderen Schluss zu. Möglicherweise war der Strand als Ablageort für die Leiche sogar wichtiger als die Physiognomie.

Gestörte Vergewaltiger gingen bis zum Äußersten, um Opfer zu finden, die der Person, gegen die sich ihre Wut richtete, sehr ähnlich sahen. Erst dann machte beschaffte es ihnen Befriedigung, diese zu missbrauchen. Im Allgemeinen hatten ihre Opfer dieselbe Haar- und Augenfarbe, Größe und Statur, manchmal sogar die gleiche Frisur. Wenn sich ein Ermittler die Opferfotos ansah, konnte er meist sofort Gemeinsamkeiten erkennen. Aber nicht alle Serientäter waren gestörte Vergewaltiger. Die Befunde des Rechtsmediziners deuteten auf einen sadistischen Mörder hin, was eher auf einen wutmotivierten sadistischen als einen wutmotivierten rachsüchtigen Mann schließen ließ. Die Opfer des ersten Tätertyps konnten unterschiedliche körperliche Merkmale aufweisen und sogar aus verschiedenen Ethnien stammen. Aber selbst diese Täter hatten Szenarien und Fantasien, die ihre Wut und ihre Erregung anstachelten, und zu diesem Szenario konnte es durchaus gehören, dass er die Leiche an einem Strand ablegte. Möglicherweise war der Strand der relevante Teil seiner Signatur und Sonyas blaue Augen und aschblondes Haar mussten als irrelevant und zufällig eingestuft werden. Vielleicht bedeutete der Strand etwas … dieser besondere Ort oder Strände im Allgemeinen. Oder der Sand … oder das Wasser? Es war durchaus denkbar, dass sich der Stressfaktor, dieses traumatische Triggerevent, das bei einigen Psychopathen zu eskalierenden, mörderischen Tendenzen führte, an einem Strand ereignet hatte.

Sie löschte die Physiognomie-Filter, aber nicht den Strand, und drückte erneut die Eingabetaste.

»Oh, hallo«, murmelte sie eher zu sich selbst.

Die Suche brachte zwei Ergebnisse zutage. Beide Opfer waren an einem Strand gefunden worden, bei Sonnenaufgang in Richtung der aufgehenden Sonne und in einer bestimmten Haltung. Eines in der Nähe von Atlanta, das andere in Summerville, South Carolina. Beide Frauen waren wenigstens drei Tage festgehalten, gefoltert und vergewaltigt worden.

»Wir haben ein Muster. Jetzt wissen wir Bescheid. Besorgen wir uns die Fallakten, und leiten wir die Obduktionsberichte an Doc Rizza weiter. Er wird uns dabei helfen, die Signatur dieses Killers weiter zu ergründen. Dann mal los!«

Sie standen auf und wollten sich schon an die Arbeit

machen, aber plötzlich ließ sich Tess wieder auf den Stuhl sinken und rief die Parametereinstellungen der Suchfunktion auf.

»Was ist?«, erkundigte sich Michowsky.

»Datenbanken sind sehr präzise, wenn es um das Alter von Erwachsenen geht, ganz im Gegensatz zu Menschen. Menschen machen manchmal Fehler«, fügte sie hinzu.

Dann löschte sie den Filter »erwachsen« und ersetzte ihn durch »älter als fünfzehn«. Abermals drückte sie die Eingabetaste, und sie bekamen einen dritten Treffer, eine junge Asiatin, die an einem Strand am Westufer des Lake Michigan gefunden worden war. Zum Zeitpunkt ihres Todes war sie gerade mal siebzehn gewesen.

»Jetzt können wir über die Viktimologie reden«, sagte sie deutlich zuversichtlicher, runzelte dann jedoch nachdenklich die Stirn.

Hatten sie sie alle gefunden? Was war, wenn der Strand ein neues Element darstellte, einen kürzlich erfolgten Schritt in der Evolution dieses Mörders? Was hatte er mit den Leichen seiner Opfer gemacht, als er noch nicht so mutig gewesen war, sie im Freien und nur wenige Meter von Zuschauern entfernt zu postieren? Wie viele andere gab es da draußen noch, die sie finden mussten?

# 14. Die Fallakten

Seite um Seite diverser Fallakten kam aus dem Farbdrucker, und Fradella fügte sie mit einer Hand zusammen, während er in der anderen den Überrest eines Pizzastücks hielt. Tess schluckte ihren letzten Pizzahappen herunter und sprang auf.

»Wir sollten hier ein Whiteboard aufstellen.« Sie deutete auf eine Stelle an der Wand des Konferenzraums. »Und zwar schnellstmöglich. Sagen Sie ihnen, wenn wir in einer Stunde keine haben, benutzen wir stattdessen die Wand und sie müssen sie neu streichen.«

»Wem sollen wir das sagen?«, fragte Michowsky leise und augenscheinlich amüsiert.

»Denjenigen, die für solche Dinge zuständig sind. Die Haustechnik oder wer auch immer.«

Michowsky warf Fradella einen fragenden Blick zu, der resigniert seufzte. Er wischte sich die fettigen Finger an einem Papiertuch ab und zur Sicherheit noch einmal an seiner Jeans. Dann holte er seine Autoschlüssel aus einer Schreibtischschublade.

»Bin gleich wieder da.« Mit diesen Worten verschwand er im Treppenhaus.

»Besorgen Sie eine große«, rief Tess ihm quer durch die Einsatzzentrale hinterher, was ihr missbilligende Blicke mehrerer Polizisten einbrachte.

Michowsky nahm Fradellas Platz neben dem Drucker ein,

»Wie wollen wir das angehen? Wie viele haben wir überhaupt?«

»Wir haben drei Fallakten und sind gerade dabei, die zweite auszudrucken. Bis Fradella wieder da ist, sollte alles durch sein.«

Sie lehnte sich an Fradellas Schreibtisch und griff nach dem letzten Pizzastück, das inzwischen kalt geworden war.

»Ich habe noch immer das Gefühl, als ob wir hier irgendetwas übersehen«, gab sie zu. »Haben wir die letzten vierundzwanzig Stunden vor Sonyas Verschwinden lückenlos nachverfolgt? Wissen wir über alles, was sie tat, Bescheid, über die Menschen, mit denen sie gesprochen hat, über jede Kreditkartentransaktion, jede Minute?«

»N… nein, noch nicht. Wir haben damit begonnen und einige Daten zusammengetragen, aber noch nicht alle. Auf die Telefonlisten und Social-Media-Passwörter warten wir noch.«

»Die sind immer noch nicht da?«

»Nein. Dieser Papierkram dauert immer eine Ewigkeit.«

Sie kaute schweigend auf ihrer Pizza herum und dachte über die Filter nach, die sie bei ihrer DIVS-Suche eingegeben hatte. Dabei war sie nur zwei Jahre zurückgegangen, aber dieses Ausmaß an mörderischen Fähigkeiten, Präzision und Selbstsicherheit baute man nicht innerhalb von zwei Jahren und mit drei Opfern auf. So etwas dauerte länger, selbst wenn der Täter noch so abweichend, wütend und motiviert war. Wie viele Opfer hatte sie übersehen?

Vier reichten aus, um eine Viktimologie zu erstellen. Jedenfalls hoffte sie das. Es wäre kein großes Problem gewesen, die Suche mit einem größeren Zeitfenster zu wiederholen. Vielleicht fand sie dann fünfzehn Opfer und nicht nur vier. Doch das Studieren von fünfzehn

Fallakten würde deutlich mehr Zeit kosten. Was war, wenn er sich längst auf den nächsten Mord vorbereitete? Wenn in diesem Augenblick irgendeine andere junge Frau in diesem schrecklichen Harnisch hing, unvorstellbare Schmerzen erleiden musste und sich wünschte, tot zu sein? Nein. Tess musste sich konzentrieren und die vier Opfer, von denen sie wussten, genauer unter die Lupe nehmen. Nur, bis sie den Mörder gefunden hatten. Danach wäre es einfacher, ihn mit seinen früheren Opfern in Verbindung zu bringen. Aber im Moment standen sie unter Zeitdruck.

»Wann rufen Sie Ihr Team?«, wollte Michowsky wissen. Er wischte sich den Mund mit einer Serviette ab, trank seine Limonade aus und zerdrückte die Dose, bevor er sie zielsicher in den drei Meter entfernten Mülleimer warf.

»Es gibt kein Team. Ich bin hier, und mehr als mich werden Sie nicht kriegen.«

»Verstehe.« Er runzelte die Stirn. »Na ja, Sie haben uns ja schon weitergebracht, nicht wahr?«

Tess sah ihm skeptisch ins Gesicht. Seine Miene wirkte nicht besonders zuversichtlich. Er wirkte irgendwie ausgelaugt, und seine Gesichtszüge sahen leicht eingefallen aus.

»Was ist los mit Ihnen?«, erkundigte sie sich. »Sie wirken ziemlich mitgenommen.«

Er schwieg und drehte den Kopf zur Seite, als wollte er den rhythmischen Bewegungen des Druckers zusehen.

»Ach, jetzt kommen Sie schon. Das liegt doch nicht nur daran, dass ich keine zwanzig weiteren Agenten zur Unterstützung anfordern kann, oder?«

Er schnaufte verbittert.

»Nein, das ist es nicht. Es liegt an mir.«

Sie wartete geduldig darauf, dass er weitersprach.

»Es ist mein verdammter Rücken. Ich habe mir vor ein paar Tagen im Fitnessstudio was verrenkt. Seitdem schlucke ich Tabletten wie andere Leute Pfefferminzdrops. Und es ist mir entgangen.«

»Was ist Ihnen entgangen?«

»Das mit den Teenagern am Fundort. Das war allein meine Schuld. Ein solcher Fehler kann einen Fall vermasseln. Da mussten erst Sie auftauchen und meinen Mist wieder geradebügeln. Ich bin übrigens heilfroh, dass Sie das gemacht haben, aber dadurch geht es mir noch lange nicht besser.«

»Wir machen alle Fehler, Michowsky. Wenn ich erst mal damit anfange, Fehler zu suchen, höre ich erst wieder auf, bis sich eine ganze Latte angesammelt haben.«

Er stöhnte leise und starrte den Teppich an. »Fradella weiß nichts davon. Von der Sache mit meinem Rücken, meine ich.«

Sie musterte ihn kurz und lächelte verschwörerisch.

»Aber das muss er doch auch nicht, oder? Er ist so jung, so kräftig und perfekt.« Sie machte zwei Schritte auf Michowsky zu, der sie leicht gereizt anstarrte.

»Passen Sie mal auf, Michowsky: Sie sind nicht alt, und sie sind auch noch nicht tot. Sie sind nur …« Sie zögerte und wusste nicht, wie sie es ausdrücken sollte. »Mittleren Alters. Sie nähern sich der Midlifecrisis. Also fahren Sie einen Ferrari zu Schrott, danach geht es Ihnen bestimmt besser.«

Er schnaufte abermals, war jedoch sichtlich belustigt.

»Sie haben keinen Ferrari? Dann lassen Sie uns diesen Mistkerl fangen, denn darauf könnten wir dann verdammt stolz sein. Beim Gehalt eines Polizisten wird Ihnen auch nichts anderes übrig bleiben.«

Es pingte, und Fradella verließ die Fahrstuhlkabine mit einem großen Whiteboard.

»Ich rufe jemanden, der ein paar Nägel in die Wand schlägt«, sagte er.

»Dafür ist keine Zeit«, erwiderte Tess. »Wir lehnen sie einfach gegen die Stühle. Das sollte vorerst reichen.«

Sie stellten das Whiteboard auf und machten sich ans Werk. Tess zog am unteren Rand einen Zeitstrahl, der zwei Jahre zurückging, und markierte die Daten, an denen die jungen Frauen entführt, ermordet und gefunden worden waren. Danach fügte sie alle Hinweise aus den jeweiligen Akten hinzu, die auch nur entfernt mit dem Fall zu tun haben konnten. Bei Sonya notierte sie auch den Tag, an dem sie mit ihren Freundinnen im Club gefeiert und den Widerling kennengelernt hatte, mit dem sie nur bis zum Parkplatz gekommen war. Tess fragte sich, was der Kerl wohl gemacht hatte. Was konnte er in den wenigen Minuten, die sie gebraucht hatten, um den Club zu verlassen und den Parkplatz zu erreichen, angestellt haben, dass Sonya nichts mehr von ihm wissen wollte? War er zwar widerlich, aber ansonsten in Ordnung, und hatte sich nach der Abfuhr einfach nicht mehr blicken lassen? Oder gehörte er zu der Sorte, die sich rächen wollte, die der Beute nachstellte, die sie abgewiesen hatte, und sie zur richtigen Zeit entführte?

»Detective Fradella«, sagte sie. »Sie gehen doch in Clubs, nicht wahr?«

»Ähm, ja, manchmal.«

»Spielen Sie die Szene doch bitte mal mit mir durch, ja? Also, Sie reißen mich im Club auf. Wir tanzen und küssen uns. Alles ist super, so super, dass ich beschließe, mit Ihnen nach Hause zu gehen. Wir verlassen Hand in Hand den Club, nachdem ich mich von meinen Freundinnen verabschiedet habe. Und was kommt dann?«

Fradella grinste leicht verlegen.

»Na ja, wir knutschen auf dem Weg zum Wagen weiter. Wenn Sie auf mich stehen, lasse ich nicht zu, dass Ihr Verlangen abkühlt. Wir küssen uns und …«

»Ganz genau, wir küssen uns«, rief Tess triumphierend. Dann malte sie einen Kreis um ein Datum, das zwei Wochen vor der Entführung lag, nur acht Tage nach dem Abend, an dem Sonya mit ihren Freundinnen im Club gewesen war. Dies war in etwa der Zeitpunkt, in dem Sonya laut Doc Rizza in die Unterlippe gebissen worden war.

»Sehen Sie? Das hat ihn zu einem Widerling gemacht. Er hat sie gebissen. Da sie ein schlaues Mädchen war, hat sie ihn stehen lassen. Das ist eindeutig eine Spur. Das dürfen wir nicht ignorieren.«

»Da könnten Sie recht haben«, stimmte Michowsky ihr zu, »aber die Daten passen nicht zusammen. Ich kann mir nicht vorstellen, dass sich Doc Rizza in derartigen Dingen um eine Woche vertut.«

Tess schürzte frustriert die Lippen. Es hätte mehr Sinn ergeben, wenn die Daten übereinstimmten, aber das taten sie nicht.

»Wir müssen uns noch einmal mit ihren Freundinnen unterhalten. Sie werden sich doch bestimmt an irgendetwas erinnern, das ihnen an diesem Mann aufgefallen ist.«

Sie ging rasch die Vermisstenakte aus North Miami durch, in der Detective Garcia seine Gespräche dokumentiert und den Zwischenfall mit dem Widerling als irrelevant und ohne Bezug abgetan hatte. Dummerweise ließ sich in der Akte nichts Brauchbares finden.

»Gut, bringen wir das hier zu Ende.« Sie deutete auf das Whiteboard.

Über den Zeitstrahl klebten sie die Fotos der Opfer

und darunter jeweils mehrere Bilder der Tatorte. Danach listeten sie die Schlüsselelemente jedes Falls auf. Als das alles erledigt war, traten sie zurück und begutachteten ihr Werk.

»Ich bearbeite die Viktimologie eines Täters am liebsten in einer Matrix«, erklärte Tess und fügte dann erläuternd hinzu, als sie die verwirrten Blicke der beiden Männer bemerkte: »Ich erstelle einfach eine Tabelle und erfasse darin alle Gemeinsamkeiten, die wir entdecken.«

Sie malte eine Tabelle unter die Fotos und über den Zeitstrahl und machte sich daran, die Namen einzutragen und diese mit den entsprechenden Fotos zu verbinden. Dann fügte sie eine weitere Spalte hinzu, die sie mit «?« überschrieb.

»Ich dachte, Sie bezeichnen sie als ›unbekannte Person‹«, meinte Michowsky. »Und wieso taucht er in der Opfertabelle auf?«

»Ich kann ihn auch als ›unbekannte Person‹ bezeichnen, wenn Ihnen das lieber ist«, erwiderte sie und korrigierte den Eintrag. »Das ist eine Tabelle mit Gemeinsamkeiten. Wir finden heraus, was die Opfer verbindet, und dann tragen wir das Wenige ein, das wir über den unbekannten Täter wissen. Möglicherweise entdecken wir Überschneidungen. Wenn wir Verdächtige finden, können wir sie ebenfalls hier eintragen und herausfinden, auf wen die meisten Punkte zutreffen. Alles klar?«

»Kristallklar«, bestätigte Fradella und legte den Kopf mit anerkennendem Lächeln leicht schief.

»Das erste Opfer, das vor fast zwei Jahren gefunden wurde, war May Lin, chinesische Amerikanerin aus Chicago, siebzehn Jahre und zehn Monate alt. Sie wurde nördlich von Kenosha an einem nach Osten zeigenden Strand des Lake Michigan entdeckt. Ihr Vater Hiro ›Hank‹ Lin ist Projektentwickler und sehr wohlhabend.«

Sie ergänzte die Tabelle um eine Spalte und schrieb in die erste Zeile »■«. Dann machte sie dort ein Kreuz in der Zeile mit Mays Namen. »Das ist etwas, das unsere Opfer verbindet. Sie stammen alle aus reichen Familien. Aber wir wissen dank Doc Rizzas Schlussfolgerungen auch, dass der Täter ebenfalls über signifikante Geldmittel verfügen muss.« Bei diesen Worten setzte sie in die entsprechende Zeile ebenfalls ein Kreuz. »May Lin wurde eineinhalb Tage festgehalten. Was haben wir noch?«

»Sie wurde nicht nackt abgelegt«, sagte Michowsky. »Die ansässige Polizei vermutete, jemand hätte die Leiche zugedeckt, nachdem sie gefunden worden war, doch das ließ sich nicht bestätigen. Sie war mit …«, er sah in seine Notizen, »einem gewöhnlichen Hotelbettlaken zugedeckt. Es gab keine Spuren, keine Abnutzungserscheinungen, rein gar nichts. Wahrscheinlich hat er es neu gekauft und am Fundort ausgepackt, während er Handschuhe trug.«

»Ganz genau. Ist Ihnen bewusst, dass das für Reue spricht?«, fragte Tess. »Jedenfalls in der Theorie. Psychopathen empfinden keine Schuldgefühle oder Reue.«

»Dann wäre es möglich, dass sie sein erstes Opfer war?«, mutmaßte Fradella.

Tess sah sich die Ausdrucke der Fallakte an.

»Keine Hinweise auf ein Zögern beim tödlichen Stoß oder bei den anderen Schnittwunden, die man an ihrem Körper gefunden hat. Wir können nicht davon ausgehen, dass es sich bei ihr um sein erstes Opfer handelt. Nein, betrachten wir diesen Punkt weiterhin als unbestätigt. Gut. Opfer Nummer zwei wurde vor zehn Monaten gefunden. Shanequa Powell, einundzwanzig, Afroamerikanerin aus Atlanta. Sie wurde an einem nach Osten zeigenden Strand am Lake Lanier in der Nähe von Atlanta entdeckt. Zu diesem Zeitpunkt galt sie vier Tage lang als vermisst. Ihre Adoptivmutter ist *die* Carolyn O'Sullivan, die Bestsellerautorin. Selbstverständlich ebenfalls stinkreich«, fügte Tess hinzu und machte ein Kreuz an der entsprechenden Stelle, »und sie war Collegeabsolventin.« Nachdem sie auch das Kreuz gesetzt hatte, trank sie einen Schluck Wasser.

Sie sah sich die Tabelle eine Minute lang an und überlegte, was die Opfer noch gemeinsam hatten. Aufgrund der geografischen Abweichungen der Stellen, an denen sie entführt und gefunden worden waren, hatten die jungen Frauen vermutlich nicht dieselben Orte oder Events besucht. Wenn die Opfer aus einer Gegend stammten, war es immer relativ einfach, herauszufinden, wo der Täter sie vermutlich zum ersten Mal gesehen hatte. Eine Kirche, in der sie alle gingen, ein Fitnessstudio oder ein Massagesalon. Oder ein Supermarkt oder eine Autowerkstatt. Aber in ihrem Fall war die Geografie ihr Feind. Ein Opfer pro Staat, noch dazu in einem Alter, in dem sie nicht reisten und kaum mehr als die Ausbildung, die Freunde vor Ort und Social Media im Kopf hatten. Hatten sie es etwa mit einem Online-Stalker zu tun, der sie sich irgendwann schnappte? Das war auf jeden Fall eine Theorie, über die sie nachdenken mussten. Tess machte sich seitlich auf dem Whiteboard eine Notiz und malte einen Kringel darum. Sie schrieb »Online-Verbindung überprüfen«.

»Was heißt denn das?«, fragte Michowsky. »Sie haben uns schon wieder vergessen und arbeiten allein. Wir sind hier nicht nur Zuschauer, müssen Sie wissen.«

»Ach, jetzt hören Sie aber auf! Ich tue Ihnen einen Gefallen, indem ich alles aufschreibe. Großer Gott …« Tess fand es immer wieder erstaunlich, wie schnell sich Männer wegen Kleinigkeiten echauffierten. Alles war eine Bedrohung für ihr Ego. Aber sie fuhr achselzuckend fort.

»Ich hatte überlegt, dass er sie vielleicht online gestalkt hat, das ist alles. Aufgrund der unterschiedlichen Wohnorte wäre das denkbar. Und nein, Sie sind kein Zuschauer, also übernehmen Sie das nächste Opfer, ja?« Sie drückte Michowsky den Stift in die Hand, der ihn brummend entgegennahm.

»Emma Taylor, weiß, aus Summerville, South Carolina. Tochter von Jerry Taylor, einem Zahnarzt. Mutter verstorben. Sie wurde auf Johns Island gefunden und blickte gen Osten. Der Täter hatte sie fünf Tage festgehalten. Was noch … Ach ja, sie hatte gerade das vorbereitende Medizinstudium abgeschlossen«, fügte er hinzu und machte ein Kreuz in der College-Spalte. »Kommt sie auch für die Dollar-Spalte infrage? Ein Zahnarzt ist nicht besonders wohlhabend.«

»Aber durchaus betucht, also wäre ich dafür«, meinte Tess. »Ich sehe da ein neues Muster. Diese jungen Frauen waren alle sehr klug, diszipliniert, fleißig und ehrgeizig. Sehen Sie sich ihr Alter an, sie hatten alle bereits den Collegeabschluss in der Tasche. Das ist schon sehr erstaunlich.«

Sie nahm Michowsky den Stift aus der Hand und fügte eine weitere Spalte hinzu, die sie mit »ehrgeizig« überschrieb.

Dann machte sie in der Spalte Kreuze bei Shanequa und Emma, bei May trug sie jedoch ein Fragezeichen ein. Bisher wussten sie nicht viel über die junge Frau, und die Fallakte war ausgesprochen dünn und mager.

»Zu guter Letzt hätten wir da noch Sonya.« Tess trug die Informationen in die Tabelle ein. »Weiß, zweiundzwanzig, Absolventin der Florida State mit einem Abschluss in Marketing und Kommunikation. Ihrem Vater gehört ein Restaurant, und die Familie ist ebenfalls wohlhabend. Nicht so reich wie Mr Lin oder Carolyn O'Sullivan, aber auf jeden Fall nicht arm.«

Sie richtete sich auf und streckte den Rücken, der nach der langen gebeugten Haltung ein wenig steif geworden war.

»Das macht die Sache leicht, wenn man es so vor sich sieht«, stellte Fradella fest. »Die Gemeinsamkeiten sind offensichtlich.«

»Aber sehen Sie sich die Unterschiede an. Das erste Opfer unterscheidet sich deutlich von den anderen. Es ist jünger, wurde nur eineinhalb Tage festgehalten, und man hat die Leiche zugedeckt und nicht nackt gefunden«, zählte Tess die einzelnen Punkte an den Fingern ab.

»Wieso zählen wir May Lin überhaupt zu den möglichen Opfern dieses Täters?«, wollte Michowsky wissen. »Das ist mir nicht ganz klar. Liegt es nur daran, dass sie am Strand gefunden wurde?«

»Aufgrund des Fundorts haben wir sie in der Datenbank gefunden«, erwiderte Tess. »Doch allein der sekundäre Tatort macht sie noch nicht zu einem Opfer dieses Mörders. Der Autopsiebericht allerdings schon, ebenso wie das, was man ihr angetan hat. Aus diesem Grund sollten wir noch einmal mit Doc Rizza sprechen. Ich vermute, dass wir der Tabelle bald ein paar Spalten hinzufügen müssen.«

# 15. Beweise

Doc Rizza las sich schweigend die forensischen Untersuchungsberichte durch und machte sich hin und wieder Notizen. Nachdem er alle drei Akten gelesen hatte, fasste er sich kurz und teilte ihnen mit, dass er sich seine Erkenntnisse in Bezug auf Sonya noch einmal ansehen wolle, um sich zu vergewissern, dass er nichts übersehen hatte.

Tess stand auf und verlagerte das Gewicht von einem Fuß auf den anderen, während sie darauf wartete, dass der Rechtsmediziner fertig wurde. Sie wäre am liebsten losgestürmt und hätte mit Sonyas Freundinnen gesprochen, um herauszufinden, ob sie mit ihrem Bauchgefühl hinsichtlich des Widerlings richtig lag. Aber sie war auch schon mehrfach von SAC Pearson und anderen Vorgesetzten ermahnt worden, dass sie dazu neigte, Dinge anzugehen, ohne vorher gründlich darüber nachgedacht zu haben. Dass sie eigenmächtige Aktionen der Zusammenarbeit mit Kollegen vorzog und dass sie ihr Team mehr als einmal frustriert zurückgelassen hatte.

War das denn wirklich so schlimm? Man hatte ihr zu verstehen gegeben, dass so ein Verhalten inakzeptabel sei und aufhören müsse. Es zerstörte den Zusammenhalt eines Teams und würde vermutlich zu Fehlern führen, die im Verlauf längerfristiger Ermittlungen schlimme Auswirkungen haben konnten. Doch ihre Aufklärungsquote war perfekt. Ihre Methode mochte anderen auf die Nerven gehen, aber sie funktionierte ihrer Meinung nach wirklich gut.

Ihr Therapeut Dr. Navarro hatte ihr jedoch auch gesagt, dass sie sich immer in Taten stürzte, weil sie es nicht ertragen konnte, still zu sitzen und die unkontrollierten Erinnerungen und Gefühle zuzulassen. Als sie jetzt in der kalten Leichenhalle stand und die Tatortfotos anstarrte, die auf Doc Rizzas Tisch lagen, kämpfte sie gegen eine ganze Welle belastender Erinnerungen an – Erinnerungen, die sie am liebsten so tief vergraben hätte, dass sie nie wieder ans Licht gelangen konnten. Es fiel ihr schwer, ihre Gedanken nicht in diese Richtung abschweifen zu lassen. Und es war für sie nahezu unmöglich, sich nicht mit all diesen toten Frauen zu identifizieren. Vor allem verabscheute sie den Gedanken, dass sie diese Erinnerungen immer mit sich herumtragen würde, ebenso wie ihre Narben, die sie verbarg.

Die Zeit brachte nur begrenzt Erleichterung, und in ihrem Fall stand die Zeit seit Jahren still. Wenn sie es wollte, konnte die Zeit nämlich eine echte Nervensäge sein. Sie brach einem das Herz, wenn man begriff, dass man vergessen hatte, wie ein geliebter Mensch aussah oder geredet hatte, manchmal sogar schon, wenn dieser noch gar nicht so lange fort war. Oder sie quälte einen ewig und ließ einen die schrecklichsten Augenblicke seines Lebens nicht vergessen, sondern verdammte einen dazu, sie wieder und wieder zu durchleben, sei es nun im Traum oder im Wachzustand. Sie machte aus einem ein gestörtes Nervenbündel, das das Leben nicht mehr genießen oder Liebe annehmen konnte, sondern sich nur nach der Gesellschaft anderer sehnte, um sich gleichzeitig davor zu fürchten. Ganz langsam und irreversibel verwandelte sie einen in einen Freak.

»Ja, ich verstehe, was Sie meinen.« Endlich brach Doc Rizza das Schweigen. Er nahm seine dünnrandige Brille ab und rieb sich den Nasenrücken. »Ich bin nicht hundertprozentig davon überzeugt, dass es derselbe Mann ist, aber es gibt Ähnlichkeiten.«

»Glauben Sie …«, setzte Michowsky an, doch Tess fiel ihm ins Wort.

»Was denken Sie?«, erkundigte sie sich. Sie hielt es für klüger, ihm offene Fragen zu stellen, weil die meisten Menschen darauf objektiver und direkter antworteten.

»Sie wurden alle unter Drogen gesetzt, so viel steht fest. Aber da hören die Ähnlichkeiten auch schon auf. May Lin, das erste Opfer, hat man gefügig gemacht, indem man ihr Rohypnol verabreichte, vermutlich in einem Getränk. Traurigerweise kommt das heutzutage häufiger vor. Sie wurde mit etwas aus Stoff gefesselt, wodurch Reibungsverbrennungen zurückblieben, die sich sehr von Sonyas Verletzungen unterscheiden. In Mays Fall wurden im Labor einige Fasern identifiziert. Es handelt sich um Seide, Baumwolle, Polyester, durchaus übliche Stoffe, von denen einige winzige Fasern in ihren Wunden zurückblieben. Zudem wurde sie mehrfach vergewaltigt, ohne dass DNA-Spuren zurückblieben. Getötet wurde sie durch einen Stich seitlich in den Hals. Das passt zu unserem Fall, alles andere jedoch nicht.«

»Opfer Nummer zwei, Shanequa«, fuhr er fort, »bekam Kodein, ebenfalls auf oralem Weg. Sie weist ebenfalls keine Injektionseinstiche auf. Ihre Hand- und Fußgelenke waren mit Kabelbindern gefesselt und weisen tiefe Risswunden auf, die durch die scharfen Kanten der Fesseln verursacht wurden. Dieses Element passt nicht ins Profil. Auch sie wurde mehrmals vergewaltigt, wozu auch die Penetration mit Objekten fällt, und erhielt mehrere Stromschläge. Eine weitere Diskrepanz. Sie hat Kontaktverbrennungen an den Oberschenkeln und wurde erwürgt, was ebenfalls nicht passt.«

Er klappte Shanequas Akte zu und öffnete Emma Taylors.

»Bei Nummer drei, Emma, finden wir die meisten Ähnlichkeiten zu Sonya. Bei ihr sind Einstichstellen von Infusionen zu sehen, und es ist eindeutig bewiesen, dass sie intravenös ernährt wurde. Zum ersten Mal finden wir auch Mittel, die die Schmerzgrenze herabsetzen, aber sie erhielt auch Anxiolytika und Opiate. Emma wurde in einem ähnlichen Harnisch bewegungsunfähig gemacht, was sehr oberflächliche Hautabschürfungen beweisen, aber es war ein anderer Harnisch. Zudem war sie das erste Opfer, das auch anal vergewaltigt wurde. Man hat ihr ebenfalls in den Hals gestochen, allerdings mit einer breiten, gezackten Klinge.« Er hielt kurz inne und fuhr sich mit einer Hand durch das dünner werdende Haar. »Über Sonya wissen Sie ja bereits alles.«

»Und?«, hakte Tess ungeduldig nach.

»Ich weiß es nicht«, antwortete er. »Sie scheinen davon überzeugt zu sein, dass es derselbe Täter ist, aber können wir wirklich davon ausgehen? Zugegeben, es gibt einige Ähnlichkeiten, aber im Großen und Ganzen betrachtet, überwiegen die Unterschiede. Lassen sie sich als natürliche Weiterentwicklung des Täters erklären? Normalerweise geschieht so etwas nicht. Vielmehr werden wir Zeuge, wie er dieselbe Fantasie wieder und wieder durchlebt. Dieser Mörder, vorausgesetzt, es handelt sich in der Tat um denselben Mann, hat nur die Vergewaltigung, den Strand und die Drogen wiederholt, allerdings nicht dieselben Mittel verabreicht.«

»Sie sind also der Meinung, dass es nicht derselbe Mann gewesen ist, Doc?«, hakte sie nach.

»Ich sage nur, dass ich mir nicht sicher bin, und Sie wissen, dass ich keine Spekulationen äußern sollte.«

»Ich bin ganz Ihrer Meinung. Wir können uns nicht

sicher sein«, sagte Michowsky. »Es kommt einem wie ein Serienmord vor, aber das allein reicht noch nicht. Wir können die vielen Variationen und Unterschiede nicht ignorieren.«

»Wurden bei den früheren Opfern auch Bisswunden gefunden, Doc?«, fragte Tess und erinnerte sich an ihren einzigen Hinweis in Sonyas Fall.

»Ich habe etwas in Shanequas Akte gesehen, wo der Rechtsmediziner erwähnt, dass es sich um eine Bisswunde in der Unterlippe handeln könnte, aber man hatte sie so schlimm zusammengeschlagen, dass er sich nicht sicher war.«

»Aha ... Und was ist mit Emma Taylor?«

»Mal sehen ...«, murmelte er und blätterte den langen Bericht des Forensikers durch. »Emmas Gesicht war unverletzt, und nein, sie weist keine Bissspur an der Unterlippe auf. Allerdings ... hat sie eine am linken Ohr.« Abermals nahm er die Brille ab. »Ich weiß es nicht ... Bissverletzungen sind bei Sexualverbrechen keine Seltenheit. Wir finden sie leider relativ häufig. Bei sexuellem Sadismus ist das Beißen ein Ausdruck von Frustration.«

»Mir ist bewusst, dass Sie keine Mutmaßungen anstellen ... Die meisten Rechtsmediziner hassen so etwas, aber wenn Sie eine Entscheidung treffen müssten, wie sähe die aus? Ist dies das Werk eines Serienmörders, oder haben wir es mit verschiedenen Tätern zu tun und die Fälle hängen nicht zusammen?«

»Ich würde May Lin, das erste Opfer, außen vorlassen. Ihr Alter ist falsch, ihr Profil passt nicht, in ihrem Blut waren fast keine Drogen, jedenfalls keine, für die eine medizinische Expertise vonnöten wäre. Sie war nicht nackt, als die Leiche gefunden wurde ... Tatsächlich gibt es abgesehen vom Fundort am Strand keinerlei

Verbindungen. Auch beim zweiten Opfer kann man nicht von eindeutigen Zusammenhängen sprechen.«

»Was ist mit den leichten Schnittwunden? Wurden sie bei jedem Opfer gefunden?«, warf Michowsky ein.

»Nur bei Emma, und auch da waren es nicht sehr viele. Die wenigen Schnittverletzungen am Steiß, Gesäß und an den Oberschenkeln waren zum Zeitpunkt ihres Todes fast völlig verheilt gewesen.«

»Verstehe«, meinte Michowsky. »Dann hängen sie möglicherweise gar nicht damit zusammen.«

»Ist das Ihr Ernst?«, sprudelte es aus Tess heraus. »Erkennen Sie das Muster denn überhaupt nicht?«

»Ich schon«, erwiderte Fradella. »Ich bin noch immer der Ansicht, dass es ein und derselbe Täter war.«

»Tut mir leid, aber ich nicht«, widersprach Michowsky. »Es war von Anfang an sehr weit hergeholt.«

»Ich könnte da vielleicht eine Verbindung erkennen«, meinte Doc Rizza, »aber er verändert seine Vorgehensweise einfach zu stark. So etwas macht aber niemand.«

Tess runzelte die Stirn, faltete die Hände und spürte, wie Wut in ihr hochkochte. Sie holte tief Luft. Ob Doc Rizza nun richtig oder falsch lag, in einem Punkt hatte er recht: Wer macht so etwas? Welcher wutmotivierte sadistische Killer ging so vor?

Mit einem Mal wusste sie es. Es war tatsächlich so, als würde ihr ein Licht aufgehen, das alle Details erhellte und Sinn und Logik mit sich brachte, die zuvor nicht da gewesen waren.

»Ich weiß jetzt, was er macht«, rief sie aufgeregt. »Er experimentiert.«

Doc Rizza zog die Augenbrauen hoch und runzelte die Stirn. Michowskys Unterlippe zuckte.

»Was? Zu welchem Zweck?«, wollte Michowsky wissen,

»Erinnern Sie sich noch, dass wir vorhin bei unserem Gespräch über sexuelle Sadisten darüber diskutierten, dass alle Serienmörder ihre eigene Fantasie haben oder gewissermaßen ein Rezept, das sie mit wenig Abweichungen befolgen, um sich die ersehnte Befriedigung zu verschaffen?«

»Ja«, antwortete Michowsky, »und?«

Doc Rizza starrte Tess gebannt an.

»Und was ist, wenn ich mich mit meiner Einstufung geirrt habe und er sich stattdessen rächen will?«

»Ich bin mir nicht sicher, ob ich Ihnen folgen kann«, gab Fradella zu.

»Vielleicht übt er ja für das eigentliche Ereignis, für die Folter, die Vergewaltigung und die Ermordung der Frau, gegen die sich seine Wut richtet. Möglicherweise will er die Methode perfektionieren, um ihr möglichst lange schreckliche Schmerzen zuzufügen und sie leiden zu lassen. Was ist, wenn er herausfinden will, wie er sich die größte Befriedigung verschaffen kann? Ich vermute, dass wir es mit demselben Mann zu tun haben, der herumexperimentiert. Aus diesem Grund hat er die Anzahl der Drogen, der Schnittverletzungen und der Tage, die er sie foltert, erhöht. Und darum wird seine Stillhalteperiode auch immer kürzer.«

Einige Sekunden lang herrschte Schweigen, das nur vom tiefen Brummen der Kühleinheiten unterbrochen wurde.

»Ich halte Ihr Szenario für realistisch«, sagte Doc Rizza und rieb sich die Stirn. »Glauben Sie, er bereitet sich auf diesen letzten Mord vor? In diesem Fall könnte er danach für immer untertauchen.«

Tess ging nervös in der Leichenhalle auf und ab. Sie musste eine Entscheidung treffen.

»Ich denke, ich sollte in Quantico anrufen.«

# 16. Hilfsgesuch

Tess hatte gerade ihren Bericht erstellt und die wichtigsten Punkte für SAC Pearson so präzise wie möglich aufgeführt. Zwar hätte sie Pearson auch anrufen können, anstatt ihm den Bericht per E-Mail zu schicken, doch das wollte sie um jeden Preis vermeiden. In letzter Zeit waren die Interaktionen mit ihrem Vorgesetzten überaus frustrierend gewesen, und sie konnte gut und gerne auf eine weitere derartige Episode verzichten.

Sie schaute kurz vom Bildschirm ihres Laptops zu Fradella und Michowsky hinüber, die zwei Schreibtische weiter versuchten, die letzten vierundzwanzig Stunden vor Sonyas Verschwinden zu rekapitulieren. Noch gab es große Löcher in diesem Zeitstrahl, und die Telefonlisten standen ihnen auch noch nicht zur Verfügung.

Tess las ihren Bericht noch einmal durch und schickte ihn ab. Am Ende ihres Memos stand das Gesuch, mit dem sie einen der erfahrenen Profiler aus Quantico zur Unterstützung anforderte. Sie hoffte, ein Experte für das Verhalten von Serienmördern würde die zahlreichen unbekannten Faktoren in ihrem Fall möglicherweise erklären können. Handelte es sich bei dem Täter um einen sadistischen oder rachsüchtigen Vergewaltiger? Und wer könnte das mutmaßliche Ziel seines Zorns sein, wenn man die unterschiedliche Viktimologie mit einbezog? Welche anderen Motivatoren konnte er haben, dass er derart zwischen Ethnien, Physiognomien und Staaten wechselte? Wo in aller Welt konnte jemand, und mochte er noch so wohlhabend sein, Frauen aus verschiedenen

Staaten tagelang foltern, ohne erwischt zu werden? Ohne Verdacht zu erregen? Wo und wie fand er seine Opfer überhaupt?

Ihr Handy klingelte, und sie erkannte am Klingelton, dem Quaken einer Ente, dass es sich um Pearson handelte. Sie hatte das so eingestellt, um ihren Frust zum Ausdruck zu bringen, den sie bei jedem seiner Anrufe empfand. Obwohl sie zusammenzuckte, ging sie sofort ran, bemerkte aber auch die neugierigen Blicke, die ihr mehrere Polizisten in der Einsatzzentrale zuwarfen.

»Winnett.«

»Winnett, hier ist SAC Pearson.«

»Sir.«

»Ich habe Ihren Bericht gelesen. Zuerst einmal muss ich mein Erstaunen darüber zum Ausdruck bringen, dass Sie tatsächlich um Hilfe bitten. Die eigenbrötlerische Einzelkämpferin Winnett kommt endlich zu Verstand. Herzlichen Glückwunsch.«

»Ähm … Danke, Sir.«

»Gern geschehen. Und was den Profiler angeht: Bevor wir unglaublich knappe und seltene Ressourcen vergeuden, muss ich Ihnen leider mitteilen, dass ich den von Ihnen beschriebenen Serientäter nicht erkennen kann.«

»Ich habe alles in den Bericht aufgenommen, so gut ich konnte, Sir. Da wäre das Element mit dem Strand, die abgelegten nackten Leichen, die Drogen, die Fesselmethode und die Art der Tötung.«

»Was ist mit der Viktimologie? Die Frauen entstammen allen möglichen Ethnien, eine ist Asiatin, eine weitere farbig …«

»Wenn Sie das körperliche Erscheinungsbild außer Acht lassen, werden Sie feststellen, dass sie alle junge, kluge, ehrgeizige College-Absolventinnen waren«, erwiderte sie und unterdrückte einen Seufzer.

Er musste ihren Bericht nur überflogen haben, wenn ihm all diese Informationen entgangen waren. Auch wenn er ein nerviger, politikbesessener Chef war, steckte auch ein guter Ermittler in ihm, daher überraschte es sie umso mehr, dass er die Muster übersehen hatte. Es sei denn, er hatte ihren Bericht überhaupt nicht gelesen.

»Aha, verstehe, aber ich bin trotzdem nicht überzeugt. Das asiatische Opfer passt eindeutig nicht zu den anderen.«

»Gut, aber selbst wenn wir es ausschließen, haben wir immer noch drei. Und drei Opfer reichen aus, um ihn als Serientäter einzustufen.«

»Ich würde auch das zweite Opfer, Shanequa Powell, rausnehmen. Das war eine völlig andere Vorgehensweise. Wissen Sie, wie viele Frauen in diesem Land jedes Jahr vergewaltigt und ermordet werden? Es sind jährlich über eintausend, Winnett, wie Sie ganz genau wissen. Bei den meisten waren Alkohol oder Drogen mit im Spiel.«

»Ich weiß, Sir, aber …«

»Tappen Sie nicht in die Falle und machen Sie aus willkürlichen Fällen eine Serie, denn das kann einem viel zu schnell passieren. Leichen lassen sich nicht an unzähligen Orten ablegen, wie Ihnen klar sein sollte. Diese Frauen haben wenig, wenn nicht sogar gar nichts gemein, abgesehen vom Strand als sekundären Tatort.«

»Aber das könnte genug sein«, beharrte Tess.

»Das ist ein ziemlich gewichtiger Zusammenhang, das muss ich Ihnen lassen, aber meiner Ansicht nach können Sie nur die letzten beiden Opfer Emma Taylor und Sonya Weaver in Betracht ziehen. Sie wurden beide an einem Meeresstrand gefunden.«

»Ich bezweifle, dass die Art des Strandes einen Unterschied macht.«

»Ob Meer oder See, meinen Sie?«

»Ja. Ich glaube nicht, dass das etwas ausmacht. Ihm scheint es ums Konzept zu gehen. Der nach Osten zeigende Strand bei Sonnenaufgang bedeutet ihm etwas.«

»Das ist nur eine Theorie, Winnett. Sie stellen Mutmaßungen an.«

Sie kaute nachdenklich auf ihrer Unterlippe herum. Er hatte recht, was sie nur ungern zugab. Allein ihr Bauchgefühl sagte ihr, dass ein Süßwasserstrand für den Täter denselben symbolischen Wert besaß wie ein Meeresstrand.

»In Ordnung; gehen wir mal davon aus, dass Sie recht haben«, gab sie nach. »Damit hätten wir nur noch zwei Opfer, könnten den Täter aber laut der offiziellen FBI-Definition trotzdem als Serientäter einstufen, nicht wahr?«

Als er nicht sofort etwas erwiderte, hielt sie lieber den Mund.

»Wenn Sie die Sache als Serienmord einstufen wollen, muss ich ein Team losschicken, Winnett. In diesem Fall können Sie nicht länger allein arbeiten.«

Sie stampfte wütend mit dem Fuß auf und hoffte, dass er das nicht gehört hatte.

»Bitte nehmen Sie mir den Fall nicht weg, Sir. Ich brauche einen positiven Abschluss, und ich kann diesen Mistkerl festnageln. Davon bin ich überzeugt.«

»Das ist Vorschrift, Winnett. Wie viele Serienmörderfälle haben Sie bereits bearbeitet? Über ein Dutzend, nicht wahr?«

»Es waren insgesamt einundzwanzig, Sir.«

»Dann wissen Sie ja, wie der Hase läuft. Und selbst wenn Sie ein Team haben, wäre es immer noch ein Sieg, den Mörder zu fangen. Wieso glauben Sie, das nur allein schaffen zu können? Dieses Problem schienen Sie mit Mike als Partner nicht gehabt zu haben.«

»Ähm … Nein, das ist es nicht. Ich habe in diesem Fall einfach das Gefühl, dass wir uns beeilen müssen. Daher würde ich lieber allein arbeiten. Bitte. Ich bin schneller, wenn ich allein arbeite. Aber ich würde mich über einen Analytiker freuen, falls das möglich wäre. Zudem wäre es hilfreich, wenn die Laborergebnisse schneller fertig wären und Beschlüsse rasch vorliegen. Hier im Palm Beach County ist eher Schneckentempo angesagt.«

Ihr letzter Kommentar brachte ihr einige erboste Blicke von den Polizisten in Hörweite ein. Na, großartig.

Pearson schnaufte.

»Ich werde sehen, was ich tun kann. Aber was Quantico angeht, werden Sie kein Glück haben. Das Profilerteam arbeitet an einem Terrorismusfall. Sie …«

»Ja, ich weiß. Terrorismus ist wichtiger als Serienmörder.«

»Schön, dass Ihnen das bewusst ist. Ich werde Ihnen in den nächsten Tagen einen neuen Partner zuweisen, und dieses Thema steht nicht zur Debatte.«

Sie konnte sich nicht überwinden, etwas dazu zu sagen.

»Winnett?«, fragte er. »Sie werden gut mit Ihrem neuen Partner zusammenarbeiten. Haben wir uns verstanden?«

»Ja, Sir«, antwortete sie leise.

»Hat es noch mehr Beschwerden über Sie gegeben?«

»Nicht, dass ich wüsste.«

»So sollte es auch bleiben.«

Er legte auf, ohne sich zu verabschieden. Blödes Arschloch.

Sie knallte das Handy auf die Tischplatte. Dann marschierte sie in die Cafeteria und schenkte sich eine große Tasse Kaffee ein. Sie trank einige Schlucke des Gebräus, das schlichtweg widerlich schmeckte, und unterdrückte den starken Drang, wertvolle Zeit damit zu vergeuden, darüber nachzudenken, wer wohl ihr neuer Partner werden würde. Niemand konnte Mike ersetzen … und es sollte auch nicht erlaubt sein, das auch nur zu versuchen.

Dann klappte sie ihren Laptop auf und buchte ein Flugticket.

## 17. Missverständnisse

»Wollen Sie irgendwohin?«, fragte Michowsky eisig.

Er machte ein finsteres, angespanntes Gesicht, als er vor Tess' Schreibtisch auftauchte, und verzog den Mund, allerdings nicht zu einem Grinsen, sondern eher zu einer Grimasse. Sein ganzes Wesen strahlte Verärgerung aus. Tess wollte sich schon nach dem Grund dafür erkundigen, aber die Einsatzzentrale war vermutlich der falsche Ort für derartige Fragen. Es konnte alle möglichen Gründe dafür geben ... Vielleicht hatte er einen unangenehmen Anruf erhalten oder seine Schmerzmittel wirkten nicht mehr. Oder Mrs Michowsky hatte ein Problem mit ihm und hatte ihm heute Morgen den Kopf gewaschen, anstatt mit ihm zu schlafen. Eventuell machte ihm auch seine Midlifecrisis zu schaffen.

»Ja«, antwortete sie und ignorierte seinen kühlen Tonfall. »Ich denke, es ist Zeit, dass wir mit den Familien der anderen Opfer sprechen. Wir fangen in Chicago an. Ich brauche Ihren vollständigen Namen und Ihr Geburtsdatum, damit ich einen Flug buchen kann.«

»Ich bin ein Polizist im Palm Beach County, Winnett. Wir haben kein Budget für Flüge, bei denen wir den Staat verlassen. Sie werden das allein machen müssen, aber das ist Ihnen ja ohnehin lieber.«

Er drehte sich auf dem Absatz um und ging weg.

»Hey«, rief sie ihm hinterher. »Was zum Teufel soll das denn heißen?«

Er drehte sich um, beugte sich über ihren Schreibtisch

und schlug so fest mit einer Hand auf die zerkratzte Tischplatte, dass das ganze Möbelstück klapperte.

»Das müssen Sie noch fragen? Verdammt noch mal, Winnett!«

Was hatte sie denn jetzt schon wieder angestellt? Sie hätte ihn am liebsten angefaucht, sah jedoch davon ab und schluckte die harten Worte, die ihr auf der Zunge lagen, wieder herunter.

»Ja, das muss ich fragen«, erklärte sie. »Ihnen ist irgendeine Laus über die Leber gelaufen?«

»Irgendeine Laus?«, knurrte er und schnaufte. »Das war nicht irgendeine Laus, das waren Sie!«

Sie musterte ihn fragend.

»Was habe ich denn gemacht?«

»Sie wissen es wirklich nicht, was? Oder halten Sie uns für so blöd, dass Sie glauben, wir könnten die Worte selbst dann nicht verstehen, wenn wir sie laut und deutlich hören? Wie war das gleich … ›Hier im Palm Beach County ist eher Schneckentempo angesagt‹?«

»Oh …«, murmelte sie und schalt sich innerlich.

Genau das war ihre Spezialität: anderen auf die Füße treten, sie versehentlich beleidigen oder verletzen, ohne es zu wollen oder zu bemerken. Wenn es um Menschen ging, war sie der Elefant im Porzellanladen. Während des Telefonats mit SAC Pearson hatte sie sich derart auf das Gespräch konzentriert, dass ihr nicht einmal aufgefallen war, wer sich in der Nähe aufhielt und mithörte. Sie hatte außerdem nicht geglaubt, dass man sie verstehen würde, wenn man nur eine Hälfte der Unterhaltung hörte.

»Ich … ich habe das nicht so gemeint, Gary«, sagte sie als eine Art Entschuldigung. »Ich habe mit meinem Boss telefoniert, und er wollte wissen, welche Art von

Hilfe ich … ähm, wir brauchen. Aber ich kann Ihnen versichern, dass es nicht persönlich gemeint war.«

»Sie haben heute eine ganze Menge Polizisten verärgert, -Winnett. Ich dachte, ich hätte mich vielleicht in Ihnen geirrt, aber nein, wenn Sie nicht aufpassen, kommt die eingebildete Zicke wieder zum Vorschein. Und das ist kein schöner Anblick.«

»Zur Kenntnis genommen«, sagte sie entschieden. »Und jetzt sollten wir uns wieder auf den Fall und auf die nächsten Schritte konzentrieren. Falls Sie noch mit mir zusammenarbeiten wollen.«

»Das hat nicht lange angehalten, was?« Michowskys Lippen umspielte ein schiefes Grinsen.

»Was?«

»Ihre Reue.«

Sie stieß einen langen Seufzer aus, in dem Frustration und Mutlosigkeit mitschwangen.

»Ich habe mich entschuldigt und es Ihnen erklärt. Was soll ich noch tun, uns eine Gruppentherapie besorgen?«

Michowsky schüttelte den Kopf und blickte zu Boden. Dann starrte er sie fast schon trotzig an.

»Okay, Special Agent Winnett. Was wollen Sie als Nächstes tun?«

Sein Tonfall und die Art, wie er ihren Titel und ihren Namen aussprach, wirkten auf sie wie ein Schlag ins Gesicht. Genau so waren sie auch gedacht; Michowsky gab ihr damit zu verstehen, dass er sich von ihr distanzierte und dass das so bleiben sollte; er wollte nur so weit mit ihr zu tun haben, wie es zur Bearbeitung dieses Falls nötig war. Tess schluckte einen Fluch herunter und schaffte es, ruhig zu bleiben. Männer und ihre gottverdammten Egos.

»Ich werde morgen früh damit anfangen, die Familien der Opfer zu besuchen. Als Erstes fliege ich nach Chicago. Wenn Sie Ihre Meinung ändern und mich begleiten möchten, sagen Sie mir bitte Bescheid.«

»Warum sollte ich das tun? Damit Sie jemanden haben, dem Sie die Schuld für einen verspäteten Flug geben können?«

»Jetzt reicht es aber langsam, Michowsky!«

Einige Sekunden lang starrten sie sich einfach nur an, und das Schweigen, das zwischen ihnen in der Luft hing, wurde nur vom unterdrückten Kichern anderer Polizisten, die ihren Schlagabtausch mit ansahen, gebrochen.

»Warum Chicago?«, wollte Michowsky schließlich wissen und wirkte ein wenig friedlicher. »Ich dachte, wir hätten May Lin als erstes Opfer ausgeschlossen?«

»Sie haben sie ausgeschlossen, ebenso wie mein Boss, aber ich nicht. Soweit es mich betrifft, ist sie noch immer die Erste, die wir uns anschauen sollten.«

»Es ist eigentlich sogar recht unterhaltsam, Ihnen bei der Arbeit zuzusehen, Winnett«, meinte Michowsky. »Sie tun so, als würden Sie uns zurate ziehen, als würden Sie sich mit uns unterhalten und mit uns zusammenarbeiten, aber tatsächlich machen Sie doch nur genau das, was Sie wollen, nicht wahr?«

»Freut mich, dass Sie es so sehen«, entgegnete sie mit vor Sarkasmus triefender Stimme. »Dann kann ich Sie auch einfach bitten, Sonya Weavers Exfreund zum Verhör herzubestellen, und Sie werden sich nicht mit mir streiten, weil Sie ohnehin wissen, dass es sinnlos ist!«

»Ach, wieso auch? Wir langsamen, dummen Polizisten aus dem Palm Beach County können doch gar nicht eigenständig denken … Wie gut, dass die allmächtige Special Agent Winnett hergekommen ist, um unsere lahmen Ärsche zu retten!«

Sie stand abrupt und völlig verwirrt auf. Was zum Teufel stimmte nicht mit diesem Mann? Wie oft musste sie sich denn noch entschuldigen? Ihr fiel die Kinnlade herunter, und sie stand da, ohne etwas über die Lippen zu bekommen, weil sie genau wusste, dass die Worte, die ihr auf der Zunge lagen, diesen lächerlichen Streit nur weiter eskalieren würden. Eine weitere Beschwerde mochte ausreichen, damit SAC Pearson endgültig die Nase voll hatte und sie feuerte.

»Der Freund des Opfers sitzt in Verhörzimmer eins. Fradella befragt ihn bereits seit einer Stunde«, teilte Michowsky ihr kopfschüttelnd mit.

Sie ließ sich auf den ramponierten Stuhl fallen und sah Michowsky in die Augen.

»Hören Sie, ich wollte weder Sie noch sonst jemanden verärgern«, erklärte sie. »Als ich am Telefon sagte, dass in Palm Beach alles im Schneckentempo geht, bezog ich das auf ausgestellte Haftbefehle, die in die Zuständigkeit des Bezirks fallen, und die Berichte aus den Labors, mit denen Sie ebenso wenig zu tun haben. Und auch kein anderer hier. Mal ganz im Ernst, wenn Sie nicht derart versessen darauf wären, sich unbedingt in Ihrer Ehre gekränkt zu fühlen, könnten Sie ja mal Ihr Detective-Hirn einschalten und darüber nachdenken, dass ich das möglicherweise gesagt habe, um uns die Arbeit zu erleichtern und nicht um jemanden zu beleidigen. Gut, vielleicht die Bezirksbehörden und das Labor, aber die waren ja auch nicht hier, oder?«

Er blickte auf sie herab, ohne ein Wort zu sagen, aber die Anspannung in seinen Zügen machte nach und nach Traurigkeit und Erschöpfung Platz.

»Können wir das Kriegsbeil nicht einfach begraben, Michowsky?«, schlug sie vor. »Wir stehen doch beide über solchen Dingen.«

Er fuhr sich mit einer Hand über das kurze Haar.

»Unter einer Bedingung«, erwiderte er. »Sie verraten mir, warum Sie den Exfreund verhören wollen, wo Sie doch fest davon ausgehen, dass die Frauen von einem Serienkiller ermordet wurden. Ist der Ex etwa ein Verdächtiger?«

»Es wäre möglich«, antwortete sie nachdenklich, »falls er bei den früheren Morden nur geübt und experimentiert hat und sich seine Wut eigentlich gegen Sonya richtete. Ich bezweifle das zwar, möchte aber auf Nummer sicher gehen; und mich interessiert, was er bei ihren letzten Treffen gesehen hat. Möglicherweise hatte sie einen Stalker, der ihm aufgefallen ist. Eventuell hat er Informationen, die uns weiterhelfen.«

Michowsky machte eine einladende Geste, und Tess folgte ihm zu Verhörraum eins. Sie konnten durch den Einwegspiegel beobachten, wie Fradella mit dem Exfreund sprach, ihm Routinefragen stellte und mehr oder weniger belanglose Antworten bekam, die im Grunde genommen nutzlos waren.

Tess ging kurz ihre Notizen durch, um ihr Gedächtnis aufzufrischen. Der Exfreund hieß Anthony Gibbons, war einige Jahre älter als Sonya und gerade sechsundzwanzig geworden. Er saß auf dem unbequemen Metallstuhl im Verhörraum, als hätte er in einem gemütlichen Ledersessel Platz genommen, lehnte sich zurück, schlug die Beine auf Männerart übereinander, legte den linken Fußknöchel auf das rechte Knie und ließ die linke Hand lässig über dem linken Schienbein herabhängen. Es machte ganz den Anschein, als würde sich der junge Mann, der attraktiv, auf aggressive Tom-Cruise-Art sexy und selbstverständlich arrogant war, recht wohlfühlen. Nachdem sie auf dem Foto in der Akte gesehen hatte, wie schön Sonya gewesen war, mussten die beiden ein umwerfendes Paar abgegeben haben.

Tess konnte das Geld förmlich riechen, das seine Haltung, seine Pose und sein Gesichtsausdruck widerspiegelten. Detective Todd Fradella hatte nicht die Kontrolle über das Verhör, sondern Anthony Gibbons. Aber Tess hatte nicht vor, diese Beobachtung laut auszusprechen. Heute war schon genug Porzellan zu Bruch gegangen.

»Ich würde gern reingehen«, sagte sie zu Michowsky.

»Nur zu. Aber seien Sie vorsichtig. Der Kerl ist stinkreich. Es überrascht mich, dass er noch nicht von einer Armee aus Spitzenanwälten umringt ist.«

Sie betrat den Verhörraum und nickte Todd kurz zu. Dann hielt sie Gibbons kurz den Dienstausweis unter die Nase, was größtenteils Show war.

»Special Agent Winnett, FBI«, stellte sie sich knapp vor.

Tess zog sich den Stuhl aus der Ecke des Raumes heran, dessen Beine quietschend über den Betonboden glitten, setzte sich Gibbons gegenüber an den Tisch und starrte ihn an. Er hielt ihrem Blick ungerührt stand.

»Wie entmannt haben Sie sich gefühlt, als sie Sie verlassen hat, Anthony? Oder soll ich Tony sagen?«

Das warf ihn ein wenig aus der Bahn. Für den Bruchteil einer Sekunde sah sie Angst in seinen Augen aufflackern, aber er hatte sich sofort wieder unter Kontrolle.

»Was? Nein … Sie hat mich nicht verlassen. Und selbst wenn es so gewesen wäre, hätte mich das nicht groß interessiert. Es gibt mehr als genug …«

»Reden Sie lieber nicht weiter, wenn Sie das Wort ›Muschi‹ aussprechen wollten, okay? Das will ich hier nicht hören.«

»Hey, hey, ich wollte Gelegenheiten sagen, aber hey.« Er schenkte ihr ein arrogantes Lächeln.

Verdammt. Der Mann blieb selbst unter Druck cool. Tess beschloss, die Taktik zu ändern.

»Was ist wirklich passiert? Warum haben Sie sich getrennt?«

Er rutschte kaum merklich auf seinem Stuhl herum.

»Es hat einfach nicht funktioniert. Wir haben uns ständig gestritten. Sie war so verdammt verkopft, das hat mich in den Wahnsinn getrieben. Ich wollte mich amüsieren … Das Leben ist kurz, verstehen Sie? Aber sie wollte lieber ein gutes Buch lesen oder sich im Internet eine dämliche Konferenz ansehen, anstatt mit mir auszugehen.«

»Sie haben sich gestritten?«

»Ja. Aber keiner von uns hat mit Dingen nach dem anderen geworfen oder versucht, ihm die Augen auszukratzen, falls Sie das meinen. Wir hatten Auseinandersetzungen, weil unsere Prinzipien unterschiedlich waren.«

»Sie wollten also ständig ausgehen? Was sind Sie von Beruf?«

»Ich bin Unternehmer. Ich gründe Firmen und verkaufe sie dann. Für sehr viel Geld.«

»Verstehe. Wohin sind Sie beide immer gegangen?«

»Das ist ja die Sache: Ich musste sie förmlich vor die Tür schleifen. Sie ging gern tanzen, daher waren wir manchmal in einem dieser hippen Clubs in Miami Beach, aber meist wollte sie lieber etwas anderes unternehmen, essen gehen und danach einen Strandspaziergang machen oder ähnlich langweilige Dinge.«

»Und was wollten Sie so machen?«

»Ich wollte in Clubs. Ich mag die Action«, antwortete er, und bei diesen Worten strahlte er sie förmlich an.

Ah … Er präsentierte sich also gern umringt von Frauenhorden, die ihn mit den Blicken auszogen. Dieser

Mann würde mal ein ausgemachter Narziss werden, falls er nicht schon längst einer war. Aber ein Mörder? Tess hatte nicht den Eindruck.

»Erzählen Sie mir von der Trennung. Wer hat sie eingeleitet, und wer blieb weinend zurück?«

»So lief das bei uns nicht ab. Vor etwa fünf oder sechs Wochen hatten wir uns wieder mal gestritten, und da habe ich ihr mitgeteilt, dass ich die Sache beenden will. Sie sagte, dass das ganz in ihrem Sinne wäre, und von da an gingen wir getrennte Wege. Am nächsten Tag fuhr ich bei ihr vorbei, um meine Sachen abzuholen und ihr die zu bringen, die sie in meiner Wohnung liegen hatte. Hin und wieder liefen wir uns über den Weg. Aber wir gingen freundlich miteinander um, da keiner dem anderen etwas getan hatte. Ich traf mich mit anderen Frauen und sie ging wieder mit anderen Männern aus.«

»Also alles friedlich und nett?«

»Ja.«

»Wie lange waren Sie zusammen?«

»Ähm, ungefähr sechs Monate, schätze ich.«

»Verstehe.«

Er sagte die Wahrheit, das war offensichtlich. Seine Körpersprache passte zu dem, was er sagte. Er war entspannt, ruhig und fast schon ärgerlich arrogant, aber das war nicht strafbar. Seine Geschichte passte zu dem, was sie bereits wussten. Nur eine oder zwei Wochen nach der Trennung war Sonya mit ihren Freundinnen tanzen gegangen und hatte mit dem Widerling rumgeknutscht. Es war schon seltsam, dass sie immer wieder an diesem Punkt landeten und der Mann offenbar ihr bester Hinweis war.

War Sonya nach jenem Abend erneut ausgegangen? Was hatte sie in den drei Wochen zwischen dem achtundzwanzigsten Februar und dem zweiundzwanzigsten

März gemacht? Wo hatte sie sich aufgehalten? Wann würden ihre verdammten Kreditkartenabrechnungen endlich vorliegen? Tess musste herausfinden, ob Sonya nach jenem Abend in Clubs gegangen war, und wenn ja, in welche. Und mit wem. Vielleicht ließ sich der Kerl ja auf dem Papierweg aufspüren, oder sie fanden irgendetwas anderes.

»Ist Ihnen irgendjemand aufgefallen, der Ihnen gefolgt ist, wenn Sie mit Sonya ausgegangen sind?«, fragte Tess und bereitete sich darauf vor, das Verhör zu beenden.

»Wie meinen Sie das?«

»Haben Sie jemanden bemerkt, der sich in ihrer Nähe seltsam verhalten hat, der Sonya angesprochen hat und sich nicht abweisen ließ oder etwas in der Art?«

»Nein ... Mir ist niemand aufgefallen, und sie hat auch keinen solchen Vorfall erwähnt.« Er rieb sich nachdenklich das eckige Kinn und sprach dann mit trauriger Stimme weiter. »Wir haben nicht zueinander gepasst, aber ich mochte Sonya. Als Sie mich herbringen ließen und als ich sah, dass Sie vom FBI sind, dachte ich zuerst, jemand hätte Lösegeld gefordert oder Sie hätten weitere Informationen bezüglich ihres Verschwindens, aber jetzt ... Sie ist die Morgenrotleiche, nicht wahr? Ich habe das in den Nachrichten gesehen. War das Sonya?«

»Der Name wurde noch nicht an die Medien rausgegeben«, sagte Tess. »Mein aufrichtiges Beileid.«

## 18. Die Freundinnen

Tess verließ das Verhörzimmer und schloss die Tür hinter sich. Sie ging direkt zum Beobachtungsraum, in dem Michowsky auf einem Stuhl vor dem Einwegspiegel saß und sich alles ansah. Ihre halb leere Kaffeetasse stand noch auf dem kleinen Tisch neben den Spiegel, wo sie sie zurückgelassen hatte. Der Inhalt war noch kälter und schaler als vor einer halben Stunde. In diesem besonderen Fall war das kein großer Verlust, der Kaffee hatte sowieso nicht geschmeckt.

»Gehe ich recht in der Annahme, dass wir ihn laufen lassen?«, erkundigte sich Michowsky.

»Ja. Er hat offenbar nichts mit der Sache zu tun.« Sie las sich einige Notizen in der Akte durch. »Wie ich sehe, hat er ein bestätigtes Alibi für die Zeit, zu der Sonya verschwunden ist, und ich habe heute nichts gehört, was weitere Nachforschungen erforderlich machen würde.«

Michowsky klopfte zweimal mit dem Ehering gegen den Spiegel, und das laute Geräusch entging seinem Partner nicht. Tess sah zu, wie Fradella Tony Gibbons für sein Kommen dankte und ihn hinausgeleitete.

»Wir sollten uns schnellstmöglich mit Sonyas Freundinnen unterhalten. Ich halte es für lohnenswert, der Sache mit dem Widerling auf den Grund zu gehen. Wie schnell können wir das einfädeln? Lässt sich das gleich jetzt machen?«

»Möchten Sie mit beiden zusammen sprechen oder sie lieber einzeln befragen?«

»Beide zusammen ist mir recht.«

»In Ordnung.« Ein seltsames Lächeln umspielte seine Lippen. »Dann legen Sie mal los. Verhörzimmer zwei.«

»Sie sind schon hier?«, fragte Tess überrascht. »Ich bin beeindruckt, Detective Michowsky!«

»Wir Polizisten vom Lande sind nicht völlig nutzlos«, merkte er mit einem Hauch seiner vorherigen Enttäuschung an. »Manchmal können wir auch eigenständig denken.«

»War ja klar, dass Sie das noch mal aufbringen.« Tess lachte und tätschelte ihm aus einem Impuls heraus den Arm, eine Geste, die Dankbarkeit und Kameradschaft vermittelte. Dann erstarrte sie und zog sich zurück. Die fast vergessene Vertrautheit dieser Geste, der Körperkontakt mit einem anderen Menschen, und sei er auch noch so flüchtig und unbedeutend, all diese Normalität hatte sie vor über zehn Jahren verloren. Jetzt war sie kurz aufgeblitzt, nur um gleich wieder zu verschwinden. Sie war nicht bereit dafür. Noch nicht.

Sie räusperte sich, da sie aus irgendeinem Grund einen trockenen Hals hatte, und trank den letzten Schluck aus ihrer Kaffeetasse. Die leere Tasse stellte sie auf einen kleinen Beistelltisch, der auf dem Weg vom Beobachtungsraum zu Verhörzimmer zwei an der Wand stand. Michowsky folgte ihr und schloss die Tür hinter ihnen.

»Das sind, ähm«, er schlug die Akte auf, »Ashely King, dreiundzwanzig, die seltsamerweise mit dem ›e‹ vor dem ›l‹ geschrieben wird, und Carmen Pozzan, zweiundzwanzig. Sie waren zusammen mit Sonya in dem Club, als sie das Individuum kennengelernt hat, das wir als den ›Widerling‹ bezeichnen. Ashely ist die Blonde.«

»Sie hat ihn so bezeichnet«, korrigierte Tess ihn. »Sonya sagte, er wäre ein Widerling, nicht wir. Der Bezugsrahmen ist wichtig.«

»Ja, da haben Sie recht.«

»Hey, Sie müssen mir noch einen Gefallen tun, und zwar einen richtig großen.«

»Schießen Sie los«, sagte Michowsky und verzog leicht das Gesicht.

»Bringen Sie diese Schnarchnasen beim Bezirksgericht dazu, mit dem verdammten Papierkram endlich Gas zu geben«, bat sie ihn und konnte sich das Grinsen kaum verkneifen. Wenn er das Thema noch mal anschnitt, konnte sie das ebenfalls tun. »Wir brauchen Sonyas Kontoeinsicht noch heute. Und sobald wir die Unterlagen haben, bitten Sie Fradella, sie gründlich durchzugehen.«

»Wonach suchen Sie?«

»Ach … momentan ist es nur eine Ahnung. Aber wir werden sie uns doch ansehen, oder nicht?«

»Was soll der Scheiß, Winnett?«, schimpfte er.

»Was denn?«

»Sagen Sie, was Sie denken, verdammt noch mal.«

»Ist ja schon gut. Ich hatte mir überlegt, dass der Kerl vielleicht derart widerlich war, dass sie sich nach diesem Abend nicht mehr getraut hat, das Haus zu verlassen. Jedenfalls für eine Weile. Er könnte ihr eine solche Angst eingejagt haben oder das, was immer passiert ist, war so schlimm, dass sie nicht einmal wagte, mit ihren Freundinnen darüber zu sprechen. Falls dem so war, müssten wir es anhand ihrer Ausgaben erkennen. Wir reden hier schließlich von einer jungen Frau, die über einiges Geld verfügte, wie Sie sich bestimmt erinnern. Da geht man shoppen, trinkt jeden Tag geeisten Cappuccino für zehn Dollar, isst auswärts, kauft wenigstens einmal pro Woche Kosmetik und Schmuck und geht natürlich mit Freundinnen aus. Ich wüsste gern, ob sich ihre Ausgaben nach dem achtundzwanzigsten Februar, an dem sie diesem Kerl begegnet ist, verändert haben. Möglicherweise hat er etwas ausgelöst.«

»Okay. Das ist eindeutig eine Überprüfung wert. Sie haben einen guten Riecher, wissen Sie das?«

»Ja … Das habe ich schon mal gehört.«

»Darf ich Ihren Namen beim Richter fallen lassen, um die Sache zu beschleunigen?«

»Mein Name ist heutzutage leider nicht mehr viel wert, aber erwähnen Sie SAC Pearson, das ist mein Boss. Damit kommen Sie bestimmt weiter.«

»Wird erledigt.« Schon war Michowsky hinausgestürmt.

Tess setzte sich auf die Stuhlkante des dreibeinigen Stuhls vor dem Einwegspiegel und betrachtete die beiden jungen Frauen. Leichte Verbitterung und Traurigkeit überkam sie bei diesem Anblick. Beide waren wunderschöne, umwerfende Geschöpfe und eine Augenweide. Jung und voller Leben, voller Optimismus und geprägt von dieser Unbesiegbarkeit, die jugendliche Existenzen durchdrang, bis die erste Katastrophe ihres Lebens sie an ihre Schwäche, ihre angeborene Verletzlichkeit erinnerte. Tess war früher auch einmal so gewesen wie die beiden. Vielleicht nicht so schön, aber genauso frisch, fröhlich und unversehrt. Auch nicht so reich, nicht einmal ansatzweise. Sie hatte ihre Studentenkredite abzahlen müssen und kaum genug Geld zum Überleben besessen, sich aber dennoch unbesiegbar gefühlt, als würde sie für immer jung und sorgenfrei bleiben. Bis zu dieser einen unheilvollen Nacht vor über zehn Jahren.

Tess schüttelte energisch den Kopf und schob diese unerwünschte Erinnerung zurück in den dunklen Abgrund, aus dem sie gekommen war. Dann konzentrierte sie sich ganz auf die beiden Frauen. Sie wirkten irgendwie angespannt, gewiss war es ihnen unangenehm, in einem Verhörzimmer der Polizei warten zu müssen.

Ashely trug eine eng anliegende Jeans, die tief auf den Hüften saß, und ein knappes Top, das ihren Bauchnabel und einen Streifen ihres flachen, gebräunten Bauchs frei ließ. Hinter ihrem langen, glatten, glänzend blonden Haar schimmerten hin und wieder lange Ohrringe hervor. Ihr Make-up war für diese Tageszeit etwas zu übertrieben, aber trotzdem eher edel als nuttig. Nur etwas Eyeliner, ein diskreter Lidschatten, rosa Lippenstift und ein Hauch von Rouge. Sie saß leicht nach vorn gebeugt auf dem Stuhl, wirkte angespannt, runzelte die Stirn und hatte die Hände gefaltet.

Carmen strahlte aus jeder Pore ihrer perfekten Haut diesen feurigen, leidenschaftlichen Latina-Vibe aus. Sie hielt den Kopf hoch erhoben und hatte das lange, lockige dunkle Haar zu einem lockeren Pferdeschwanz gebunden, sodass ihr wunderschönes Gesicht gut zu erkennen war. Gekleidet in modische Shorts und eine ärmellose Seidenbluse, ging sie nervös auf und ab und zupfte gelegentlich an ihrem Hosensaum herum. Wahrscheinlich bereute sie es jetzt, nichts Längeres angezogen zu haben, das besser zu einem kalten, einschüchternden Verhörzimmer auf einem Polizeirevier passte. Ihre Bewegungen erinnerte Carmen an eine eingesperrte Löwin, die trotz ihrer Gefangenschaft ihren Stolz nicht verloren hatte.

Tess nahm einen Haftnotizzettel und hinterließ Michowsky eine Nachricht. »Ist Ihnen aufgefallen, dass alle überdurchschnittlich viel Geld zu haben scheinen? Das ist eine kleine, exklusive Welt.« Dann klebte sie den Zettel mitten auf den Spiegel und ging nach nebenan, um sich mit den beiden jungen Frauen zu unterhalten.

»Guten Tag«, sagte Tess beim Betreten des Raums.

Ashely sprang auf, und Carmen trat hinter dem Tisch hervor. »Ich bin Special Agent Tess Winnett. Sie können mich Tess nennen.«

Sie nahm Platz und bat die beiden mit einer Geste, es ihr gleichzutun. Die beiden jungen Frauen setzten sich, sahen Tess jedoch nicht in die Augen.

»Danke, dass Sie heute hergekommen sind. Das ist sehr freundlich von Ihnen«, fuhr Tess fort. »Ich möchte Sie bitten, mir in allen Einzelheiten vom Abend des achtundzwanzigsten Februars zu erzählen, an dem Sie mit Sonya tanzen gegangen sind.«

Die beiden jungen Frauen sahen einander an.

»Wir haben schon mit einem Detective darüber gesprochen, nachdem sie verschwunden war«, sagte Ashely schließlich unsicher und zögernd.

»Ich weiß. Mit einem Detective Garcia, nicht wahr?«

Die beiden nickten.

»Tun Sie mir diesen Gefallen ... Ich bin vom FBI. Wir wenden andere Methoden an, müssen Sie wissen.« Tess hatte ein leichtes Lächeln aufgesetzt, damit sich die beiden ein wenig entspannten. »Ich würde die Geschichte lieber von Ihnen als Beteiligten hören, anstatt mir Garcias Notizen durchzulesen.«

»Verstehe.« Ashelys Schultern sanken ein wenig herab. »Wir sind an diesem Abend tanzen gegangen, nur wir drei, im Exhale. Sie hatte sich von Tony getrennt und ...«

»War sie deswegen aufgebracht?«, hakte Tess nach. »Hat die Trennung sie mitgenommen?«

Die beiden sahen einander kurz an, bevor Carmen antwortete.

»Nein. Es ging ihr gut. Sie hat Tony immer als ihr Sammlerobjekt bezeichnet. Sie wusste ganz genau, dass die Sache nicht lange halten würde. Da war auf beiden

Seiten nicht viel Leidenschaft im Spiel.« Die beiden Frauen kicherten leise.

»Sammlerobjekt?«

»Sie wissen schon, jemand, der wie ein schöner Schal ist: Er macht sich beim Ausgehen gut am Arm, ist jedoch oberflächlich und irrelevant. Nicht von Dauer.«

»Hat er sie betrogen?«

Ashely und Carmen sahen sich an und zuckten fast gleichzeitig mit den Achseln.

»Sie ging nicht davon aus, aber das wäre auch nicht so geblieben. Lustknaben wie Tony gehen letzten Endes immer fremd.«

»War er wütend? Wegen der Trennung, meine ich?«

»Ich glaube nicht«, antwortete Ashely. »Er schien das ganz locker zu nehmen. Aber es standen auch schon genug andere bereit.«

»Ja, das stimmt«, bestätigte Carmen.

»In Ordnung. Dann erzählen Sie mir doch bitte von dem Abend des achtundzwanzigsten Februars, als Sie das vorletzte Mal aus waren.«

»Wir wollten tanzen, uns amüsieren und vielleicht ein paar interessante Männer kennenlernen. Ich hatte auch gerade keinen Freund«, fügte Carmen hinzu.

»Und Sie?«, wollte Tess von Ashely wissen.

»Ich war gewissermaßen liiert, aber er war auf Geschäftsreise und konnte uns nicht begleiten. Die perfekte Gelegenheit für einen Mädelsabend, nicht wahr?«

»Genau … Und was ist passiert? Wen haben Sie kennengelernt?«

»Wir waren früh da, weil wir uns einen Tisch sichern wollten, was auch geklappt hat. Es ist wirklich blöd, wenn man sich in einem Club mal ausruhen will und sich nirgendwo hinsetzen kann. Erst recht, wenn man hohe Schuhe anhat.« Ashely kicherte kurz auf.

Tess musterte sie einige Sekunden lang; sie starrte sie förmlich an. Ein Tisch in einem dieser Clubs kostete mindestens tausend Dollar den Abend. Im Allgemeinen bekam man nur einen, wenn man eine Flasche Alkohol bestellte, die meist um die neunhundertfünfzig Dollar kostete. Die jungen Frauen hatten also nicht nur Geld, sondern an diesem Abend auch die volle Aufmerksamkeit der anderen Gäste, weil sie an diesem Tisch saßen. Sie hätten sich auch gleich ein Schild umhängen können, auf dem stand: »Schau mich an, ich bin stinkreich.« Zudem hatten sie noch jede Menge Alkohol am Tisch.

»Was haben Sie getrunken?«

»Champagner. Wir wollten nichts Hartes, wo wir doch nur zu dritt waren«, erwiderte Ashely.

»Was ist dann passiert?«

»Wir sind auf die Tanzfläche gegangen. Die Musik in dem Club ist super, müssen Sie wissen.« Carmen wackelte mit beiden Händen und bewegte die Schultern, als würde sie tanzen. »Nach zwei Songs tauchte dieser Kerl wie aus dem Nichts auf und schmiss sich an Sonya ran.«

»Was genau hat er gemacht?«

»Er hat vor ihr getanzt, sie angelächelt ...«

»Ihr in die Augen gesehen«, ergänzte Ashely. »Er sah ziemlich gut aus. Sie zieht immer gleich die heißesten Kerle an.«

»Warum?«, fragte Tess mit Unschuldsmiene.

»Haben Sie sich ihr Foto mal angesehen? Sie ist wunderschön!«, erklärte Carmen.

»Waren Sie deswegen neidisch auf sie?«

»Warum zum ... wieso sollte ich neidisch auf sie sein? Ich sehe doch auch ziemlich gut aus!«, erwiderte Carmen sichtlich überrascht.

»Ja, das stimmt«, gab Tess zu und konnte sich ein Lächeln nicht verkneifen. »Bitte erzählen Sie mir mehr über den Mann, der mit Sonya getanzt hat. Gefiel er ihr?«

»Oh ja. Er war heiß.« Ashely lächelte verträumt.

»Beschreiben Sie ihn mir«, bat Tess.

»Er hatte blondes Haar und blaue Augen, aber er war kein Ken, müssen Sie wissen.«

»Was für ein Ken?«

»Na, Barbies Freund«, sagte Ashely, der man ihr Erstaunen darüber, dass Tess sich mit solchen Dingen offenbar nicht auskannte, ansah.

»Verstehe. Inwiefern war er kein Ken?«

»Er war attraktiv, aber maskulin, auch wenn er helles Haar und blaue Augen hatte. Er war gut gebaut und hatte kräftige Arme.«

*Mit denen er eine bewusstlose Frau oder eine Tote, bei der die Leichenstarre bereits eingesetzt hatte, tragen kann,* dachte Tess. Aber dieser Gedanke bedeutete, dass sie voreilige Schlüsse zog, und sie riss sich am Riemen. Sehr viele Männer hatten kräftige Arme und schleppten in ihrer Freizeit keine Leichen durch die Gegend.

»Was hatte er an?«

Ashely schien zu überlegen, aber dann ergriff Carmen das Wort.

»Er trug ein helles oder weißes Sportsakko über einem cremefarbenen Hemd. Die obersten beiden Knöpfe standen offen. Und Jeans, glaube ich. Sehr sexy. Teure Markenware. Und er roch sehr gut.«

»Sie haben also zusammen getanzt, dieser Mann und Sonya?«

»Ja, das haben sie«, bestätigte Ashely. »Über mehrere Songs. Sie bewegten sich im Einklang, wenn Sie verstehen. Dann warf er sich an sie ran; das war schon cool. Zu schade, dass Sonya sagte, er wäre ein Widerling.«

»Was hat er gemacht?«

Die beiden warfen sich einen schnellen Blick zu.

»Ähm, neuerdings wird in diesen Clubs ja keine langsame Musik mehr gespielt, wissen Sie«, sagte Carmen betrübt.

»Man soll schwitzen, trinken und viel Geld ausgeben«, erkannte Ashely das Offensichtliche und zog ihre perfekt gewachsten Augenbrauen zusammen.

»Nach ein paar Songs war er es leid, auf ein langsames Stück zu warten. Er nahm Sonya in die Arme und tat so, als würden sie etwas Langsames spielen, auch wenn dem gar nicht so war. Sie standen mitten auf der Tanzfläche und bewegten sich in ihrem eigenen Rhythmus. Das war echt unglaublich … Alle anderen haben einen großen Bogen um sie gemacht.«

»Und was ist dann passiert?«

»Das Offensichtliche.« Carmen schnaufte. »Sie sind zusammen gegangen, das ist passiert. Sonya hat sich verabschiedet, und dabei haben sie Händchen gehalten. Sie hatte einen Schlafzimmerblick drauf.«

»Ja, den hatte sie«, bestätigte Ashely. »Er war wirklich heiß.«

»Kam das bei Sonya häufiger vor? Ging sie öfter mit Männern nach Hause, die sie gerade erst kennengelernt hatte?«

»Nein!«, antwortete Ashely. »Sie würde nie …«

»So eine ist sie nicht«, fiel Carmen ihr ins Wort. »Bei diesem Mann sah die Sache jedoch anders aus. Er war unfassbar heiß. Ich weiß nicht, wie ich es sonst erklären soll. Seine Pheromone müssen nur so durch die Luft geflogen sein. Es war, als hätte er in flüssiger Sexyness getaucht. Man wollte ihn einfach auf der Stelle ins Bett zerren. Er war einfach … wow, zum Bespringen.«

»Carmen!«, rief Ashely leise.

»Entschuldigung …«, flüsterte Carmen.

»Und danach?«

»Wir sind noch ein bisschen geblieben, haben getanzt und uns amüsiert«, berichtete Ashely. In ihrer Stimme schwang Traurigkeit mit, und das zum ersten Mal seit Beginn des Gesprächs.

»Am nächsten Morgen haben wir Sonya angerufen, weil wir wissen wollten, wie es war. Wie ihre heiße Nacht gewesen ist«, erklärte Carmen.

»Sie haben sie zusammen angerufen?«

»Oh ja. Bei wichtigen Themen machen wir immer eine Konferenzschaltung«, bestätigte Carmen ernst. »Aber sie war allein zu Hause und klang, als wäre sie ziemlich aufgelöst. Sie sagte, sie hätte den Kerl auf dem Parkplatz stehen lassen, weil er widerlich wäre. Ende der Geschichte.«

»Sie haben keine weiteren Details aus ihr rausbekommen?«, bohrte Tess nach.

»Wir haben es versucht, aber sie wollte nicht darüber reden. Sie sagte immer nur, es würde ihr nicht so gut gehen.«

»Danach ist sie uns ein paar Tage lang aus dem Weg gegangen«, fügte Ashely hinzu.

»Nein, das stimmt nicht«, widersprach Carmen. »Es ging ihr nicht besonders, das war alles.«

»Wir hätten ihr helfen können. Du weißt schon, ihr einen Masseur schicken, einen Koch, der ihr Leibgericht zubereitet, alles, was sie sich nur wünschen konnte.«

Seit wann kochte man seiner Freundin nicht mehr nur eine Tasse Tee, rieb ihr die Schultern oder bestellte eine Pizza? Die Reichen lebten in einer anderen Welt, töteten und starben jedoch genau wie jeder andere Mensch.

Tess schwieg eine Weile und dachte nach. Was konnte an diesem Abend auf dem Parkplatz passiert sein? War der Mann ein Verdächtiger? Oder hatte Sonya einfach keine Lust mehr auf ihn gehabt, als sie aus dem schillernden Licht und dem Lärm des Clubs ins Freie gegangen waren? Hatte er etwas getan, was ihr Angst eingejagt hatte? Oder hatte sie bloß ihre Meinung geändert, weil sie sonst nie Männer mit nach Hause nahm, die sie gerade erst kennengelernt hatte, und ihren Freundinnen gegenüber ihre Feigheit nicht eingestehen wollen?

»Wie klang sie beim Telefonat am nächsten Morgen?«

Abermals sahen sich die beiden an.

»Sie hörte sich müde an …«, begann Ashely, aber Carmen fiel ihr ins Wort.

»Sie hat ein bisschen genuschelt. Wir dachten, sie hätte zu Hause vielleicht noch was getrunken und einen Kater«, sagte Ashely. »Was ist mit ihr? Haben Sie sie gefunden?«

»War sie seit jenem Abend noch einmal mit Ihnen aus?«, erkundigte sich Tess und ignorierte Ashelys Fragen.

»N… nein«, antwortete Carmen, deren Miene sich verfinsterte und die immer unruhiger wurde. »Erst drei Wochen später, an dem Abend, an dem sie verschwunden ist.« Die beiden Frauen tauschten einen besorgten Blick.

»Wir waren mal Eis essen und shoppen«, fiel Ashely ein.

»Aber nicht tanzen. Erst wieder an jenem Abend.«

»Aber Sie beide waren danach in Clubs? Haben Sie sie gefragt, ob sie Sie begleiten möchte, und sie hat Nein gesagt?«, halte Tess nach und hoffte auf weitere Einblicke in das, was in jener Nacht vorgefallen war.

»Nein«, erwiderte Carmen. »Es hat sich einfach nicht ergeben. Ashely hatte noch eine Prüfung, und vorletztes

Wochenende hatte ich schlimme Krämpfe. Dann gingen wir aus und seitdem ist Sonya … verschwunden.«

»Wären Sie bereit, mit einem Polizeizeichner ein Phantombild des Mannes zu erstellen, mit dem Sonya an jenem Abend im Februar gegangen ist?«

»Ich erinnere mich nicht an sehr viel«, gestand Carmen und wischte sich eine Träne aus dem Augenwinkel.

»Ich auch nicht. Nur an seine Haare und seine Klamotten«, wisperte Ashely und erschauderte.

»Das könnte ein Anfang sein. Der Zeichner weiß, was er tut; er wird Ihnen behilflich sein. Ich lasse ihn rufen und bin schnellstmöglich wieder da.«

»Gut, wir versuchen es. Aber wir müssen wissen, was ihr zugestoßen ist«, beharrte Carmen. »Bitte sagen Sie es uns.«

Tess holte tief Luft.

»Ich muss Ihnen leider eine schlimme Nachricht überbringen. Wir haben Sonyas Leiche gestern am Strand gefunden.«

# 19. Mittagessen

Nachdem die beiden Frauen weg waren, ging Tess zurück in den Beobachtungsraum. Michowsky war immer noch dort, ging seine Notizen durch und schien etwas zu suchen. Er hob den Kopf und erwiderte ihren frustrierten Blick.

»So viel dazu«, sagte Tess und ließ den Aktenordner auf den Tisch fallen. »Wir haben zwar heute richtig viele Fortschritte gemacht, sind aber nicht schlauer als heute Vormittag.«

»Ich habe Ihre Nachricht bezüglich des Geldes gelesen«, meinte er und deutete auf die Haftnotiz. »Sie haben recht; je reicher sie sind, desto kleiner wird ihre Welt. Da ist mir ein Gedanke gekommen. Wir haben zwei Familien der Opfer als wohlhabend, aber nicht reich eingestuft. Den Zahnarzt und …«

»Den Restaurantbesitzer, Sonyas Vater«, fiel ihm Tess ins Wort und bereute es sofort, als sie seine Frustration bemerkte. »Fahren Sie fort.«

»Ich habe ein paar Anrufe gemacht, und jetzt kommt's: Der Zahnarzt ist zudem Erbe eines großen Möbelunternehmens, das er über einen Stellvertreter leitet. InStyle Furniture, vielleicht haben Sie schon mal davon gehört. Eine halbe Milliarde Dollar Börsenwert.«

»Ja, die Firma kenne ich. Und was ist mit den Weavers?«

»Mrs Weaver, von der wir annahmen, sie wäre Hausfrau, hat früher an der Börse gehandelt, aber kurz vor der 1990er-Rezession aufgehört, als sie schwanger wurde. Sie besitzt gut einhundert Millionen.«

»Wer hätte das gedacht? Die kleine Welt, mit der wir es zu tun haben, ist soeben noch kleiner geworden. Sie haben wirklich gute Instinkte, Detective.«

»Ja … Das habe ich schon mal gehört«, zitierte er ihren Kommentar aus ihrer vorherigen Unterhaltung, und sie mussten beide lachen.

»Wo ist Fradella?«

»Er versucht, Weavers Bankinformationen zu beschaffen. Warum?«

»Dann kommt er wohl nicht mit. Ich wollte vorschlagen, dass wir einen Burger essen gehen und dabei einige Szenarien durchspielen.«

»Gute Idee.« Michowsky stand von seinem Stuhl auf, allerdings etwas langsamer als gewollt. »Ich hole meine Autoschlüssel.«

»Ich fahre. Und ich weiß auch schon, wohin.«

Sie passte ihre Schritte an seine an und verlangsamte das Tempo, da sie seine Rückenprobleme nicht vergessen hatte. Ihr entging auch nicht, dass sich seine Miene ein wenig aufhellte, als er ihren Wagen sah, der dicht am Eingang parkte. Offenbar hatte er starke Schmerzen.

»Wir können Sonyas Identität jetzt bekannt geben«, sagte sie, sobald sie sich in den Verkehr eingefädelt hatte. »Sind Sie damit einverstanden?«

»Ja. Es gibt da allerdings jemanden, den ich vorher noch anrufen muss.«

»Wen?«

»Einen Reporter, der im Grunde genommen ein Arschloch ist, sein Versprechen mir gegenüber aber nicht gebrochen hat. Brandt Rusch, Sie haben vielleicht schon mal von ihm gehört. Das bin ich ihm schuldig.« Michowsky zückte eine Visitenkarte und tippte auf seinem

Handy herum; wahrscheinlich schickte er dem Reporter eine E-Mail.

Tess bog auf den Parkplatz des Media Luna ein und stellte den Motor aus.

»Eine Bar, noch dazu am Nachmittag? Sie stecken voller Überraschungen, Special Agent Winnett«, frotzelte Michowsky.

»Die Burger und Pommes schmecken hervorragend. Ich möchte gar nicht woanders essen.«

Sie traten ein und setzten sich an den Tresen. Es war noch früh; gerade mal zwei oder drei Gewohnheitstrinker saßen schweigend in der Bar und ertränkten ihre Sorgen. Es lief keine Musik; wahrscheinlich genoss der Barkeeper die Ruhe vor der Rushhour, die in etwa zwei Stunden einsetzen würde.

Cat blickte von seinem Mixer auf und schenkte ihr ein kurzes Lächeln. Sie nickte und zwinkerte ihm unauffällig zu. Dabei bemerkte sie, wie er den Behälter mit den frischen Kräutern öffnete und ihren Lieblingsdrink mixte. Ein Lächeln breitete sich auf ihren Zügen aus, und sie hatte wie immer, wenn sie das Media Luna betrat, das Gefühl, nach Hause zu kommen.

Ihr Lächeln wurde noch breiter und ging beinahe in ein Lachen über, als sie hörte, wie Michowsky Cat ansprach.

»Hey, ich hörte, hier gibt es super Burger, könnten wir welche bekommen? Und Pommes frites dazu.«

»Kommt sofort«, erwiderte Cat mit einem schnellen Blick und schiefen Grinsen in Richtung Tess. »Etwas zu trinken?«

»Ja … Ich nehme ein Bier, ein Bud Light.« Michowsky wandte sich an Tess, damit sie etwas zu trinken bestellte, aber sie winkte ab und genoss weiterhin dieses Gefühl der Sicherheit und des Komforts. Cats Bar war der einzige Ort auf der Welt, an dem ihre Erinnerungen und ihre Dämonen unterdrückt wurden.

Cat brachte ihren Drink, in dem zwei dünne Strohhalme steckten, so wie sie es bevorzugte. Für Mojitos eigneten sich dünne Strohhalme besser, da sie dann die Pfefferminzblätter nicht mit aufsaugten. Michowsky riss die Augen auf, als er sah, wie sie das Glas dankend entgegennahm.

»Anscheinend kennt man Sie hier«, stellte er fest.

»Ja, das könnte man so sagen.«

»Cocktails während der Arbeitszeit? Damit hätte ich jetzt nicht gerechnet.«

»Das ist doch nur …«

»Wie möchten Sie Ihren Burger?«, wollte Cat von Michowsky wissen.

Cat lächelte nicht mehr. Er sah vielmehr so aus, als wollte er die Schrotflinte zücken, die er unter dem abgewetzten Tresen aufbewahrte, und sie Michowsky unter die Nase halten, falls er noch eine unangemessene Frage stellte. Tess unterdrückte ein Kichern, drehte den Kopf zur Seite und verbarg ihr Grinsen hinter einer Hand, sodass Cat nur anhand ihres belustigten Blicks erkennen konnte, dass alles in Ordnung war.

»Medium, keine Zwiebeln, keine Gurken. Danke.«

»Es dauert ein paar Minuten.«

»Kein Problem«, meinte Michowsky und wandte sich an Tess. »Hier weiß man also auch, wie Sie Ihren Burger essen?«

»Ja … So ist es.«

Sie zog ihr Tablet aus der Tasche und öffnete erneut Sonyas Facebook-Profil. Während sie die öffentlichen Einträge bis Mitte Februar durchging, sah sie sich die Fotos gründlich an und versuchte, mehr über den Menschen herauszufinden, der Sonya Weaver gewesen war.

Sie stieß auf ein Foto von Sonya mit Tony Gibbons, auf dem sie aussahen, als wären sie auf dem Cover eines Hochglanzmagazins. Sonya trug ein Cocktailkleid, eine silberne, mit Strass besetzte Kreation, die eng am Körper anlag, und Tony einen makellosen Smoking. Die Bildunterschrift lautete »Bei der Gibbons-Spendengala«.

Tess zeigte Michowsky das Foto; der stieß einen leisen Pfiff aus.

Das war das letzte Bild, das Sonya von ihrem Exfreund gepostet hatte. Nach dem sechzehnten Februar hatte sie zwei oder drei Mal täglich etwas geschrieben oder den Post eines Freundes geteilt. Sie mochte Hundewelpen … sehr sogar. Vor allem die fluffigen, flauschigen. Außerdem stand sie auf inspirierende Zitate und hilfreiche Tricks. Im Grunde genommen war sie eine völlig normale junge Frau gewesen.

»Haben wir ihre Zugangsdaten schon? Vielleicht lässt sich in ihren privaten Nachrichten ja etwas finden.«

»Noch nicht«, antwortete Michowsky. »Der Beschluss lässt auf sich warten.«

»Bitte sehr.« Cat stellte zwei große Teller vor ihnen ab und kehrte noch mehrmals mit Mayonnaise, Ketchup, Senf, Besteck und Servietten zurück.

Tess schaute sich weiterhin Sonyas Facebook-Timeline an und zählte die täglichen Einträge.

»Die Burger sind wirklich gut«, stellte Michowsky fest und kaute enthusiastisch.

»Hey, ist Ihnen aufgefallen, dass Sonya nach dem achtundzwanzigsten Februar fast drei Tage lang nichts gepostet hat?«

»Äh, nein. Essen Sie Ihren Burger; er wird sonst kalt.«

»Ja …«, murmelte Tess, schnappte sich ein paar Pommes und kaute genüsslich darauf herum. »Das macht mich wahnsinnig. Ich weiß einfach nicht, was am Achtundzwanzigsten auf diesem Parkplatz passiert ist. Die Sache hat sie derart aufgeregt, dass sie drei ganze Tage lang nichts geschrieben hat, und das will bei diesen Kids schon was heißen. Danach postete sie wieder etwas, aber ohne Enthusiasmus und fast keine Fotos. Seit jenem Tag hat sie keine Selfies mehr online gestellt.«

»Hm-mm«, stieß Michowsky mit vollem Mund hervor.

»Dann ist da dieser Eintrag hier.« Tess deutete auf den Bildschirm. »Sie schrieb: ›Ich kann doch wegen eines verregneten Tags nicht aufhören, das Leben zu genießen.‹ Das war am achtzehnten März.«

»Glauben Sie, sie hat sich dabei auf diesen Widerling bezogen?«

»Ich vermute, sie hat in diesem Augenblick beschlossen, sich von einer schlechten Erfahrung nicht bestimmen zu lassen, wer sie war, und ihr altes Leben wieder aufzunehmen. Vier Tage später ging sie mit ihren Freundinnen in den Club.«

Sie biss herzhaft in ihren Burger und kaute nachdenklich.

»Zu schade, dass die verdammte Bisswunde nicht vom achtundzwanzigsten Februar stammen kann. Es hätte so viel Sinn ergeben, wenn der Kerl ihr komisch vorkam, weil er ihr auf dem Parkplatz in die Lippe gebissen hatte. Wer kann sie denn sonst gebissen haben? Und wo?«

»Stimmt«, meinte Michowsky, »aber Doc Rizza …«

»Ja, ich weiß, was er gesagt hat. Vielleicht sollte sich Fradella noch mal die Überwachungsvideos von jenem Abend ansehen.«

»Sie waren wenig aufschlussreich.«

»Nicht von dem Abend, an dem sie entführt wurde, sondern vom Achtundzwanzigsten, an dem sie den Widerling kennengelernt hat. Möglicherweise findet er auf diesen Videos ja noch etwas heraus. Meiner Ansicht nach ist dieser Mann unsere beste Spur, und ich kann nicht auf das vertrauen, was Detective Garcia getan hat – falls er überhaupt etwas unternommen hat –, um sie zu finden.«

Sie kaute mit halb geschlossenen Augen auf mehreren Pommes herum, die einfach perfekt waren: gut gewürzt, knusprig und nicht zu salzig.

Dann summte ihr Handy. Sie wischte sich stöhnend die Finger an der Serviette ab und sah sich ihre Nachrichten an. Die neueste lautete: »Hier ist Bob vom Empfang. Ein Supervisory Special Agent Bill McKenzie möchte Sie sprechen.« Sie schrieb zurück: »Bin in zehn Minuten da« und nahm sich noch ein paar Pommes.

»Wir müssen uns beeilen. Der Profiler wartet.«

## 20. Der Profiler

Bei ihrer Rückkehr hockte Bill McKenzie bereits im Konferenzraum vor dem Whiteboard. Die Tafel hing noch immer nicht an der Wand, und Tess fluchte leise vor sich hin. Wieso dauerte es so lange, zwei Nägel in die Wand zu schlagen?

McKenzie richtete sich zu seinen vollen knapp zwei Meter Körpergröße auf und nickte zur Begrüßung. Tess und er kannten sich bereits, und es war nicht immer eine angenehme Zusammenarbeit gewesen, aber er hatte ihr geholfen, den Täter zu schnappen. Wenn es nach ihr gegangen wäre, hätte sie einen anderen Profiler bevorzugt. McKenzie konnte dickköpfig und respektlos sein, er war steif und manchmal ziemlich arrogant. Doch er war clever, aufmerksam, engagiert und bereit, einigen Einsatz zu zeigen, um eine Theorie auf die Probe zu stellen. Eigentlich war er gar nicht so übel.

»SSA Bill McKenzie, das ist Gary Michowsky«, stellte Tess die beiden Männer einander vor.

»Agent Michowsky«, begrüßte McKenzie sein Gegenüber und schüttelte ihm die Hand.

»Ich bin Detective hier im Palm Beach County«, erklärte Michowsky mit schiefem Grinsen.

»Sollen wir auf Ihren Partner warten, Agent Winnett?«

»Hm«, schnaufte sie, »da können wir lange warten. Ich habe keinen. Jedenfalls nicht bei diesem Fall«, fügte sie hinzu, als sie bemerkte, wie McKenzie überrascht die Augenbrauen hochzog. Diese verdammten Vorschriften.

Sie setzte sich an den Konferenztisch, und Michowsky nahm ihr gegenüber Platz. McKenzie lief langsam vor dem Whiteboard auf und ab.

»Nun gut«, sagte McKenzie. »Ich verstehe, warum Sie uns hinzugezogen haben, Agent Winnett. Zwischen diesen Morden gibt es relevante Musterindikatoren. Fangen wir mit dem Ersteindruck an. Er ist organisiert und sehr methodisch. Seine Intelligenz liegt weit über dem Durchschnitt, und er bleibt auch unter Druck äußerst ruhig. Dieser Mann ist furchtlos und anhand der Art seiner Verbrechen als reiner Psychopath einzustufen.«

»Den Großteil dessen hatten wir auch schon selbst herausgefunden«, meinte Tess, womit sie die Falten auf McKenzies Stirn vertiefte. »Seine Motivation und seine Klassifizierung sind mir ein Rätsel. Haben wir es mit einem wutmotivierten rachsüchtigen oder einem wutmotivierten sadistischen Mörder zu tun? Oder gibt es auch einen Hybriden zwischen diesen beiden Klassen?«

»Einen Hybriden? Wie kommen Sie auf die Idee, es könnte ein Hybride sein?«, fragte McKenzie. »In meiner Zeit als Verhaltensanalytiker kam es so gut wie nie vor, dass ich jemanden als Hybriden einstufen musste. Allerdings sind die Trennlinien auch nicht in Stein gemeißelt.«

»Sehen Sie sich die Viktimologie an, wie er zwischen den Physiognomien und sogar Ethnien wechselt. Parallel dazu lässt sich auch eine Entwicklung feststellen bei dem, was er diesen Frauen antut. Meine Theorie lautet, dass er experimentiert und nach dem perfekten Weg sucht, um sich an einer bestimmten Frau zu rächen. Alle bisherigen Opfer sind nichts anderes als Laborratten. Ein Mittel zu seinem schrecklichen Zweck.«

»Gut möglich. Und?«

»Das würde auf einen wutmotivierten rachsüchtigen

Täter hindeuten. Aber wenn Sie sich genauer ansehen, was er seinen Opfern antut, die wiederholten, brutalen Vergewaltigungen, die Schläge, die Einschnitte in die Haut, all das deutete auf den typischen sexuellen Sadisten hin, der wiederum in die andere Kategorie fällt.«

McKenzie rieb sich nachdenklich das Kinn und trat vor das Whiteboard, um sich die Opferprofile anzusehen.

»Ich verstehe, was Sie meinen«, sagte er. »Gehen wir die Viktimologie doch mal Opfer für Opfer durch. Sie sagen, May Lin war die Erste?«

Tess senkte den Blick. McKenzie schüchterte sie ein, was sie nicht leiden konnte. Am schlimmsten war es, wenn er die richtigen Fragen stellte und sie sich nicht sicher war, ob sie die entsprechenden Antworten kannte.

»Nun ... Ich habe die Suche auf einen Zeitraum von zwei Jahren begrenzt. Das sind alle ungelösten Fälle, die auf diese Parameter zutrafen. May Lin ist die Erste in der Reihe, aber es könnte vor ihr bereits andere Opfer gegeben haben.«

»Warum erweitern Sie den Zeitrahmen dann nicht?«

»Ich hielt es für klüger, wenn wir uns auf eine begrenzte Anzahl an Opfern konzentrieren. Groß genug, um uns eine klare Viktimologie zu ermöglichen, aber doch überschaubar.«

»Haben Sie, wenn auch nur aus reiner Neugier, nachgesehen, wie viele weitere Kandidaten Sie bekommen hätten?«

»J... ja«, gab Tess leise zu und warf Michowsky über den Tisch hinweg einen betretenen Blick zu. Sie hatte ihm das bisher noch nicht erzählt, und sein enttäuschter Blick verriet ihr, was er darüber dachte. »Es gibt noch zwei weitere Fälle, aber sie haben mit diesen hier noch viel weniger gemein. Sowohl die Viktimologie als auch die Vorgehensweisen sind anders.«

»Ich kann nachvollziehen, warum Sie die Sache einschränken wollen, Agent Winnett, aber wir dürfen uns bei derartigen Ermittlungen keine Scheuklappen aufsetzen. Es ist leichter, einen Mörder zu fangen, wenn wir wissen, wer sein erstes Opfer war. Die meisten Mörder fangen lokal an, mit einem Opfer, das ihnen im Alltag über den Weg läuft.«

»Ich bin der Ansicht, wir gewinnen einen besseren Einblick, wenn wir uns auf seine späteren Morde konzentrieren, bei denen er schon Erfahrungen gesammelt hat. Bei diesem speziellen Täter und seinen sich ständig weiterentwickelnden Methoden sollte uns das helfen, die Viktimologie zu erkennen.«

»Okay«, gab McKenzie nach. »May Lin gehört meiner Meinung nach nicht dazu. Ich bin mir nicht sicher, ob sie vom selben Täter ermordet wurde wie die anderen drei Opfer. Mir ist noch kein Serienmörder untergekommen, der das Alter seiner Opfer steigert und mit minderjährigen Mädchen anfängt, um zu erwachsenen Frauen überzugehen. Diese Ersatzmörder bleiben innerhalb festgelegter Opferparameter wie dem Alter oder körperlicher Merkmale. Lustmörder senken das Alter und beziehen eine größere Befriedigung aus jüngeren, verletzlicheren, reineren Opfern. Daher denke ich …«

»Augenblick bitte.« Tess sprang auf und nahm May Lins Foto vom Whiteboard. Sie öffnete die Tür und steckte den Kopf hinaus. »Leute«, sagte sie und hob die Stimme, damit man sie in der Einsatzzentrale auch hörte, »könntet ihr bitte mal herkommen? Wir bräuchten hier kurz Hilfe.«

Eine Frau in den Vierzigern betrat als Erste den Konferenzraum.

»Wie alt ist sie?«, fragte Tess und zeigte der Frau Mays Foto.

»Puh, schwer zu sagen. Vielleicht einundzwanzig?«

»Danke. Was ist mit Ihnen? Was denken Sie?«

»Vierundzwanzig, aber ich bin mir nicht sicher«, meinte der Captain.

»Sie ist höchstens zwanzig. Sehen Sie sich die Augen an. keine Spur von Lachfalten in den Augenwinkeln. Sie ist jung«, fügte ein anderer hinzu.

»Danke. Das war schon alles«, sagte Tess und wandte sich abermals McKenzie zu. »Erkennen Sie, worauf ich hinauswill? Er hat einen Fehler gemacht. May Lin sah älter aus, als sie tatsächlich war. Es ist bekannt, dass Weiße Schwierigkeiten haben, den Gesichtsausdruck von Asiaten zu deuten und ihr Alter zu erraten. Das ist meine Theorie.«

»Das ist eine interessante Theorie«, erwiderte McKenzie, »weil sie auch die unterschiedlichen Methoden erklären könnte, die er bei diesem Opfer eingesetzt hat.«

»Wie meinen Sie das?«, fragte Michowsky, der bisher geschwiegen hatte.

»Er hat sie nur anderthalb Tage festgehalten und keine vier oder fünf. Er hat ihre Leiche in ein sauberes Laken gewickelt abgelegt. Anscheinend empfand er Reue, was nicht zu seiner psychopathischen Natur zu passen scheint. Er hat einen Fehler gemacht, und als er es bemerkte, hat er sie schnell und schmerzlos getötet und ihre Leiche respektvoll entsorgt. Wahrscheinlich wird er nie wieder eine Asiatin anrühren.«

»Sie glauben also, er hat deshalb …«, begann Tess, aber McKenzie unterbrach sie.

»Ich vermute, da steckt noch mehr dahinter. Dieses besondere Opfer kann uns etwas über die Psychologie des Täters verraten. Ich glaube, er hat sich mit ihr identifiziert. Das Laken, mit dem er die Tote zugedeckt hat, war hellblau, makellos sauber und brandneu. Aber Blau ist eine Farbe für Jungen. Das könnte Zufall sein, aber es ist mir aufgefallen. Er hat sie auch nicht wie die anderen in eine bestimmte Pose gebracht, sondern sie einfach zur Ruhe gebettet. Daher könnte ich mir vorstellen, dass der Stressfaktor, das Ereignis, das ihn zum Mörder gemacht hat, etwas mit seiner Kindheit oder seinem Status als Kind zu tun hat. Das, was wir hier als Reue interpretieren, könnte auch etwas ganz anderes sein. Er fühlte sich mit dem kindlichen Opfer sehr verbunden.«

Tess nickte schweigend.

»Nach May Lin hat es acht Monate gedauert, bis er sein nächstes Opfer ermordet hat«, sagte sie dann. »Shanequa Powell.«

»Bei Shanequa war er wütend und frustriert. Seine Schuldgefühle wegen May Lin hatten ihn daran gehindert, seine Bedürfnisse früher auszuleben. Das hat er an seinem neuesten Opfer ausgelassen. Shanequa wurde brutal verprügelt. Bei ihr zeigt sich seine Wut am deutlichsten.«

»Das ergibt Sinn«, stimmte ihm Tess zu. »Danke für diesen Hinweis. Einige Personen glauben, May Lin und Shanequa Powell würden nicht zur Serie gehören, darunter auch mein Boss.«

»Man kann sich nie hundertprozentig sicher sein«, erklärte McKenzie. »Wenn man genug Gemeinsamkeiten hat, kann man normalerweise eine logische Theorie aufstellen, und danach fällt es leichter, die Opfer in die Ermittlungen mit einzubeziehen, anstatt sie auszuschließen. Später kann man sie immer noch aussortieren, aber man darf nicht zulassen, dass wichtige Details übersehen werden.«

»Genau. Könnten wir uns jetzt der Motivation zuwenden? Was erkennen Sie da?«, fragte Tess.

»Dieser Täter ist eindeutig hedonistisch und sucht sowohl Aufregung als auch Befriedigung. Er ist kein Impotenter, der seinen vom Versagen angefachten Zorn an Frauen auslässt. Dem Bericht des Rechtsmediziners ist zu entnehmen, dass er in dieser Hinsicht gut funktioniert. Ihm geht es um Kontrolle, um Macht und darum, mit dieser Macht zu experimentieren. Er ist ein machtmotivierter, selbstsicherer Mörder. Das Töten verschafft ihm Befriedigung. Sehen Sie sich die Drogen an, die er den Frauen verabreicht. Er sucht den ultimativen Thrill oder, wenn wir Agent Winnetts Theorie folgen, die perfekte Methode, um sich an einer Frau zu rächen, die ihm seiner Meinung nach übel mitgespielt hat.«

»Damit beschreiben Sie ebenfalls einen Hybriden«, erkannte Tess verwirrt.

»Das ist mir bewusst. Wenn Ihre Theorie korrekt ist und er sich rächen will, dann haben wir es in der Tat mit einem Hybriden zu tun. So etwas kommt selten vor, kann jedoch nicht grundsätzlich ausgeschlossen werden.«

»Zieht er das Tempo an?«, fragte Tess.

»Und zwar gewaltig«, bestätigte McKenzie. »Die Stillstandszeit zwischen den Entführungen hat sich drastisch verringert. Potenziell ist damit zu rechnen, dass er jeden Tag ein neues Opfer entführt.«

Schweigen breitete sich im Konferenzraum aus. McKenzie ging in den hinteren Teil des Raumes, in dem auch die Kaffeemaschine stand. Dabei kam er an Tess vorbei und berührte versehentlich ihre Schulter. Sie zuckte zusammen, warf ihm einen kurzen Blick zu und sah dann weg.

»Entschuldigung«, sagte McKenzie leise.

*Verdammt,* dachte Tess. Ausgerechnet hier und jetzt, in der Gegenwart eines FBI-Profilers, eines Profis, der sie gewissermaßen mit einem Röntgenblick durchschauen konnte, musste sie so auf die Berührung eines anderen reagieren.

McKenzie nahm sich eine Wasserflasche aus dem Minikühlschrank und kam wieder zurück. Diesmal näherte er sich ihr vorsichtig und achtete darauf, sie nicht abermals zu erschrecken. Er ging an der Wand entlang und ließ Tess genug Platz, die jede seiner Bewegungen beobachtete. Doch obwohl er sich derart bemühte, hatte er doch davon abgesehen, auf Michowskys Tischseite zurück nach vorn zu gehen. Er lief absichtlich an ihr vorbei. Er studierte sie. *Großer Gott!*

Tess spürte, wie ihr Herz raste, wie es einem eingesperrten, verschreckten Tier gleich gegen ihren Brustkorb hämmerte. Sie atmete tief ein, behielt die Luft eine oder zwei Sekunden in der Lunge und stieß sie langsam wieder aus.

»Agent Winnett?«, fragte McKenzie.

»Ja?«

»Ich hatte Sie nach Ihrer Theorie bezüglich der Drogen gefragt. Was glauben Sie, wie er sich Zugang dazu verschafft?«

Wann hatte er ihr diese Frage gestellt, und wieso hatte sie es beim ersten Mal nicht mitbekommen?

Sie räusperte sich, da sie auf einmal einen ganz trockenen Hals hatte.

»Wir vermuten, dass er in einem medizinischen Beruf arbeitet und auf diese Weise Zugriff auf verschiedene Medikamente hat. Möglicherweise ist er in einem Krankenhaus oder einer Einrichtung für Langzeitpflege beschäftigt. Weil er finanziell gut gestellt zu sein scheint, könnte ich mir vorstellen, dass er Arzt ist. Vielleicht

Chirurg, wenn man bedenkt, wie gut er mit dem Skalpell umgehen kann.«

»Und wenn nicht?«, hakte McKenzie nach. »Sie sagten selbst, dass die Opfer alle wohlhabend waren und dass das auch auf ihn zutreffen könnte.«

»Er scheint über viel Geld zu verfügen und sich frei von Staat zu Staat bewegen zu können, um dort einige Zeit mit dem Foltern und Morden zu verbringen. Es macht nicht den Anschein, als wäre er irgendwie ortsgebunden«, stellte Tess fest.

»Das ist ein weiterer beunruhigender Punkt«, sagte McKenzie. »Mit Ausnahme von Ted Bundy haben so gut wie alle Serienmörder nur in einem geografischen Bereich zugeschlagen. Wie passt Ihre Theorie, er könnte Arzt in einem Krankenhaus sein, zu dieser Bewegungsfreiheit?«

Sie zuckte unwillkürlich zusammen.

»Auch ein Arzt hat mal Urlaub. Möglicherweise verbringt er ihn so.«

»Da bin ich anderer Meinung«, erwiderte McKenzie. »Diese Art von Morde müssen gut vorbereitet werden. Er verbringt viel Zeit in den jeweiligen Gebieten und nicht nur die vier oder fünf Tage, in denen sich die Opfer in seiner Gewalt befinden. Er geht auf die Jagd, und die Freude daran befriedigt den hedonistischen Lust-Thrill-Killer. Er kürzt die Jagd niemals ab, sondern genießt sie. Während er da draußen ist und seine potenziellen Opfer beobachtet, belohnen ihn seine Fantasien mit dem Versprechen eines außergewöhnlichen Mordes. Ihr Täter arbeitet nicht, und falls er es doch tut, verfügt er über sehr viel Freiraum.«

Tess ließ den Kopf hängen. Sie irrte sich nur ungern, aber aus genau diesem Grund hatte sie McKenzie hinzugezogen: um zu verhindern, dass ihre Einschätzung fehlerbehaftet war.

»Was sein medizinisches Wissen angeht, gibt es dokumentierte Fälle von Serienmördern, die sich alles selbst angeeignet haben und über bemerkenswerte Fähigkeiten verfügen«, ergänzte McKenzie. »Er könnte auch Medizin studiert, aber nie als Arzt gearbeitet haben.«

»Aber was ist mit den Drogen?«, warf Michowsky ein. »Wie verschafft er sich Zugriff darauf?«

»Heutzutage kann man online oder an der nächsten Straßenecke so gut wie alles beschaffen«, antwortete McKenzie. »Wie Sie wissen, gibt es ganze Versorgungskanäle, die illegal Medikamente aus Mexiko importieren und Menschen versorgen, die sich die teuren Äquivalente in den amerikanischen Drugstores nicht leisten können.«

McKenzie trank einen Schluck Wasser, bevor er weitersprach.

»Ich kann noch nichts zu seinem Stressfaktor sagen; dafür ist es zu früh und mir fehlen Informationen.«

»Glauben Sie, er hat sich von einem Vergewaltiger weiterentwickelt?«, wollte Tess wissen.

»Das ist sehr wahrscheinlich. Es könnte lohnenswert sein, sich ältere Vorfälle anzusehen, aber die Geografie ist in diesem Fall nicht Ihr Freund. Solange Sie nicht wissen, wo er lebt, können Sie keine realistischen Einschätzungen treffen.«

»Was ist mit diesem Zwischenfall im Club?«, fragte Tess. »Es kommt mir so vor, als wäre das unsere einzige Spur. Würde unser Täter regelmäßig in Clubs gehen?«

»Die meisten Serienmörder sind charmante, faszinierende, charismatische Individuen. Sie sind nicht alle Einsiedler. Ja, er könnte in Clubs gehen, aber die Zeitlinie gefällt mir nicht.«

»Wie meinen Sie das?«, hakte Michowsky nach.

»Würde es sich bei dem Täter um den Widerling handeln, wäre zu viel Zeit zwischen dem Tag, an dem er das letzte Opfer, Sonya Weaver, zum ersten Mal gesehen hat, und dem Zeitpunkt ihrer Entführung vergangen. Das ist zwar immer noch möglich, wenn man bedenkt, dass er derart ruhig und methodisch vorgeht, ich kann es mir aber nicht vorstellen.«

»Glauben Sie, er hat Sonya gebissen?«

»Auch hier passt die Zeitlinie nicht. Ihr Rechtsmediziner spricht von maximal zwei Wochen.«

Tess stieß einen langen Seufzer aus.

»Ich werde morgen Vormittag damit anfangen, die Familien der Opfer zu besuchen«, sagte sie. »Vielleicht ist May Lin trotz ihres Alters in Clubs gegangen. Das ist noch eine fehlende Verbindung in ihrem Fall. Wünschen Sie mir Glück.«

»Sie werden ihn erwischen«, erklärte McKenzie. »Da mache ich mir keine Sorgen. Zwar kann ich Ihnen momentan erst ein Teilprofil erstellen, aber wir bleiben in Kontakt.«

»Dann schießen Sie mal los, SSA McKenzie«, verlangte Michowsky und hielt Stift und Notizblock bereit.

»Unser Täter ist Ende zwanzig bis Mitte dreißig, wahrscheinlich weiß und wohlhabend. Er ist Single, hat vermutlich Affären, aber keine langfristigen Beziehungen. Seine Intelligenz ist überdurchschnittlich, und er könnte charismatisch und wortgewandt sein. Er verlässt regelmäßig für längere Zeitabschnitte den Staat. Er fährt mindestens einen großen SUV mit getönten Scheiben oder einen Pick-up mit verschließbarer Ladefläche. Er hat Zugang zu Orten, an denen er foltern und töten kann, ohne gehört oder gestört zu werden. Er hat als Vergewaltiger angefangen oder indem er seine Sexualpartnerin missbrauchte. Er neigt zu Paraphilie mit Hang zum Fetischismus. Er fügt seinen Opfern Schnittwunden zu, um sie zu foltern, nicht als Form des Piquerismus. Er ist ein sexueller Sadist und ein ruhiger, organisierter und methodischer Jäger.«

McKenzie lächelte Tess kurz an und fügte hinzu: »Und ja, es könnte sich um einen seltenen rachsüchtigen, sadistischen Hybriden handeln. Wenn wir ihn erwischt haben, werden wir ihn auf jeden Fall gründlich untersuchen.«

Michowsky sah auf die Uhr, stand dann leicht unbeholfen auf und musste sich am Konferenztisch abstützen. Wahrscheinlich tat ihm der Rücken nach dem langen Sitzen weh.

»Vielen Dank, SSA McKenzie«, sagte Michowsky. »Ich werde das Profil weiterleiten. Hat mich gefreut, Sie kennenzulernen.«

Michowsky ging hinaus, und Tess reichte McKenzie die Hand, versuchte jedoch, seinem prüfenden Blick auszuweichen.

»Danke, dass Sie hergekommen sind«, sagte sie und sah McKenzie kurz in die Augen, um dann rasch wegzusehen. »Ich weiß ja, wie beschäftigt Ihre Abteilung ist.«

Er schüttelte ihr die Hand und hielt sie etwas länger als erwartet fest.

»Lassen Sie die Sache nicht zu sehr an sich ran, Winnett. Sie sehen furchtbar aus.«

»Ha.« Sie lachte sarkastisch auf. »Die Männer heutzutage sind wahre Gentlemen.«

»Sie müssen nicht für immer damit leben, wissen Sie«, sagte er sehr freundlich.

»Womit?« Tess runzelte die Stirn.

»Mit der posttraumatischen Belastungsstörung.«

»Ich … ich weiß nicht, was Sie meinen«, erwiderte sie etwas zu schnell. Mit einem Mal raste ihr Herz, und sie entzog ihm entschlossen ihre Hand.

»Machen Sie sich nicht lächerlich, Winnett. Würde ich Hypervigilanz nicht auf den ersten Blick erkennen, hätte ich in meinem Job nichts zu suchen.«

Tess ließ den Kopf hängen und wusste nicht, was sie sagen sollte. McKenzie würde sie vermutlich melden; schließlich gehörte das ebenfalls zu seinen Aufgaben. Er hatte die Pflicht, alle Agenten zu melden, die nicht mehr dazu in der Lage waren, ihren Job zu machen. Danach würde sie zahllose Tests durchlaufen müssen, bis man endlich eine Ausrede gefunden hatte, um sie zu feuern. Zu guter Letzt bekäme sie ihre Entlassungspapiere in Kombination mit zahllosen heuchlerischen Reuebekundungen. Ende der Geschichte.

»Ich bin für Sie da, wenn Sie mich brauchen, Tess. Es ist verdammt schwer, mit einer posttraumatischen Belastungsstörung zu leben, aber man kann sie in den Griff bekommen und erträglicher machen«, fuhr McKenzie fort, in dessen Stimme weiterhin Güte und Freundlichkeit mitschwangen.

»Dann werden Sie mich nicht melden?«

»Nicht, wenn Sie sich Hilfe suchen«, versicherte er ihr tröstend. »Rufen Sie mich an, ja?«

»Ja, das werde ich«, versprach sie schließlich und sah ihm nach, als er ruhig und gelassen hinausging.

Sie schloss die Tür des Konferenzraums und lehnte sich dagegen. Ihr Herz raste. Sie atmete schwer und ignorierte die Tränen, die ihren Blick verschleierten.

## 21. Noch ein Fettnäpfchen

Tess verlor jegliches Zeitgefühl, als sie an der geschlossenen Tür lehnte und gegen ihre Dämonen ankämpfte. Irgendwann kehrte sie in die Realität zurück, ihre Atmung und ihr Herzschlag normalisierten sich. Als sie auf die Uhr schaute, stellte sie fest, dass nur wenige Minuten vergangen waren, auch wenn es ihr wie eine Ewigkeit vorgekommen war.

Jemand klopfte an die Tür, und schon kam Fradella hereingestürmt. Er hatte eine schweißnasse Stirn, da es an diesem Tag wieder brütend heiß war.

»Oh, Sie sind schon fertig?«, fragte er enttäuscht.

»Fertig?«

»Mit dem Profiler.«

»Ja, er ist gerade gegangen«, bestätigte Tess. »Wir zeigen Ihnen aber gern unsere Notizen.«

»Na, das ist ja großartig«, schimpfte er wütend.

»Was ist denn los?«

»Hätte es Sie umgebracht, mich anzurufen und mir mitzuteilen, dass er da ist? Oder bin ich nur gut genug für Botengänge und das Durchsehen der Überwachungsvideos?«

»Ich wusste wirklich nicht, dass Ihnen das wichtig ist«, erwiderte sie brüskiert. Wieder einmal hatte sie jemanden unabsichtlich verärgert. Das war eben ihre Spezialität.

»Wieso sollte es auch? Das war die einmalige Gelegenheit, einem Profiler bei der Arbeit zuzusehen, noch dazu in meinem Fall!«

»Es tut mir sehr leid, ich habe einfach nicht darüber nachgedacht. Aber jetzt weiß ich Bescheid und werde Sie bei allem, was auch nur ansatzweise interessant ist, benachrichtigen. Wie hört sich das an?«

»Kommen Sie mir nicht auf die Tour, Agent Winnett. Ich bin nicht blöd!«

»So war das auch nicht gemeint«, entgegnete sie, als Michowsky hereinkam. »Ich habe das Profil eben weitergeleitet, auch wenn das vermutlich wenig bringen wird«, sagte er. »Es ist ja nicht so, als würde die Polizei von Miami reiche Männer ansprechen und fragen: ›Foltern Sie in Ihrer Freizeit Frauen?‹ Ich befürchte, wir haben trotz Profil nicht genug Informationen. Noch nicht.«

»Da haben Sie recht«, stimmte Tess ihm zu. »Wir müssen mehr über ihn herausfinden. Todd, könnten Sie bitte recherchieren, wo man diese Drogen kaufen kann? Versuchen Sie es online, auf dem Schwarzmarkt und auf der Straße. Reden Sie mit den Informanten in Miami Beach. Ermitteln Sie, wo sich die Beschaffungswege überlappen. Vielleicht haben wir ja Glück.«

»Ach, jetzt geht das wieder los? Darf Todd Fradella erneut den Laufburschen für Agent Tess Winnett spielen?«

»Was ist denn mit Ihnen los?«, fragte Michowsky. »Das ist Ihr Job!«

»Ja …«, murmelte Fradella verbittert. »Schon komisch, dass ich immer die dämlichsten Aufgaben bekomme. In etwa fünfzehn Jahren bin ich bestimmt richtig gut darin. Vielleicht befördert man mich ja zum obersten Laufburschen, wer weiß? Falls ich Glück habe und jemandem in den Arsch …«

»Das reicht jetzt, Detective Fradella«, sagte Michowsky mit erhobener Stimme.

Nach dem hitzigen Schlagabtausch lastete das

Schweigen schwer auf ihnen. Fradella starrte Michowsky wütend an, der eher überrascht als frustriert aussah.

Tess konnte Fradella besser verstehen, als sie jemals zugegeben hätte. Die jüngere Generation war ambitionierter und hatte es eiliger als ihre Eltern. Die Welt drehte sich schneller, und wenn man nicht mit ganzer Kraft darum kämpfte, die Oberhand zu gewinnen, würde man im Mittelmaß versinken. Sie spürte denselben Ehrgeiz, Erfolg zu haben, zu lernen, in jedem Aspekt ihrer Arbeit besser zu werden. Und doch hatte sie nicht an ihn gedacht, sie hatte ihn sogar völlig vergessen und die Sitzung mit dem Profiler lediglich als ihre Chance gesehen, besser zu werden. An ihn hatte sie dabei nicht gedacht. Sie musste sich eingestehen, dass ihr Fradellas Existenz nur bewusst wurde, wenn er ihr nützlich sein konnte. Somit war sie schuldig im Sinne der Anklage. Irgendwie war sie derart verbissen geworden, dass sie andere Menschen nur noch am Rande zur Kenntnis nahm. Früher war sie nicht so gewesen.

»Das vorhin war ehrlich gemeint«, betonte Tess. »Ich werde Sie an allen wichtigen Dingen beteiligen und Ihnen die Gelegenheit geben, einige Tricks zu lernen.«

Er erwiderte nichts und starrte nur wütend den Boden an.

»Wie wäre es, wenn wir gleich damit anfangen?«, schlug Tess vor. »Wir müssen die früheren Opfer des Mörders finden. Am besten das allererste. Aber wir wissen nicht, wo wir anfangen sollen, und es ist gewissermaßen die Suche im nationalen Heuhaufen. Wollen Sie es mal versuchen?« Sie schob ihm ihren Laptop hin, und er nahm ihn lächelnd entgegen. Seine Miene heiterte sich schlagartig auf, und Tess bekam auch sofort bessere Laune.

»Sie haben mir vorhin über die Schulter gesehen und

kennen die Eingabemaske. Ich werde mich anmelden, dann können Sie die Suche übernehmen.«

»Cool«, sagte er, rieb sich die Hände und zog sich einen Stuhl heran. »Wonach genau suchen wir?«

»Ich weiß es nicht, Todd. Sagen Sie es mir«, ermutigte sie ihn.

»Wenn wir im ganzen Land und über mehrere Jahre suchen, werden wir garantiert auf Hunderttausende von Vergewaltigungsopfern stoßen«, überlegte er laut. »Es gibt keine gute Methode, um das zu filtern.«

»Versuchen wir etwas anderes«, meinte Tess. »Was ist, wenn er zuerst eine oder zwei Freundinnen verprügelt hat, bevor er zu drastischeren Maßnahmen griff? Wo würden wir das finden?«

»In Krankenhausakten, vielleicht auch in den Medien oder den sozialen Medien. Er ist reich, nicht wahr? Die Leute reden. Und sie zerreißen sich umso lieber das Maul über die da oben.«

Tess machte eine ermutigende Handbewegung. Fradella fing an zu tippen, während Michowsky ihm verblüfft zusah. Sie hatten eine lange Nacht vor sich.

# 22. Vorurteile

Tess versuchte, sich zu befreien, aber es gelang ihr nicht. Panik stieg in ihr auf und schnürte ihr die Kehle zu, sodass ihr nur ein Wimmern über die Lippen kam. Ihre Beine waren gefesselt; sie konnte sie nicht bewegen und nicht weglaufen. Ihr Kopf lag so auf dem Boden, dass sie sein Gesicht nicht sehen konnte. Sie wehrte sich und versuchte, den Kopf zu drehen und einen Blick auf ihn zu erhaschen, doch es gelang ihr nicht. Er drückte ihr mit einem Arm den Kopf auf den Boden, während er ihr linkes Handgelenk mit der rechten Hand umklammerte. Irgendwie gelang es ihr, den rechten Arm unter ihrem Körper hervorzuziehen und nach ihm zu schlagen, in der Hoffnung, ihn im Gesicht zu kratzen und seine DNA unter ihre Fingernägel zu bekommen. Doch der Mann packte auch diese Hand und presste sie mit ganzer Kraft auf den Boden. Sie konnte sich nicht mehr bewegen und wurde unter seinem Körpergewicht zerquetscht. Vor ihren Augen bewegte sich die Silhouette der tätowierten Schlange auf dem linken Bizeps des Mannes auf der Haut, die sich über seinen Muskeln spannte, als er fester zupackte. Die Schlange schien lebendig zu werden und sich zum Zuschnappen bereit zu machen. Tess wollte schreien und wagte einen letzten verzweifelten Versuch, sich zu befreien.

Der Klang ihrer eigenen Stimme weckte sie, obwohl der Schrei in ihrem Albtraum kaum mehr als ein ersticktes, heiseres Röcheln gewesen war. Sie wollte aus dem Bett springen, aber die Bettdecke hatte sich um ihre Beine gewickelt. Fast schon panisch zerrte sie daran, stand schnell auf, knüllte die widerspenstige Decke zusammen und schleuderte sie auf den Boden.

Sie ging ins Bad. »Verdammt noch mal«, murmelte sie und spritzte sich kaltes Wasser ins Gesicht. »Verdammte Scheiße.«

Zurück im Schlafzimmer, griff sie hinter den Nachttisch und zog die geholsterte Waffe hervor, die sie mit Klettband an der Rückseite befestigt hatte. In ihrem Haus gab es zahlreiche solcher mit Klettband versehener Stellen, an denen sie eine Waffe unauffällig, aber in Reichweite aufbewahren konnte. Diskret genug, damit ihre seltenen Besucher nicht mitbekamen, dass sie es nicht einmal wagte, unbewaffnet auf die Toilette zu gehen.

Hypervigilanz, das lebenslange Los, mit dem Überlebende klarkommen mussten. Stets wachsam, niemals entspannt. Immer rechnete sie mit dem Schlimmsten, bereitete sich darauf vor, fürchtete sich davor. Beleidigte andere mit ihrem Misstrauen und ihrer Gefühllosigkeit, ignorierte Freundschaften, verletzte andere und stieß sie weg. Sie war gefangen in einem Tornado aus schlimmen Erinnerungen, die in ihrem Kopf herumwirbelten, die sie wieder und wieder durchleben musste und nie vergessen konnte. An einigen Tagen unterlag sie ihren Nervositäts- und Panikattacken, die von nahezu allem ausgelöst werden konnten. Manchmal reichte schon eine bestimmte Stimmlage oder ein spezielles Wort. Ein Geruch, ein Gefühl, ein Geräusch, ein gottverdammtes zerwühltes Bettlaken. Während ihr ermattetes Gehirn die Wachsamkeit nicht abstellen konnte, raste das Leben an ihr vorbei.

Das lief schon viel zu lange so.

Sie musste das in den Griff bekommen, bevor es zu spät war.

Doch die extreme Wachsamkeit war nicht nur schlecht. Ihre geschärften Sinne machten sie zu einer aufmerksamen, talentierten Ermittlerin, die spüren konnte, wenn die Person vor ihr log oder etwas zu verbergen versuchte. Ihre persönliche Erfahrung half ihr, sich in die Opfer einzufühlen, und verschaffte ihr Zugang zu wichtigen Informationen. Sie wusste, welche Fragen sie stellen musste und, noch viel wichtiger, auf welche Weise sie sie zu stellen hatte. Ihre größte Schwäche war gleichzeitig ihre größte Stärke und verschaffte ihr den Vorsprung, mit dem sie eine perfekte Aufklärungsquote als FBI-Agentin erreicht hatte. Was für eine Ironie.

Trotzdem musste sie sich in den Griff bekommen. Sie musste den Mut aufbringen, jemanden genug zu vertrauen, um sich von der Person helfen zu lassen. Sie hatte es bei Cat geschafft … Dann war es wohl möglich. Es musste etwas geschehen. Und zwar bald.

Sie stellte die Kaffeemaschine an, ohne die Waffe aus der Hand zu legen, und ging zurück in Bad. Dort hängte sie das Holster an den Klettverschluss, der hinter dem Wäschekorb befestigt war, und ließ sich vom Wasser das nächtliche Entsetzen wegspülen. Dabei sagte sie sich immer wieder, dass sie jetzt in Sicherheit war und dass alles wieder gut werden würde. Die Tatsache, dass sie den Mann, der sie damals überfallen hatte, nicht hatte finden können, war dabei nicht gerade hilfreich. Er war immer noch da draußen, aber sie gab nicht auf. Vielleicht fand sie ihn eines Tages … oder auch nicht.

Einige Stunden später saß sie im Flugzeug nach Chicago. Sie ignorierte die Anweisungen der Stewardess und klappte ihren Laptop auf.

Zuerst las sie ihre E-Mails. Fradella hatte ihr die Zugangsdaten für sämtliche Social-Media- und E-Mail-Konten der Opfer übermittelt. Na endlich! Sie fing mit

May Lin an, um sich auf das Gespräch mit deren Eltern vorzubereiten.

Auf Mays Facebook-Konto war nicht besonders viel zu sehen, jedenfalls weniger als bei vielen anderen Mädchen ihres Alters. Ihre Interessen waren weit gefächert. Filme, Klamotten, Preise für alle möglichen Dinge, von tragbarer Elektronik über Schuhe bis hin zu Schmuck. Mehrere junge Männer, darunter ebenso Asiaten wie Weiße, tauchten auf den Fotos auf; es schienen jedoch eher Bekannte als Liebhaber zu sein. Tess bewegte sich immer weiter in der Zeit zurück, bis sie auf Posts mit Fotos von einer Poolparty stieß. May hatte geschrieben: »Das war's, ich bin fertig! Hurra!« Zahlreiche Freunde hatten ihr gratuliert, aber Tess wusste nicht, wozu. Als sie endlich herausfand, worum es ging, musste sie den Post erneut lesen. May hatte ihren College-Abschluss in Betriebswirtschaftslehre mit hervorragender Note abgeschlossen, und das mit gerade mal siebzehn Jahren und zehn Monaten!

Wie hatte ihnen das entgehen können? Keiner war darauf gestoßen, weder die Polizei von Chicago noch die von Palm Beach. Arg … Wieder einmal hatten die Vorurteile die Oberhand gewonnen. Wenn ein Teenager starb, kam man gar nicht auf die Idee zu überprüfen, ob er nicht längst seinen College-Abschluss in der Tasche hatte.

Tess verfasste eine kurze Nachricht an Bill McKenzie und leitete sie auch an Michowsky und Fradella weiter. Sie schrieb: »Bill, May Lin war College-Absolventin, und das mit nicht mal achtzehn. Das bestätigt die Viktimologie: jung, wohlhabend, ehrgeizige College-Absolventinnen. Das ist kein Zufall. Ich vermute, dass er deshalb den Fehler gemacht hat. So, wie wir aufgrund von Mays Alter gar nicht erst nach einem Abschluss gesucht haben, hat er ihr Alter nicht überprüft, weil er vermutlich von ihrem Abschluss wusste. Damit bekommt die Sache eine neue Perspektive. Danke … für alles.«

Tess zeigte der Stewardess ihren Dienstausweis, als diese verlangte, sie solle den Laptop wegpacken, und die junge Frau verschwand, ohne ein weiteres Wort zu sagen. Der Job hatte auch seine Vorteile.

Mit May Lins Abschluss drängten sich auch diverse weitere unbeantwortete Fragen auf. Die jungen Frauen waren in verschiedenen Städten auf unterschiedliche Schulen gegangen und hatten nicht dieselben Hauptfächer belegt. Wo hatte der Täter sie gefunden, und wie? In May Lins Online-Konten gab es nicht einen Hinweis auf ihn. Wenn Tess herausfand, was diese Schulen gemeinsam hatten, konnte sie seine Jagdgründe vielleicht ermitteln. Möglicherweise war das aber auch völlig unwichtig und er trieb sich in den Clubs herum, in denen die Absolventen feierten. Dort, wo junge Frauen bereitwillig mit charmanten, charismatischen Fremden plauderten.

# 23. Ein typischer Teenager

Es war noch früh am Morgen, als Tess auf dem O'Hare-Flughafen landete. Trotzdem kam sie in das Vergnügen, die berüchtigte Chicagoer Rushhour mitzuerleben. Nachdem sie in der langen Schlange gewartet, sich einen Mietwagen besorgt und die unzähligen Mautstellen passiert hatte, die den ohnehin schon langsamen Verkehr beinahe zum Erliegen brachten, kam sie endlich vor dem Haus der Lins an.

Die Familie lebte in einem düsteren, teuer aussehenden Haus in der Nähe des Burnham Parks. Das dreistöckige Stadthaus besaß die Eleganz der Bostoner Sandsteinhäuser und die beachtliche Größe der Häuser im Mittleren Westen. Tess verharrte kurz, bevor sie die wenigen Stufen zur Haustür hinaufging, bewunderte das Gebäude und fragte sich, warum Mr Lin, ein erfolgreicher Projektentwickler, der leben konnte, wo und wie er wollte, sich für diese Wohnanlage entschieden hatte. Was faszinierte Menschen so daran, Wand an Wand mit anderen zu leben? Einige Menschen jedenfalls, aber nicht alle. Definitiv nicht Tess.

Sie klingelte, und Mr Lin öffnete ihr persönlich die Tür. Er bat sie ins Wohnzimmer und bot ihr einen Tee an. Sie stimmte dankbar zu, wartete einige Minuten und genoss die friedliche, fast schon ernste Stille im Zimmer. Die hohen Fenster mit den Vorhängen in dunklem Burgunderton ließen nicht viel Licht herein und man konnte den schummrigen Chicagoer Himmel kaum erkennen. Ein dicker Orientteppich bedeckte fast den gesamten Boden und schluckte das Geräusch der Schritte. Die Wände waren vertäfelt, und man hatte den Raum kunstvoll mit dazu passenden Möbeln aus dunklem Holz und Leder eingerichtet. An einigen Stellen brachten chinesische Dekoelemente etwas persönliches Flair ins Spiel. Ein vergitterter Paravent trennte den Lesebereich vom Rest des Raumes ab. Dort hingen Seidenbilder an den Wänden und feine Alabasterskulpturen standen auf dem Kaminsims.

Mrs Lin servierte den Tee in einer derart tadellosen Zeremonie, dass Tess zuerst unsicher war, wie sie sich richtig verhalten sollte. Sie beschloss, zuzusehen, was die anderen taten, und es ihnen nachzumachen. Sobald Mrs Lin allen etwas eingeschenkt hatte, reichte Tess ihr die Hand.

»Danke, dass Sie mich empfangen«, sagte sie, nachdem sie sich vorgestellt hatte. »Mir ist bewusst, wie schwer das für Sie sein muss.«

Nachdem sie ihr die Hand mit schlaffen, eiskalten Fingern geschüttelt hatte, setzte sich Mrs Lin Tess gegenüber auf die Couch, auf der bereits ihr Mann saß. Ihr Sohn kam ebenfalls herein und nahm in einem Sessel Platz.

»Das ist unser Sohn Han«, stellte Mrs Lin ihn vor. »Er ist zwanzig und alles, was uns noch geblieben ist. Unsere Tochter wäre heute neunzehn Jahre und zwei Monate.« Ihre Stimme klang, als wäre sie den Tränen nahe.

»Was können wir für Sie tun, Agent Winnett?«, fragte Mr Lin und runzelte die Stirn. »Es ist sechs Monate her, dass wir das letzte Mal zu May befragt wurden. Zuletzt hat man uns mitgeteilt, es gäbe zu wenig Informationen, als dass sie das Monster fangen könnten, das uns unser kleines Mädchen genommen hat. Ich befürchte schon, sie werden ihn nie finden.«

Tess musterte den Mann mitfühlend. Er hielt den Rücken gekrümmt und verkrampfte die Schultern. Unter seinen Augen zeichneten sich dunkle Ringe ab, und als er den Namen seiner Tochter aussprach, brach seine Stimme und man hörte ihm den unfassbaren Schmerz an, den der Verlust eines Kindes mit sich brachte.

»Bitte erzählen Sie mir etwas über May. Wie war ihr Leben? Wie hat sie die letzten Wochen vor ihrem Tod verbracht?«

Die Eltern sahen einander an, während der Bruder zu Boden blickte.

»Sie war ein gutes Mädchen.« Mrs Lin sprach so leise, dass sich Tess konzentrieren musste, um sie zu verstehen. »Sie hat viel gelernt. Sie hat sich so darauf gefreut, die Schule abzuschließen und ins Leben zu starten. Sie hatte gerade ihren College-Abschluss gemacht, dabei war sie noch nicht einmal achtzehn. Wussten Sie das?«

Tess nickte.

»Wie hat sie das geschafft?«

»Sie war frühreif und sehr klug«, antwortete Mr Lin. »Sie hat sehr hart gearbeitet und seit der siebten Klasse immer zwei Schuljahre in einem Jahr geschafft. Ich hatte ihr angeboten, sie auf eine andere Schule gehen zu lassen, eine für hochbegabte Kinder, aber sie wollte bei ihren Freunden bleiben und die Schule einfach so schnell wie möglich hinter sich bringen. Danach wollte sie bei mir arbeiten, in unserem Familienunternehmen.« Seine tränenerstickte Stimme brach. »Sie hat ihren Vater sehr stolz gemacht.«

»Das muss ziemlich hart gewesen sein, ein solches Lernpensum durchzuziehen«, stellte Tess fest. »Wie haben ihre Freunde darauf reagiert, dass May an ihnen vorbeigezogen ist?«

Abermals sahen sich die Eltern an, und Han hob kurz

den Kopf, nur um sogleich wieder den Teppich anzustarren.

»Alle haben meine kleine May geliebt«, erwiderte Mrs Lin. »Ihren Freunden hat es nichts ausgemacht, dass sie in höheren Klassen war, und sie hat schnell neue Freunde gefunden.«

»Sie haben ihre Hausaufgaben, ihre Notizen und ihre Vorbereitungen auf Tests genutzt«, fügte Han hinzu. »Für sie war es wie ein Blick in das kommende Schuljahr. Ich habe das in den letzten beiden Jahren auf der Highschool auch so gemacht. Das war cool.«

Sein Vater warf ihm einen missbilligenden Blick zu, wandte sich dann aber wieder Tess zu.

»Warum?«, hakte Tess nach. »Was war so cool daran?«

»Wir mussten alle sehr viel weniger Zeit in die Hausaufgaben investieren.«

Der Junge sprach akzentfrei Englisch, ohne diese bestimmte Melodie und den Tonfall, den man bei vielen Chinesen hörte. Er hörte sich wie jeder andere waschechte Chicagoer an.

»Interessant«, meinte Tess und hätte beinahe gelächelt. »Was hat sie dafür verlangt?«

»So lief das nicht«, erklärte Han. »May hat dafür keine Gegenleistung erwartet. Sie wollte einfach nur ihren Abschluss machen, so schnell es möglich war, und wir anderen konnten davon profitieren.«

»Was ist mit ihrem Sozialleben? Was hat sie in ihrer Freizeit gemacht?«

»Dafür blieb nicht viel Zeit«, antwortete ihre Mutter prompt. »Schließlich hatte sie für die Schule die doppelte Arbeit zu leisten.«

»Mein kleines Mädchen war begierig auf das Leben«,

fügte Mr Lin hinzu. »Doch das Lernen kam stets an erster Stelle.«

Tess warf Han einen fragenden Blick zu. Kein Teenager verzichtete auf sämtlichen Spaß in seinem Leben, und wenn er sich noch so sehr danach sehnte, endlich die Schule hinter sich zu bringen. Doch Han starrte weiterhin zu Boden und schwieg.

»Wir haben sie zu gesellschaftlichen Ereignissen mitgenommen, wenn sie das wollte«, berichtete Mrs Lin. »Wir wollten, dass sie über die notwendigen Fähigkeiten verfügt, um in der Gesellschaft Erfolg zu haben.«

»Was für Ereignisse waren das?«

»Da fällt mir vor allem die jährliche Immobilieninvestorenkonferenz ein. Sie dauert drei Tage, und jeden Abend finden Cocktailempfänge oder feine Diners für die Großinvestoren und ihre Familien statt«, antwortete Mrs Lin. »Das ist ein sehr elegantes Event. May war begeistert, dass sie uns begleiten durfte. Sie interessierte sich zunehmend für Abendkleider, Make-up und Schmuck.« Sie hielt kurz inne und faltete nervös die Hände im Schoß. »Sie war ein typisches amerikanisches Mädchen, unsere Kleine. Die chinesischen kulturellen Werte, die ich ihr nahebringen wollte, interessierten sie einfach nicht.«

»Für wen wurde der Empfang veranstaltet?«

»Nur die führenden Projektentwickler und Investoren werden zu diesen Events eingeladen«, erläuterte Mrs Lin. »Personen, die wenigstens zehn Millionen Dollar in die Entwicklung von Chicago investiert haben. Eine sehr förmliche und exklusive Veranstaltung. Wir nehmen jedes Jahr daran teil.« Die kleine Frau erhob sich und wirkte sehr zerbrechlich. »Ich werde es Ihnen zeigen«, sagte sie und holte ein Fotoalbum aus einem Regal. »Das ist das letzte Familienfoto, auf dem sie zu sehen ist.«

Tess sah sich das Foto genau an. Es war ein Gruppenbild mit den anderen Investoren und ihren Familien, auf dem insgesamt zwanzig Personen zu sehen waren. Die Männer trugen Smoking, die Damen Abendkleider und funkelnde Diamanten, und alle zeigten strahlend ihre perfekten weißen Zähne. Die Lin-Familie nahm zwischen all den anderen nur wenig Platz ein und stand seitlich. Han und May, die beide größer als ihre Eltern waren, hatten sich zu ihren Füßen hingehockt, was ganz reizend aussah.

»Darf ich?« Tess deutete mit dem Handy auf das Bild.

Mrs Lin hielt das Foto, während Tess es mehrmals abfotografierte.

»Danke«, sagte Tess leise. »Was ist mit ihrem Sozialleben abgesehen von familiären Ereignissen? Ist sie ausgegangen? Mit Freunden, oder hatte sie Verabredungen?«

»Nein, dafür war sie noch zu jung«, antwortete Mr Lin leise. Han starrte noch immer den Teppich an, wirkte peinlich berührt und rutschte ein wenig im Sessel herum. Seine Mutter senkte nun ebenfalls den Kopf.

»Wenn wir die Wahrheit nicht kennen, werden wir ihren Mörder niemals fangen, Han«, sagte Tess. »Das ist Ihnen doch bewusst?«

Er warf ihr einen kurzen, schuldbewussten Blick zu und räusperte sich.

»Ähm, sie ist manchmal ausgegangen, wenn Vater auf Geschäftsreise war.«

Mr Lin sprang auf und ging zornig auf und ab. »Han!«

Tess drängte ihn wortlos, seinen Sohn weitersprechen zu lassen. Mr Lin blickte zu Boden und lief unruhig hin und her.

»Wohin ist sie gegangen?«, wollte Tess wissen. »Hatte sie einen Freund?«

»Nein, sie hatte keinen Freund. Sie ist mit Freundinnen shoppen gegangen und manchmal in Clubs.«

»Auch allein?«

»Nein, immer mit Freunden.«

»Wie ist sie reingekommen?«, fragte Tess.

Han klappte den Mund zu und zuckte mit den Achseln.

»Das ist sehr wichtig, Han«, drängte Tess. »Es wird weder für Sie noch für Ihre Familie Konsequenzen haben, was immer Sie mir auch sagen. Das verspreche ich Ihnen.«

Mr Lin starrte seinen Sohn ebenso wütend und enttäuscht an, und in seinem Blick schwang das Versprechen mit, dass der junge Han Lin für diese Worte büßen würde. Das war nicht gerade hilfreich.

»Han? Bitte«, versuchte Tess es ein letztes Mal.

»Sie hatte einen falschen Ausweis«, flüsterte er schließlich und senkte den Blick.

Mrs Lin fing leise an zu weinen.

»Dürfte ich mir mal ihr Zimmer ansehen?«, bat Tess.

»Die Polizei hat schon alles durchsucht«, erwiderte Mr Lin trocken.

»Ich arbeite nicht für die Polizei, Mr Lin. Wir haben andere Methoden.«

Mrs Lin stand auf und ging zur Treppe und forderte Tess mit tränenverhangenem Blick auf, ihr zu folgen. Oben angekommen, führte sie Tess in Mays Zimmer, das aussah, als würde das Mädchen jeden Augenblick zurückkehren. Wahrscheinlich hatte sie es vor achtzehn Monaten genauso verlassen.

»Zeigen Sie mir den Ausweis«, verlangte Tess von Han, der ihnen gefolgt war.

Er zögerte, kniete sich dann aber auf den Boden vor dem Fenster. Nachdem er den Teppich zurückgeschlagen hatte, fuhr er mit den Fingern über die Ränder der Bodendielen, bis eine leise knackte. Er zog daran und enthüllte ein kleines Bündel, das darunter verborgen gewesen war und das er Tess nun reichte.

»Danke«, sagte sie und schlug das bestickte Taschentuch auseinander, in dem verschiedene Gegenstände eingeschlagen waren. Zum Vorschein kam Mays falscher Ausweis; es handelte sich dabei um eine so gute Fälschung, dass Tess es nicht einmal gemerkt hätte. Dafür musste May viel Geld hingelegt haben. Darauf waren ihr Foto und ein falscher Name zu sehen sowie ein Geburtsdatum, laut dem sie zum Zeitpunkt ihres Verschwindens zweiundzwanzig gewesen wäre. Dabei lagen noch ein Bündel Geldscheine und mehrere Kondome.

»Oh nein«, jammerte die Mutter. »Wie konntest du das nur tun, Han?«

»Ich habe überhaupt nichts getan«, entgegnete er. »Ich besitze noch nicht mal so einen Ausweis. Den hat sie sich ganz allein besorgt.«

»Aber du wusstest davon!«, sagte Mr Lin laut und in bedrohlichem Tonfall. »Und du hast nichts gesagt!« Danach folgte etwas auf Chinesisch, ein wütend klingender Wortschwall, der Mrs Lins Schluchzen nur noch verschlimmerte.

Tess legte den gefälschten Ausweis auf den Schreibtisch und sah sich im Zimmer um. Es war wie der Rest des Hauses mit schönen Möbeln ausgestattet und stilvoll eingerichtet, hatte aber ein jugendliches Flair. May hatte Poster von One Direction, Bruno Mars und mehreren Sportwagen an die Seidentapete gepinnt.

Zum Zimmer gehörte auch ein begehbarer Kleiderschrank, in dem ihre Kleidung sauber und ordentlich aufbewahrt wurde. Tess stellte fest, dass auf den Kleiderbügeln vor allem Jeans, Blazer, T-Shirts und Blusen hingen, also nichts Außergewöhnliches. Mehrere Cocktailkleider waren mit Plastikhüllen geschützt, und Tess entdeckte das Kleid, das May auf der Investorengala getragen hatte. Sie trat einen Schritt zurück, sah sich erneut um und hielt Ausschau nach Asymmetrien und Auffälligkeiten. Mit einem Mal fiel ihr eine Seidenbluse ins Auge, die auf dem Bügel irgendwie zu dick wirkte. Als sie sie vorsichtig herunternahm, kam darunter ein weiteres Kleidungsstück zum Vorschein, ein schwarzes, mit Strass besetztes Minikleid, das May gerade mal bis über den Hintern gegangen sein musste. Tess setzte die Suche fort und entdeckte noch weitere Teile, zerfetzte Jeansshorts, die sehr viel Haut preisgaben, Tanktops und kurze Röcke, die alle für einen Nachtclub geeignet waren.

Danach ging sie zur Unterwäsche über, wo sie keine Zeit vergeudete, sondern gleich ganz nach hinten fasste und Höschen und BHs aus feiner Spitze hervorholte. Ganz hinten in der Schalschublade entdeckte sie ein Schminkset und ein Täschchen mit einigen Schmuckstücken. Ja, May war ein typischer Teenager gewesen und hatte ein Leben geführt, von dem ihre Eltern nicht das Geringste ahnten.

Tess blieb in der Zimmertür stehen und dankte der Familie für ihre Hilfe. Die Lins standen dicht beieinander, wirkten verletzt und schienen nicht zu begreifen, warum ihre Tochter derartige Geheimnisse vor ihnen gehabt hatte.

Zu gern wäre Tess noch länger in Chicago geblieben und hätte mit Mays Freundinnen gesprochen und sich in den Clubs umgesehen, in die sie regelmäßig gegangen war, aber sie musste ihren Flug erwischen.

# 24. Partynacht

Sie hob die Arme in die Luft und betrachtete die Lichter, die über ihrem Kopf blinkten und glitzerten. Dann schloss sie die Augen und ließ sich von der Musik mitreißen. Sie bewegte sich, ohne darüber nachzudenken; der Rhythmus hielt sie gepackt. Sie bewegte die schlanken, gepflegten Finger in der Luft, fuhr sich durchs Haar und ließ die seidigen Locken auf die Schultern fallen. Ihre Hüften bewegten sich im Takt der Megahits des letzten Jahres. Die Musikszene von Miami war berühmt, die Stadt war geprägt vom heißen Nachtleben und den noch heißeren Frauen und zog zahllose Touristen an.

Der Rhythmus veränderte sich ein wenig, als der DJ zum nächsten Hit überblendete. Ihre Gedanken bewegten sich von Miamis Attraktionen weg und wandten sich ihrer neu gewonnenen Freiheit zu. Sie war erwachsen. Endlich! Ihr ging das Herz auf, als sie sich an die Zeremonie mit ihrer besten Freundin Tiffany erinnerte, bei der sie beide ihre gefälschten Ausweise zerschnitten und durch das offene Fenster des BMWs, mit dem sie über die Straße rasten, geworfen hatten, um zu feiern, dass sie endlich offiziell Alkohol trinken durften. Wie cool! Sie war es leid gewesen, sich jeden Abend, an dem sie ausgingen, davor zu fürchten, dass man sie erwischen würde. Dumme Gesetze, die von dummen Menschen erlassen wurden … Mit achtzehn durfte man also arbeiten, zur Army gehen und sich umbringen lassen, aber man musste erst einundzwanzig werden, um sich zu betrinken? Wie bescheuert war das denn? Na, damit war jetzt jedenfalls Schluss. Die Party konnte beginnen.

Sie signalisierte ihrer Freundin, dass sie eine Pause brauchte. Tiffany, die völlig in ihrem Tanz aufging und ständig versuchte, mit irgendeinem Typen Blickkontakt aufzunehmen, schmollte ein wenig, folgte ihr dann aber. Mühsam bahnten sie sich einen Weg durch die Menge, deren Energie den mit Glitzer bedeckten Marmor an den Wänden zum Schwitzen brachte. Während sie einige Schritte hinter ihr ging, bewunderte sie Tiffanys perfekte schmale Taille und die langen, schlanken Beine. Aber sie hatte keinen Grund, neidisch zu sein. Sie sah ebenfalls ziemlich gut aus. Sie war größer, und ihr hellbraunes Haar schimmerte im Licht des Clubs wie Seide, wenn sie sich auf ihren zehn Zentimeter hohen Absätzen geschmeidig wie eine Katze bewegte.

Nur mit Mühe konnte sie das Lächeln unterdrücken, als sie bemerkte, welchen Eindruck sie auf einige Männer machte, die mit einem Drink in der Hand an der Bar lehnten und die Mädels begutachteten. Ja, sie war heiß.

Endlich saßen sie an dem kleinen Tisch. Sie atmete erleichtert auf und war froh darüber, dass sie so früh gekommen waren und eine der wenigen Nischen ergattert hatten.

»Wow, das ist so cool!«, rief sie Tiffany zu, die ihr jedoch zu verstehen gab, dass sie sie nicht hören konnte. Sie winkte ab und wollte einen Blick auf ihr Handy werfen, als ein Barkeeper mit einem Tablett voller hoher, mit Champagner gefüllter Gläser vorbeikam.

Sie kramte in ihrer kleinen Handtasche herum, konnte ihr Handy aber nicht finden. Notgedrungen sah sie auf Tiffanys Handy auf die Uhr und runzelte die Stirn. Drew kam sonst nie zu spät. Sie fragte sich, was passiert war. Ihr Freund musste einen guten Grund dafür haben, dass er sich verspätete, oder der platte Reifen, wegen dem er sie zuvor angerufen hatte, ließ sich doch nicht so leicht wechseln. Seltsam … Er hatte damit geprahlt, dass er einen Reifenwechsel in unter fünf Minuten schaffte, als wäre das etwas, womit man eine Frau beeindrucken konnte. So ein Quatsch. Wen interessierte das denn, wenn man doch den Pannendienst rufen konnte?

Sie musste ihr dämliches Handy im Wagen liegen gelassen haben, und da Drew noch immer nicht da war, blieb ihr nichts anderes übrig, als rauszugehen und es zu holen. Nachdem sie Tiffany einige unverständliche Worte zugerufen hatte, schwenkte sie die Wagenschlüssel durch die Luft und Tiffany nickte. Danach machte sie sich auf den Weg zur Tür, wobei sie sich mithilfe der Ellbogen den Weg durch Horden verschwitzter, angetrunkener Tänzer bahnen musste, die im Takt der Musik Leuchtstäbe schwenkten.

Endlich hatte sie den Eingangsbereich erreicht, in dem nicht mehr so viel los war, bekam wieder mehr Luft und kam schneller vorwärts. Ein junger, attraktiver Mann sah sie mit seinen faszinierenden blauen Augen an, und sie zögerte eine ganze Sekunde, bevor sie den Blick abwandte. Wäre sie nicht mit Drew zusammen gewesen, hätte sie den Mann gern näher kennengelernt. Er kam ihr irgendwie bekannt vor und sah unfassbar heiß aus. Sie überlegte, wo sie ihm schon einmal begegnet war, aber es wollte ihr nicht einfallen. Nach zwei weiteren Schritten hatte sie ihn auch schon wieder vergessen und suhlte sich in den bewundernden Blicken eines anderen.

Plötzlich packte jemand unsanft ihren Arm. Sie drehte sich um und hatte den blonden Mann vor sich, den sie gerade gesehen hatte. Er hielt sie lächelnd fest, und seine hypnotisierenden blauen Augen schienen sie zu durchbohren. Wütend versuchte sie, ihm den Arm zu entziehen, was ihr jedoch nicht gelang. Sie spürte ein leichtes Stechen am Arm und schrie den Fremden an.

»Hey«, brüllte sie und konnte ihre Stimme ob der lauten Musik selbst kaum hören.

Der Mann reagierte nicht und ließ sie auch nicht los. Seine Finger bohrten sich wie Stahlklauen in ihr Fleisch. Er lächelte noch immer und sah sie an, während ihre Knie weich wurden. Anstatt vor ihm zurückzuweichen, lehnte sie sich an ihn, um nicht umzufallen. Panik stieg in ihr auf, als sie begriff, dass er gerade sie unter Drogen gesetzt hatte. Ihr war schwindlig und übel, und sie versuchte, sich an einem Vorbeigehenden festzuhalten, griff nach der Kleidung der Umstehenden, nach Möbelstücken, den Wänden. Auf einmal merkte sie, dass er ihre Schultern umfasste und sie stützte, und sie hatte die heiße, feuchte Luft von Miami im Gesicht. Sie waren im Freien.

»Meine Freundin hat ein bisschen zu viel getrunken«, hörte sie den Mann sagen. »Sie braucht frische Luft.«

Sie wollte schreien, aber ihr kam nur ein ersticktes Wimmern über die tauben Lippen. Um sie herum wurde alles schwarz, und sie verlor das Bewusstsein.

# 25. Ein leeres Nest

Tess war am Vorabend in Atlanta angekommen, zwang sich jedoch dazu, Carolyn O'Sullivan erst am nächsten Morgen aufzusuchen. Irgendwie machte es die Sache für alle nur noch schlimmer, wenn das FBI um zweiundzwanzig Uhr an der Tür klingelte. SAC Pearson würde sich gewiss darüber freuen, dass sie neuerdings so rücksichtsvoll vorging. Dabei ahnte er nicht, wie schwer es ihr fiel, so lange auf weitere Fakten warten zu müssen.

Sie hielt vor einem hohen gusseisernen Tor und ließ das Fenster des Wagens herunter, um zu klingeln. Bevor sie jedoch dazu kam, hörte sie eine Stimme aus der Gegensprechanlage. Eine Kamera sirrte und wurde auf ihr Gesicht gerichtet.

»Kann ich Ihnen helfen?«

»Special Agent Tess Winnett, FBI. Ich möchte zu Carolyn O'Sullivan. Wir haben einen Termin.«

Es kam keine Antwort, aber das Tor schwang lautlos zur Seite. Tess fuhr hindurch und die Auffahrt hinauf.

So wohnten die wirklich Reichen. Vor ihr erstreckte sich eine gewaltige zweistöckige weiße Villa im Kolonialstil. Sie war auf einem leichten, mit sehr grünem Gras bewachsenen Anhang errichtet worden und von einem Garten umgeben, der einem Königspalast würdig gewesen wäre. Carolyns Liebesromane mussten sich wirklich gut verkaufen.

Die Haustür wurde geöffnet, bevor Tess den Türklopfer betätigen konnte.

Eine uniformierte Haushälterin hielt ihr die Tür auf und führte sie in ein beeindruckendes Wohnzimmer.

»Kann ich Ihnen etwas bringen? Kaffee? Tee?«

»Nein, danke.«

»Ich lasse Miss O'Sullivan wissen, dass Sie da sind.«

Die Frau verschwand lautlos, und Tess bewunderte den Raum. Große Panoramafenster ließen trotz der schimmernden weißen Gardinen das Sonnenlicht herein. Die Möbel waren modern, in Weiß und Hellgrau gehalten und standen auf einzelnen Teppichen, die hier und da den Boden bedeckten und etwas Farbe in das wunderschöne Zimmer brachten.

An der hinteren Wand waren Carolyns Bestseller zu sehen, die Preise, die sie gewonnen hatte, und Fotos, auf denen sie mit Prominenten zu sehen war. Tess' Neugier gewann die Oberhand, und sie trat näher, um sich die Bilder genauer anzusehen.

»Das Foto wurde vor zwei Jahren bei den Oscars gemacht«, sagte Carolyn. Tess zuckte zusammen. »Oh, Entschuldigung, ich wollte nicht …«

»Schon in Ordnung«, erwiderte Tess und ärgerte sich über ihre Schreckhaftigkeit. Sie schüttelte Carolyn die Hand. »Freut mich, Sie kennenzulernen. Damals, als ich noch Zeit zum Lesen hatte, war ich ein großer Fan von Ihnen.«

Carolyn schenkte ihr an anmutiges Lächeln und bat Tess, neben ihr auf dem riesigen weißen Ledersofa Platz zu nehmen. Sie war Ende fünfzig, aber man sah ihr das Alter nicht an. Sie sah umwerfend aus. Ihr Haar war nach hinten frisiert und gab eine hohe, glatte Stirn frei. Sie trug eine cremefarbene Hose und einen Blazer in einem dunkleren Cremeton, darunter eine noch eine Nuance dunklere Seidenbluse. Diamantohrringe und ein

Ring vervollständigten die elegante Erscheinung. Carolyn O'Sullivan hatte Stil.

»Gehe ich recht in der Annahme, dass Sie wegen Shanequa hier sind?«

»Ja ... Aber zuerst möchte ich Sie etwas fragen. Sie sind, äh ...«

»Weiß?«, unterbrach Carolyn sie lächelnd. »Ja, das bekomme ich häufiger zu hören, wenn es um Shanequa geht. Sie ist adoptiert. Sie war die Tochter eines Kriegskameraden meines verstorbenen Mannes. Als Fred Powell starb, war es selbstverständlich, sie aufzunehmen. Dann starb mein Mann, nur wenige Jahre später. Und dann Shanequa ...«

»Mein aufrichtiges Beileid«, sagte Tess.

»Seit ihrem Tod ist nicht nur dieses riesige Haus leer und still, sondern auch mein Herz. Mir ist, als hätte ich Freds Vertrauen ebenso missbraucht wie das meines Mannes. Sie haben mir das Wohlergehen von Freds einzigem Kind anvertraut, und ich ...«

Carolyn stockte und schien von ihren Gefühlen überwältigt zu werden. Sie tupfte sich die Augenwinkel mit einem Taschentuch trocken und holte tief Luft.

»Sie war alles, was ich noch hatte.« Dann nahm sie Tess' Hand in ihre Hände. »Bitte sagen Sie mir, dass Sie ihren Mörder gefunden haben.«

Tess senkte kurz den Blick, um Carolyn dann in die Augen zu sehen.

»Noch nicht, aber es gibt neue Informationen, und wir werden ihn kriegen, das verspreche ich Ihnen.«

»Gut«, erwiderte Carolyn noch immer leise schniefend. »Wie kann ich Ihnen helfen?«

Tess zögerte kurz. Sie hatte am Vorabend Shanequas Social-Media-Konten unter die Lupe genommen und nichts Nützliches entdecken können. Auf den Fotos war kein wiederkehrender Mann zu sehen gewesen, also hatte sie wohl keinen Freund gehabt. Es gab auch nicht viele Partyfotos. Tess fragte sich, wie viel Carolyn wohl von der Polizei erfahren hatte und wie viel sie über ihre Adoptivtochter wusste. Sie beschloss, vorsichtig an die Sache ranzugehen.

»Bitte erzählen Sie mir etwas über Shanequa«, bat Tess. »Wie ist sie so gewesen?«

»Sie war intelligent, ein bisschen schüchtern und sehr fleißig. An all das hier hat sie sich irgendwie nie so richtig gewöhnt«, Carolyn deutete auf ihre Umgebung, »obwohl es eines Tages alles ihr gehören sollte. Sie wuchs unter schwierigen Bedingungen auf. Ihre Mutter starb, als Shanequa gerade erst vier Jahre alt war, und Fred kam lange Zeit nur gerade so über die Runden.«

Die Haushälterin kam mit einem Tablett herein und servierte Eistee in hohen Kristallgläsern. Tess nahm ein Glas und nippte daran. Der Tee schmeckte köstlich.

»Selbstverständlich haben wir unsere Hilfe angeboten«, fuhr Carolyn fort. »Aber Fred hatte wie die meisten Männer einen schrecklichen Dickkopf. Er war zu stolz. Lieber hat er sich zugrunde gearbeitet, wie es letzten Endes auch gekommen ist.« Sie trank etwas Tee und stellte das Glas dann geräuschlos auf dem Tablett ab. »Mit achtzehn hatte Shanequa schon sehr viele Menschen zu betrauern gehabt. Das arme Mädchen. Danach waren nur noch wir beide übrig. Sie hatte sich in ihr Studium vertieft und ich mich in meine Bücher. Ich war sehr stolz auf sie. Sie hatte ihren Abschluss in Betriebswirtschaft vor ihrem einundzwanzigsten Geburtstag in der Tasche.«

»Hatte sie einen Freund?«

»Hm.« Carolyn kicherte traurig. »Nein, davon hätte ich gewusst. Mit Romanzen kenne ich mich aus. Damit verdiene ich meinen Lebensunterhalt. Shanequa hatte die Liebe ihres Lebens noch nicht kennengelernt.«

»Was ist mit Verabredungen? Affären?«

»Es gab ein paar junge Männer, aber …« Sie zögerte und schien sich unsicher zu sein. »Bei den Männern weiß man nie, vor allem wenn man selbst sehr wohlhabend ist.« Wieder machte sie diese vage, alles umfassende Geste. »Aber Shanequa war klug. Wenn sie spürte, dass ein Mann nur hinter dem Geld her war, hat sie ihm sofort den Laufpass gegeben. Nach dem harten Leben, das sie früher geführt hatte, war sie ein wenig paranoid und fasste nur schwer Vertrauen.«

Tess wusste genau, was Carolyn meinte.

»Was ist mit Freundinnen? Ist sie häufiger mit ihnen ausgegangen? Vielleicht in Clubs?«

»Sie hatte einige gute Freundinnen, nette, kluge, hart arbeitende Mädchen, und sie sind hin und wieder ausgegangen. Ich habe sie dazu gedrängt, sich ein bisschen zu amüsieren, denn von allein wäre sie da kaum draufgekommen.«

»Gab es einen Club, in den sie häufiger gegangen sind?«

»Nicht, dass ich wüsste. Sie haben öfter was Neues ausprobiert, wie sie mir mal erzählt hat.«

Tess runzelte die Stirn. Wenn das so weiterging, würde sie nach dem Gespräch nichts in der Hand haben, was ihnen weiterhalf. Keine neuen Daten, keine hilfreichen Hinweise. Genau wie bei den Lins würde sie auch hier Zeit mit den Freundinnen verbringen müssen, um herauszufinden, welchen Club sie besucht hatten. Danach müssten sie sich unzählige Stunden an Videomaterial ansehen und nach einem Gesicht Ausschau halten, das in Atlanta, Chicago und Miami auftauchte. Nach einem Killer, der Jagd auf seine Beute machte.

Eine Gesichtserkennungssoftware war längst überfällig, auch wenn die Gerüchteküche besagte, dass das FBI mit einer Softwarefirma an einem Programm arbeitete, mit dem man Stunden an Videos in Minuten durchgehen und Gesichter vergleichen konnte. Doch für ihren Fall würde diese Software nicht mehr rechtzeitig kommen.

Bisher hatte sie durch die Besuche der Familien nur erreicht, dass sie die Opfer etwas besser kennenlernte. Tess wusste, wer die Frauen waren, wie sie lebten, was sie interessierte. Sie waren nicht länger bloß Fallakten und Tatortfotos. Auch das war wichtig. Als Nächstes würde sie Emmas Familie aufsuchen. Ihr Flug nach Charleston, South Carolina, ging in zwei Stunden.

»Bitte rufen Sie mich an, falls Ihnen noch etwas einfällt«, bat Tess und reichte Carolyn ihre Visitenkarte. »Das ist meine Handynummer.«

»Glauben Sie, dass sie …«

Ein Geräusch ließ Carolyn verharren. Es kam aus Tess' Handy und wies sie auf eine neue Nachricht hin. Michowsky hatte geschrieben: »Kommen Sie schnellstmöglich zurück. Eben kam eine neue Vermisstenmeldung rein. Sie passt wie die Faust aufs Auge.«

# 26. Vermisst

Gegen fünfzehn Uhr erreichte Tess das Polizeirevier von Palm Beach. Sie nahm zwei Stufen auf einmal, stürmte in die fast leere Einsatzzentrale und hielt Ausschau nach Michowsky und Fradella. Die beiden waren nirgendwo zu sehen, aber ein uniformierter Beamter, der gerade einen Bericht tippte, hob den Kopf.

»Wo sind sie?«

Er zeigte in Richtung Konferenzraum und tippte dann weiter.

Tess betrat den Raum, ohne anzuklopfen, und brachte das Gespräch zum Erliegen.

»Na, endlich«, begrüßte Michowsky sie und trat vom Whiteboard weg.

Sie bemerkte sofort, dass das Whiteboard an der Wand hing und man ein zweites, kleineres daneben angebracht hatte, auf dem alle Informationen zum neuen Vermisstenfall zu sehen waren.

Trotzdem betrachtete Tess May Lins Gesicht noch einmal und gründlich, als ob sie es noch nie zuvor gesehen hatte. Sie wollte sich alle neuen Informationen, die sie bei ihrem Besuch erhalten hatte, einprägen und irgendwie zu weiteren Erkenntnissen gelangen. Auf einmal fiel ihr etwas ein. Sie zog ihr Handy aus der Tasche, rief ein Foto auf und reichte es einem der uniformierten Beamten, die tatenlos an der Wand lehnten.

»Bitte lassen Sie das in A4 und Farbe ausdrucken und bringen Sie es mir.«

Der Mann verlagerte das Gewicht und wirkte unentschlossen.

»Was, jetzt?«

»Ja, jetzt.«

Er verließ schnaufend den Raum, ohne die Tür hinter sich zu schließen. Tess sah sich noch immer die Notizen zu May Lin auf der Tafel an, als er mit dem Ausdruck zurückkehrte. Es handelte sich um das Foto von May Lins Familie bei der Investorengala, und Tess hängte es ebenfalls ans Whiteboard.

Danach betrachtete sie Shanequa mit anderen Augen und rief sich ins Gedächtnis, was die Adoptivmutter gesagt hatte. Die junge Frau war nur selten ausgegangen, hatte hart gearbeitet und viele Menschen verloren. Tess versuchte, diese Details so zu sehen, wie Shanequa es vor ihrer Entführung getan haben musste. Danach betrachtete sie abermals die Tatortfotos und merkte, wie sie mit den Zähnen knirschte.

Zu guter Letzt trat sie vor die neue Tafel, an der das Foto einer wunderschönen jungen Frau hing. Sie trug ein rotes Trägerkleid in der Farbe ihres Lippenstifts. Sie hatte fröhliche grüne Augen und lockiges, schulterlanges braunes Haar, das sie in einem lässigen Seitenscheitel frisierte. »Julie Reynolds, einundzwanzig«, hatte Michowsky mit schwarzem Marker direkt über das Foto geschrieben. Verschwunden am Vorabend gegen 22.30 Uhr. Somit wurde sie bereits seit sechzehn Stunden vermisst.

Tess runzelte die Stirn, entspannte den Kiefer und versuchte, sich nicht auszumalen, was Julie in diesem Augenblick durchmachen mochte. Dabei wusste sie das nur zu gut. Unerwünschte Erinnerungen kamen in ihr hoch und verklärten ihre Sicht. Sechzehn Stunden … sechzehn Stunden Folter, Schreie, die niemand hörte, der verzweifelte Wunsch zu sterben. Sie hatte nicht verhindern können, dass der Täter sich ein neues Opfer schnappte.

Sie fluchte leise vor sich hin, las sich den Rest der Notizen durch und gab sich die Schuld dafür, dass sie in Atlanta gewesen war, als man Julie entführt hatte.

»Reden Sie mit mir«, bat sie Michowsky angespannt. »Was ist passiert?«

»Sie ist letzte Nacht verschwunden, und raten Sie mal, wo. Ausgerechnet im Club Exhale. Das nenne ich mal einen verdammt großen Zufall. Ihr Freund Drew DeVos hatte sich anscheinend verspätet, und somit war sie nur mit ihrer Freundin Tiffany unterwegs. Irgendwann wollte Julie zum Wagen gehen, weil sie ihr Handy darin liegen gelassen hatte. Seitdem hat sie niemand mehr gesehen.«

»Was wissen wir noch?«, erkundigte sie sich.

»Sie hat letzten Monat ihren Abschluss in Stanford gemacht. Ihr Vater Douglas Reynolds ist ein bekannter Anwalt und besitzt Kanzleien in vier Staaten. Ihre Stiefmutter Diane ist Hausfrau und den Gerüchten zufolge Alkoholikerin. Ihr Freund Drew DeVos studiert Maschinenbau und kam gestern Abend zu spät in den Club.«

Michowsky kratzte sich am Hinterkopf, fuhr sich über das raspelkurze Haar und ging vor dem Whiteboard auf und ab.

»Es passt alles zusammen«, fügte er hinzu. »Zu gut, wenn Sie mich fragen.«

»Er hat noch nie zwei Frauen in derselben Stadt entführt«, warf Fradella ein. »Warum ändert der Täter jetzt seine Vorgehensweise?«

»Noch wissen wir nicht, dass er es war«, gab Tess zu bedenken, die den Blick nicht von Julies Foto abwandte. »Bisher haben wir Opfer an verschiedenen Orten gefunden, aber wir können nicht mit Sicherheit sagen, dass sie *alle* seine Opfer waren. Er könnte mehr als vier Frauen ermordet haben, ohne dass wir wissen, wo. Er ist zu erfahren, zu geschickt und zu organisiert für einen Anfänger. Es ist gut möglich, dass er schon früher in Miami getötet hat.«

Fradella erwiderte nichts und grunzte nur etwas Unverständliches.

»In Ordnung«, meinte Tess. »An die Arbeit. Detective Fradella, bitte finden Sie heraus, was Julie in den vierundzwanzig Stunden vor ihrem Verschwinden gemacht hat, und zwar Minute für Minute. Telefonieren Sie rum, besorgen Sie die Bankunterlagen. Ich habe das mit dem FBI geklärt, und wir werden alle Informationen sofort bekommen, weil es sich hierbei um einen aktiven und akuten Entführungsfall handelt. Rufen Sie diese Nummer an, falls Sie etwas brauchen; das ist der Analytiker, der diesem Fall zugewiesen wurde, um uns zu unterstützen. Sein Name ist Donovan.« Sie reichte ihm einen Haftnotizzettel.

»Geht klar«, erwiderte Fradella und war schon verschwunden.

»Sie und Sie«, fuhr Tess fort und deutete auf zwei uniformierte Polizisten, die sich noch im Raum aufhielten. »Fahren Sie zum Exhale, und beschaffen Sie die Überwachungsvideos. Finden Sie Julie in der Menge, und stellen Sie fest, was sie gemacht hat. Gehen Sie erst, wenn Sie die genaue Uhrzeit kennen, zu der sie den Club verlassen hat, und wissen, wer bei ihr war.«

Einer der Männer schürzte die Lippen und der andere protestierte leise, aber Tess ignorierte sie und drehte sich zu Michowsky um.

»Wir müssen uns sofort mit ihren Freunden und Angehörigen unterhalten, Michowsky. Fahren wir.«

»Fangen wir mit der Familie an?«

»Nein, mit Tiffany. Sie war gestern Abend mit Julie zusammen, die Familie nicht.«

Als sie sich umdrehte und nach ihrer Handtasche griff, hörte sie den Kommentar eines Beamten, der den Raum noch nicht verlassen hatte.

»Wir wissen, wie wir unseren Job zu machen haben«, schimpfte der Mann leise, weil die Worte nur für seinen Partner gedacht waren. »Da müssen wir keine Befehle von einer FBI-Schlampe entgegennehmen.«

Tess spürte, wie Zorn in ihr aufbrandete. Der Grund dafür war jedoch nicht die Beleidigung; da hatte sie schon Schlimmeres gehört. Vielmehr ärgerte sie sich darüber, dass die Männer Zeit für derartigen egoistischen, territorialen Mist fanden, während sich eine Frau in der Gewalt eines Killers befand und Hilfe brauchte.

»Das habe ich gehört«, sagte sie eisig. »Wollen Sie Julie finden, solange sie noch am Leben ist? Oder möchten Sie lieber nach Hause fahren und einen Termin bei Ihrem Therapeuten machen, damit Sie über mich herziehen und sich darüber beschweren können, wie ich Ihnen den Tag versaut habe?«

Die beiden Männer eilten wortlos zur Tür, wobei sie sich noch einen wütenden Blick und ein Kopfschütteln von Michowsky einfingen.

»Ich lasse den Wagen herbringen«, teilte sie Michowsky mit. »Rufen Sie Tiffany an, und sagen Sie ihr, dass wir auf dem Weg zu ihr sind.«

# 27. Der Widerling

Tess rannte schon fast durch die Einsatzzentrale, um zur Treppe zu gelangen, in der einen Hand die Autoschlüssel, in der anderen ihre Laptoptasche. Als sie auf den Flur kam, gingen die Fahrstuhltüren auf und zwei junge Frauen verließen die Kabine. Tess erkannte die beiden und blieb wie angewurzelt stehen. Sie hatte völlig vergessen, dass sie die beiden mit einem Phantombildzeichner zusammenbringen wollte.

»Agent Winnett«, grüßten die beiden sie und reichten ihr die Hand.

»Ashely, Carmen, danke, dass Sie gekommen sind. Lassen Sie mich nur kurz ...«, sie zögerte und wusste nicht, wo sie die beiden hinschicken sollte. »Einen Augenblick, ja?«

»Klar«, erwiderte Ashely.

Tess warf einen Blick in beide Verhörräume, hatte jedoch kein Glück. Sie waren bereits besetzt, einer mit einer trauernden Familie und der andere mit einem zappeligen Meth-Süchtigen. Da ihr keine weiteren Optionen blieben, entschied sie sich für den Konferenzraum, auch wenn sie Zeugen nur ungern Fallinformationen zeigte, mochten diese auch noch so minimal sein. Vielleicht würden den beiden die Whiteboards ja gar nicht auffallen.

Sie ließ die beiden jungen Frauen Platz nehmen.

»Möchten Sie ein Wasser, einen Kaffee oder etwas anderes?«, erkundigte sie sich gehetzt.

»Nein, danke«, antwortete Carmen nach einem schnellen Blick zu Ashely.

»In Ordnung. Warten Sie bitte einen Moment. Ich werde den Zeichner holen.«

Tess lief zwischen den Büros hin und her, konnte den Zeichner aber nirgendwo entdecken. Schließlich griff sie zum Telefon und rief am Empfang an.

»Hey, Bob, wissen Sie, wo der Zeichner steckt?«

»Den habe ich heute noch nicht gesehen«, erwiderte Bob.

»Schicken Sie ihn bitte in den Konferenzraum, wenn er auftaucht. Ich muss leider weg, aber die beiden Zeuginnen warten dort.«

Sie legte auf und ging zurück in den Konferenzraum, wo sich die beiden Frauen gerade daranmachten, wieder zu gehen.

»Anscheinend haben Sie ihn bereits gefunden«, stellte Carmen fest.

»Wen?«, fragte Tess irritiert.

»Den Widerling. Da ist er doch.« Carmen deutete auf das Foto der Investorengala, auf dem May Lin zu sehen war. »Der Kerl da, der große.«

In der zweiten Reihe stand hinter May Lins Familie ein großer blonder Mann mit einem arroganten, aber auch charismatischen Lächeln. Ein einprägsames Gesicht, das Selbstsicherheit und Macht ausstrahlte, die Art von Macht, die anderen Menschen zu verstehen gibt, dass er intolerant, ungeduldig und stürmisch war. Seine leicht zerzauste Frisur sollte rebellisch wirken und sah aus, als wäre er gerade aus dem Bett gefallen, wobei sie die hohe Stirn und die buschigen Augenbrauen freigab. Er war attraktiv, jung und passte ins Profil. Ein seltsames Gefühl machte sich in Tess' Magengrube breit, als sie das Gesicht dieses Raubtiers betrachtete, dieses Tigers, der bereit zum Zuschlagen war. Ihr Bauchgefühl riet ihr, lieber wegzulaufen. *Das ergibt keinen Sinn,* sagte sie sich. *Ich fange Mörder und laufe nicht vor ihnen weg. Das wird auch bei diesem Widerling nicht anders laufen.*

»Sind Sie sicher, dass er es ist«, hakte Tess nach, deren Stimme seltsamerweise leicht heiser klang.

»Ja«, bestätigte Ashely, »ganz sicher.«

»Er ist es eindeutig«, stimmte Carmen ihr zu. »Das ist der Widerling, mit dem Sonya in der Nacht des Achtundzwanzigsten den Club verlassen hat.«

»Sehen Sie? Er sieht gar nicht wie ein Widerling aus, nicht wahr?«, meinte Ashely. »Ich mochte ihn.«

Tess musterte das Gesicht noch etwas länger. Wenn sie diesem Mann begegnete, würden ihre Instinkte ihr dann raten, das Weite zu suchen? Würden ihre Alarmsirenen schrillen? Sie wusste es nicht. Das Foto war zu klein, als dass sie sich sicher sein konnte. Zwar war das Bild vergrößert worden und leicht unscharf, aber es reichte für ihre Zwecke aus. Sie nahm es vom Whiteboard, dankte den beiden Frauen und brachte sie zum Fahrstuhl.

Danach ging sie zurück in die Einsatzzentrale und stellte fest, dass Fradella an seinem Computer saß. Er sah sich gerade Julies Kreditkartenabrechnungen an. Sie legte das Foto auf den zerkratzten, fleckigen Schreibtisch und umkreiste das Gesicht des Mannes mit einem Marker.

»Sie müssen sofort alles stehen und liegen lassen und die Identität dieses Mannes herausfinden, Fradella. Das Foto wurde vor fast zwei Jahren auf der Immobilieninvestorengala in Chicago aufgenommen. Dieser Mann hier ist der Widerling.«

»Ich sehe May Lin auf dem Foto«, erwiderte Fradella verwirrt, »aber nicht Sonya.«

»Genau das ist der Punkt«, erklärte sie aufgeregt. »Der Widerling, der Sonya über den Weg gelaufen ist, hat sich nur wenige Wochen vor May Lins Verschwinden ganz in ihrer Nähe aufgehalten. Damit ist er unsere wichtigste Spur, und wir müssen schnell handeln.«

»Und was ist, wenn Sie sich irren?«, wollte Fradella wissen.

Sie runzelte leicht verärgert die Stirn. Eigentlich wollte sie längst unterwegs sein.

»Wir haben keine andere Spur. Dieser Mann könnte unsere Chance sein, Julie noch lebendig zu finden. Wir haben ihn mit zwei der vier uns bekannten Opfer in Zusammenhang gebracht.«

»Und was ist, wenn sie von einem anderen entführt wurde? Wenn das mit diesem ... Widerling nichts als Zufall ist?«

Sie schürzte die Lippen und wusste nicht, was sie darauf erwidern sollte. »Manchmal muss man einfach auf sein Bauchgefühl hören«, erklärte sie endlich und hoffte, das würde ausreichen.

»Und wenn Sie falsch liegen? Dann lastet Julies Tod auf Ihrem Gewissen. Nur, weil Sie so ein Bauchgefühl haben?«

»Passen Sie mal auf«, beharrte Tess. »Gehen wir die Sache pragmatisch an. Es dürfte nicht lange dauern, die Identität dieses Mannes herauszufinden. Eine Stunde, höchstens zwei. Warum hören wir nicht auf, darüber zu reden, und fangen einfach damit an. Danach können Sie sich weiter mit Julies letzten vierundzwanzig Stunden beschäftigen.«

Er knallte das Foto auf den Scanner, sodass der ganze Schreibtisch wackelte.

»Ja, Ma'am«, sagte er mit vor Sarkasmus triefender Stimme.

»Sie müssen das Foto nicht einscannen; ich habe eine digitale Version«, fügte Tess hinzu und ignorierte seinen Tonfall. »Können Sie mir ein besseres Foto und seine Daten zuschicken, sobald Sie seine Identität kennen?«

Er nickte, machte aber ein finsteres Gesicht und sah ihr nicht in die Augen.

»Wenn ich zurück bin, führen wir eine Suche durch und finden heraus, wie viele Menschen aus dem Club Exhale verschwunden sind, seitdem er eröffnet wurde«, fuhr sie fort. »Mein Bauchgefühl sagt mir, dass wir längst noch nicht alles wissen.«

# 28. Verschwunden

Tiffany wohnte in einem der luxuriösen Hochhäuser am Ocean Drive, dem ganzen Stolz von Miami Beach. Das konnte sie sich vermutlich nur dank der elterlichen Unterstützung leisten. Der Fahrstuhl, der sich nahezu lautlos bewegte, brauchte keine vierzig Sekunden, um Tess und Gary im zweiundzwanzigsten Stockwerk auszuspucken.

Die junge Frau erwartete sie und hatte die Tür bereits einen Spalt weit geöffnet, nachdem der Portier sie über das Eintreffen ihrer Besucher informiert hatte. Tess klopfte an, und im nächsten Augenblick riss Tiffany die Tür weit auf.

»Kommen Sie rein«, forderte sie sie auf und führte sie in ein helles Wohnzimmer mit Meeresblick. Sie stellten sich vor, und Tess bewunderte Tiffanys Strandkleid aus einem weichen Stoff, das um ihre Kurven herumflatterte und -floss, ohne viel zu enthüllen, aber nur an jemandem mit einer perfekten Figur wirklich gut aussah.

Tiffany stellte gekühlte Mineralwasserdosen auf den kleinen Glastisch und legte Untersetzer mit dem Exhale-Logo darunter.

»Dann sind Sie Stammgäste?«, fragte Tess und deutete auf die Untersetzer.

»Ähm, nein, eigentlich nicht.« Tiffany errötete leicht.

»Dürfen Sie überhaupt schon in den Club?«

»Wie bitte? Oh, ja, ich bin vor einem Monat einundzwanzig geworden.« Tiffany lächelte nervös. »Aus diesem Grund haben wir auch gefeiert. Julie war die Letzte aus unserer Gruppe, die volljährig geworden ist; sie hatte erst vor ein paar Tagen Geburtstag. Das war also unser erster Freitagabend als legale Gäste«, plapperte sie leichthin und korrigierte sich dann rasch. »Ähm, ich meine natürlich, unser erster Clubbesuch überhaupt.« Sie warf Tessa einen betretenen Blick zu.

»Schon klar«, meinte Tess. »Erzählen Sie uns, was passiert ist.«

»Wir sind früh hingegangen, um uns einen Tisch zu sichern«, berichtete Tiffany. »So gegen neun, würde ich sagen. Wir haben ein bisschen getanzt, nur wir beide, weil Drew sich verspätet hat.«

»Warum? Was ist passiert?«, wollte Michowsky wissen.

»Er hatte auf dem Weg zum Club einen Platten. Wir haben uns keine großen Sorgen gemacht; er ist da sehr geschickt und konnte das selbst in Ordnung bringen. Daher sind wir schon mal reingegangen. Wir haben getanzt, dann eine Pause gemacht und sind an den Tisch gegangen. Da hat Julie gemerkt, dass sie ihr Handy im Wagen vergessen hatte.«

»Hat irgendjemand Sie oder Julie angesprochen?«

»Ähm, eigentlich nicht ... Gut, die Kerle starren uns immer an, wenn wir ausgehen, aber es ist ja nicht so, als ob ... Sie wissen schon.«

»Sie wurden also nicht angesprochen?«

»Nein.«

»Was ist dann passiert?«, fragte Tess.

»Julie ging los, um ihr Handy zu holen, und kam nicht mehr wieder. Zuerst dachte ich, sie wäre Drew begegnet und würde mit ihm tanzen. Ich war stinksauer, weil ich schon glaubte, sie wären ohne mich gegangen. Es ist echt blöd, in einem Club allein am Tisch zu sitzen, wissen Sie? Aber dann tauchte Drew auf, und zwar ohne

Julie, und ich bin durchgedreht. Wir sind beide durchgedreht.«

»Was haben Sie gemacht?«

»Wir haben nach ihr gesucht. Wir haben wirklich überall nachgesehen. Ich war in jeder Toilettenkabine, danach haben wir uns auf dem Parkplatz umgesehen. Ihr Wagen stand noch an derselben Stelle, an der wir geparkt hatten. Drew schloss die Tür auf, und ihr Handy lag noch immer auf dem Sitz. Sie war gar nicht mehr bei ihrem Auto …« Tiffanys Stimme versagte, und sie fing an zu weinen. »Oh Gott, Julie …«

Tess berührte die Schulter der jungen Frau, um sie zu trösten, aber Tiffany reagierte gar nicht darauf, sondern weinte weiter, als würde ihr erst jetzt aufgehen, was Julies Verschwinden bedeutete.

»Da war dieses Mädchen«, stieß sie schluchzend hervor, »im Fernsehen, vor ein paar Tagen. Sie haben sie als Morgenrotleiche bezeichnet.«

Tess und Gary tauschten einen kurzen besorgten Blick.

»Glauben Sie, der Kerl hat jetzt Julie?«

»Wer?«, fragte Tess leise, auch wenn sie längst wusste, wen Tiffany meinte.

»Der Mörder der Morgenrotleiche«, flüsterte Tiffany, als hätte sie Angst vor ihrer eigenen Stimme.

»Das wissen wir nicht«, antwortete Tess, was ihr einen überraschten Blick von Michowsky einbrachte. »Und wir sollten keine voreiligen Schlüsse ziehen. Tagtäglich verschwinden viele Menschen aus den unterschiedlichsten Gründen. Es ist gut möglich, dass jeden Augenblick eine Lösegeldforderung kommt oder dass Julie heimkehrt und sich dafür schämt, dass sie von ihrer Leidenschaft übermannt wurde und mit einem heißen Typen nach Hause gegangen ist.«

»Nein«, widersprach Tiffany und sah Tess in die Augen. »So ist sie nicht … Sie ist kein Flittchen. Julie ist mit Drew zusammen und wäre mit keinem anderen nach Hause gegangen. Sie liebt Drew.«

»Gut zu wissen«, sagte Tess in beruhigendem Tonfall. »Aber es gibt dennoch keinen Grund, voreilige Schlüsse zu ziehen, okay?«

Tiffany nickte und wischte sich mit den Handrücken die Tränen von den Wangen.

»Haben Sie letzte Nacht auch die Türsteher gefragt, ob sie Julie gesehen haben?«, erkundigte sich Michowsky.

»Natürlich, aber sie sagten, sie hätten nicht mitbekommen, wie sie gegangen ist.«

Julie konnte nicht einfach so aus dem Club verschwunden sein. Irgendjemand musste etwas gesehen haben.

»Konnten Sie sich schon die Aufnahmen der Überwachungskameras von letzter Nacht ansehen, Tiffany? Ist Ihnen darauf jemand aufgefallen?«, fragte Tess.

»Ja, ich habe die Aufnahmen gesehen. Als wir Julie nirgends finden konnten, haben wir uns an die Türsteher gewandt. Zuerst wollten sie uns nicht helfen, aber später, als der Club zumachte, standen Drew und ich an der Tür und haben jedem ins Gesicht gesehen, der rausgegangen ist.«

»Das war wirklich clever«, lobte Tess. »Gut gemacht.«

»Erst da haben sie uns ernst genommen, als sich der Club leerte und Julie immer noch verschwunden war.«

»Haben Sie sich heute Morgen die Aufnahmen angesehen, Michowsky?«, erkundigte sich Tess.

»Sie sind dunkel, körnig und aufgrund der Stroboskoplichter kann man nicht viel erkennen.«

»Wir könnten die beiden Beamten, die wir dorthin

geschickt haben, fragen, ob es Neuigkeiten gibt. Könnten Sie uns mit ihnen verbinden? Auf meinem Laptop, damit wir die Bilder ebenfalls sehen können?«

»Vermutlich … Mal sehen.« Michowsky nahm ihren Laptop entgegen.

Tess nutzte die Zeit, um sich ein wenig die Beine zu vertreten, und lief durch das Zimmer. An den weißen Wänden hingen Bilder in geometrischen Arrangements. Helle, zwanglose Möbel, die sich auch auf einer Terrasse gut gemacht hätten und die Vorstellung eines entspannten Lebens oder Urlaubs hervorriefen. Helle Vorhänge, fröhliche Gesichter auf den Fotografien an den Wänden, nichts als Freude und Sorglosigkeit.

»Was ist Ihr Hauptfach?«, fragte Tess.

»Jura«, antwortete Tiffany. »Warum?«

»Ich habe mich nur gefragt, wie Julie und Sie sich kennengelernt haben.«

»Wir sind zusammen aufgewachsen. Unsere Väter sind Anwälte und Partner in einer großen Kanzlei. Reynolds und Rohr. Sie haben vielleicht schon mal davon gehört.«

Und ob Tess das hatte. Sie bezweifelte, dass es in Miami jemanden gab, der den Namen nicht kannte.

»Wie schwer ist es Julie gefallen, den Juraabschluss so früh zu machen?«

»Ihr ist das nicht schwergefallen. Sie ist verdammt clever.«

»Warum wollte sie schnell fertig werden? Wissen Sie das? Was hat sie motiviert?«

»Sie wollte ihr eigenes Geld verdienen«, antwortete Tiffany und errötete leicht. »Ich bin da ganz anders … Ich möchte mich während des Studiums amüsieren. Sie war hingegen sehr fleißig und konnte es kaum erwarten, mit dem Studium fertig zu werden.«

»Das hätten wir«, erklärte Michowsky und drehte Tess' Laptop um. »Hier sind alle Kamerafeeds zu sehen.«

»Um wie viel Uhr ist Drew in den Club gekommen?«

»Das muss gegen halb elf gewesen sein.«

»Wenn wir davon ausgehen, dass Julie gegen zehn losgegangen ist, um ihr Handy zu holen, könnte das dann hinkommen?«, fragte Tess.

»Es war vermutlich eher etwas später, so gegen Viertel nach.«

»An welchem Tisch haben Sie gesessen?« Tess drehte den Laptop zu Tiffany um.

»An dem hier.« Tiffany zeigte auf einen leeren Tisch, der auf dem körnigen Bild kaum zu erkennen war.

Der Zeitstempel zeigte 22:01:17 an. Tess spulte den Feed vor, bis sie die beiden jungen Frauen sah, die sich an den Tisch setzten.

»Da sind Sie ja«, murmelte sie, und Tiffany nickte.

»Ja, das sind wir.«

Die Bildqualität war grauenhaft. Blinkende Lichter und Stroboskoplampen, ansonsten Dunkelheit, dazu schlechte Kameras mit miserabler Auflösung bewirkten, dass die Aufnahmen nahezu nutzlos waren. Trotzdem sahen sie sich den Feed weiter an, bis Julie aufstand und den Tisch und damit den Aufnahmebereich der Kamera verließ. Es war 22:14:29.

»Mal sehen, auf welchem Feed sie auftaucht, wenn sie weitergeht.«

Sie überprüften einige und entdeckten Julie schließlich zwischen Menschenhorden, wie sie allein und anscheinend unversehrt durch den Flur zum Ausgang ging. Um 22:14:29 wurde sie von dieser Kamera nicht mehr erfasst.

Wie sehr sie es auch versuchten, sie konnten Julie auf

keinem anderen Feed entdecken. Sie sahen sich sogar die Aufnahmen vom Eingang an, auf denen man die Gäste, die den Club verließen, von hinten sah. Aber Julie war nicht darunter, weder allein noch als Teil einer Gruppe.

Um genau 22:16:44 war Julie Reynolds am Vorabend aus einem vollen Club verschwunden, ohne eine einzige Spur zu hinterlassen.

# 29. Initiative

Der Fahrstuhl in Tiffanys Hochhaus fuhr ebenso schnell und leise nach unten wie nach oben, sodass Tess beinahe schwindlig wurde. Sie dachte darüber nach, was ihnen der Besuch bei Tiffany gebracht hatte. Immerhin wussten sie jetzt ein wenig mehr darüber, wie der Täter vorging. Er war ein Raubtier, das inmitten der Herde jagte und nicht am Rand. Das sprach für eine Dreistigkeit, wie Tess sie bisher noch nicht erlebt hatte. Dieser Mann hatte es auf ganz bestimmte Opfer abgesehen und schlug nicht zufällig zu. Irgendwie gelang es ihm, die jungen Frauen zu entführen, ohne dass es jemand bemerkte und ohne die geringste Spur zu hinterlassen.

Warum hatte er sich Julie nicht an ihrem Auto geschnappt? Vermutlich hatte er nicht damit gerechnet, dass sie dorthin gehen wollte, sondern geglaubt, sie würde die Toilette aufsuchen. Oder er war so selbstsicher, so geschickt und so erfahren, was seine Entführungsmethode betraf, dass er sich verborgen in der Menge sicherer fühlte als auf dem leeren Parkplatz.

»Wo sollen wir als Nächstes hinfahren?«, fragte Michowsky. »Zu den Eltern?«

»Nein«, antwortete Tess nachdenklich. »Reden wir zuerst mit ihrem Freund Drew DeVos. Er wohnt ganz in der Nähe in Indian Creek.«

Sie fuhren einige Minuten lang schweigend durch die Stadt, während Tess über eine Frage nachdachte, die sie nicht beantworten konnte. Stalkte der Täter die Frauen? Oder entführte er sie aus einem Impuls heraus, indem er einfach eine entdeckte, die ihm gefiel, und zuschlug? Doch wie funktionierte dann die Viktimologie? Julie passte genau ins Profil: jung, reich, ehrgeizig, College-Absolventin. Er musste all das vor der Entführung gewusst haben, was bedeuten konnte, dass er ihnen nachstellte, sich über sie erkundigte, sich auf die Jagd vorbereitete. Oder doch nicht? Bekam er die Informationen etwa auf andere Weise?

»Glauben Sie, wir können sie noch retten?«, fragte Michowsky auf einmal. »Wir haben nichts in der Hand, rein gar nichts.«

»Wir haben etwas«, korrigierte Tess ihn. »Wir kennen den Widerling.«

»Was? Und wann wollten Sie mir davon erzählen?«

»Das tue ich doch gerade. Fradella findet in diesem Augenblick seine Identität heraus. Sonyas Freundinnen haben ihn auf einem Foto auf unserem Whiteboard entdeckt, auf dem er mit May Lin zu sehen ist.«

Michowsky pfiff leise durch die Zähne. »Dann kennt er schon zwei von vier.«

»Ganz genau.«

Sie hielt ihren SUV vor dem Eingang des Gebäudes, in dem Drew lebte, und zeigte dem Portier ihren Dienstausweis. »Lassen Sie den Wagen einfach stehen, ja? Wir werden nicht lange bleiben.«

Ein weiterer Fahrstuhl, diesmal jedoch etwas profaner. Sie klingelten an der Suite 512, ohne dass ihnen jemand öffnete.

»Wollen Sie die Tür eintreten?«, schlug Michowsky vor.

»Wieso denn das?«, erwiderte Tess, zückte ihr Handy und wählte Drews Nummer. Er ging sofort ran.

»Ja?«

»Spricht da Drew DeVos?«, fragte Tess und stellte den Lautsprecher an.

»Ja, das bin ich. Wer ist da?«

»Hier ist Special Agent Winnett vom FBI. Wir möchten mit Ihnen über das Verschwinden von …«

»Julie, schon klar. Sicher.«

»Wo sind Sie?«

»Unterwegs. Ich suche nach ihr«, antwortete er hörbar frustriert, »weil es ja sonst niemand macht.«

»Wir brauchen eine Adresse, wo wir uns treffen können.«

»Ich bin im Exhale und befrage die Angestellten, die zur Arbeit kommen. Zeige ihr Foto rum.«

»Bleiben Sie da, Drew. Wir sind in zehn Minuten bei Ihnen.«

Sie legte auf und betrat die Fahrstuhlkabine.

»Das muss man den beiden lassen«, meinte Michowsky. »Drew und Tiffany, meine ich. Sie sind clever und setzen sich wirklich für Julie ein.«

»Ja, das stimmt. Wieso macht die Polizei das nicht auch? Und kommen Sie mir jetzt nicht mit viel Arbeit, mangelnden Ressourcen und dem ganzen Blödsinn.«

Michowsky schüttelte den Kopf und schwieg; anscheinend hatte er keine Lust, einen Streit vom Zaun zu brechen, den er ohnehin nicht gewinnen konnte.

»Ich glaube das ist er«, sagte er, als sie beim Club ankamen, und deutete auf einen großen, dünnen jungen Mann, der sich direkt neben dem Eingang an die Motorhaube eines gelben Mustangs lehnte.

»Drew?«, fragte Tess. »Agent Winnett, wir haben eben telefoniert. Das ist Detective Michowsky.«

Sie schüttelten sich die Hand. Tess sah ihn sich genauer an. Seine Blässe und die dunklen Ringe unter den Augen ließen erkennen, dass er die letzte Nacht nicht geschlafen hatte. Sie sah auf die Uhr und hätte beinahe laut gestöhnt. Julie wurde inzwischen schon seit achtzehn Stunden vermisst. Die Zeit raste.

»Schön, Sie hier zu sehen«, sagte Drew. »Was wollen Sie wissen?«

»Was ist letzte Nacht passiert?«

»Nachdem uns klar geworden war, dass Julie verschwunden ist, haben Tiffany und ich überall nach ihr gesucht. Wir haben mit den Türstehern gesprochen, den Security-Leuten, aber keiner hatte sie gesehen, und zuerst wurden wir nicht mal ernst genommen.«

»Und dann?«

»Um drei schloss der Club und die Gäste gingen. Als sie gesehen haben, dass ihr Wagen noch auf dem Parkplatz stand, fanden wir endlich Gehör. Sie haben überall gesucht, und um fünf habe ich noch mal bei der Polizei angerufen.«

»Noch mal?«

»Ja. Ich hatte das erste Mal gegen halb zwei angerufen, als wir überall gesucht hatten und sie nirgends zu finden war.«

»Und?«

»Ein Polizist kam her und fragte mich, ob sie mich vielleicht wegen eines anderen sitzen gelassen hat. Ist das zu fassen? Er sagte, ihm wären vierundzwanzig Stunden lang die Hände gebunden, und erwähnte irgendwelche Richtlinien.«

»Und was passierte später um fünf?«

»Im Grunde genommen dasselbe, und es war auch derselbe Polizist, der diesmal sogar richtig wütend war, weil ich erneut angerufen hatte. Doch er hat sich ihren Wagen angesehen und einige Notizen gemacht, sich das Nummernschild und andere Informationen aufgeschrieben. Aber er hat uns noch immer nicht ernst genommen und wollte keine Vermisstenmeldung aufnehmen.«

Tess und Gary tauschten einen schnellen Blick.

»Da sind wir zu ihr nach Hause gefahren und haben mit ihrem Dad gesprochen. Er hat ein paar Fäden gezogen, einige Anrufe gemacht und die Polizei endlich dazu gebracht, den Fall zu eröffnen. Aber das war auch schon alles. Seitdem ist nichts passiert.«

Wieder sahen sich Tess und Gary an, aber diesmal wandte Michowsky rasch den Blick ab und starrte zu Boden.

»Ich habe gegen Mittag noch mal angerufen, aber im Miami Dade bearbeitet keiner diesen Fall.«

»Tja, wir sind nicht Miami Dade«, stellte Tess fest.

»Das weiß ich.«

»Woher wissen Sie das?«, erkundigte sich Michowsky neugierig.

»Weil Sie den Fall tatsächlich bearbeiten«, erwiderte Drew eisig. »Aber warum das FBI? Ist eine Lösegeldforderung eingegangen?«

»Ähm, nein, so ist das nicht«, antwortete Tess. Nach einem weiteren Blick zu Michowsky entschloss sie sich zu einer Lüge. Es würde ohnehin nichts bringen, dem jungen Mann auch noch albtraumhafte Bilder ins Hirn einzupflanzen. »Ich bin hier als Teil eines ressortübergreifenden Austauschprogramms zur Methodenverbesserung. Sehen Sie es einfach als weitere Unterstützung auf der Suche nach Ihrer Freundin.«

»Aha«, murmelte er, und Tess konnte ihm ansehen, dass er ihr die Geschichte nicht abkaufte. Seine Miene verfinsterte sich.

»Wie ist Ihre Beziehung?«, wollte sie wissen.

»Gut«, antwortete er bedrückt. »Wir wollen heiraten, sobald sie das Juraexamen geschafft hat.«

Tess biss sich auf die Unterlippe und verdrängte die schlimmen Erinnerungen. Selbst wenn Julie überlebte, würde die Beziehung nie mehr so sein wie früher. Das war vorbei. Dazu würde sie nach allem, was der Täter seinen Opfern antat, nicht mehr fähig sein. Tess holte tief Luft. Es war schwül und erdrückend.

»Warum waren Sie gestern Abend nicht bei ihr? Was ist passiert?«

»Ich hatte einen Platten.« Er sah wütend aus. »Einen dämlichen Platten ... Und jetzt ist sie verschwunden. Wieso habe ich nicht einfach ein Taxi genommen?«

»Ist Ihnen irgendetwas aufgefallen, das darauf schließen ließe, dass jemand den Reifen absichtlich manipuliert hat?«

»Was? Nein ... ist es nicht. Wieso?«

»Das wissen wir nicht; wir versuchen nur, in alle Richtungen offen zu sein«, erläuterte Michowsky. »Kein Szenario auszuschließen.«

»Nein, es war nur ein Platter. Allerdings hat der Reifenwechsel ewig gedauert, weil mein Wagenheber nicht da war. Keine Ahnung, warum. Ich musste mir einen leihen. Darum habe ich den beiden gesagt, dass sie schon mal allein in den Club gehen sollen. Großer Gott ...«

Er fuhr sich mit beiden Händen durch das dunkle Haar und wirkte völlig verzweifelt. Es war offensichtlich, dass er sich die Schuld an dem gab, was passiert war. Tess hätte zu gern gewusst, wieso sein Wagenheber nicht an seinem Platz gewesen war. Ein junger Ingenieur wie Drew wäre garantiert nicht ohne dieses Werkzeug herumgefahren.

War der verschwundene Wagenheber eine Spur, der sie folgen sollten? Oder handelte es sich dabei nur um einen dieser Zufälle, eine Wendung des Schicksals, die ablenken, verwirren und alles in die Länge zogen?

Ob der Täter seinen Opfern nun nachstellte und sie in ausgeklügelte Fallen lockte, oder ob er sie aus einem Impuls heraus entführte, eines stand fest: Julie war noch immer in seiner Gewalt. Sie mussten sie finden, und dazu mussten sie den Mörder der Morgenrotleiche aufspüren.

## 30. Dunkelheit

Sie erwachte langsam, so als würde sie aus einer bodenlosen Grube in lautlose, erdrückende Dunkelheit auftauchen. Der erste klare Gedanke, der ihr durch den Kopf schoss, war, dass man sie unter Drogen gesetzt hatte. Sie war sich zunehmend sicherer und wurde sich der seltsamen Taubheit immer mehr bewusst, die ihren Verstand zu verlangsamen schien und sie wieder zum Einschlafen zwingen wollte.

Aber sie kämpfte gegen den Drang an, wieder im Nichts zu versinken, und versuchte die Augen zu öffnen. Ihre Augen waren trocken und es fühlte sich an, als würden die Augenlider an den Augäpfeln kleben. Nur unter großer Anstrengung konnte sie die Augen öffnen, aber selbst, als das geschafft war, sah sie nichts als Dunkelheit. Dieselbe Trockenheit machte sich auch in ihrem Mund bemerkbar, und sie versuchte, zu schlucken und das Kratzen in der Kehle loszuwerden.

Als sie sich die Augen reiben wollte, gehorchten ihre Hände nicht. Sie bewegten sich ein wenig, jedoch nicht bis zu ihrem Gesicht. Sie fühlte sich benommen und schwindlig und sah sich um, konnte in der Finsternis jedoch nichts erkennen. Das wenige Licht kam von der Digitalanzeige einer Uhr, die irgendwo zu ihrer Linken an der Wand hing. Die bläuliche Hintergrundbeleuchtung, die grüne LED und einige rote, das war alles, was sie ausmachen konnte.

Mühsam kniff sie die Augen zusammen und riss sie wieder auf, um etwas zu sehen und sie mit Tränen zu befeuchten. Man hatte sie unter Drogen gesetzt, das stand eindeutig fest. Die meisten Beruhigungsmittel hatten die Nebenwirkung, dass sie die Schleimhäute austrockneten; das war also eine logische Erklärung. Dieser Gedanke bewirkte, dass sie sich ein bisschen besser fühlte. Sie schluckte abermals schwer und spürte die Anspannung in ihrer ausgedörrten Kehle. Irgendwie kam sie sich gewichtslos vor, als würde sie im All schweben, und das machte alles nur noch schlimmer, verstärkte ihr Unbehagen und verhinderte, dass sie ganz zu sich kam.

Sie zwang sich, den Arm anzuspannen, und schob die Bewegungsunfähigkeit zuerst auf die Taubheit, die sie in allen Muskeln spürte. Dabei konzentrierte sie sich auf den linken Arm und wollte sich unbedingt mit der Hand im Gesicht berühren. Sie konnte ihn bewegen, aber nicht sehr weit, und mit jedem Versuch wurde ihr schwindliger und sie begann zu zittern. Es fühlte sich an, als würde sie im Weltall treiben. Das Mittel, das man ihr verabreicht hatte, befand sich noch in ihrem Körper und erschwerte ihr das Denken.

Erneut versuchte sie, ihr Gehirn in Gang zu setzen, und spannte die Armmuskulatur an, aber vergebens. Diesmal erkannte sie den Grund dafür. Ihr Handgelenk war mit etwas Weichem gefesselt, einer sanften, aber trotzdem unnachgiebigen Fessel. Sie zerrte kräftiger daran, was jedoch nur ein Rasseln und ein heftiges Schwindelgefühl bewirkte.

Als sie ein Bein bewegen wollte, geschah dasselbe. Sie konnte das Knie leicht beugen, das Bein sogar ganz ausstrecken, aber bei jeder Bewegung geriet ihr Körper irgendwie in Bewegung und ihr wurde übel. Ihre Fußgelenke waren ebenfalls gefesselt, und diese Erkenntnis jagte einen Adrenalinstoß durch ihre Adern, der die letzten Überreste des Beruhigungsmittels auflöste. Ihr Kopf wurde klarer, ihr Denkvermögen setzte wieder ein, und ihre Muskulatur erwachte zum Leben. Je mehr sie von ihrer Umgebung wahrnahm, desto offensichtlicher wurde es, dass sie in einem komplizierten Harnisch fast horizontal und mit dem Gesicht nach unten von der Decke hing. Wie eine Marionette baumelte sie dort, machtlos und gefangen.

Sie keuchte auf und kämpfte gegen die in ihr aufsteigende blinde Panik an, indem sie sich auf das konzentrierte, was sie spürte. Ihre Hand- und Fußgelenke waren gefesselt und hingen in der Luft, doch sie konnte sich ein bisschen bewegen. Ein breiter Gürtel lag um ihren Bauch, und ein weiterer stützte ihre Schultern. Den Kopf konnte sie frei drehen, und die Steifheit in ihrem Nacken schien darauf zu beruhen, dass sie längere Zeit bewusstlos hier gehangen hatte.

Mit tiefen Atemzügen versuchte sie, die Panik in Schach zu halten, die noch mehr Adrenalin durch ihren Körper jagte und ihre Sinne schärfte. Sie versuchte, sich zu befreien, zerrte verzweifelt an den Fesseln und empfand keine Übelkeit mehr. Doch die Fesseln gingen nicht auf, und das Rasseln wurde noch von ihrem donnernden Herzschlag und ihrem lauten, abgehackten Keuchen übertönt.

Als die letzten Überreste des Beruhigungsmittels verschwanden und dem Adrenalin wichen, ließ sich die Panik nicht länger zurückhalten. Angst stieg in ihr auf und drohte, sie zu ersticken. Nachdem er sich einige Zeit in ihrer Brust aufgestaut hatte, entrang sich ihr ein endloser Schrei. Niemand hörte ihn.

# 31. Familienleben

Die Uhr im Armaturenbrett des SUV zeigte 18.12 Uhr an; Julie war also vor etwas mehr als neunzehn Stunden verschwunden. Neunzehn Stunden. Tess wollte sich gar nicht ausmalen, was die junge Frau durchmachen musste. Für sie und Michowsky verging die Zeit zwar wie im Flug, aber sie wusste, wie lang sich jede Minute für Julie anfühlen musste.

Tess rutschte auf dem Fahrersitz hin und her, ohne den Fuß vom Gaspedal zu nehmen. Sie war unruhig und stellte ihre Entscheidungen infrage. Zwar war sie felsenfest davon überzeugt, dass Sonyas Mörder Julie entführt hatte, aber welche Beweise gab es dafür? Der Ort, der Club Exhale, war derselbe wie der, an dem Sonya das letzte Mal gesehen worden war. Das konnte Zufall sein, aber auch mehr bedeuten. Zudem war da die Tatsache, dass Julie in die Viktimologie passte: jung, wohlhabend, ehrgeizige College-Absolventin. Aber wahrscheinlich traf das auf die Hälfte der weiblichen Clubgäste zu. Reichte das aus, um ihre Schlussfolgerungen zu untermauern? War Tess gerade dabei, einen großen Fehler zu begehen, der Julie das Leben kosten konnte? Wenn Sonyas Mörder Julie nicht entführt hatte, sondern ein anderer dafür verantwortlich war, dann stand Tess buchstäblich mit leeren Händen da. Aber das machte das Szenario nicht wahrscheinlicher, sondern nur zu einem letzten Ausweg, einer verzweifelten Alternative aus Mangel an Optionen. Etwas, dem man nachgehen konnte, wenn es sonst schon nichts zu tun gab.

Doch tief in ihrem Inneren wusste sie, dass sie recht hatte. Sie war davon überzeugt, den Richtigen zu jagen.

Sie ließ ihren Gedanken für eine Weile freien Lauf und entschied sich dafür, ihrem Bauchgefühl zu vertrauen.

Nach einer Weile fiel ihr auf, dass Michowsky und sie beide sehr schweigsam waren und es vermieden, miteinander zu reden, wenn es nicht unbedingt sein musste. Das bürgerte sich langsam bei ihnen ein, dass sie schweigend durch die Stadt fuhren. Zwischen ihnen war auch alles gesagt, und jeder hing seinen Gedanken und Theorien nach und durchlebte seine eigene Version der Hölle. Wie Michowskys wohl aussah? Sie fragte sich, ob er noch Rückenschmerzen hatte.

»Was macht Ihr Rücken?«

»Fragen Sie nicht«, antwortete er bedrückt.

So viel zu ihrem Versuch, Small Talk zu betreiben. Beinahe hätte sie mit den Achseln gezuckt; sie hatte es immerhin versucht. Sie sah auf das GPS; in drei Minuten würden sie an ihrem Ziel, dem Haus von Mr und Mrs Reynolds, Julies Familie, eintreffen.

Tess fuhr vom Highway ab, und sie gelangten in ein Viertel voller eleganter, weitläufiger Grundstücke. Julies Vater Douglas Reynolds war einer der wohlhabendsten Anwälte der Stadt und Mitbegründer der zweitgrößten Kanzlei in Miami. Er war Scheidungsanwalt, und es machte den Anschein, als hielten Ehen in der heißen Sonne von Miami nicht lange, jedenfalls nicht solche, die in den oberen Einkommensschichten geschlossen wurden.

Sie überprüfte die Hausnummern und bog in die geschwungene Einfahrt der Reynolds ein. Dann wartete sie geduldig, bis Michowsky ausgestiegen und die letzte der fünf Stufen vor der Haustür bewältigt hatte, bevor sie klingelte.

Im nächsten Augenblick öffnete ein Mann die Tür. Er trug einen altmodischen Cardigan in einem verwaschenen Braunton. Seine Augen sahen trübe aus, und seine Haut war sehr blass, fast schon gelblich-grau. Er zog die Schultern ein und ließ den Kopf hängen. Zwei tiefe, vertikale Furchen zogen sich über seine Stirn, und seine Augenbrauen sahen aus, als würde er sie ständig zusammenziehen. Reynolds sah ganz und gar nicht mehr aus wie der angesagte, mächtige Anwalt, als der er sich sonst präsentierte. Jetzt war er nur noch ein verzweifelter Vater, der um das Leben seines Kindes bangte.

»Ich warte schon seit einer Weile auf Sie«, sagte er. »Sie haben sich wirklich Zeit gelassen. Kommen Sie rein.«

Er geleitete sie in ein Esszimmer, wo eine Frau in einem weißen Frotteebademantel am Tisch stand. Sie hatte die linke Hand unter das Kinn gelegt, die gepflegten Finger auf der Wange ausgebreitet, und stützte sich den Kopf. Vor ihr stand ein nahezu geleertes Weißweinglas auf dem Tisch, und die Flasche daneben war nur noch zu einem Viertel gefüllt.

»Das ist meine Frau Diane«, stellte der Mann sie vor.

»Special Agent Winnett«, sagte Tess und deutete auf Gary, »und das ist Detective Michowsky. Mr Reynolds, wir haben ein paar …«

»Bitte setzen Sie sich«, unterbrach Mr Reynolds sie. »Fragen?«

Bevor Tess etwas erwidern konnte, betrat ein junges Mädchen den Raum und schlenderte mit trotziger Miene herum.

»Dann geht die Show also los«, sagte sie sichtlich

amüsiert und musterte Tess und Michowsky von Kopf bis Fuß.

»Chloe«, protestierte Mr Reynolds, aber das Mädchen schnaufte nur laut, und er sprach nicht weiter. Er wirkte resigniert oder aber auch zu müde und traurig, um den Teenager zurechtzuweisen.

Kurz legte sich betretenes Schweigen über den Raum, das nur vom Klirren von Mrs Reynolds Glas gebrochen wurde, das auf den Tisch gestellt und mit dem restlichen Wein aus der Flasche gefüllt wurde.

»Mr Reynolds, was können Sie uns über Julie erzählen? Wie w… ist sie so?«, fragte Tess und schaffte es im letzten Moment noch, einen schlimmen Fehler zu vermeiden und von dem vermissten Mädchen in der Vergangenheit zu sprechen. Julie war am Leben, und sie wollte dafür sorgen, dass das auch so blieb.

»Sie ist klug und freundlich und bei allen beliebt«, antwortete Reynolds, dessen Blick ziellos umherschweifte.

»Nicht bei allen«, warf Chloe ein. Ein wütender Blick von Diana brachte sie zum Schweigen.

»Fällt Ihnen jemand ein, der sie entführt haben könnte? Hatte sie Feinde?«

Reynolds sah kurz zu Chloe hinüber, bevor er die Frage beantwortete.

*Interessant,* dachte Tess und bereute es, nicht besser vorbereitet zu sein. Was hatte die Sache mit Chloe auf sich?

»Nein, *wirklich jeder* liebte sie«, beharrte er und betonte die beiden Worte, als wollte er jeglichen Widerspruch von Chloe im Keim ersticken.

»Was ist mit Ihnen, Sir?«, schaltete sich Michowsky ein. »Sie haben im Laufe Ihrer Karriere doch bestimmt einige Feinde gemacht. Fallen Ihnen Klienten ein, die vor

Gericht verloren haben, oder Ehemänner, die der Ansicht sein könnten, sie hätten eine zu hohe Abfindung gezahlt?«

Reynolds rieb sich nachdenklich die Stirn.

»Ich habe mir ganz bestimmt Feinde gemacht«, gab er schließlich zu. »Aber die Menschen, mit denen ich zu tun habe, gehen vor Gericht, wenn sie wütend sind. Das sind keine Entführer, sondern hauptsächlich Geschäftsleute, Musiker und dergleichen.«

»Hat es irgendeine Kontaktaufnahme, sei es telefonisch oder per Brief, gegeben, bei der Lösegeld verlangt wurde?«

»Nein. Bisher nicht.« Reynolds hielt kurz inne und hatte dann ein schiefes Grinsen auf den Lippen. »Ich hoffe förmlich auf eine Lösegeldforderung, ob Sie es nun glauben oder nicht. Alles ist besser als das hier.«

Tess sah auf die Uhr. Julie war seit beinahe zwanzig Stunden verschwunden. Laut FBI-Statistik wäre inzwischen eine Lösegeldforderung eingegangen. Aber sie wusste auch, warum dem nicht so war, konnte Reynolds das jedoch nicht sagen. Sie beschloss, zu lügen und dem Mann ein wenig Hoffnung zu machen. Mehr konnte sie momentan ohnehin nicht für ihn tun.

»Sie werden sich melden, Mr Reynolds. Manchmal lassen sie andere gern warten, damit sie …«

»Mehr bezahlen«, beendete er den Satz für sie. »Das ist mir egal. Ich würde alles tun, um meine Tochter zurückzubekommen.«

»Karma ist ganz schön scheiße, was?«, warf Chloe ein.

Tess drehte sich zu dem Mädchen um.

»Du bist Chloe, richtig?«

»Ja.« Chloe reichte ihr affektiert die Hand und wackelte mit den schmalen Hüften. »Chloe Barr.«

»Barr?«, hakte Tess nach.

»Nicht Reynolds, falls Sie das meinen. Sie haben mich schon richtig verstanden. Ich heiße Barr und werde nicht jedes Mal meinen Namen ändern, wenn meine Mutter beschließt, einen weiteren Loser zu ficken.«

»Chloe«, sagte Diane fast schon zaghaft und zögerlich. Das war nicht die Reaktion, mit der Tess gerechnet hätte. »Blamier mich nicht, ja?«

»Ich kann dich nicht mehr blamieren, als du es ohnehin schon selbst tust, Mom. Ist das schon deine zweite Flasche? Nein, warte, es ist schon früher Abend, dann muss es die dritte sein.«

»Chloe!«, schimpfte Mr Reynolds, der immer wütender wurde.

»Du garstiges kleines Biest!« Diane starrte ihre Tochter erbost an.

Erneut breitete sich Schweigen aus, diese unangenehme, belastende Stille, die man aus problematischen, dysfunktionalen Familien kannte.

Tess beschloss, etwas zu unternehmen. Sie waren schließlich wegen Julie hier.

»Welche Laus ist dir denn über die Leber gelaufen, Chloe?«, fragte sie unverhofft.

»Was?«

»Du hast mich schon verstanden … Du magst Julie nicht besonders, was?«

Chloe drehte sich vor Wut schäumend zu ihrem Stiefvater um.

»Dann darf sie mich jetzt also verhören? Eine Minderjährige? Was bist du eigentlich für ein Anwalt?«

»Es ist ein Erziehungsberechtigter anwesend«, erwiderte er ungerührt und in seine Trauer versunken. »Ich erteile ihnen die Erlaubnis.«

»Sie hasst Julie, falls Sie das wissen wollen«, erklärte Diane leicht nuschelnd.

»Und warum?«, hakte Tess nach.

»Nur, weil Mom sich von ihrem neuen Ehemann flachlegen lassen will, muss ich nicht so tun, als ob wie 'ne richtige Familie wären!«

»Hm«, murmelte Tess.

»Julie will ihr keinen Alkohol und keine Zigaretten kaufen«, fügte Diane hinzu. »Darum geht es doch.«

»Ha! Du weißt ja nicht, was du da redest«, schoss Chloe zurück. »Nur, weil du säufst, muss ich das nicht auch tun.«

»Das ist noch nicht alles«, sagte ihre Mutter. »Chloes Exfreund hat Julie bewundernde Blicke zugeworfen, da hat sich Chloe von ihm getrennt. Aber sie ist immer noch sauer, wenn Sie mich fragen.«

»Das denkst du!«, fauchte Chloe. »Ich hasse sie, weil sie so gottverdammt perfekt ist! Gegen sie kann ich nur abstinken!«

Tess bemerkte, wie Reynolds zusammenzuckte und die Augen schloss, als er Chloes Worte hörte.

»Wie ordinär«, sagte Diane. »Aber du bist ganz allein schuld daran und nicht Julie. Du bist eine zickige kleine Giftschlange, werte Tochter.«

»Du kennst ja die Redewendung«, erwiderte Chloe fast schon gleichgültig. »Der Apfel fällt nicht weit vom Stamm.«

»Das reicht jetzt«, schaltete sich Tess ein, um das Familiendrama zu beenden und wieder zum Thema zu kommen. »Wo warst du gestern Abend nach zwanzig Uhr?«

»Hier. Ich hatte Hausarrest.«

Tess warf Reynolds einen fragenden Blick zu.

»Ja, das stimmt«, bestätigte er. »Sie war den ganzen

Abend und die ganze Nacht hier und in ihrem Zimmer eingesperrt.«

»Danke«, sagte Tess. »Das wäre vorerst alles.«

»Oh nein«, protestierte Reynolds mit tränenerstickter Stimme. »Bitte sagen Sie mir, was ich tun soll. Ich kann mich ans Fernsehen wenden und eine Belohnung aussetzen. Ich kann so viel Geld anbieten, dass jemand vielleicht bereit ist, das Risiko einzugehen und mir zu verraten, wo mein Baby ist.«

»Wir melden uns, Mr Reynolds. Geben Sie uns noch ein paar Stunden. Wir gehen einigen Hinweisen nach. Möglicherweise kommen wir darauf zurück, aber wir würden gern alle anderen Optionen ausschöpfen.«

»Warum? Wieso lassen Sie es mich nicht versuchen?«

»Julie ist sicherer, wenn ihr Entführer nicht weiß, dass wir ihm auf der Spur sind. Wenn keine Lösegeldforderung eingegangen ist und niemand gesehen hat, wie Julie entführt wurde, wird ein solcher Fall meist als Vermisstenfall eingestuft und … anders gehandhabt.«

»Sie meinen, es wird nicht wirklich ermittelt?«

»Ganz genau.«

»Aber wie kommt es dann, dass Sie hier sind?«

»Das haben Sie Drew und Tiffany zu verdanken, die schnell und organisiert losgelegt und sofort reagiert haben. Ihretwegen behandeln wir die Sache als Entführung und nicht als Vermisstenfall.« Tess wurde immer besser im Lügen, aber sie wollte verhindern, dass Reynolds zusammenbrach.

Doch sie hatte nicht mit Chloe gerechnet.

»Das ist doch gelogen. Es liegt an der Morgenrotleiche. Julie sieht genauso aus wie sie, oder ist dir das noch nicht aufgefallen, Daddy?«

»Nein!« Doug Reynolds sackte auf dem Boden in sich zusammen, zog die Knie an die Brust und fing an zu schluchzen. Tess legte ihm eine Hand auf die Schulter, um ihn zu trösten, und warf Chloe einen bitterbösen Blick zu.

»Du wirst mal einen guten Verbrecher abgeben«, stellte sie fest, »wenn du dein Verhalten nicht änderst. Aber ich bezweifle, dass du es im Gefängnis lange aushältst. Vielleicht ein paar Tage, höchstens eine Woche. Die Zähne verliert man immer als Erstes, musst du wissen.«

Dann musterte Tess Diana. Die Frau schenkte sich ungerührt Wein nach.

Einige Minuten später atmete Tess erleichtert auf, als sie den Motor anließ und die Klimaanlage kalte Luft ins überhitzte Wageninnere pustete.

»Da haben Sie recht«, kommentierte Michowsky.

»Wie bitte?«

»Sie haben geseufzt.«

»Ja. Nach diesem Gespräch könnte ich eine Dusche gebrauchen.« Tess schüttelte den Kopf. »Bei einem der besten Scheidungsanwälte der Stadt hatte ich etwas mehr Familienfrieden erwartet.«

»Sind Sie verheiratet, Winnett?«

»Nein … Die Ehe ist nichts für mich.«

Im darauffolgenden Schweigen bemerkte Tess, dass Michowsky freiwillig keine persönlichen Dinge preisgab. Sie bohrte auch nicht nach. Diese Art von Schweigen deutete normalerweise auf Probleme in der Beziehung hin. Aber er trug einen Ehering, ein schlichtes, schmales, goldenes Band. Was hatte Cat doch gleich gesagt? Jeder hatte sein eigenes Päckchen zu tragen.

»Ich habe in diesem Mädchen genug Boshaftigkeit gesehen, um sie auf die Liste der Verdächtigen zu setzen«, erklärte Michowsky. »Sie war zwar zu Hause, verfügt aber über Geld. Solche Leute lassen gern andere für sich arbeiten.«

»Sie denken, Chloe hätte einen Auftragskiller engagiert?« Tess schnaufte. »Das kann ich mir nicht vorstellen. Ihre Eltern haben genug Geld dafür, sie aber nicht. Ich halte sie auch nicht für fähig, so weit zu gehen. Sie hat eine große Klappe, aber nicht genug Grips.«

»Die Mutter ist die halbe Zeit betrunken. Glauben Sie, sie würde ihre Kreditkarten einschließen?«

»Na gut, in dem Punkt haben Sie recht. Aber narzisstische Teenager wie dieser hier gehen ganz anders vor. Sie hetzten andere auf denjenigen, den sie verabscheuen. Sie können das von mir aus als unbezahlte Auftragsarbeit bezeichnen, aber so etwas machen Teenager wie Chloe.«

»Und wie zum Teufel stellen sie das an?«

»Da gibt es Mittel und Wege«, erwiderte Tess. »Sie könnte sich beispielsweise mit der falschen Gang abgeben und ihnen erzählen, ihre Schwester sei ein heißer Feger und würde auf harten Sex stehen und dass sie an einem bestimmten Datum im Club sein würde. Vielleicht zeigt sie ihnen sogar ein Foto. Die Idioten machen die Drecksarbeit für sie, ohne es auch nur zu merken.«

Michowsky pfiff durch die Zähne.

»Ja, das habe ich alles schon erlebt. Die Kids von heute sind nicht mehr das, was sie früher waren.«

»Dann sind Sie also meiner Meinung, dass Chloe in diesem Fall zu den Verdächtigen gehört?«

»Nein, das bin ich nicht. Ich halte den Serienkiller noch immer für unsere beste Spur.«

»Er hat noch nie zweimal am selben Ort zugeschlagen«, gab Michowsky zu bedenken, dessen Stimme aus Frustration etwas schriller klang.

»Soweit wir wissen«, wandte Tess ein. »Dieses Gespräch ist wie ein unangenehmes Déjà-vu. Hatten wir das nicht längst? Man ist zu Beginn seiner Karriere als Serienmörder nicht schon so geschickt, erfahren und dreist. Er hat schon früher getötet, und wir haben seine Opfer bisher nur noch nicht gefunden.«

»Wenn Sie sich nur auf Ihren Serientäter konzentrieren und sich irren, riskieren Sie, eine Spur zu ignorieren, die Julie das Leben retten könnte, Winnett.«

# 32. Mehrere Anrufe

Eine Zeit lang fuhren sie schweigend, und Tess dachte über Michowskys Worte nach. Er hatte exakt das gesagt, was ihr durch den Kopf ging, aber es machte einen Unterschied, die Worte laut ausgesprochen zu hören. War es falsch von ihr, dass sie Sonyas Mörder jagte, um Julie zu retten? War das nur Wunschdenken, weil sie dann zwei Fliegen mit einer Klappe erschlagen konnte?

Fangen, nicht erschlagen. Ihr ging immer wieder durch den Kopf, was an dem Tag passieren würde, an dem sie den Kerl endlich aufspürte. Irgendwie hoffte sie darauf, dass er sich seiner Verhaftung widersetzen würde oder, besser noch, eine Waffe zog, was einem Selbstmord gleichkäme. Das wäre ihrer Meinung nach der passende Abgang für diesen Abschaum, auch wenn er es mehr als verdient hatte, unzählige Jahre im Gefängnis zu verrotten, der Gnade eines anderen ausgeliefert, und gefesselt und vergewaltigt zu werden. Jeden Tag, ohne Aussicht darauf, jemals wieder rauszukommen. Ja, das hatte er verdient. Sie musste ihn fangen, nicht töten.

Ihre Fingerknöchel schmerzten, und sie musste den Griff ums Lenkrad etwas lockern. Sie war derart angespannt und in ihre Gedanken vertieft, dass sie das Lenkrad die ganze Fahrt über fest umklammert hatte. Nacheinander wischte sie sich die Hände an der Hose ab und war froh darüber, dass Michowsky in die vertraute Landschaft hinausstarrte und ebenfalls nachdachte.

Ihr Handy quakte laut, was durch die Autolautsprecher noch verstärkt wurde. Pearsons Name erschien auf dem Display, aber sie entschied, den Anruf lieber nicht auf Lautsprecher zu stellen.

»Hallo«, meldete sie sich, nachdem sie die Einstellungen angepasst hatte.

»Dann ist es also bestätigt, dass Sie es mit einem Serientäter zu tun haben, Winnett?« Wie immer kam Pearson direkt zur Sache.

»Ich bin fest davon überzeugt, Sir, und ich denke, SSA McKenzie wird mir da zustimmen.«

»Das hat er gerade, im Zusammenhang mit der Entführung von Julie Reynolds. Er sitzt gerade am vollständigen Profil, das er Ihnen heute noch zusenden wird.«

»Gut zu wissen, Sir. Ich bin sehr dankbar für die Hilfe.«

»Ach ja? Ich würde Ihnen gern ein Team schicken.«

Wieder liefen ihre Fingerknöchel weiß an, als sie das Handy mit der einen und das Lenkrad mit der anderen Hand umklammerte.

»Ich habe bereits ein Team, Sir. Ich arbeite mit der Polizei von Palm Beach zusammen.«

Michowsky schnaufte leise und versuchte vergeblich, sich ein sarkastisches Grinsen zu verkneifen.

»Wie konnte ich nur auf die Idee kommen, Sie hätten sich plötzlich in eine rationale, gehorsame Agentin verwandelt, die Anweisungen befolgt?«, spottete SAC Pearson.

»Sir …« Sie wusste nicht, was sie darauf erwidern sollte, wagte aber dennoch einen Versuch. »Wir kommen mit diesem Fall sehr gut zurecht.«

»Die Sache wächst Ihnen über den Kopf, Winnett. Sie brauchen Hilfe. Wenn Sie den Fall vermasseln, werden Sie sich das nie verzeihen.«

Sie biss sich auf die Unterlippe, um ihn nicht anzuschreien, denn das war nie hilfreich.

»Geben Sie mir vierundzwanzig Stunden«, bat sie leise und fast schon unterwürfig. »Wenn ich den Täter bis dahin nicht im Visier habe, können Sie herschicken, wen Sie wollen. Vorerst würden uns diese Leute aber eher behindern als unterstützen.«

»Sie unterschätzen Ihre Kollegen«, erklärte er pikiert.

»Das werde ich ab morgen Abend nicht mehr tun. Bitte.«

Er legte ohne ein weiteres Wort auf, und sie fluchte leise vor sich hin.

Gary kicherte.

»Hören Sie bloß auf, Michowsky.«

»Wer war das?«

»SAC Pearson, mein Boss. Er ist in letzter Zeit nicht gerade mein größter Fan.«

»Wie das wohl kommt«, spottete er.

Sie warf ihm einen bösen Blick zu, wurde jedoch von einem weiteren Anruf unterbrochen. Die Nummer sagte ihr nichts, Gary jedoch schon.

»Das ist die Einsatzzentrale.« Er nahm den Anruf über die Freisprecheinrichtung entgegen. »Hier sind Michowsky und Winnett.«

»Ich kenne die Identität des Widerlings und habe schlechte Nachrichten.« Fradella klang besorgt und angespannt.

»Wie schlecht?«, wollte Tess wissen.

»Er ist so reich, wie man es sich nur vorstellen kann. Seine Familie hat hervorragende Verbindungen. Der Gouverneur wird zu Familienfeiern eingeladen. An den Kerl kommen wir nicht ran.«

»Na, das werden wir ja sehen. Wie heißt er?«

»Matthew Feldman Dahler, dreiunddreißig. Seine Akte ist so weiß wie frisch gefallener Schnee.«

»Von den Feldman Dahlers?«, hakte Michowsky nach. »Ach du Scheiße.«

»Hey, warum drehen wir durch? Wir sind die Guten, verdammt noch mal«, sagte Tess.

»Glauben Sie mir, Winnett, mit diesen Leuten legt man sich nicht an. Deren Anwälte machen einen fertig, ohne auch nur mit der Wimper zu zucken. Diese Leute sind unantastbar.«

»Das denken die. Warten Sie es nur ab.«

»Wir haben nichts in der Hand. Keine Beweise, kein Motiv, keine Vorstrafen«, gab Michowsky zu bedenken.

»Wir haben Mut und Köpfchen«, erwiderte sie unbeirrt.

Sie hörten Fradella durchs Telefon kichern,

»Ich mag Ihre Einstellung, Winnett«, erklärte Fradella. »Wahrscheinlich wissen Sie überhaupt nicht, wer diese Leute sind.«

»Ich erinnere mich vage daran, den Namen schon mal gehört zu haben.«

»John Dahler, Matthews Vater, ist Projektentwickler in der dritten Generation. Kennen Sie das Fünf-Sterne-Hotel in Miami Beach direkt am Ocean Drive? Genau, das Hotel, in dem eine Suite pro Nacht zweihundertfünfzig Dollar und mehr kostet und das trotzdem immer ausgebucht ist. Ihm gehört da die halbe Straße. Das Hotel, mehrere Wohnhäuser, einige Restaurants. Seine Familie hat dieses Land direkt nach der Depression 1930 gekauft, als es spottbillig war.«

»Mit so etwas haben wir gerechnet. Das steht im Profil. Unser Mann ist wohlhabend, hat flexible Arbeitszeiten und kann sich in der Gesellschaft bewegen.«

»Warten Sie, das ist noch nicht alles. Matthews Mutter Edwina Feldman Dahler ist die Geschäftsführerin und Gründerin von Global Risk Ventures, einem multinationalen Versicherungsunternehmen. Sie stand schon vor ihrem Mann auf der Liste der einhundert reichsten Menschen der Welt. Lange vor ihrer Hochzeit hat sie bereits damit angegeben, dass sie einen Privatjet besitzt. Den Gerüchten zufolge ist sie eine üble Schreckschraube und John Dahler steht unter ihrer Fuchtel. Das ist zwar nur Klatsch und Tratsch, aber ich habe mal einen dieser Kurzfilme online gesehen, in dem Dahler zusammenzuckte, als seine Frau anderen erzählte, wie viel mächtiger sie im Vergleich zu ihm wäre. Anscheinend kennt sie da keine Zurückhaltung, ebenso wenig bei ihrem Mann wie bei jedem anderen.«

»Schön, und weiter?«, fragte Tess, der Fradellas Vortrag langsam auf die Nerven ging. Sie konnte Polizisten nicht leiden, die in Gegenwart wohlhabender Verdächtiger sofort den Schwanz einzogen. Nur weil die Eltern stinkreich waren, bedeutete das noch lange nicht, dass der Sohn ungestraft ein sadistischer Psychopath sein konnte. Die Polizisten mussten sich halt zusammenreißen.

»Diese Leute werden sich hinter einem Haufen überteuerter Anwälte verstecken, und wir werden mehr Zeit damit verbringen, uns gegen Klagen und Beschwerden zu wehren, als den Fall zu bearbeiten.«

Beschwerden ... Das war ja ganz wunderbar. SAC Pearson würde begeistert sein, wenn davon noch mehr kamen. Aber ihr Bauchgefühl sagte ihr, dass sie auf der richtigen Spur waren.

»Bringen Sie über diesen Kerl möglichst viel in Erfahrung. Facebook-Konten, Skandale, Klatsch, Jahrbücher, was auch immer Sie finden. Und rufen Sie den Analytiker an, den mein Boss unserem Fall zugewiesen hat. Seine Nummer haben Sie ja. Sagen Sie ihm, die Sache eilt.«

»Wird erledigt«, erwiderte Fradella.

Ohne Vorwarnung drehte sie den Wagen um hundertachtzig Grad, was ihr ein Hupkonzert und Flüche einbrachte.

»Was machen Sie denn da?«, schimpfte Michowsky und hielt sich mit verzerrtem Gesicht fest.

»Detective Fradella, drucken Sie das Gesicht des Mannes mehrmals aus und treffen Sie sich schnellstmöglich mit uns im Club. Wir werden uns jetzt an richtige Polizeiarbeit machen.«

»Verstanden«, bestätigte er und legte auf.

»Augenblick mal«, protestierte Michowsky. »Sie können nicht in diesen Club marschieren und den Leuten sein Foto unter die Nase halten, als wäre er ein ganz normaler Verbrecher. Er wird davon erfahren, und dann bricht die Hölle über uns herein.«

»Wir können es uns nicht leisten, diesem Hinweis nicht nachzugehen, Gary. Mir ist egal, wie reich dieser Mistkerl ist. Wir müssen Julie finden.«

# 33. Die Everglades

Für die meisten Menschen glich es einem Albtraum, sich bei Anbruch der Dämmerung im Herzen der Everglades in Florida aufzuhalten. Dieses trügerische Land mit seinen Unmengen an Insekten und Raubtieren hielt Besucher äußerst effektiv fern. Wer sich versehentlich hier aufhielt, machte sich weniger wegen der blutsaugenden Insekten Sorgen, sondern vielmehr wegen der tödlichen Giftschlangenarten, der riesigen Pythons und der dreieinhalb Meter langen Alligatoren. Hier in den Everglades trieben sich nur die Erfahrenen und die Verantwortungslosen herum, und Letztere schafften es meist nicht mehr lebend hinaus.

Matthew kannte sich in den Everglades gut aus. Er fühlte sich in dieser Umgebung wohl, die eine der wenigen Herausforderungen in seinem Leben darstellte und ihm ständige Wachsamkeit abverlangte. In den tropischen Hartholzwäldern wimmelte es von Leben, das sich zwitschernd, zischend oder pfeifend durch das Sumpfgebiet bewegte, zwischen den Farnen hindurchschlängelte oder ihn mit schmalen, vertikalen Pupillen aus der Ferne auf Höhe der Wasseroberfläche beobachtete. Er liebte die ständig lauernde Gefahr und die Tatsache, dass ihn eine sorglose Sekunde das Leben kosten konnte. Jedes Mal, wenn er auf die Jagd ging, musste er vorsichtig sein, und das war eine antrainierte Fähigkeit und nicht nur Talent.

An diesem Abend war er hinter einem Schwarzbären her und bewegte sich langsam und lautlos durch den dichten Wald, jederzeit bereit, den tödlichen Stoß auszuführen. Die Jagdsaison auf Schwarzbären war zwar ausgesetzt worden, doch für derartige Regeln interessierte sich Matthew nicht. Er war ein Jäger, ein richtiger Jäger, so wie es seine Ahnen vor Tausenden von Jahren gewesen waren. Wenn ihm der Sinn nach frischem Blut stand, verließ er seine Höhle und auf die Jagd, nur mit Pfeil und Bogen und einem Kampfmesser bewaffnet. Keine Schusswaffe. Niemals. Sie nahm einem nur die Freude am Töten. Schusswaffen waren laut und wenig elegant. Jeder Idiot konnte den Abzug drücken und einen Bären töten. Er war da anders. Er wollte in die Nähe des leidenden Tieres kommen, das er mit einem Pfeil niedergestreckt hatte, und zusehen, wie es seinen letzten Atemzug tat, um ihm dann den Pfeil aus der reglosen Brust zu ziehen.

Im Wald wurde es dunkel, als die Sonne langsam unterging, und die zahllosen Insekten und Kleintiere erhoben die Stimmen in hitzigen Dialogen mit den unterschiedlichsten Klängen. Er ging langsam weiter und atmete in der feuchten Tropenluft flach, während er auf jeden knackenden Ast, jedes sich bewegende Blatt, jeden Schrei im Dschungel lauschte.

Er konnte spüren, dass sich der Bär ganz in der Nähe aufhielt, obwohl kein Geräusch den allgemeinen Lärm übertönte. Langsam und lautlos nahm er seinen Bogen, legte einen Pfeil an und machte sich bereit, die Sehne zu ziehen und zu schießen. Das ahnungslose Tier kam immer näher, das fühlte er genau; es vertraute seiner Umgebung, ebenso wie Matthew es einst getan hatte.

Flashbacks stellten sich ein und überblendeten die dicht bewaldete Landschaft. Stimmen, fieberhaft artikulierte Worte, stundenlange nutzlose Streits. Das Gefühl der Machtlosigkeit, das unerträglichste Gefühl, das er je hatte ertragen müssen, gefolgt von dem Augenblick, in dem er sich geschlagen gab, den Kampf aufgab in der Hoffnung, den Krieg zu gewinnen. Eines Tages …

Nicht viele Menschen verfügten über die Macht, ihn leiden zu lassen; tatsächlich sogar nur sehr wenige. Eigentlich war es nur eine, und sie hatte ihm so schrecklich wehgetan, dass die Erinnerung noch immer schmerzte. Die Verletzung reichte tief, die Wunde blutete noch, und sein Ego war es nicht gewohnt, dass man ihm etwas ausschlug. Doch sie hatte es getan, wieder und wieder, und ihr Wort überwog das seine, und so war er jedes Mal gezwungen gewesen, nachzugeben. Die Erniedrigung, die Degradierung, die er gefühlt hatte, die Scham und die Demütigung bei dem Gedanken daran, dass andere möglicherweise von seiner Niederlage wussten, waren unerträglich. Er konnte an nichts anderes denken als an den Tag, an dem sie dafür bezahlen würde.

Bis zu diesem Tag, der bald anbrechen würde, musste er seine Befriedigung darin finden, anderen das Leben zu nehmen, armseligen Entschädigungen für seine tägliche Dosis Demütigung, wenn er gezwungen wurde, das zu tun, was immer sie wollte, anstatt seinen eigenen Kopf durchzusetzen. Aber der Tag, an dem sie dafür bezahlen würde, war nahe, und sie konnte nichts tun, um das zu verhindern. Wenn er nur an diesen Tag dachte, daran, wie sich alles abspielen würde, toste das Adrenalin bereits durch seine Adern und die Vorfreude brachte sein Blut in Wallung.

Er malte sich aus, wie sie um Gnade flehte, wie sie wie immer »Nein« sagte – nur, dass sie dieses Mal betteln, weinen, um seine Gnade flehen würde, während er sie immer wieder bestrafte. Wenn dieser Tag zu Ende ging, würde er als Einziger stehen und sie würde für immer vor ihm knien, um Vergebung bitten für die ultimative Sünde ihrer Existenz: weil sie ihm, ihrem Sohn, etwas abgeschlagen hatte. Seine Vision hatte beinahe etwas Poetisches an sich; der Kreislauf des Lebens, bei dem das Neue das Alte ersetzte, der Frühling den Winter besiegte und der Sohn die Mutter unterwarf.

Aber noch war es nicht so weit. Seine Lippen umspielte ein vorfreudiges Lächeln, als er an den Preis dieses Abends dachte, der ihn nach seiner Rückkehr aus den Everglades erwartete. Sie würde auf ihn warten, allein und verängstigt, ein weiteres Testobjekt, wie er all die Frauen nannte. Je länger sie warten musste, desto bereitwilliger würde sie sein. Die Frucht schmeckt erst, wenn sie reif ist, hatte ihn mal jemand gelehrt. Oh ja, es war seine Mutter gewesen, als sie ihm eine Lektion über Geduld erteilt hatte und dass alles umso besser wäre, wenn man es gründlich plante und ausführte. Schon bald würde sie die Gelegenheit bekommen, seine Fähigkeit, auf die Belohnung zu warten, zu beurteilen, ebenso wie seine hingebungsvolle Phase des Planens und Probens, um alles zu perfektionieren.

Ein leises Geräusch erregte seine Aufmerksamkeit, und er drehte sich zu seiner ahnungslosen Beute um. Es war ein großer Bär, der keine zehn Meter von ihm entfernt aufgetaucht war. Matthew spannte die Bogensehne und hielt den Pfeil zwischen den Fingern fest. Er drückte eine Wange gegen die Sehne, um den Pfeil in Sichtlinie abzufeuern. Dann wartete er geduldig, und der Bär enttäuschte ihn nicht. Das Tier drehte sich langsam um, stellte sich auf die Hinterbeine und entblößte seinen Bauch. In diesem Augenblick ließ er den Pfeil los und legte sofort den nächsten an.

Aber es brauchte keinen zweiten Schuss. Der Bär ging brüllend zu Boden, landete auf der Seite und stöhnte noch mehrmals. Matthew trat vorsichtig näher und sah dem Tier direkt in die Augen. Die anfängliche Überraschung wich dem Schmerz und dann der Akzeptanz. Die Augen wurden glasig, als das Leben aus dem Körper wich.

Matthew kniete sich hin und schnitt dem Bären eine Klaue ab. Er steckte sie in seine Seitentasche und ging schnellen Schrittes fort. Es war schon spät, und er hatte in dieser Nacht noch viel zu tun.

# 34. Das Foto

Der SUV kam auf dem Parkplatz des Clubs Exhale abrupt zum Stehen. Der Club füllte sich langsam, denn die einbrechende Dunkelheit gab den Gästen zu verstehen, dass es Zeit wurde, sich dem Nachtleben von Miami hinzugeben. Kurz darauf traf Fradella ein und stellte das Blaulicht ab, bevor er auf den Parkplatz fuhr.

Aus dem Gebäude drang bereits laute Musik zu ihnen heraus. Auch die Lichtshow an den Außenwänden hatte begonnen, sodass Laserstrahlen und das Licht der Suchscheinwerfer gen Himmel leuchteten.

»Es wird nicht leicht, bei diesem Lärm mit den Leuten zu reden«, erkannte Tess. »Haben Sie die Ausdrucke?«

Fradella reichte ihr ein Foto, und sie betrachtete Matthews Gesicht gründlich. War dies der Mann, der junge Frauen im ganzen Land gefoltert und getötet hatte? Nachdenklich rieb sie sich den Nacken und die linke Halsseite. Ihre Finger waren kalt, konnten das Brennen, das sie dort, direkt am Haaransatz zwischen Ohr und Nacken, spürte, jedoch nicht lindern. Sie rieb die Stelle noch ein wenig in der Hoffnung, es zu vertreiben, und starrte Dahlers Foto an. Obwohl sie sich große Mühe gab, konnte sie in ihm nicht das gesuchte Monster erkennen. Auf dem Foto war ein junger, gut gekleideter und glatt rasierter Mann zu sehen. Seine Pose ließ vermuten, dass es sich um sein Führerscheinfoto handelte. Er wirkte entspannt, gelassen und selbstsicher und sah charismatisch, vielleicht sogar attraktiv aus, aber er wirkte keinesfalls unheimlich oder brutal. Ashely hatte recht gehabt; bei seinem Anblick gingen keine Alarmsirenen los.

Und doch machte sich etwas in ihrer Magengrube bemerkbar, wenn sie in seine blauen Augen blickte, und ihre Instinkte erwachten. Tess konnte nicht sagen, was genau es war. Sie hatte ihn eindeutig noch nie zuvor gesehen, nicht mal im Fernsehen; das konnte es also nicht sein. Es war vielmehr so, als riet ihr ihr Bauchgefühl, wegzulaufen, als würde es Angst auslösen, bei der ihr die Haare im Nacken zu Berge standen und es ihr eiskalt den Rücken herunterlief.

Tess versuchte, den Gedanken zu verdrängen. Das war ebenso lächerlich wie die Tatsache, dass es sich wie ein Déjà-vu anfühlte. Sie lief niemals weg; sie gehörte zu den Guten. Wenn sie sich dieses Foto ansah, schien es vom rationalen Standpunkt aus gesehen auch keinen Grund zum Weglaufen zu geben.

Sie erinnerte sich daran, irgendwo mal gelesen zu haben, dass die Fähigkeit des Menschen, Jäger instinktiv zu erkennen, fast vollkommen verschwunden war, da dieses Talent in der modernen Welt voller Sicherheit und Komfort nicht mehr benötigt wurde. Das war der Grund dafür, dass auf der ganzen Welt so viele ahnungslose Menschen psychopathischen Killern zum Opfer fielen. Diese Instinkte waren dank unserer natürlichen Evolution entbehrlich geworden, und so kann das Opfer nicht mehr erkennen, dass es sich in der Gegenwart eines Raubtiers befindet. Studien hatten gezeigt, dass die Fähigkeit, diese Gefahr zu erkennen, bei einigen Menschen dank eines Entwicklungsrückschlags erhalten geblieben war. Deshalb handelten solche Menschen instinktiv und konnten menschliche Raubtiere erkennen, indem sie bloß ein Foto betrachteten. Wie das, was sie jetzt in der Hand hielt. Matthew Dahler sah nicht aus wie ein Widerling und Psychopath, aber sie mussten der Sache dennoch auf den Grund gehen.

»Wie stellen wir das an?«, fragte sie ungeduldig und sah auf die Uhr. Vor einundzwanzig Stunden war Julie verschwunden; einundzwanzig Stunden voller Entsetzen und Schmerzen. *Großer Gott …*

»Was schlagen Sie vor?«, erwiderte Fradella. »Wir können die vielen Menschen, die wir befragen wollen, nicht kontrollieren. Wenn einer Dahler erzählt, dass wir uns umhören, rücken uns morgen früh seine Anwälte auf den Pelz.«

»Sie können sich gar nicht vorstellen, wie egal mir das ist.« Tess war bereits auf dem Weg zum Eingang. »Machen Sie Ihren verdammten Job, drohen Sie ihnen, wenn es sein muss, und lassen Sie uns Julie befreien. Daran sollten Sie die ganze Zeit denken.« Sie vergewisserte sich nicht, ob er sie gehört hatte. Im Grunde genommen war es ihr gleichgültig. Sie war durchaus dazu in der Lage, den Fall allein zu bearbeiten, falls es notwendig wurde, und sie hatte nicht vor, noch eine weitere Sekunde zu vergeuden.

Am Eingang hatte sich bereits eine Schlange gebildet, und Tess eilte an den Wartenden vorbei und zeigte den Türstehern ihren Dienstausweis.

»Haben Sie diesen Mann schon mal hier gesehen?«

Die beiden Männer betrachteten das Foto und sahen einander kurz an.

»Ja«, bestätigte einer, »das ist ein Stammgast.«

»Hm-mm«, stimmte der andere zu.

»Kommt er allein her oder zusammen mit einer Frau?«

»Manchmal allein, dann wieder mit Freunden. Meist bleibt er ein paar Stunden.«

»Haben Sie ihn schon mal mit einer Frau gehen sehen, die er hier kennengelernt hat?«

Wieder sahen sich die beiden Türsteher an.

»Nein, ich denke nicht.«

»Mh-mh«, murmelte der andere.

»Ist er heute Abend hier?«

»Ich habe ihn nicht gesehen.«

»In Ordnung. Vielen Dank.« Tess wollte schon weitergehen, blieb dann aber noch einmal stehen. »Falls Sie jemandem von unserer kleinen Unterhaltung erzählen, wäre das Behinderung der Justiz. Behalten Sie das für die Zukunft im Hinterkopf. Sie wollen mich hier ganz bestimmt nicht wiedersehen.«

»Ja, Ma'am.«

Sie betrat den Club und war sofort von ohrenbetäubend lauter Musik umgeben. Es füllte sich zunehmend, und die Nähe so vieler Fremder machte sie nervös und unruhig, fast schon klaustrophobisch. Aus dem Augenwinkel sah sie, wie Fradella zu einer Barkeeperin ging und ihr das Foto auf seinem Handy zeigte. Sie trat an den langen Tresen und winkte einen Barkeeper heran.

»Da sind noch fünf Bestellungen vorher dran, Süße, also immer mit der Ruhe«, rief er ihr vom Spülbecken aus zu.

»Sofort«, brüllte sie und hielt ihren Dienstausweis hoch.

»Ist ja gut.« Er drehte das Wasser ab und stellte die halb gespülten Gläser hin. »Was kann ich für Sie tun?«

»Dieser Mann hier ist ein Stammgast, richtig?«

»Ja. Ich glaube, er heißt Matthew.«

»Was ist sein Lieblingsdrink?«

»Ist das Ihr Ernst? Das wollen Sie wissen?« Ein herablassendes Grinsen umspielte seine Lippen.

»Tun Sie mir den Gefallen«, erwiderte sie eisig, und sein Grinsen erstarb.

»Er trinkt Grey Goose und nichts anderes. Einen oder zwei pro Abend, nie mehr.«

»Kommt er allein? Reißt er Frauen auf? Was treibt er so?«

»Er gibt gutes Trinkgeld, so viel steht fest. Manchmal kommt er allein, sitzt nur an der Bar und sieht den Leuten beim Tanzen zu. Ab und zu tanzt er auch, vor allem, wenn er mit Freunden hier ist.«

»Was ist mit Frauen? Spricht er welche an?«

»Hmm … Sie werden es mir nicht glauben, aber er wird öfter angesprochen als andersrum. Er ist kein großer Aufreißer, würde ich behaupten.«

»Unterhält er sich mit Ihnen? Wenn ja, worüber?«

»Ach, das ist eigentlich nur Small Talk. Wir reden über Autos. Er fährt einen Porsche, müssen Sie wissen. Ich stehe eher auf amerikanische Muscle Cars.«

»Ist sein Porsche ein 911er?«

»Nein, ein Cayenne.«

*Oh, ein SUV. Interessant,* dachte Tess. Dies war die erste hilfreiche Information, die sie bisher bekommen hatte. Die Tatsache, dass er nie mit Frauen nach Hause ging, war enttäuschend. Sie brauchte mehr; sie musste herausfinden, wie er vorging.

»Worüber reden Sie noch?«

»Ich weiß nicht … Über Frauen. Manchmal tauschen wir uns da aus und reden über das, was sie da auf der Tanzfläche treiben. Sie würden mir nicht glauben, wenn ich Ihnen erzähle, was wir hier zu sehen bekommen. Mann …«

Tess machte eine ungeduldige Handbewegung und schüttelte den Kopf.

»Da fällt mir ein, dass wir auch mal übers Jagen gesprochen haben. Er geht auf die Jagd. Ich habe das früher auch gemacht, als ich noch im Mittleren Westen gewohnt habe. Da bin ich auf Hirschjagd gegangen. Er jagt hier, in den Everglades, was ich niemals tun würde. Viel zu unheimlich.«

*Er jagt hier, direkt vor Ihrer Nase,* hätte sie beinahe gesagt. Stattdessen nahm sie das Foto und ging zum anderen Ende der Bar.

Dort sprach sie einen anderen Barkeeper an, der sofort zu ihr kam. Entweder hatte er zuvor ihren Dienstausweis gesehen oder er hatte nicht so viel zu tun. Sie hielt ihm das Foto unter die Nase.

»Erzählen Sie mir alles, was Sie über diesen Mann wissen.«

»Ihnen ist doch klar, wer das ist, oder? Das müssen Sie doch wissen!«

»Ja, müsste ich. Dann verraten Sie mir etwas, das ich noch nicht weiß.«

»Er ist Stammgast und kommt ein paarmal die Woche. Er trinkt Grey Goose, manchmal mit Zitronenwasser oder Tonic Water.«

»Spricht er Frauen an?«

»Nein, so was macht er nicht. Aber wenn sie ihn ansprechen, unterhält er sich mit ihnen und tanzt auch manchmal mit ihnen, wenn sie richtig heiß sind.«

»Nimmt er sie mit nach Hause?«

»Das habe ich noch nie gesehen. Aber wer weiß? Ich stehe schließlich die ganze Nacht hinter der Bar.«

»Worüber unterhalten Sie sich?«

»Über alles Mögliche. Meistens über Musik. Ich habe früher davon geträumt, ein großer Musiker zu werden, wissen Sie? Der Traum starb ein paar Jahre später, als ich mit meinem Gesang nicht genug Geld verdient habe. Er spielt Gitarre.«

Einige junge Frauen stellten sich neben Tess an die Theke, laut, aufdringlich und ziemlich betrunken.

»Gib mir einen Sex on the Beach, du Hengst«, rief eine große, hübsche Blonde über den Tresen.

Der Barkeeper grinste Tess an, schnappte sich ein Glas und machte sich an die Arbeit. Die Frau ließ sich auf den Barhocker sinken und griff nach dem Foto, das Tess gerade einstecken wollte. Sie drehte das Bild um, sah es sich gründlich an und tippte mit einem perfekt manikürten und mit Strasssteinen besetzten Fingernagel darauf.

»Ich kenne den Kerl. Was hat er angestellt?«

»Nichts«, antwortete Tess schnell. »Haben Sie schon mal mit ihm gesprochen?«

»Ja …«, antwortete die Frau und blickte offensichtlich peinlich berührt zu Boden. »Das habe ich, aber es lief nicht so gut.«

»Sie haben ihn angemacht?«, fragte Tess stirnrunzelnd.

»Sie sind ganz schön direkt, was?« Die Frau nippte an ihrem Drink, der soeben in einem hohen, bis zum Rand gefüllten Glas mit Schirmchen und Strohhalm abgestellt worden war. »Ja, ich habe ihn angemacht, aber der Funke sprang wohl nicht über.«

»Worüber haben Sie gesprochen?«

»Ach, über das Übliche«, sagte sie lächelnd. »Aber er wollte nicht mit mir tanzen oder mir einen Drink ausgeben, da bin ich wieder gegangen. Zu schade, der Kerl ist wirklich heiß. Und reich dazu.«

Tess überlegte kurz. Warum hatte er diese Frau abgewiesen? Sie war im richtigen Alter, die Physiognomie war dem Täter relativ egal, und sie sah Sonya sogar ein bisschen ähnlich. Groß, schlank, langes, glattes blondes Haar. Smaragdgrüne Augen. Sie trug teure Kleidung, und wenn sich Tess nicht völlig irrte, kosteten ihre hochhackigen pinkfarbenen Louboutins allein schon über einen Tausender. Was war also schiefgelaufen?

»Verraten Sie mir Ihr Hauptfach?«, wagte Tess einen Schuss ins Blaue.

»Was stimmt denn heutzutage nicht mit den Leuten? Mal im Ernst? Kann sich ein Mädchen nicht auch amüsieren, wenn es nicht studiert?«

Jackpot.

»Wieso? Stellt man Ihnen diese Frage häufiger?« Tess versuchte sich an einem kameradschaftlichen Lächeln, das nur geheuchelt war.

»Er hat mich dasselbe gefragt. Angeblich wollte er sich dadurch vergewissern, dass ich volljährig bin. Aber ich habe das Studium geschmissen. Als ich ihm das sagte, verlor er sofort das Interesse. Dieses Arschloch.«

Tess nahm das Foto vom Tresen, nickte der jungen Frau zu und ging. So stellte er es also an. So siebte er die Frauen aus und entdeckte rasch die ehrgeizigen, ohne Misstrauen zu erregen. Jede, die frühzeitig den Abschluss gemacht hatte, würde damit angeben, wenn sie die Gelegenheit dazu bekam, und Details ausplaudern. Ihre einzige Spur sah zunehmend vielversprechender aus, und sie hatte das Gefühl, als würde sich langsam ein Bild herauskristallisieren.

Sie suchte in der Menge nach Fradella, entdeckte ihn im Gespräch mit einigen Kellnern und gab ihm mit einer Geste zu verstehen, dass sie hinausgehen würde.

Nach einigen Minuten traten Fradella und Michowsky ebenfalls in die schwüle Nachtluft hinaus.

»Er ist Stammgast«, setzte Michowsky an, aber Tess brachte ihn mit einer Handbewegung zum Schweigen.

»Das weiß ich bereits. Todd, Sie müssen die Feeds von letzter Nacht durchgehen und nach diesem Mann

Ausschau halten. Suchen Sie zu der Zeit, zu der Julie verschwunden ist, so ab Viertel nach zehn. Finden Sie heraus, ob er irgendwo auf Video zu sehen ist und was er macht, mit wem er redet und wohin er geht. Wann er geht und mit wem. Ich muss telefonieren.«

»Erzählen Sie uns auch, mit wem?«, fragte Michowsky.

»Ja. Ich halte es für angebracht, der Lin-Familie noch ein paar Fragen zu stellen.«

»Es ist Viertel vor elf«, gab Michowsky zu bedenken.

»Erzählen Sie das Julie«, fauchte Tess und bereute es sofort. »In Chicago ist es eine Stunde früher.«

Sie wählte die Nummer der Lins mit kalten, schweißnassen Fingern und aktivierte den Lautsprecher.

»Hallo«, meldete sich eine Frauenstimme nach dem ersten Klingeln.

»Mrs Lin? Hier ist Special Agent Tess Winnett vom FBI. Ich war gestern bei Ihnen.«

»Ah, ja. Was kann ich für Sie tun?«, fragte Mrs Lin mit zittriger Stimme.

»Kennen Sie Matthew Feldman Dahler? Er ist auf dem Foto mit Ihrer Familie, das Sie mir gezeigt haben.«

»Ja, ich kenne Matthew. Worum geht es?«

»Hat sich Matthew bei dieser Gala mit Ihrer Tochter unterhalten?«

Mrs Lin schwieg kurz und musste vermutlich erst überlegen.

»Ich glaube, er hat ein- oder zweimal mit ihr getanzt. Er ist ein sehr höflicher, zuvorkommender junger Mann, und May hat die Unterhaltung und den Tanz mit ihm sehr genossen.«

»Vielen Dank, Mrs Lin. Sie haben uns sehr geholfen.«

»Worum geht es denn? Sie glauben doch nicht etwa, dass Matthew etwas mit ...«

»Nein, Mrs Lin, wir wollten uns nur vergewissern, das ist alles.«

Sie trennte die Verbindung und kaute vor Aufregung auf der Unterlippe herum. Matthew hatte mit May Lin getanzt, das bestätigte seine Vorgehensweise zu einem anderen Zeitpunkt. Sie spürte, wie es in ihr brodelte, denn sie war ganz nah dran und kam ihm mit jedem Schritt näher.

Zu schade, dass Dahler nicht zu den Verdächtigen gehörte, die man leicht aufspüren konnte, um dann mitten in der Nacht mit einem SWAT-Team sein Haus zu stürmen. Aber kein Richter hätte einen Durchsuchungsbeschluss für sämtliche Dahler-Anwesen, Ferienhäuser, Geschäftsgebäude und was immer sie sonst noch so besaßen und wo Matthew Julie festhalten konnte unterschrieben.

Obwohl sie schon so nah dran war, hatte sie es noch nicht geschafft. Sie bezweifelte sogar, schon genug in der Hand zu haben, um einen Beschluss für Matthew Dahlers Hauptwohnsitz erwirken zu können, erst recht, wenn der Richter sich als ebenso vom Geldadel fasziniert erwies wie jeder andere. Noch hatten sie auch keine handfesten Beweise. Sie konnten nur zufällige, alltägliche Fakten, Zufallsbegegnungen und harmlose Informationsbrocken vorweisen, alles Teile eines Puzzles, das zusammengesetzt das vollständige Bild ihres Serienmörders ergeben würde. Es war vielversprechend, aber nicht genug für einen Durchsuchungsbefehl. Dahler passte ins Profil, aber das konnte man vermutlich auch über Tausende andere junge, wohlhabende Weiße sagen, die über Charisma und die finanzielle Freiheit, sich ungehindert im Land bewegen zu können, verfügten. Der Club Exhale war garantiert auch bei vielen dieser Männer beliebt.

Tess wusste, dass sie nur einen einzigen Versuch hatte, das Richtige zu tun. Wenn sie auf dem falschen Grundstück suchte und Dahler somit vorwarnte, würde er Julie umbringen und seine Spuren verwischen. Er würde mit allem durchkommen, und sie würden ihn niemals fassen. Nein, sie durfte nicht übereilt einen Durchsuchungsbeschluss anfordern oder Matthew Feldman Dahler zum Verhör vorladen. Sie musste die Sache gut angehen.

»Fahren wir zurück zum Revier. Es gibt viel zu tun.«

# 35. Serum

Ein kleiner Kühlschrank, wie man sie aus Hotels kannte, belegte einen Teil der Arbeitsfläche und summte manchmal leise. Er öffnete die Tür und zögerte. Was sollte er nehmen? Was wäre die perfekte Mischung für diese Nacht? Was passte zu seiner Stimmung?

Kleine, mit Fläschchen gefüllte Schachteln standen auf den Einlegeböden, während auf dem Boden eine größere Box mit Infusionsbeuteln aufbewahrt wurde. Er hatte noch eine Schublade für die Pulver und Tabletten, aber die Fläschchen mussten gekühlt werden, damit die Mittel ihre Wirkung behielten. Einige davon waren gar nicht so leicht zu beschaffen. Er hatte vorausplanen und die genauen Zusammensetzungen bei den Schmugglern bestellen müssen, die sie unter Zuhilfenahme gefälschter ärztlicher Atteste aus Mexiko, der Dominikanischen Republik oder von den Bahamas beschafften, wo sie in Begleitung älterer Touristen hinflogen. Das war eine clevere Methode, um sich die seltenen Mittel zu beschaffen, die er benötigte, und selbst dann dauerte es noch einige Zeit und kostete sehr viel Geld. Sogar in Mexiko und auf den Bahamas waren einige dieser Drogen nicht legal erhältlich, sondern mussten vorab bestellt werden. Die fünfprozentige Glukoselösung war hingegen ein Witz; er konnte sie sich innerhalb von zehn Minuten für fünfzig Dollar bei seinem Lieblingsdealer besorgen. Schließlich gab es mehr als genug Drogensüchtige, die sich nach einer langen Partynacht dehydriert fühlten, und diese

Nachfrage sorgte dafür, dass man das Zeug an jeder Straßenecke bekam.

Rohypnol stellte auch kein großes Problem dar und war so banal, dass er es schon gar nicht mehr verwenden wollte. Wo blieben die Herausforderung und der Charme, wenn man dieselbe Vergewaltigungsdroge nutzte wie die ganzen Idioten da draußen, die auf anderem Weg keine Frau ins Bett bekamen? Nein, er hatte es in der Vergangenheit benutzt, als er nach Mitteln und Wegen gesucht hatte, um sein Erlebnis zu steigern, aber damit war es vorbei. Diese Flasche stand ganz hinten im Kühlschrank, halb leer und verlassen, vergessen aufgrund neuer, wundervoller Errungenschaften der modernen Pharmazie.

Er war ein guter Schüler gewesen und hatte sich selbst Anatomie, Physiologie und Chemie beigebracht. Es hatte ihn einiges an Mühe und Hingabe gekostet, war die Sache jedoch wert gewesen. Inzwischen wusste er, wie all die Rezepturen wirkten und was sie im menschlichen Körper anstellten, wenn man sie pur oder in sorgfältig dosierten Kombinationen verabreichte.

Doch am liebsten verwendete er natürliche Produkte, da ihn die endlosen Möglichkeiten faszinierten, wie man Gifte mit spektakulärer Wirkung erschaffen konnte. Aus diesem Grund hatte er auch einige sehr schwer zu beschaffende und teure Extrakte vorrätig. Zu den natürlichen Mitteln gehörte ein wirkungsvolles Extrakt, das von südamerikanischen Fröschen gewonnen wurde und als starkes Schmerzmittel wirkte, es konnte das Schmerzempfinden sogar vollständig abschalten. Einige Tropfen davon in Kombination mit einem Opioid in den Oberschenkelmuskel injiziert, und er konnte mit ihr machen, was er wollte, ohne dass sie sich wirklich wehren konnte. Sie würde nicht schreien und nicht zappeln. Später, wenn er mit ihr fertig war und die Wirkung der Droge nachließ, würde sie wieder Schmerz empfinden, den ganzen Schmerz, der dann mit voller Wucht über sie hereinbrach. Manchmal genoss er es, sie den Schmerz noch intensiver spüren zu lassen – ihn mit einer anderen Droge zu steigern, doch das wollte er sich für später aufheben.

Zögernd betrachtete er die Fläschchen und konnte sich nicht entscheiden. Sollte er das neue Serum testen, das frisch aus Australien eingetroffen war, oder beim Altbekannten bleiben? Wollte er sie lebhaft? Sollte sie sich winden, flehen und betteln? Oder war er in der Stimmung für unkontrollierbare und endlose Schmerzensschreie, die nur er allein hören konnte?

# 36. Nachtschicht

Hinter einigen Fenstern im Erdgeschoss und ersten Stock des Polizeireviers von Palm Beach brannte noch Licht, und auch im Keller, wo sich das Büro des Rechtsmediziners befand, wurde noch gearbeitet. Aber der Großteil der Beamten war längst nach Hause gegangen.

Julie war jetzt seit dreiundzwanzig Stunden verschwunden, und Tess fragte sich, wie sich die junge Frau auf die zweite Nacht in Gefangenschaft vorbereitete. Wie wappnete man sich für solche Schmerzen? Das war schlichtweg nicht möglich … was sie besser wusste als viele andere. Für das hilflose Opfer, das sich ebenso vor dem Tod wie vor dem Weiterleben in den Händen eines Sadisten fürchtete, gab es so etwas nicht. Es kannte nur einen schwachen Hoffnungsschimmer, flüchtig wie ein Wolkenzipfel an einem sonnigen Morgen, dass vielleicht bald jemand kommen und es retten würde. Dass jemand die Schreie hören, die Tür aufbrechen und es befreien würde.

Tess parkte direkt vor dem Eingang, Fradella parkte neben ihr. Sie stieg aus, betrat das Gebäude und ging zum Empfang. Der diensthabende Beamte sprang hastig auf, ließ die Zeitschrift fallen, in der er gelesen hatte, und zog sich die Ohrstöpsel aus den Ohren.

»Würden Sie uns bitte Pizza bestellen?«, bat sie ihn mit unwirschem Tonfall. »Peperoni, doppelt Käse, Oliven, Pilze. Keine Zwiebeln und auch nichts anderes, was stinkt. Und Limonade und Wasser.«

»Ähm, für wie viele Personen?«

Fradella und Michowsky beobachteten sie erstaunt.

»Für acht Personen. Wenn Sie mitessen möchten, müssen Sie mehr tun, als diesen Schund zu lesen und Musik zu hören. Dann müssen Sie wirklich arbeiten. Sind Sie dazu in der Lage?«

»Ja, Ma'am«, erwiderte der Officer schnell und warf Michowsky und Fradella einen fragenden Blick zu. Michowsky konnte sich ein Grinsen nicht verkneifen.

»Wer ist noch zu der Party eingeladen?«, erkundigte er sich und kratzte sich den Kopf.

»Keine Ahnung, sagen Sie es mir«, meinte sie und drehte sich zu den beiden um. »Wir brauchen Leute, die schnell und clever sind und mit Computern umgehen können. Fällt Ihnen da jemand ein?«

»Aber sicher. Da wären Brad und Harvey, aber die beiden haben schon Feierabend gemacht«, antwortete er und zog leicht die Augenbrauen hoch.

»Als ob mich das interessieren würde.« Tess schnappte sich das Telefon vom Empfangsschalter und reichte es Michowsky. »Rufen Sie sie an. Das Essen geht auf uns, aber danach müssen sie sofort aufbrechen. Bei den Drogendealern da draußen ist jetzt die Hölle los. Die Besten der Besten aus dem Abschaum von Miami erwarten uns.«

Michowsky nickte einmal, schluckte seine Frustration hörbar herunter und wählte die erste Nummer.

»Wie heißen Sie?«, wollte Tess vom Beamten am Empfang wissen.

»Garth, Garth Brooks«, antwortete er mit scheuem Lächeln.

»Im Ernst?« Tess hörte Fradella hinter sich kichern.

»Ja, und das ist reiner Zufall«, fügte er hinzu und lief noch dunkelroter an.

»Können Sie gut mit einem Computer umgehen, Officer Brooks?«

»Sicher, ich habe an der Florida State University meinen Abschluss in Informatik gemacht.«

»Was zum Teufel machen Sie dann hier am Empfang?«

Er zuckte mit den Achseln, konnte die Frage ganz offensichtlich selbst nicht beantworten und schien mit der Situation auch nicht gerade glücklich zu sein.

»Rufen Sie im Untersuchungsgefängnis an und lassen Sie einen Ersatz herschicken, der diesen Mist lesen und Musik hören kann, während Sie oben mit uns zusammenarbeiten.«

»Auf wessen Anordnung?«

»Special Agent Winnett, FBI. Richten Sie ihnen aus, sie können mir morgen früh zusammen mit allen anderen auf die Nerven gehen.«

Michowsky nickte Garth ermutigend zu, und der junge Officer griff zum Telefon.

Wenige Minuten später saßen sie im Konferenzraum zusammen und hatten daraus eine regelrechte Schaltzentrale gemacht. Brooks und Fradella schleppten ein paar Computer herein, schlossen sie an und verbanden sie mit dem Internet, während Tess ihren Laptop hochfuhr und sich in die FBI-Systeme einloggte. Als Erstes rief sie das DIVS auf, weil sie eine Frage beschäftigte, auf die sie dringend eine Antwort brauchte.

»Können wir den Bildschirm an die Wand projizieren?«, erkundigte sie sich.

»Ja, sicher«, antwortete Fradella, der noch unter dem Tisch hockte, und schloss ein HDMI-Kabel an ihren Laptop an, woraufhin der Fernseher an der Wand automatisch eingeschaltet wurde.

Danach kam ein junger Officer mit dem Emblem des

Untersuchungsgefängnisses auf der Brust herein und brachte drei Pizzaschachteln und mehrere Tüten mit Limonadendosen. Er stellte alles auf den Tisch und warf Tess einen frustrierten Blick zu.

»Danke«, sagte sie ungerührt. »Nehmen Sie sich ein Stück, wenn Sie möchten.«

Sie beobachtete, wie seine Frustration einem entspannteren Verhalten wich und sich Gier in seinen Augen abzeichnete. Wieso machte etwas zu essen einen anderen Menschen gleich zugänglicher und offener? Das lag vermutlich an den Jahrtausenden, in denen die Menschen als Zeichen des Vertrauens und der Verbundenheit Mahlzeiten miteinander eingenommen hatten, was sich in ihrer DNA verewigt hatte.

Als sie sich ein Stück Pizza genommen hatte, schlang sie es rasch herunter und stellte fest, dass sie sich nicht erinnern konnte, ob sie an diesem Tag schon etwas gegessen hatte. Vermutlich nicht, ebenso wenig wie Fradella und Michowsky. Mit einem Stück Pizza in der einen Hand nutzte sie die andere, um gemächlich Suchparameter in die Datenbank einzugeben, bis Fradella ihr den Laptop wegnahm.

»Essen Sie erst mal. Ich übernehme das solange.«

»Danke«, murmelte sie mit vollem Mund und spülte die Pizza mit mehreren Schlucken Wasser herunter.

»Wir suchen nach allen vermissten Personen, weiblich, unter dreißig, Fälle noch ungelöst, die zuletzt im Club Exhale gesucht wurden.«

»Hmm … Interessant«, kommentierte Michowsky kauend. »Wie lautet Ihre Theorie?«

»*Ihre* Theorie ist, dass er nie zweimal am selben Ort zuschlägt«, sagte Tess. »Ich vermute, dass man die Fälle bisher nur noch nicht in einen Zusammenhang gebracht hat. Wenn der Widerling unser Täter ist, dann lebt er in

Miami, und ich garantiere Ihnen, dass er seine Karriere als Mörder nicht mit May Lin in Chicago oder in einem anderen Staat begonnen hat. Er hat gleich hier vor Ort in Miami angefangen.«

»Wie weit wollen wir mit der Suche zurückgehen?«, fragte Fradella.

»Bis zur Eröffnung des Clubs«, antwortete sie. »Wann hat der überhaupt aufgemacht?«

»Vor acht Jahren.« Fradella drückte die Eingabetaste, und auf dem Bildschirm tauchten elf Ergebnisse auf. Das waren ziemlich viele.

Michowsky stieß einen Pfiff aus, bei dem Pizzakrümel über die glänzende Tischplatte flogen.

»Ja, das ist eine Menge«, dachte Tess laut. »Wie kommt es, dass das noch niemandem aufgefallen ist?«

Eine lange Minute herrschte betretenes Schweigen. Dann sprach Tess verbittert weiter.

»Ich werde Ihnen den Grund dafür verraten: Weil eine vermisste Frau, die zuletzt in einem Club gesehen wurde, als hochriskant eingestuft wird. Sie ist eine billige Schlampe, und wenn der Club noch so schick sein mag. Laut Vorschrift wird erst nach vierundzwanzig Stunden eine Vermisstenmeldung aufgenommen, weil wir uns mehr für unsere Statistik als für ein Menschenleben interessieren. Die Idee dahinter ist, dass die Mädchen dadurch genug Zeit haben, um nach ihrem One-Night-Stand nach Hause zu gehen oder was immer sie laut der Gesetzeshüter während ihres Verschwindens so getrieben haben. Wenn der Bericht nach vierundzwanzig Stunden dann doch aufgenommen wird, bearbeitet trotzdem niemand den Fall, nicht wahr?«

Sie bekam keine Antwort.

»Nicht wahr?«, wiederholte sie und hob die Stimme. »Elf Frauen, um Himmels willen! Ich behaupte ja nicht, dass unser Mann sie alle ermordet hat, aber was in aller Welt ist mit ihnen passiert? Interessiert Sie das überhaupt? Wenn wir diesen Fall abgeschlossen haben, wenn wir Julie gefunden und diesen Mistkerl hinter Gitter gebracht haben, werde ich eine Untersuchung in Gang bringen, um herauszufinden, wie diese Fälle bearbeitet werden. Vier der Vermisstenmeldungen wurden auf diesem Revier aufgenommen.«

»Hey, das ist nicht fair«, protestierte Michowsky und warf sein angekautes Pizzastück wieder in die Schachtel. »Sie haben ja keine Ahnung, wie viel Arbeit wir haben, wie viele Überstunden wir machen und wie sehr wir uns wünschen, etwas unternehmen zu können, während uns die Hände gebunden sind!«

»Das kaufe ich Ihnen nicht ab!«, entgegnete Tess wütend. »Solange hier ein einziger gottverdammter Strafzettel wegen zu schnellem Fahren ausgestellt wird, haben Sie keine Ausrede!«

»Sie haben wirklich keine Ahnung, wie die Dinge hier laufen, oder?«, fragte Fradella spöttisch.

»Nein, und ich will es auch gar nicht wissen. Also sparen Sie sich das. Wir haben zu arbeiten.«

»Machen Sie unsere Arbeit nicht schlecht, Winnett. Tun Sie das nicht.« Michowsky verzog wütend und frustriert das Gesicht und atmete schwer.

»Jetzt erzählen Sie mir nicht, Sie würden tief in Ihrem Herzen nicht dasselbe empfinden, Michowsky. Sagen Sie mir, dass ich mich irre. Sehen Sie mir in die Augen und sagen Sie mir, dass Sie wegen dieser Frauen in den kommenden Jahren kein schlechtes Gewissen haben werden.«

Er ließ den Kopf hängen und setzte sich wortlos wieder.

»Wir werden zusammenarbeiten und Julie retten, das

verspreche ich Ihnen«, sagte Tess. »Und danach sehen wir weiter. Gehen wir an die Arbeit.« Sie nahm sich noch ein Stück Pizza und biss herzhaft hinein. Eigentlich hatte sie gar keinen Appetit mehr, aber sie wusste, dass sie die Energie brauchen würde. Als sie sich gerade den Mund mit einer Papierserviette abwischte, kamen zwei Männer durch die Tür.

»Das sind die Detectives Brad Spaulding und Harvey Bateman«, stellte Michowsky die beiden vor.

»Greifen Sie zu«, bot Tess an, aber nur Spaulding nahm sich ein Stück. Bateman lehnte sich mit finsterer Miene an die Wand. Er war offensichtlich nicht glücklich darüber, so spät noch aufs Revier gerufen worden zu sein. Sein Pech.

»Was wissen wir?«, fragte sie, um alle auf Trab zu bringen. »Vier Frauen wurden in den vergangenen zwei Jahren entführt, vergewaltigt, gefoltert und ermordet. Ihre Leichen fand man an einem nach Osten zeigenden Strand in der Morgendämmerung. Die Autopsieberichte deuten darauf hin, dass der Täter ein kompliziertes Drogengemisch verwendet hat, das sich nicht problemlos beschaffen lässt. Dabei handelt es sich um ungewöhnliche, eher in Krankenhäusern verwendete Mittel. Da kommen Sie ins Spiel«, sie deutete auf Spaulding und Bateman. »Wir haben einen Verdächtigen, einen Mann, der dem ersten Opfer begegnet ist und der vom vierten als ›Widerling‹ bezeichnet wurde. Dieser Mann, Matthes Feldman Dahler, passt in das Profil, das uns Quantico geliefert hat. Ja, ja, das habe ich alles schon gehört«, erklärte sie, als sie das Murmeln der drei Officers hörte. »Er ist reich und mächtig, aber auch das steht im Profil. Und wir haben ja alle so große Angst vor den Reichen und Mächtigen, nicht wahr?« Sie schnaufte.

Die drei Männer unterhielten sich weiterhin leise und warfen ihr wütende Blicke zu.

»Sämtliche Beschwerden gehen an mich, verstanden? Können wir uns jetzt bitte wieder konzentrieren?« Ihr Tonfall ließ keinen Raum für Diskussionen. »Eine fünfte junge Frau wurde vor vierundzwanzig Stunden entführt. Julie Reynolds. Wir müssen sie finden. Und zwar schnell. Noch haben wir nicht genug Beweise für einen Durchsuchungsbeschluss, daher müssen wir den Verdächtigen mit den exotischen Drogen in Verbindung bringen, die Doc Rizza bei den Opfern gefunden hat. Die Mittel sind hier aufgelistet; Sie bekommen sie und ein Foto des Verdächtigen auf Ihre Handys. Gehen Sie da raus, reden Sie mit den Dealern, mit vertrauenswürdigen Informanten, tun Sie, was Sie können. Sobald Sie etwas herausgefunden haben, informieren Sie mich ... uns. Noch irgendwelche Fragen?«

Die beiden Detectives sagten keinen Ton und machten nur ein mürrisches Gesicht.

»Dann ist ja alles klar«, stellte Tess fest. »Halten Sie mich auf dem Laufenden.«

Ohne ein weiteres Wort gingen die beiden hinaus.

»Wir sollten seine ehemaligen Freundinnen überprüfen«, schlug Fradella vor. »Er muss irgendwann mal Probleme mit Frauen gehabt haben. Ich denke, es ist einen Versuch wert.«

»Ja, übernehmen Sie das. Finden Sie jemanden, mit dem wir reden können. Officer Brooks, wissen Sie, wie man den Eigentümer von Grundstücken ermittelt?«

»Äh, ja«, antwortete er.

»Landesweit?«

»Aber sicher.«

»Gut. Setzen Sie sich an einen Computer, und finden Sie heraus, was dieser Mann besitzt und was auf seinen

Namen eingetragen ist. Autos, Boote, Unternehmen, einfach alles.«

»Wird erledigt«, erwiderte er und fing bereits an zu tippen. Als sie ihn dabei beobachtete, stellte sie fest, dass er am Empfang völlig unterfordert gewesen sein musste.

»Michowsky, wir gehen zusammen die Finanzen durch. Vielleicht fällt uns etwas ins Auge.«

»Sie haben Einsicht in seine Bankkonten angefordert?«

»Nein. Bei Entführungsfällen können unsere Analytiker diesen Vorgang umgehen und sich die Daten ohne Verzögerung beschaffen. Es befindet sich bereits alles in meinem Posteingang, und zwar für die letzten sechs Monate.«

Michowsky runzelte die Stirn und kniff leicht die Augen zusammen, um die Dokumente lesen zu können, die auf dem Fernsehbildschirm angezeigt wurden. Auf diese Weise würde es viel zu lange dauern. Wenn sie nach unten scrollte, wollte er sich weiter oben etwas ansehen; so funktionierte das nicht.

»Wir drucken alles aus, dann geht es leichter. So können wir die Arbeit besser aufteilen.« Sie schickte die Dokumente an den Drucker und nahm sich noch ein Stück der inzwischen kalten Pizza.

Da tauchte Doc Rizza im Türrahmen auf. Er war sichtlich erschöpft, hatte ganz graue Haut und wirkte hundemüde.

»Ich hörte, dass Sie noch da sind«, meinte er. »Ich habe da etwas, das Sie interessieren dürfte.«

»Schießen Sie los.« Tess kaute schneller.

»Sonyas jüngste Schnittwunden hatten sich entzündet und wiesen Spuren einer Substanz auf, als wäre das Skalpell vor dem Schnitt damit bestrichen worden. Das Labor hat gerade die Ergebnisse geschickt.«

»Und?«

Er presste die Lippen aufeinander, bevor er antwortete, um seinen Abscheu zum Ausdruck zu bringen.

»Es war Wespengift«, antwortete er schließlich. »Unverdünnt. Das muss ihn ein Vermögen gekostet haben.«

»Großer Gott«, murmelte sie. Mit einem Mal war ihr übel und sie konnte nicht mehr weiteressen. Sie legte den Pizzarest in die Schachtel und trank einige Schlucke Wasser, um ihren Magen zu beruhigen.

»Das bestätigt wohl die Theorie des Verhaltensanalytikers. Er ist ein reiner Sadist, der seinem Opfer möglichst starke Schmerzen zufügen will, während er es so lange wie möglich am Leben hält.«

Sie schlug die Hände vor das Gesicht, um ihre Gefühle zu verbergen. Eine vertraute Emotion stieg in ihr auf, ihr Herzschlag beschleunigte sich, und ihr stand der Schweiß auf der Stirn. Sie versuchte, die sich anbahnende Panikattacke in den Griff zu bekommen, und atmete tief ein, konzentrierte sich auf den Atem in ihrer Lunge, hielt ihn an und stieß ihn erst nach einiger Zeit wieder aus.

»Die Sache hat auch etwas Gutes«, hörte sie Doc Rizza sagen. »Das Zeug ist so selten, dass wir genug für einen Haftbefehl in der Hand haben, sobald wir eine Verbindung zu ihm herstellen können.«

»Ja …«, murmelte sie. »Da haben Sie recht. Ich hatte ganz vergessen, Sie etwas zu fragen, Doc: Besteht auch nur die entfernteste Möglichkeit, dass Sonya am achtundzwanzigsten Februar, also drei und nicht zwei Wochen vor ihrem Tod, gebissen wurde?«

Er runzelte die Stirn, starrte auf seine Füße und rieb sich den Nacken.

»Tja, bei Bissverletzungen ist das immer schwer zu

sagen. Ich halte es für denkbar, aber nicht sehr wahrscheinlich. Warum?«

»Mir ging durch den Kopf, dass es das war, was Sonya dazu gebracht hat, ihn als Widerling zu bezeichnen und auf dem Parkplatz stehen zu lassen. Meiner Ansicht nach hängt das alles zusammen.«

»Hey«, schaltete sich Brooks ein, »sein ständiger Wohnsitz ist bei seinen Eltern. Das ist schon irgendwie komisch.«

»Das ist mehr als komisch«, bekräftigte Tess. »Das ist vor allem clever. Es ist ein gutes Alibi und eine Nebelwand, mit der wir entmutigt werden sollen. Graben Sie weiter.«

»Wo genau?«

»Es ist ein Küstengrundstück in Key Biscayne.«

»Vielleicht sollten wir ihm mal einen Besuch abstatten«, überlegte Tess.

»Das wäre das Ende Ihrer Karriere«, gab Michowsky zu bedenken, »das ist Ihnen doch klar?«

Sie schnaufte, kam jedoch ins Grübeln. Wenn sie noch vor Tagesanbruch mit der Familie sprach, riskierte sie eine Menge. Als sie sich SAC Pearsons Reaktion ausmalte, zuckte sie zusammen. Aber sie musste auch ständig an Julie denken und an das, was die arme junge Frau durchmachte. *Wespengift. Großer Gott …*

»Setzen Sie sich, Doc«, forderte Michowsky den Arzt auf, »und essen Sie einen Happen. Sie sehen aus, als könnten Sie es brauchen.«

Doc Rizza ließ sich auf einen Stuhl sinken und stieß einen Seufzer aus, der nach müden Knochen und einer ermatteten Seele klang.

Garys Telefon klingelte, und er stellte den Anrufer auf Lautsprecher.

»Michowsky und Crew hören.«

»Hier ist Bateman. Einer unserer Informanten sagt, er kennt diesen Matthew Dahler. Angeblich war Dahler hinter etwas sehr Exotischem her, das ihm einer seiner Dealerkumpel besorgen konnte.«

»Was war es denn? Wespengift?«

»Nein, aber nah dran. Es ging um Schnabeltiergift. Der Mann sagt, der Dealer hätte es direkt aus Australien importiert.«

Doc Rizza schlug sich eine Hand vor den Mund.

»Kommen Sie an den Mann ran, der Dahler das Zeug verkauft hat?«, wollte Tess wissen.

»Ich hab's versucht, aber nein. Sie wissen ja, wie das läuft. Jemand behauptet, jemand anderen zu kennen, dabei könnten der Informant und der Dealer auch ein und dieselbe Person sein.«

»Machen Sie dem Kerl bitte etwas mehr Feuer unter dem Hintern, Harvey«, verlangte Tess. »Wir brauchen vor Gericht mehr als Hörensagen, um damit durchzukommen.«

»Ja, ich weiß. Eine Sache wäre da noch. Der Mann sagt, er hätte gehört, dass das Gift für hundertfünfundvierzigtausend Dollar verkauft wurde, und Dahler hat bat bezahlt.«

»Genau hundertfünfundvierzigtausend? Nicht hundertfünfzig Riesen?«, hakte Tess nach.

»Ja, exakt diese Summe für zwei Unzen Gift. Das könnte doch helfen, falls Sie das irgendwie mit seinen Konten in Verbindung bringen können.«

»Graben Sie weiter«, forderte Michowsky den Mann auf. »Vielleicht finden Sie noch mehr.«

Die Verbindung wurde getrennt, und Tess lehnte sich nachdenklich auf ihrem Stuhl zurück. Der Täter entwickelte sich weiter, perfektionierte seine sadistischen Methoden und erweiterte seine Kenntnisse über Toxine, Gifte und Pharmazeutika. Wer machte so etwas? Wer wusste, dass Schnabeltiere giftig waren? Ein Wissenschaftler? Nein, er konnte kein Wissenschaftler sein. Der typische Psychopath widmete sich nicht der Wissenschaft, das konnte er gar nicht. Es gab keine emotionale Belohnung für die harte Arbeit, die man investieren musste, um Wissenschaftler zu werden. Psychopathen waren wie Dampfwalzen; sie machten auf dem Weg zu ihrem Ziel alles und jeden platt, waren jedoch nicht zu Anstrengungen bereit. Sie sind Jäger, keine Baumeister. Und welcher Psychopath würde überhaupt so weit gehen, nur um was zu erreichen, eine andere Variation des Schmerzes? Als würde er eine neue Eissorte ausprobieren?

Die neuen Daten stützten ihre Theorie, dass der Täter seine Methoden perfektionierte und auf der Suche war nach der ultimativen … Ja, was eigentlich? Rache? Oder Bestrafung? Durchaus möglich. Aber wer tat so etwas? Wer verbrachte unzählige Jahre damit, eine solche Methode zu perfektionieren, und verbrauchte dabei endlos Ressourcen? Zumindest in der Theorie fand der sexuelle Sadist relativ schnell Befriedigung. Von diesem Standpunkt aus gesehen war der Täter ein Künstler, der nach Perfektion strebte, während er es gleichzeitig genoss, Frauen zu vergewaltigen und zu foltern. Dieser Psychopath hatte den Sadismus zu einer Kunstform stilisiert und arbeitete noch an seinem Meisterwerk.

Sie erschauderte und spürte ein ängstliches Kribbeln im Nacken. Das Brennen an ihrer linken Halsseite stellte sich schlagartig wieder ein, und sie rieb sich die Stelle wütend und energisch.

Eine Zeit lang herrschte Schweigen im Raum, und man hörte nur das Klappern der Tastaturen.

Dann ergriff Doc Rizza das Wort und fragte leise: »Weiß einer von Ihnen, was Schnabeltiergift bewirkt?«

Keiner antwortete.

»Es gehört zu den wenigen den Menschen bekannten Hyperalgetikums und ist ausgesprochen wirkungsvoll.«

»Können Sie das auch so ausdrücken, dass wir es verstehen, Doc?«, bat Michowsky, ohne den Blick von den Finanzdaten abzuwenden.

»Es ist das genaue Gegenteil eines Analgetikums oder Schmerzmittels. Es steigert und intensiviert das Schmerzempfinden ins Unerträgliche. Schnabeltiergift reizt die Nervenenden und macht sie überempfindlich.«

»Und es ist nicht tödlich?«, fragte Tess angespannt.

»Nein. Es bewirkt nur, dass das Opfer den eigentlichen Schmerz hundertfach verstärkt zu spüren bekommt.«

# 37. Ausstiegsstrategie

Die Sonne lugte hinter den Bäumen hervor und schickte orangefarbene Strahlen in den Konferenzraum, sodass man den Fernsehbildschirm nicht mehr so gut erkennen konnte. Sie arbeiteten schweigend, nur hin und wieder war das Klacken einer geöffneten Limonadendose oder das Rascheln von Papier zu hören. Nach einer langen, anstrengenden Nacht hatten sie noch immer sehr wenig Informationen. Bei Weitem nicht genug, um damit zu einem Richter zu gehen.

Tess hatte Dahlers Finanzdaten in ihre Analysesoftware eingegeben und auf jede nur denkbare Weise gefiltert, doch es hatte keine großen Bargeldabhebungen gegeben. Es waren nie mehr als ein paar Hundert Dollar, wie sie jeder brauchte. Wo hatte Dahler das Bargeld dann herbekommen? Er hatte auch nichts zu Geld gemacht, keine Aktien, Boote oder Fahrzeuge verkauft. Sein Gehalt wurde zweiwöchentlich auf sein Konto überwiesen, und mit seinen Finanzen schien ärgerlicherweise alles in bester Ordnung zu sein.

»Ich begreife es einfach nicht.« Sie seufzte, stand abrupt auf, schob den Stuhl zurück und lief auf und ab, um die Blutzufuhr in ihren Beinen anzuregen. »Mir ist völlig schleierhaft, wo der Mann sein Bargeld herbekommt.«

»Wie viel gibt er jeden Monat aus? So im Durchschnitt?«, fragte Fradella, der noch immer Social-Media-Profile durchging.

»Äh, etwa dreihundertfünfzigtausend«, antwortete

sie und war sofort wieder hellwach. Wie zum Henker hatte ihr das entgehen können? »Sie sind ein Genie, Detective Todd Fradella«, erklärte sie mit breitem Grinsen.

»Was?«

»Er gibt mehr als genug aus, um das und noch mehr zu verschleiern. Aber seine Ausgaben hinterlassen Spuren … Sie sind echt. Nichts davon ist auch nur ansatzweise interessant, bis auf die Tatsache«, sie trommelte mit den Handballen auf die Tischplatte, »dass er offensichtlich ein sehr schlechter Spieler ist. Er verliert Monat für Monat zweihundertfünfzigtausend in demselben Casino.«

Ihr Enthusiasmus war nicht laut genug, um Doc Rizza zu wecken, der vor einigen Stunden eingeschlafen war, die Arme auf der Tischplatte und den Kopf darauf gestützt. Er hatte die zweite Nacht hintereinander gearbeitet.

»Und?«, fragte Michowsky. »Denken Sie, er wäscht sein eigenes Geld?«

»Ganz genau«, bestätigte sie und spürte neue Energie in sich aufkeimen, senkte nach einem Blick auf den Arzt jedoch die Stimme. »Ich vermute, dass er gar kein so schlechter Spieler ist, sondern alles, was er gewinnt, in bar mitnimmt, anstatt es wieder auf sein Konto einzuzahlen. Wir müssen diese Theorie überprüfen.«

Sie wandte sich an Officer Brooks, der endlose Listen mit Grundstückseinträgen durchging.

»Wie kommen Sie mit der Suche voran?«

»Ich bin mit Florida fertig, und da gab es eine Menge zu finden. Unter dem Familiennamen sind unzählige Objekte eingetragen, unter Matthew Dahlers Namen finden sich etwa zehn Einträge.«

»Verdammt«, murmelte Tess. Sie würden auf keinen Fall Durchsuchungsbeschlüsse für alle Objekte bekommen und gleichzeitig ausführen können. Wer wusste denn schon, ob er Julie irgendwo auf einem dieser Grundstücke oder ganz woanders festhielt? »Wie wäre es, wenn Sie eine Pause machen und einen kleinen Außeneinsatz für mich durchführen?«

Er sprang sofort auf die Beine.

»Großartig! Was soll ich tun?«

»Ich möchte, dass Sie zum Casino Real in Miami Beach fahren und meine Theorie über Dahlers Gewinne überprüfen. Geht er dort mit Bargeld raus? Ich gebe Ihnen die Daten, an denen er zuletzt dort gespielt hat. Lassen Sie sich die Videos zeigen, und finden Sie heraus, wie viel er jedes Mal gewonnen hat und wie er es anstellt.«

»Es ist schon fast neun«, stellte er fest. »Die könnten längst geschlossen haben.«

»Klopfen Sie an die Tür, und wecken Sie ein paar Leute, okay?«

»Wird gemacht«, erwiderte er und stürmte hinaus.

»Wo wir gerade von Videoaufnahmen sprechen«, sagte Michowsky und rieb sich die müden Augen, »ich habe ganz vergessen, Ihnen zu sagen, dass die Männer, die wir zum Exhale geschickt haben, um Dahler auf den Videos zu finden, erfolglos waren. Sie haben ihn in der Menge verloren und konnten nicht feststellen, wann er den Club verlassen hat.«

»Warum haben Sie mir das nicht früher gesagt?«, knurrte Tess mürrisch, beruhigte sich aber sofort wieder. »Gut, Sie haben es vergessen, aber jetzt weiß ich ja Bescheid. Haben sie ihn etwa zu der Zeit, zu der Julie verschwunden ist, aus den Augen verloren?«

»Sie sagten, sie hätten ihn mehr als einmal verloren, was sie zu der Ansicht bringt, dass der Aufnahmewinkel sehr unzuverlässig ist. Sie glauben außerdem, Dahler um 11.27 Uhr noch im Club gesehen zu haben, also zu einem Zeitpunkt, zu dem Julie längst verschwunden war.«

»Was?«, stieß sie zwischen zusammengebissenen Zähnen hervor. »Und Sie haben vergessen, mir das mitzuteilen? Ist Ihnen klar, dass unsere Theorie dadurch hinfällig wird?«

»Es tut mir wirklich leid … Es ist mir wahrscheinlich entfallen, weil sie sich nicht sicher waren, ob sie ihn wirklich gesehen haben. Das entscheidende Wort hier ist, dass sie es ›glauben‹. Sie glauben, ihn gesehen zu haben, sind sich aber nicht sicher.«

Tess schnaufte und verdrehte die Augen.

»Na, großartig. Wir müssen dieses Video ins Analyselabor schicken, damit es dort bearbeitet werden kann. Falls es tatsächlich Dahler war und er sich mehr als eine Stunde nach Julies Verschwinden noch im Club aufgehalten hat, dann jagen wir den Falschen.« Sie verschränkte die Finger, löste sie wieder und rieb sie ärgerlich. Auch ihr verspannter Nacken verlangte nach Aufmerksamkeit, und sie knetete die Stelle an ihrem Haaransatz mehrmals, was ihr jedoch kaum Erleichterung verschaffte. »Es fühlt sich für mich noch immer so an, als wäre Dahler der Gesuchte. Ich weiß, dass er es ist, verdammt noch mal. Wie hat er es bloß angestellt?«

»Vielleicht setzt er sie unter Drogen?« Doc Rizza sprach ganz leise und hob den Kopf stöhnend von der Tischplatte. »Was ist, wenn er mit ihnen tanzt oder sich ihnen nähert und ihnen dann schnell etwas spritzt, sodass sie in seinen Armen ohnmächtig werden? Dann kann er einfach so tun, als ob er mit seiner betrunkenen Freundin im Arm durch die Tür schlendert.«

»Halten Sie das für möglich?«, fragte Tess.

»In Sonyas Blut wurden Rückstände eines starken,

schnell wirkenden Sedativums gefunden, das zu den Betäubungsmitteln gehört. Das hat mich schon die ganze Zeit beschäftigt, weil es keinen Sinn ergibt.«

»Gehen wir die Sache mal durch«, schlug Tess vor und trat vor den Tisch, wo sie mehr Bewegungsfreiraum hatte. »Er nähert sich den Frauen, oder sie sprechen ihn an. Dann stellt er ihnen einige harmlose Fragen, um sie einzuschätzen. Wenn sie in sein Profil passen, tanzt er mit ihnen und verabreicht ihnen das Mittel mitten auf der Tanzfläche, wo niemand etwas davon mitbekommt.« Sie starrte gebannt an die Zimmerdecke und stellte sich alles bildlich vor. »Raffiniert«, flüsterte sie. »Auf einmal liegt die Frau in seinen Armen, und er hält sie fest, bis sie das Bewusstsein ganz verloren hat, während er so tut, als würden sie weiterhin tanzen. Danach kann er mit ihr zur Tür gehen, aber …«

»Wieso sehen wir dann auf dem Video nicht, wie er Julie rausträgt?«, warf Fradella ein. »Wir haben uns alle Aufnahmen vom Eingang angesehen, aber Julie tauchte nie darin auf.«

»Er ist dort Stammgast«, merkte Michowsky an, »und kennt sich dort aus. Was ist, wenn er …«

»Einen Personaleingang nutzt?«, fiel Tess ihm ins Wort. »Ja, das passt. Wir müssen sofort wissen, welche Türen aus dem Inneren des Clubs zugänglich sind und ob es dort Überwachungskameras gibt.«

»Bin schon dran«, rief Fradella und tippte wie ein Wilder auf der Tastatur herum.

Tess lief nervös auf und ab. Sie spürte diese Aufregung, die sie immer überkam, wenn sie kurz davorstand, einen Täter zu fassen. Wie bei einem Jäger flatterten auch ihre Nasenflügel und ihr Herz schlug schnell und stark, weil sie begierig darauf war, die Jagd zu beenden. Schon bald würde sie die letzten Puzzleteile zusammenfügen und Julie finden. Tess hoffte inständig, dass Julie noch am Leben war und dass sich das, was sie durchgemacht hatte, heilen und irgendwie vergessen ließ.

»Ich hab's«, verkündete Fradella und legte den Videofeed auf den Fernsehbildschirm. »Sehen Sie das? Das ist der Hintereingang zum Küchen- und Barbereich. Über dem Eingang gibt es keine Kamera, aber die Seitenkamera auf dem Parkplatz deckt den Bereich mit ab. Julie ist um 22.16 Uhr aus der Videoaufnahme des Flurs verschwunden, richtig? Das hier ist von 22.22 Uhr.«

Auf dem körnigen, dunklen Video sah man einen Mann, der eine Frau stützte, die offenbar kaum noch laufen konnte. Sie befand sich näher an der Kamera als er und verdeckte ihn teilweise, sodass man sein Gesicht nicht erkennen konnte. Er hatte ihr einen Arm um die Schultern gelegt, und man konnte trotz der schlechten Videoqualität erkennen, dass die Frau schwankte und nicht ohne Hilfe gehen konnte. Ihre Beine gaben bei jedem Schritt nach, und sie hatte den Kopf an die Schulter des Mannes gelehnt.

Die beiden Silhouetten betraten nicht den gut beleuchteten und von Kameras überwachten Hauptparkplatz, was Tess einen Fluch entlockte. Stattdessen ging der Mann in eine Gasse und schloss mit einem Schlüssel und nicht der Fernbedienung einen Truck auf. Er setzte die Frau auf den Rücksitz und verriegelte die Tür mit dem Schlüssel. Danach ging er durch dieselbe Tür zurück in den Club.

»Ah.« Tess keuchte auf. »Da haben wir ja sein Alibi. Darum ist er eine Stunde später auf den Aufnahmen zu sehen. Der Kerl ist wirklich abgebrüht. Ist das zu fassen? Sie ist direkt da draußen im Wagen, und das über eine

Stunde. Der traut sich was. So. Jetzt wird es Zeit, die Dahlers zu besuchen.«

»Sie kann wohl niemand aufhalten, was?«, fragte Michowsky.

»Nein, aber Sie können gern hierbleiben, Gary. Das könnte das Ende Ihrer Karriere bedeuten, daher sollten wir den Schaden begrenzen.«

Aber Michowsky hielt bereits seine Autoschlüssel in der Hand und holte sie noch vor der Treppe ein.

»Mitgegangen, mitgefangen, mitgehangen«, sagte er mit müdem Lächeln. »Aber Sie fahren. Mein Rücken macht mir noch immer zu schaffen.«

# 38. Die Exfreundin

Tess ließ den Motor an und drehte die Klimaanlage hoch. Es war erst Vormittag, aber schon entsetzlich heiß, und die Feuchtigkeit machte alles nur noch schlimmer. Sie sehnte sich nach einer Dusche und sauberen Klamotten. Aber dafür war keine Zeit, nicht jetzt, wo Julie um ihr Leben kämpfte und den Launen eines sadistischen Serienmörders ausgeliefert war.

»Sind Sie sich wirklich sicher?«, fragte sie Michowsky, bevor sie vom Parkplatz fuhr. »Wollen Sie mich tatsächlich begleiten?«

»Ja. In diesem Job müssen wir tun, was wir tun müssen. Das gilt für Sie ebenso wie für mich.«

»Das hier ist kein Wettbewerb«, sagte sie leise. »Es ist völlig in Ordnung, eine Sache auszusitzen, die einen tödlichen Ausgang nehmen kann.«

»Mir passiert schon nichts«, erwiderte er und seufzte, »solange Sie nicht vergessen, dass wir nicht viel in der Hand haben. Selbst auf dem Video ist nicht eindeutig zu erkennen, dass es Dahler war, und den Wagen können wir ihm auch nicht zuordnen. Auf seinen Namen ist kein Truck zugelassen. Wir stehen mit leeren Händen da.«

»Ja, ja, ich weiß. Ich werde vorsichtig sein.« Sie kicherte leise. »Das mag Sie vielleicht überraschen, aber ich würde meinen Job auch gern behalten.«

»Wirklich?«, spottete er. »Damit hätte ich jetzt nicht gerechnet.«

»Ach, halten Sie die Klappe, Michowsky.«

Sie fuhren einige Sekunden lang schweigend, aber es

war eine andere Art des Schweigens als zuvor. Die Atmosphäre wirkte nicht mehr so bedrückt.

Michowskys Handy klingelte, und er sah Fradellas Nummer auf dem Display.

»Was gibt's?«

»Ich habe eine von Dahlers Exfreundinnen gefunden, eine Jennifer Alvarez. Sie sollten sich vielleicht mit ihr unterhalten, bevor Sie zu Dahlers Haus fahren.«

Tess runzelte die Stirn.

»Warum?«

»Auf ihrem Facebook-Profil gibt es Fotos von ihr und einem deutlich jüngeren Matthew Dahler, die irgendwann aufhören, bevor sich ihre finanzielle Lage einige Wochen später deutlich verbessert.«

»Inwiefern? Hat sie im Lotto gewonnen? Oder wurde ihr Schweigegeld gezahlt?«, hakte Michowsky nach.

»Ich tippe auf Letzteres, und zwar eine ordentliche Summe.«

»Gibt es dazu irgendwelche Informationen? Gerichtsakten vielleicht?«, fragte Tess. »Ich hätte zu gern etwas Brauchbares in der Hand.«

»Nein, es gibt dazu gar nichts, und ich habe gründlich gesucht. Aber ein Lottogewinner würde häufiger auf Facebook posten und nicht seltener, sobald er zu Geld gekommen ist. Sie hat danach monatelang gar nichts mehr geschrieben.«

»Haben Sie ihre Finanzen vorliegen? Über welche Summe reden wir hier?«

»Fünf Millionen Dollar, gezahlt vor sieben Jahren.«

Michowsky pfiff durch die Zähne, zeigte Tess einen Daumen und grinste vor Aufregung.

»Schicken Sie mir ihre Adresse«, bat Tess.

»Schon geschehen.«

Sekunden später pingte Tess' Handy, und Michowsky griff danach.

»Sie müssen wenden«, forderte er sie auf. »Sie lebt in Coral Gables.«

Tess brauchte zwanzig Minuten, um durch den dichten Verkehr dorthin zu gelangen, obwohl sie eifrig Gebrauch von der Lichthupe und Hupe machte. Sonntagmorgens war es am schlimmsten. Da gab es nicht nur morgens und nachmittags eine Rushhour, sondern im Grunde genommen den ganzen Tag, weil sich der Verkehr an der Küste aufgrund der vielen Touristen nur im Schneckentempo bewegte.

Endlich hielt sie am South Bayshore Drive vor dem überdachten Eingang einer gewaltigen Wohnanlage direkt am Meer. Es war wie ein Déjà-vu: das Gebäude, der Lebensstil, der Eingangsbereich, sogar die lautlose Fahrstuhlfahrt.

»Haben Sie es bemerkt?«, fragte sie.

»Ja. Julie lebt so, und ihre Freundin auch«, erkannte Michowsky.

»Aber dies ist Jennifers Lebensstil nach der Zahlung«, überlegte Tess laut.

»Stimmt.« Dann klingelte er an Apartment 1704.

Tess zückte ihren Dienstausweis und stellte sich vor das Guckloch, als sie hinter der Tür Schritte hörte. Dann hörte sie, wie der Bolzen zurückgezogen und die Kette entfernt wurde.

Die Frau, die ihnen die Tür öffnete, war dunkelhaarig, groß und schlank und hatte die leicht gebräunte Haut vieler Latinas, sah nur etwas blasser aus. Ihr Gesicht schien immerwährend traurig zu sein, und ihre Augen waren eingefallen, als hätten sie Bilder und Dinge gesehen, die man nie wieder vergessen konnte. Ein Blick auf Jennifer Alvarez verriet Tess, dass sie eines von Dahlers ersten Opfern gefunden hatten.

Jennifer ließ sie wortlos herein, und sie nahmen in dick gepolsterten Ledersesseln Platz.

»Was kann ich für Sie tun?«, fragte sie, nachdem sich Tess und Michowsky vorgestellt hatten.

»Wir brauchen Ihre Hilfe«, begann Tess so vorsichtig, wie sie konnte. »Was können Sie uns über Ihre Beziehung zu Matthew Feldman Dahler sagen?«

Jennifer zuckte zusammen, als sie den Namen hörte, und ihre Pupillen weiteten sich. Die Veränderung war nur minimal, aber Tess bemerkte sie, weil sie wusste, worauf sie achten musste, und weil sie damit gerechnet hatte.

»Da gibt es nichts zu sagen«, antwortete Jennifer und wandte den Blick ab. »Wir waren zusammen und haben uns getrennt. Das ist Jahre her.«

»Wie war die Beziehung mit ihm?«

»Dazu fällt mir wirklich nichts ein. Sie war wie jede andere Beziehung, denke ich.«

Sie zog die Schulter ein und hielt den Kopf gesenkt, als würde sie eine Last tragen, die aus unausgesprochenen Schuldgefühlen und einem schrecklichen Geheimnis bestand.

Tess bemerkte den inneren Tumult der Frau und beschloss, sie nicht der Behinderung der Justiz zu bezichtigen, sondern es auf einem anderen Weg zu versuchen.

»Haben Sie eine Verschwiegenheitserklärung unterschrieben?«, fragte Tess leise. So etwas ging häufig mit einer Schweigegeldzahlung einher.

Jennifer nickte nur.

»Sie wissen, dass Ihnen niemand etwas anhaben kann, wenn Sie mit den Behörden darüber reden, Miss Alvarez«, erläuterte Tess. »Diese Verschwiegenheitserklärungen sollen nur verhindern, dass Sie sich an die Medien wenden. Damit sollen Klatsch und Tratsch vermieden werden. Mit uns dürfen Sie nicht nur reden, Sie sollten es sogar tun.«

Jennifers Kinn zitterte, und ihr rann eine Träne über die Wange. Tess wartete schweigend, bis ihr Gegenüber die Fassung wiedergewonnen hatte.

»Er nahm Drogen«, sagte Jennifer schließlich, »als wir zusammen waren. Nicht das übliche Zeug, das jeder nimmt. Kein Kokain oder Meth, oh nein. Er stand auf exotische Sachen, die er selbst zusammengemischt hat. Die Dealer brachten ihm die Drogen auf Bestellung ins Haus. Stimulanzien, alle möglichen Verstärker. Er hat … experimentiert.«

»In welcher Form?«

Jennifer schwieg eine Weile.

»Er war süß, freundlich und aufgeweckt, als ich ihn kennengelernt habe, jedenfalls glaubte ich das. Aber er hat sich selbst ebenso gehasst wie seine Mutter. Oh, und wie er sie gehasst hat.«

»Aber warum? Woran erinnern Sie sich?«

»Ich bin mir nicht sicher, ob sie ihm etwas angetan hat, aber er sagte immer wieder, sie würde ihn einschränken, ihn wie einen Gefangenen halten, ihn erniedrigen und dass sie eines Tages dafür bezahlen müsse.« Jennifer hielt kurz inne. »Wenn er auf Droge war, wusste man nicht, was einen erwartete. Manchmal wollte er, dass ich auch etwas davon nehme, aber ich hatte Angst. Ich wollte ihn verlassen … Ich fürchtete mich immer mehr vor ihm, bis eines Tages …«

Sie sprach nicht weiter.

»Wie sah es mit dem Liebesleben aus? Wie war Matthew im Bett?«

Jennifer schürzte die Lippen, und eine Träne tropfte auf ihre helle Bluse.

»Ich weiß, dass es Ihnen schwerfällt, darüber zu sprechen«, sagte Tess, »aber eine junge Frau wird vermisst.«

Jennifer starrte sie mit großen Augen an. Sie schien tief in ihrem Inneren gespürt zu haben, dass dieser Tag kommen würde.

»Bitte helfen Sie uns, sie zu finden. Jede Information, die Sie uns geben können, kann hilfreich sein.«

Jennifer seufzte und räusperte sich zaghaft.

»Er war manchmal ganz schön grob«, berichtete sie und drehte den Kopf zur Seite. »Insbesondere, wenn er high war. Er hat mich gern gefesselt. Damit hat er anfangs auch experimentiert, aber dann wurde es immer härter.«

»Wie hart?«, wisperte Tess. »Mussten Sie ins Krankenhaus?«

Jennifer zögerte und starrte auf ihre Füße.

»Nein … Es kamen Privatärzte. Er hatte tragbare Röntgengeräte im Haus. Eine nächtliche Operation in einer Privatklinik. Dann, eines Tages, die Verschwiegenheitserklärung und das Schweigegeld. Der Tag war … hart. Wirklich furchtbar.«

Tess warf Michowsky einen kurzen Blick zu, dann standen sie auf und verabschiedeten sich.

»Danke, Jennifer.« Tess berührte sanft ihren Arm. »Ich weiß, wie schwer Ihnen das gefallen ist. Eine letzte Frage habe ich allerdings noch. Von wem haben Sie das Geld erhalten? Wer ließ Sie die Verschwiegenheitserklärung unterschreiben?«

»Seine Mutter.«

# 39. Die Säuberung

Er ließ sich beim Rasieren Zeit und machte ein aufwendiges Ritual daraus. Zuerst gönnte er sich eine sanfte Gesichtsmassage und genoss den Duft des Limettenextrakts, des maßgeblichen ätherischen Öls in seiner Rasiercreme. Danach rasierte er sich gründlich und achtete darauf, dass kein einziges unerwünschtes Barthaar stehen blieb. Er wusch sich den überschüssigen Schaum ab und tupfte sich die Haut trocken. Zu guter Letzt trug er noch einige Tropfen Aftershave auf.

Zufrieden trat er einen Schritt zurück und betrachtete sich im deckenhohen Spiegel. Der Anblick gefiel ihm. Ein schlanker, durchtrainierter Körper, eine kräftige, fast schon einschüchternde Erscheinung, ein grimmiger, unnachgiebiger Blick.

Er hatte seinen Geist gereinigt und sein Gesicht gesäubert. Nun blieb nur noch ein letzter Schritt in seinem Ritual, bevor er nach unten gehen und sich seine besondere Belohnung abholen konnte: die reinigende Dusche. Da er schon nackt war, konnte er die beeindruckende Duschkabine direkt betreten und die gemusterte Glastür schließen. Er drehte an einem Knopf, und das Wasser prasselte aus einer Regendusche auf ihn herab. Während das heiße Wasser auf seinen Kopf plätscherte, beugte er sich nach vorn und presste die Hände gegen die Marmorkacheln an der Wand. Er schloss die Augen und gab sich seinen Visionen hin.

Vor seinem inneren Auge sah er die Kleine, die sich unten befand, gefesselt, im Harnisch hängend, wie sie sich für ihn wappnete. Wenn er die Ohren spitzte, konnte er ihre Schreie trotz des Wasserstrahls hören. Der Gedanke daran erregte ihn. Ohne die Augen zu öffnen, drückte er sich etwas Duschgel in die Handflächen und wusch sich sanft, aber gründlich den Körper. Seine Vorfreude und seine Erregung stiegen. Sie würde schreien, wenn er sie berührte, sich gegen ihre Fesseln wehren, betteln, weinen. Er genoss es, wenn sie zappelten und versuchten, zu entkommen. Aber es gab kein Entrinnen.

Ein Geist schlich sich in seine Vision, und er knurrte erbost. Er schlug mit der Hand gegen die Wand und hieb grunzend gleich noch einmal dagegen. Jennifer … Die Letzte, die es überlebt hatte. Die, bei der er nicht fertig wurde, weil irgend so ein dummer Arzt seine Sorge zum Ausdruck gebracht hatte. Unglaublich. Der Mann hatte ein Vermögen bekommen, damit er den Mund hielt, Jennifer schnell zusammenflickte und verschwand. Stattdessen war er zu Matthews Eltern gegangen, um noch mehr Geld aus ihnen rauszupressen. Das war die erste bittere Lektion gewesen. Er durfte sie nicht am Leben lassen, nie wieder. Nicht, nachdem sie mit ihm zusammen gewesen waren und wussten, wie er war.

Er hätte auch Jennifer erledigt; denn er hatte es schon damals in sich gehabt. Doch er hatte die Sache hinauszögern und länger auskosten wollen und den Augenblick, in dem er ihr Blut vergoss, immer wieder vertagt. Aber er hatte einen Fehler gemacht und damals nicht an alles gedacht. Er hatte nicht gewusst, wie er sein Vergnügen in die Länge ziehen konnte, ohne sie zu früh zu beschädigen. Wenn man einen Menschen brach, wurde es unschön … auch das hatte er damals gelernt. Manchmal träumte er davon, zu Jennifer zurückzugehen und die Sache zu beenden, die er angefangen hatte, aber das Risiko war zu groß. Es war die Sache nicht wert. Es gab da draußen andere, die er sich holen konnte.

Mit weiterhin geschlossenen Augen schlug er erneut gegen die Wand, noch wütender als zuvor. Seine herrliche Vorfreude war dahin, was ihn verärgerte und seine Erektion verschwinden ließ. Wann immer Jennifers Gesicht in seinen Visionen auftauchte, war auch das seiner Mutter nicht fern. Ja, er hatte den Fehler gemacht, Jennifer am Leben zu lassen, aber er hatte seine Lektion gelernt. Seitdem war es nie wieder passiert. Allerdings schmerzte ihn die Erinnerung an seine Mutter, die eingeschritten war, um die von ihm verursachte Sauerei zu beseitigen. Allein der Gedanke daran erniedrigte ihn.

Ihre Bedingungen waren schrecklich gewesen. Sie bestimmte alles, ohne dass es Raum für Verhandlungen gab. Was er tat, wo er lebte, wie viel Geld ihm zur Verfügung stand, mit wem er ausging. Sie war grausam und gnadenlos und genoss es, sein Leben zu kontrollieren. Möglicherweise genoss sie es, ihn zu bestrafen, denn sie hatte etwas an sich, das er nicht verstand. Sie verlangte, dass er zu Hause und nicht in Hotels mit seinen Freundinnen schlief, und hatte überall Kameras anbringen lassen, um »sicherzustellen, dass er sich an ihre Vereinbarung hielt«. Ja, ihre sogenannte Vereinbarung beinhaltete, dass er das Leben eines Heiligen führte und nicht einmal einen Strafzettel wegen Falschparkens bekommen durfte. Dass seine Bettgenossinnen das Grundstück unversehrt und nicht einmal mit einem abgebrochenen Fingernagel verließen. Ansonsten würde er alles verlieren, das gesamte Familienvermögen von über einer Milliarde Dollar. Und darum hatte die Hexe gewonnen und ihn nun in der Hand.

Vorerst. Sie ahnte nichts von seinen Plänen.

Ein Glück, dass sie ihn immer noch spielen ließ und

sich nicht dafür interessierte, wie viel er verlor. Ihr dämlicher Seelenklempner musste ihr irgendeinen Blödsinn eingetrichtert haben, dass sich Matthew an ihr rächte, indem er so viel Geld beim Spielen verlor, oder etwas in der Art. Dabei war er ein recht guter Pokerspieler, der einen kühlen Kopf behielt. In den Monaten, nachdem sie ihn an den Eiern gepackt hatte, war es ihm problemlos gelungen, an Bargeld zu kommen. Dieses Geld, das er elegant in die hiesige Drogenszene investierte, hatte sich zu mehreren Millionen Dollar vermehrt, aber angesichts seiner Herkunft wunderte sich niemand, dass er über derartige Mittel verfügte. Damit kaufte er sich insgeheim ein Haus, von dem die Hexe nichts wusste, weil er es bar bezahlt hatte. Danach ließ er die Finger vom Drogennetzwerk, da er keine Gefängnisstrafe wegen etwas riskieren wollte, das er nicht länger brauchte. Er hatte sein geheimes Reich, und um seine anderen inoffiziellen Gelüste zu befriedigen, reichten seine Pokergewinne.

Er stand noch immer unter der Dusche, und das Wasser wirkte gleichzeitig entspannend und belebend. Er schlug die Augen auf, und vor dem cremefarbenen Marmor entstand eine weitere Vision. Es war die Kleine von unten, die in ihrem Harnisch hing, um Gnade winselte und verzweifelt versuchte, sich zu befreien, während er um sie herumging und sich darauf vorbereitete, ihren Körper in Besitz zu nehmen. Als er sich in der fast vollkommenen Dunkelheit bewegte, bemerkte er, dass ihr Haar nicht länger braun, sondern blond und kurz war. Dann sah sie ihn mit ihren tiefblauen Augen an und bat winselnd um Mitleid. Abermals berührte er sich, und nun war er hart und bereit. Er kam, als die Frau in seiner Vision nicht länger die Kleine von unten war. Nun war sie seine Mutter, die ihn um Vergebung bat.

# 40. Familie

Tess fuhr auf der Interstate in Richtung Norden und jagte mit Blaulicht und hupend zwischen den anderen Fahrzeugen hindurch, wenn sie nicht gleich über den Randstreifen raste. Es war beinahe Mittag, und sie hatten noch immer keine Ahnung, wo Dahler Julie festhielt. Aber der Verdacht gegen Dahler bestätigte sich zunehmend, und das lag nicht nur an ihrem Bauchgefühl, sondern an guten, handfesten Beweisen. Er war dabei gesehen worden, wie er starke Drogen, und zwar Schmerzverstärker, gekauft hatte. Er hatte eine Methode entwickelt, um unbemerkt an Bargeld zu gelangen; Officer Brooks hatte inzwischen bestätigt, dass sich der Mann auf diese Weise allein in den letzten drei Monaten über zweihunderttausend Dollar beschafft hatte. Zudem bestätigte seine Exfreundin, von ihm missbraucht worden zu sein, und sie hatten endlich jemanden, der vor Gericht gegen ihn aussagen würde. Jetzt konnten sie einen mutigen Richter vermutlich dazu überreden, einen Durchsuchungsbefehl zu unterschreiben. Aber für welche Adresse?

Während sie so schnell wie möglich nach Key Biscayne fuhr, wusste Tess noch immer nicht, was sie von ihrem Besuch bei Dahlers Familie erwartete. Würde er überhaupt zu Hause sein? Sie hoffte es. Lebte Matthew Dahler bei seinen Eltern? Oder hatte er einfach nur vergessen, seine Adresse auf dem Führerschein zu ändern? Wie konnte es sein, dass ein reicher Mittdreißiger noch bei Mom und Dad wohnte? Das passte doch nicht zusammen, erst recht nicht bei ihm. Er brauchte seine Privatsphäre, damit er seine Opfer foltern konnte. Das konnte er auf keinen Fall im Haus der Familie machen, umgeben von zahlreichen Angestellten, denn dann bestand immer das Risiko, erwischt zu werden. Aber wo machte er es dann? Officer Brooks war aufs Revier zurückgekehrt und suchte weiter nach Grundstücken. Bisher hatte er einige Treffer gelandet. Zu viele. Verärgert über ihre Machtlosigkeit, kaute sie auf ihrer Unterlippe herum.

»Würden Sie unseren Garth Brooks bitte anrufen, Gary?«

»Warum?«

»Ich habe da eine Idee. Dahler hängt seine Opfer in einen Harnisch, hat Doc Rizza gesagt.«

»Stimmt, aber ich kann Ihnen nicht folgen.«

»Mir ging durch den Kopf, dass er sein Haus dafür vielleicht umbauen musste. Rufen Sie ihn an.«

Einige Sekunden später meldete sich Officer Brooks.

»Ich werde Sie auf den zweiten Außeneinsatz Ihrer Karriere schicken, Garth. Um einen Harnisch aufzuhängen, muss man im Haus einige Umbaumaßnahmen vornehmen. Normalerweise lassen sich Sportler so etwas ins heimische Fitnessstudio einbauen, Leute, die neue Übungen erfinden und dergleichen. Das ist nur ein Schuss ins Blaue, aber ich bezweifle, dass es viele Unternehmen gibt, die Stützbalken oder Deckenverstärkungen einbauen. Zeigen Sie allen Dahlers Foto. Vielleicht landen wir ja einen Treffer.«

»Bin schon unterwegs, Ma'am«, erwiderte er, und sie konnte hören, dass er lächelte.

»Ist Fradella da?«, fragte sie.

»Was gibt's?«, wollte Fradella wissen.

»Wir haben noch nicht herausgefunden, wo er seine

Opfer außerhalb des Staates festgehalten hat. Hier in Miami wird er einen festen Ort dafür haben. Was ist mit Chicago? Wo hat er May Lin gefoltert?«

»Wir haben ja danach gesucht, aber …«

»Wir haben nur nach offensichtlichen Transaktionen wie Vermietungen gesucht, aber jetzt wissen wir, dass er auf dem Papier keine Spuren hinterlässt. Graben Sie tiefer. Sehen Sie sich die Finanzen all seiner Unternehmen an und vergleichen Sie die Standorte mit seinen Flugreisen. Er muss dorthin geflogen sein, dort gegessen und in Hotels gewohnt haben. Dann sehen wir, was er noch gekauft hat.«

»Das wird eine Weile dauern«, erklärte Fradella.

»Nein, das wird es nicht. Rufen Sie Donovan, den FBI-Analytiker, von dem ich Ihnen erzählt habe, an. Er kann Ihnen die Unterlagen innerhalb von Minuten beschaffen. Melden Sie sich, wenn Sie etwas gefunden haben.«

»Geht klar«, bestätigte Fradella. »Hey, mir ist da noch was eingefallen. Ich würde gern die Grundstücke aus seinem Besitz überprüfen, um herauszufinden, ob er irgendwelche in bar bezahlt hat oder ob er die Steuern bar begleicht.«

»Gute Idee, Fradella. Tun Sie das.«

Sie legte auf und versank sofort wieder in ihren Gedanken. Sie waren nah dran, so verdammt nah dran.

»Das hätte mir einfallen müssen«, meinte Michowsky.

Sie warf ihm einen Seitenblick zu und bemerkte seine finstere Miene, die verkrampften Lippen, die Verbitterung.

»Seien Sie nicht so hart zu sich, Michowsky. Sie sind krank und nehmen Schmerztabletten. Die vernebeln einem das Gehirn.«

»Nein. Vielleicht bin ich einfach nur zu alt für diesen Job.«

»Halten Sie durch. Wenn wir diesen kranken Mistkerl eingebuchtet haben, wird es Ihnen viel besser gehen, das garantiere ich Ihnen.«

Er schwieg eine Weile und wechselte dann das Thema.

»Ich war noch nie in Key Biscayne. In offizieller Mission, meine ich.«

»Ich habe schon an ein paar dieser Türen geklopft«, sagte Tess mit schiefem Grinsen. »Das lief jedes Mal schief, und die Anwälte waren noch mein geringstes Problem. Übrigens steht mein Angebot noch. Sie können im Wagen warten.«

Er hielt den Blick nach vorn auf die Straße gerichtet und hatte eine undurchdringliche Miene aufgesetzt.

»Sie haben sie angelogen«, stellte er irgendwann fest.

»Wen?«

»Jennifer Alvarez. Eine Verschwiegenheitserklärung darf man nur nach Vorladung brechen.«

»Ach, kommen Sie. Das war nicht wirklich eine Lüge, nur eine Zeitersparnis.«

»Nur eine zeitsparende Lüge. Geben Sie es wenigstens zu, Winnett.«

Sie biss sich erneut auf die Unterlippe, konnte die bissige Antwort jedoch wieder herunterschlucken, die ihr bereits auf der Zunge lag. Sekunden später hatten sie das Haus der Dahlers erreicht.

»Wow«, flüsterte sie.

Sie hielt vor einer überdachten Veranda mit modernen Marmorsäulen, die eines edlen Hotels würdig gewesen wären. Von dort führte eine breite Marmortreppe, gesäumt von weiteren Säulen, zu einer gewaltigen Doppeltür.

Ein uniformierter Mann öffnete ihnen die Tür, bevor sie die Gelegenheit zum Anklopfen bekam.

»Wir möchten Matthew Dahler sprechen«, sagte Tess und zeigte ihren Dienstausweis vor.

»Er ist momentan nicht zu sprechen«, erklärte der Mann unbeeindruckt. »Wenn Sie mir Ihre Visitenkarte geben, meldet er sich bei Ihnen.«

»Was ist mit Mr Dahler? Oder Mrs Feldman Dahler?«, beharrte Michowsky.

Der Mann zögerte kurz, trat dann beiseite und ließ sie eintreten.

Das Innere des Hauses war ebenso beeindruckend wie das Äußere, und auch hier war Marmor ein dominierendes Element und bedeckte die Böden, die Wände und sogar einige Decken. Sie warteten eine Weile unter der Gewölbedecke des Atriums, bis man sie ins Wohnzimmer bat. Durch eine gewaltige Fensterfront, in die mehrere Türen eingelassen waren, blickte man auf eine Terrasse, einen Pool, ein Stück Strand und dahinter auf das Meer hinaus. In einiger Entfernung konnte Tess auf dem Sand eine Frau in Yogapose ausmachen.

»Was kann ich für Sie tun?«

Tess erkannte John Dahler aus den Nachrichten wieder, da er wenigstens einmal pro Woche in den lokalen Medien erwähnt wurde. Sie war ihm nie zuvor begegnet und musste sich eingestehen, dass er aus der Nähe sogar noch imposanter wirkte. Er war groß, hatte breite Schultern, rötlichblondes Haar mit einem bereits drastisch zurückgewichenen Haaransatz und Gesichtszüge, die wie in Stein gemeißelt wirkten. Er strahlte nicht einen Hauch von Hilfsbereitschaft aus. Vielmehr wirkte er entschlossen, die Sache schnell hinter sich zu bringen.

»Wir würden gern mit Matthew Dahler sprechen«, sagte Tess, nachdem sie sich geräuspert hatte.

»Er ist ausgegangen«, erwiderte Mr Dahler knapp. »Worum geht es?«

»Es geht um eine alte Freundin von ihm, die ermordet wurde.«

»Um wen genau?« Dahler schien wirklich überrascht zu sein.

»May Lin aus Chicago«, antwortete Tess.

Seine Miene wurde etwas freundlicher.

»Ja, Hanks Tochter. Was für eine Tragödie. Ich wusste gar nicht, dass Matthew sie kannte. Er müsste bald von der Arbeit nach Hause kommen.«

»Am Wochenende?«

»Mein Sohn ist sehr ambitioniert und fleißig.«

»Wo arbeitet er denn?«, wollte Michowsky wissen.

»Bei seiner Mutter.« Mr Dahler runzelte die Stirn, unterbrach den Blickkontakt, sah kurz nach draußen und wirkte auf einmal besorgt.

Er machte fast den Anschein, als würde er sich unwohl fühlen oder wäre peinlich berührt, und Tess hätte zu gern den Grund dafür erfahren. Sie wartete geduldig und wurde nicht enttäuscht.

»Wie die meisten wohlhabenden jungen Männer hat sich Matthew nach der Schule eine Zeit lang ziellos treiben lassen. Wir haben ihn gebeten, sich für eine Karriere zu entscheiden, und er wollte lieber mit ihr als mit mir zusammenarbeiten.« Er schnaufte leise, und die Falten rings um seinen Mund vertieften sich. »Er bringt nicht das geringste Interesse für die Immobilienbranche auf, dabei wird mein ganzer Besitz eines Tages ihm gehören. Das bricht mir das Herz. Er ist mein einziger Sohn.«

Eine Glastür in ihrem Rücken wurde geöffnet, und sie drehten sich um. Edwina Feldman Dahler kam herein, barfuß, in einem schwarzen Badeanzug und mit einem weißen Strandtuch um den Hals. Sie kam Tess irgendwie bekannt vor, auch wenn sie nicht wusste, woher sie die Frau kennen sollte. Als sie einander in die Augen sahen, bemerkte sie, dass Edwinas Iris von einem umwerfenden Aquamarinblau waren, das in Tess' Magengrube dasselbe ungute Gefühl auslöste, das sie auch bei Matthews Foto gespürt hatte: Angst und der unerklärbare Drang wegzulaufen. Mutter und Sohn hatten dieselben Augen. Dieselbe Farbe, derselbe Ausdruck. Als sich Tess Details zu Matthews Erscheinungsbild ins Gedächtnis rief, begriff sie, dass ihr Edwina so bekannt vorkam, weil sie ihrem Sohn derart ähnlich sah. Sie war eine weiblichere, ältere Version von Matthew. Dasselbe zerzauste, kurze blonde Haar, das gleiche kantige Kinn, dieselbe Macht ausstrahlende, stolze Haltung.

Tess zeigte ihr wortlos ihren Dienstausweis. Zwar sprach Edwina Feldman Dahler durchaus höflich mit ihnen, aber Tess fühlte sich in ihrer Gegenwart dennoch klein und unbedeutend.

»Worum geht es bei Ihrem Besuch?«

»Um die arme May Lin, Hanks Tochter«, erläuterte John rasch. »Sie möchten gern mit Matthew sprechen.«

»Ah … verstehe. Tja, Matthew ist momentan nicht da.« Sie drehte sich um, zog eine Schublade auf und reichte Tess und Michowsky eine Visitenkarte. »Das ist unser Anwalt. Bitte rufen Sie ihn an und machen Sie einen Termin für ein Treffen mit Matthew in der nächsten Woche aus.« Edwinas Augen waren eiskalt, und die Intelligenz und Entschlossenheit, die Tess darin sah, verrieten ihr, dass sie sich keine Hoffnungen machen brauchte, den Dahlers noch weiter Informationen entlocken zu können. Das Gespräch war vorbei.

Tess gab Edwina ihre Visitenkarte.

»Bitte geben Sie sie an Matthew weiter. Es wäre gut,

wenn er uns anrufen würde, nach Möglichkeit noch heute.«

Edwina nahm die Karte widerstrebend entgegen, berührte sie kaum und ließ sie rasch auf den Beistelltisch fallen. Dann zeigte sie mit einer unmissverständlichen Geste zur Tür.

Tess wollte sich schon umdrehen, verharrte dann aber.

»Wie kommt es, dass er noch bei seinen Eltern wohnt?«, fragte sie so gelassen, als würden sie beim Kaffeeklatsch zusammensitzen.

»Mein Sohn war …«, begann John Dahler.

»Unser Anwalt wird Ihnen gern alle weiteren Fragen beantworten«, fiel Edwina ihm ins Wort. »Bitte machen Sie einen Termin.«

»In Ordnung«, erwiderte Tess. »Eine Frage hätte ich noch: Woher stammt die Narbe auf Ihrer Unterlippe?«

In Edwinas stählernen Augen flackerte etwas auf, und ihre Pupillen weiteten sich ein wenig.

»Matthew hat mich gebissen, als er drei Jahre alt war«, antwortete sie unwillig. »Das ist so eine Phase bei Kindern. Wäre das alles?«

Sie machten sich nicht die Mühe einer Antwort, und kurz darauf fiel die gewaltige Haustür hinter ihnen ins Schloss.

# 41. Qualen

Es war dunkel, die Abwesenheit von Licht nahezu vollkommen. Die Finsternis veränderte Dinge; sie beeinflusste die Realität. Nun besaßen die leisesten Geräusche das zerstörerische Potenzial einer Explosion – sie verschreckten, lähmten, schwächten die Verängstigte, die Lahme, die Sterbende.

Die durch die visuelle Reizabschirmung verstärkten Geräusche vermittelten Julie eine sehr genaue Vorstellung davon, wo er sich aufhielt und was er machte. Zuvor hatte er einige Riemen bewegt und diesen abscheulichen Harnisch angepasst, und nun hing sie in einem anderen Winkel darin, mit dem Kopf höher als mit dem Körper, aber auch nicht ganz aufrecht. Das war besser, falls die simple Vorstellung von etwas Besserem in der dunkelsten Ecke der Hölle überhaupt existieren konnte.

Sie atmete flach und schnell und fürchtete sich vor den Geräuschen, die ihre Atmung erzeugte, weil sie Angst hatte, dadurch seine Aufmerksamkeit zu erregen. Dabei beobachtete sie, wie er sich ruhig, präzise und ohne Eile durch den Raum bewegte. Er fühlte sich in der Dunkelheit wohl und zögerte nicht. Wenn er nicht im Raum war, versuchte Julie, die Hoffnung nicht ganz zu verlieren, und zwang sich, daran zu glauben, dass diese Hölle irgendwann zu Ende sein würde. Man suchte da draußen doch bestimmt schon nach ihr, und schon bald würden sie sie finden. Vielleicht in den nächsten fünf Minuten, betete sie, oder in zehn. *Oh Gott, bitte verlass mich nicht …*

Julie hatte seit Jahren nicht mehr gebetet, seit der Beerdigung ihrer Großmutter, und selbst damals hatte sie es nur der Form halber getan und nicht, weil sie tatsächlich daran glaubte. Aber hier, in den Händen ihres Peinigers, kamen ihr die Gebete ganz natürlich über die Lippen, und der Glaube war die einzige Alternative zur Verzweiflung. Sie betete, anstatt über das nachzudenken, was mit ihr geschah oder was wieder geschehen würde. Sie musste einfach daran glauben, dass sie bald wieder in Sicherheit sein würde, dass sie in eine Welt zurückkehrte, in der dieser Schmerz nicht existierte.

Ihre Kehle war ganz wund von den Schreien, die niemand hörte, und ihre Augen waren verquollen, was ihre eingeschränkte Sicht noch weiter behinderte. Sie war erschöpft, und der Schlafmangel forderte seinen Tribut und stachelte ihre Angst noch weiter an. Aber vor allem wollte sie nicht, dass er sich ihr wieder näherte, auch wenn er sich auf genau das vorbereitete. Ihre Furcht drohte sie zu ersticken. Sie zwang sich dazu, rational zu bleiben und keinen weiteren Versuch zu wagen, sich aus ihren Fesseln zu befreien. Sie hatte es schon einmal probiert, als sie ausgeruht und kräftig gewesen war, jedoch ohne Erfolg. Noch immer hing sie in diesem schrecklichen Harnisch von der Decke, nackt und verletzlich, eine Marionette in den Händen eines erfahrenen Folterknechts, darauf vorbereitet, weiter ausgebeutet zu werden. Ihr Herz raste, ihre Angst jagte das Adrenalin durch ihre Adern, das sie bei Bewusstsein hielt, trotz der endlosen Stunden voller Qual, die sie bereits durchlitten hatte. Das Adrenalin war vermutlich auch der Grund für den letzten Rest von Hoffnung, der ihr geblieben war, den schwindenden Glauben daran, dass sie bald gefunden wurde. *Bitte, lieber Gott, mach, dass sie mich finden … lass sie hier sein, bevor er …*

Ein Geräusch erregte ihre Aufmerksamkeit. Er trat auf sie zu, ruhig, nackt und lächelnd. Sanft berührte er ihr Gesicht und liebkoste sie. Sie konnte nicht mehr an sich halten und schluchzte vor Verzweiflung.

»Nein, bitte nicht«, presste sie zwischen den Schluchzern hervor. »Bitte lass mich gehen.«

Er hielt inne und stand mit gespielter Entrüstung vor ihr.

»Meine Liebe«, sagte er. »Ich möchte hören, wie du Ja sagst. Dein Nein habe ich oft genug gehört.«

Sie stieß einen erstickten Schrei aus und keuchte auf. »Nein, bitte … Ich tue alles, was du willst.«

»Ja, Liebling, *ja*«, wiederholte er ruhig, als würde er ein Kind belehren. Er berührte erneut ihre geschwollene Wange, streichelte sie, strich ihr über das Haar. »Sag ja, bitte, dann können wir Freunde sein.«

Sie versuchte, sich unter Kontrolle zu bekommen und zu tun, was er verlangte. »J… ja«, stieß sie mühsam hervor.

»Großartig«, erwiderte er.

Dann ging er zur Arbeitsplatte, die im Dunkeln kaum zu erkennen war, legte einen Schalter um und der Raum wurde von einer Deckenlampe in grelles, fluoreszierendes Licht getaucht.

Sie keuchte abermals auf, weil sie wusste, was jetzt kommen würde.

»Nein, bitte nicht«, wimmerte sie, bevor sie es verhindern konnte.

Er drehte sich zu ihr um und hielt ein Skalpell in der Hand.

»Nein, nein!«, schrie sie und zerrte an ihren Fesseln.

»Wag es nicht, Nein zu sagen«, flüsterte er so dicht vor ihrem Gesicht, dass sie seinen Atem auf der Haut spürte.

Dann ging er wieder zur Arbeitsplatte, wo er geschickt eine weitere Spritze vorbereitete und Flüssigkeit aus zwei Fläschchen aufzog. Er tippte mit einem Fingernagel gegen die Spritze und drückte den Kolben herunter, um vorsichtig die Luftblasen zu entfernen, bis der Inhalt klar aussah. Nachdem er einen Wattebausch mit Alkohol getränkt hatte, was sie panisch verfolgte, baute er sich wieder vor ihr auf.

»Weißt du, warum Papierschnittwunden so wehtun?«, fragte er.

Sie bekam kein Wort heraus und konnte nur leise wimmernd die Hand anstarren, in der er die Spritze hielt.

»Das liegt daran, dass das Papier nur die Nervenenden durchtrennt und sie dort am empfindlichsten sind«, erklärte er ihr geduldig, als würde er vor einer Schulklasse stehen. »Das ist eine einzigartige Erfahrung, wie du mir bestimmt zustimmen wirst.«

Sie wimmerte wieder und wollte sich nicht der Panik hingeben. *Bitte mach, dass sie mich finden.*

»Das wird jetzt ein bisschen wehtun«, fuhr er fort, »aber keine Sorge. Es ist nichts im Vergleich zu dem, was danach kommen wird.«

Außer sich vor Angst schrie sie laut auf und zappelte verzweifelt, während er sich ihr mit der Spritze näherte. Sie musste ihn irgendwie getreten haben, weil sie spürte, wie ihr Fuß etwas berührte, und weil er leise fluchte.

»Schlampe«, knurrte er und schlug sie so fest ins Gesicht, dass ihre Lippe blutete. Sie erstarrte, als er sich vorbeugte, ihre aufgerissene Lippe zwischen die Zähne nahm und ihr Kinn umklammerte. Dann biss er fest zu, und ihr Mund füllte sich mit Blut, dessen metallischer Geschmack ihre Panik noch weiter steigerte. Sie schrie wieder, und er gab ihre Lippe frei und trat neben sie. Mit stählernem Griff packte er ihren Oberschenkel, bohrte die Nadel tief in den Muskel und drückte gnadenlos den Kolben herunter.

Sie schrie. Niemand würde kommen und sie retten.

# 42. Erwägungen

Tess ließ wortlos den Motor an, und sobald Michowsky die Beifahrertür geschlossen hatte, gab sie Gas. Sie bekam keine Luft mehr, und selbst die Klimaanlage konnte den Druck in ihrem Kopf oder das Hämmern in ihrer Brust nicht lindern.

An der Straßenecke übersah sie ein Stoppschild und hupte die anderen Fahrer erbost an. Alles, was sie bisher hatten, waren Straßensperren, Hindernisse, die sie davon abhielten, den Täter zu erwischen. Was konnte sie jetzt noch tun, wo Julie seit eineinhalb Tagen vermisst wurde und die Dahlers Matthew um jeden Preis beschützten? Ein paar Grundstücke heraussuchen in der Hoffnung, dass sie sich zufällig für den Ort entschieden, an dem Matthew Dahler Julie gefangen hielt? Und wenn sie sich irrten? Wenn Edwina Dahler ihrem Sohn erzählte, dass die Polizei auf der Suche nach ihm war? In dem Augenblick, in dem er davon erfuhr, würde er Julie töten und alle Spuren beseitigen. Sie würden ihre Leiche niemals finden, nicht, wenn er sie problemlos in den Everglades entsorgen konnte.

»Dieser Mistkerl!«, schimpfte sie und hämmerte mit der Faust auf das Lenkrad.

Michowsky drehte sich zu ihr um und starrte sie an. »Wo fahren wir eigentlich hin?«

»Ich muss nachdenken, das ist alles«, erwiderte sie. »Soll ich Sie irgendwo absetzen?«

»Ich komme einfach mit«, erklärte er und verschränkte die Arme. »Wir sind ja angeblich ein Team, jedenfalls sagt man das.«

Sie schaltete das Blaulicht ein, trat das Gaspedal durch und fluchte leise vor sich hin. Der Verkehr war immer noch sehr dicht und kam auf der Interstate beinahe zum Erliegen, aber sie fuhr über den Randstreifen und wurde erst langsamer, als sie die Ausfahrt erreichten.

»Ist es Ihnen aufgefallen?«, erkundigte sich Michowsky. »Das mit dem Haus?«

»Hm? Was denn?«

»Es zeigt gen Osten und verfügt über einen eigenen Sandstrand.«

»Verdammt … Nein, das ist mir völlig entgangen.«

»Haben Sie Edwina da draußen gesehen?«

»Nein, ich hatte mich auf Dahler konzentriert. Er war für meinen Geschmack etwas zu entgegenkommend. Warum?« Sie ärgerte sich über sich selbst. Wie hatte sie das übersehen können?

»Sie hat Yogaposen in Richtung der aufgehenden Sonne gemacht. Alle möglichen Posen. Das könnte nur Zufall sein, aber ich glaube, er …«

»Und er hat sie ebenfalls gebissen«, fiel Tess ihm ins Wort. »Er hat sie in die Lippe gebissen, genau wie einige der Opfer. Wie Sonya.«

»Was bezweckt er damit? Will er ihr etwas mitteilen?«

Sie antwortete nicht sofort, sondern umklammerte mit finsterer Miene das Lenkrad und fuhr durch die geschäftigen Straßen, in denen lauter schlechte Autofahrer in Mietwagen unterwegs waren. Touristen achteten eher auf den Ozean und die Sehenswürdigkeiten als auf den Verkehr. Sie waren abgelenkt, fotografierten mit ihren

Handys und sorgten für noch mehr Chaos auf den Straßen von Miami.

»Das ist gut möglich«, antwortete sie schließlich. »Möglicherweise lässt er irgendein Trauma, das etwas mit seiner Mutter, dem Strand und dem Sonnenaufgang zu tun hat, wieder aufleben. Oder so. Aber er experimentiert auch und perfektioniert seine Methode. Das sagen sowohl Doc Rizza als auch SSA McKenzie, der Profiler, und es ergibt für mich den größten Sinn.«

»Sie denken also, er will ...«

»Seine Mutter umbringen. Ja.«

»Lassen wir das Familienvermögen mal außer Acht: Wann schreiben wir den Kerl zur Fahndung aus? Was machen wir, wenn wir erst nächste Woche mit ihm sprechen können?«

Sie warf ihm einen kurzen Seitenblick zu und schnaufte leise.

»Das können wir vergessen. Sobald wir das tun, wird die Familie davon erfahren und somit auch Matthew. Jemand aus der Truppe wird die Dahlers anrufen, entweder, weil sie miteinander bekannt sind, oder weil er sich etwas dazuverdienen will. Und das ist der Moment, in dem Julie stirbt.« Sie biss sich auf die Unterlippe und schlug auf das Lenkrad. »Vielleicht ist sie auch schon tot. Und ich bin schuld.«

Sie sagte nichts weiter, obwohl Michowsky sie anstarrte. Irgendwann wandte er sich ab und sah schweigend aus dem Fenster.

Nach einigen Minuten fuhr sie auf den Parkplatz des Media Luna und hielt in der Nähe des Eingangs. Wie immer am frühen Nachmittag war nicht besonders viel los. Tess entdeckte Catmans Jeep Wrangler, ausgestattet mit Kuhfänger, Winde und Dachgepäckträger und in Tarnfarbe lackiert. Einige Dinge machten Catman zu dem Menschen, der er war, und der Jeep gehörte definitiv dazu.

»Brauchen Sie Ihre Dosis, Agent Winnett?«, fragte Michowsky. In seiner Stimme schwang Enttäuschung mit.

Sie grinste ihn nur an und betrat die Bar. Er folgte ihr mit finsterer Miene und nickte Catman zu, der sie lächelnd begrüßte, sich die Hände abwischte und auf sie zukam.

»Burger und Pommes?«, fragte er.

Tess nickte einmal. Cat wandte sich an Michowsky und wurde schlagartig ernst.

»Ein Bud Light, nicht wahr?«

»Ja, klar, warum nicht?«, erwiderte er schlecht gelaunt. »Wenn wir schon feiern …«

Sie vergrub das Gesicht in den Händen und genoss es, ihre kühlen Finger an den müden Augen zu spüren. Was in aller Welt konnten sie jetzt noch tun? Vielleicht fanden die anderen noch etwas in den Finanzunterlagen. Einen Ort, eine Adresse, einen weiteren Hinweis. Vorerst steckten sie in einer Sackgasse, und sie ging wieder und wieder die ihnen verbliebenen Optionen durch wie ein Computer, der einen Datensatz nicht verarbeiten konnte.

Tess konnte nur hoffen, dass Matthew wie durch ein Wunder nicht verschreckt wurde und nicht beschloss, Julie zu töten und seine Spuren zu verwischen. Sie wünschte sich so sehr, dass sie noch eine Chance hatten. In letzter Zeit waren ihre Wünsche jedoch nicht in Erfüllung gegangen. Sie hatten Matthew nicht im Haus seiner Eltern angetroffen und ihm somit auch nicht folgen können, um sein Versteck zu finden. Ebenso wenig hatte sie sich vergewissern können, dass er der Mörder war, indem sie einfach mit ihm redete.

»Zweifeln wir noch immer daran, dass Matthew Dahler unser Mann ist?«, fragte Michowsky.

Sie wäre beinahe zusammengezuckt, als sie hörte, wie er ihre Gedanken laut aussprach. Manchmal war Michowsky ihr beinahe unheimlich. Er war wirklich ein guter Polizist.

»Tun Sie es?«

»Er passt ins Profil«, erklärte Michowsky und dankte Cat mit einer Geste für das Bier, das dieser vor ihm abstellte. »So ungern ich es auch zugebe. Wir könnten uns mit dem, was wir haben, vermutlich schon einen Durchsuchungsbeschluss besorgen. Ich kenne da einen Richter im Palm Beach County, der sich von Geld nicht besonders einschüchtern lässt und uns vielleicht hilft.«

»Wir brauchen eine Adresse, Michowsky. Einen blanko Durchsuchungsbefehl, der all seine Besitztümer abdeckt, stellt uns niemand aus. Dafür hat er zu viel, da spielt ein Richter nicht mit. Außerdem könnte er auch ein gewerbliches Gebäude oder ein Grundstück nutzen, das seinen Eltern gehört. Wer weiß. So weit sind wir noch nicht.« Sie stürzte ihren Drink gierig herunter, bis sie sich beinahe an den Pfefferminzblättern verschluckte.

»Hey, nicht so hastig«, murmelte Michowsky. »Wir haben Zeit. Wenn er noch nicht durchgedreht ist, bleibt uns noch Zeit. Dies ist erst der zweite Tag.«

Sie schlug so fest auf den Tresen, dass ihre Gläser klirrten und Cat den Kopf drehte und sie beäugte.

»Denken Sie wirklich, wir hätten noch Zeit, Michowsky?«, rief sie und ignorierte die wenigen anderen Gäste. »Sind Sie tatsächlich dieser Ansicht? Bilden Sie sich ein, sie wäre irgendwo in einem Spa und lässt sich die Nägel machen? Haben Sie seine anderen Opfer gesehen? Was zum Teufel ist los mit Ihnen?«

Catman tauschte ihr leeres Glas kommentarlos gegen ein volles aus und verschwand wieder.

Michowsky starrte sie mit offenem Mund an. »So habe ich das nicht gemeint …«

»Davon erholt sich ein Mensch nicht mehr, Gary, jedenfalls ist die Wahrscheinlichkeit sehr gering. Wir haben keine Zeit mehr. Wir hatten nie welche. Nicht, seitdem er sie in seiner Gewalt hat.«

Kaum hatte sie die Augen geschlossen, stürmten die Erinnerungen an ihren eigenen Albtraum auf sie ein. Sie wusste noch genau, wie sie versucht hatte, wegzulaufen, sich aus der Gewalt des Angreifers zu befreien. Sie hatte sich unter ihm gewunden, gekratzt, gebissen und getreten. Sich übermannt und unterlegen gefühlt, bis der Schmerz einsetzte. Sie erschauderte und wischte sich unauffällig eine Träne aus dem Augenwinkel. Dann trank sie einen Schluck des eiskalten, tröstlichen Drinks, der die Geister vertrieb und die Normalität wiederherstellte.

Michowskys Handy klingelte und ersparte es ihr, sich für ihren Ausbruch entschuldigen zu müssen. Er legte das Handy zwischen sie auf den Tresen und schaltete den Lautsprecher ein.

»Hier sind Fradella und Brooks. Wir haben Informationen über seinen Besitz.«

»Schießen Sie los.« Mit einem Mal war Tess hellwach.

»Wir haben die Liste der möglichen Standorte in Florida eingegrenzt. Er hat vor sieben Jahren eine Villa am Nordende von Palm Beach Island gekauft, alles bar bezahlt und er zahlt auch die Steuern dafür stets bar. Es grenzt an ein Wunder, dass das Haus auf seinen Namen eingetragen ist«, berichtete Fradella. »Wir hatten Glück.«

»Die Adresse?«

»Ist in Ihrem Posteingang. Aber da ist noch mehr. Das Einzige, was er in all den Staaten in denen er gemordet hat, gleich war, ist, dass er überall Frachtcontainer auf Docks gemietet hat. Wir konnten keine weitere Gemeinsamkeit finden.«

»Warum ist uns das bisher entgangen?«, wollte Michowsky wissen.

»Weil er sie nicht mit seinen eigenen Kreditkarten bezahlt hat. Für die Container hat er verschiedene geschäftliche Subunternehmen benutzt. Übrigens ist Ihr Donovan ein verdammt guter Analytiker.«

»Das ist er … Bitte richten Sie ihm meinen Dank aus«, sagte Tess.

Am anderen Ende herrschte Schweigen, und dann war ein leises Kichern zu hören, das von Fradella oder Brooks stammen konnte.

»Ähm … Das haben wir gemacht, und er sagte, Sie könnten ihn auch mal.«

Sie zuckte zusammen und erinnerte sich an das Kaffeefiasko vor zwei Tagen.

»Das ist ein interner Witz«, behauptete sie. »Gibt es sonst noch was?«

»Ja, hier in Florida hat er auch einen Frachtcontainer. Wir sind davon ausgegangen, dass er sein Haus nutzt, wenn er hier mordet, aber am Hafen von Palm Beach steht ein neun Meter langer Container auf einem langfristig gemieteten Platz.«

»Ist das nicht gleich gegenüber von …«, begann Tess zögerlich.

»Ja, das ist direkt auf der anderen Seite des Wassers von seinem bar bezahlten Haus.«

»Brooks, konnten Sie etwas über im Haus installierte Fitnessgeräte in Erfahrung bringen?«

»Es ist Wochenende, daher geht so gut wie keiner ans Telefon. Bisher haben wir nichts herausgefunden, aber zwei Unternehmen müssen sich noch zurückmelden.«

Sie knirschte mit den Zähnen.

»In Ordnung. Rufen Sie mich an, sobald Sie mehr wissen. Und, Brooks? Klopfen Sie an Türen, und warten Sie nicht länger. Ich brauche die Informationen so schnell wie möglich.«

Sie legte auf und stopfte sich ein paar Pommes frites in den Mund, nachdem sie den Teller bisher noch nicht angerührt hatte.

»Wie steht es jetzt mit dem Durchsuchungsbefehl?«, fragte Michowsky.

»Vergessen Sie's. Ich fahre da jetzt hin.« Sie sprang vom Barhocker und nahm sich noch ein paar Pommes. »Das ist es. Wir haben ihn.«

»Was? Wo wollen Sie denn hinfahren?«

»Zum Hafen von Palm Beach. Zuerst sehe ich mir den Container an und dann das Haus.«

»Den Teufel werden Sie tun!« Michowsky packte ihren Arm. »Vielleicht nachdem Sie sich ausgeschlafen haben.«

»Was? Nehmen Sie die verdammte Hand weg«, knurrte sie und war wie erstarrt, weil er sie berührte. »Bevor ich sie breche.«

Michowsky ließ ihren Arm so abrupt los, als hätte er sich verbrannt, und hob beschwichtigend die Hände.

Cat kam lautlos und mit todernstem Blick näher und hatte die Hände in den Hosentaschen versenkt. Er trat zu Michowsky, durchbohrte ihn mit dem Blick und stützte die Hände auf den Tresen.

»Trinken Sie wenigstens einen Kaffee, Winnett«, beharrte Michowsky.

»Ich bin drauf und dran, das Gesetz gleich mehrfach zu brechen, Michowsky, daher wäre es wirklich klüger, wenn Sie mich allein losziehen lassen und sich da raushalten.«

»Und was ist mit dem Durchsuchungsbefehl?«

Sie gab ihm keine Antwort, sondern stürmte mit dem Autoschlüssel in der Hand hinaus.

Michowsky schüttelte den Kopf und wollte ihr schon folgen, drehte sich dann aber zu Cat um.

»Wieso haben Sie sie nicht aufgehalten?«

»Warum zum Teufel sollte ich das tun?«, fragte Cat ruhig und gänzlich humorlos.

»Darum.« Gary deutete auf Tess' leeres Glas. »Drei Mojitos sind meiner Meinung nach Grund genug.«

»Das sind nur Virgin Mojitos«, erklärte Cat.

»Was?«

»Pfefferminzlimonade«, führte er lachend aus. »Sie sind der Einzige, der hier Alkohol getrunken hat, und damit derjenige, der nicht mehr fahren sollte, verstanden?«

»Ach, verdammt …«, murmelte Gary und stürmte hinaus. Er rannte gerade noch rechtzeitig um die Ecke, um zu sehen, wie Tess mit eingeschaltetem Blaulicht losfuhr. Er winkte ihr mit beiden Armen zu.

»Hey! Hey! Warten Sie, verdammt noch mal!«, brüllte er.

Sie trat auf die Bremse, wirbelte eine Staubwolke auf, legte den Rückwärtsgang ein und kam auf ihn zugerast. Er hatte kaum auf dem Beifahrersitz Platz genommen und die Tür geschlossen, als sie auch schon wieder Gas gab.

# 43. Rechtsstaatlichkeit

»Passen Sie mal auf.« Gary hob die Stimme. »Hören Sie mir einfach nur zu, okay?«

Tess warf ihm einen wütenden Seitenblick zu und konzentrierte sich dann wieder aufs Fahren. Wann immer ihr ein Wagen nicht schnell genug Platz machte, drückte sie auf die Hupe. Mit einem frustrierten Schnaufen beschloss sie, sich eine verdammte Sirene in den Wagen einbauen zu lassen. Diese dämlichen Vorschriften … Gab es für FBI-Agenten denn keine Notfälle, die so etwas rechtfertigten? Wieso konnte dieser dämliche Bürokrat, der sich diese Vorschrift ausgedacht hatte, nicht an Julies Stelle gefesselt und gefoltert werden und darauf warten, dass Tess sich den Weg durch den dichten Verkehr ohne Sirene bahnen musste? Das wäre ihm recht geschehen. Wahrscheinlich hätte er diese Vorschrift dann sofort außer Kraft gesetzt.

»Wir könnten uns einen Durchsuchungsbeschluss holen, Winnett. Warum wollen Sie das Risiko eingehen?«

»Das dauert viel zu lange. Ich lasse nicht zu, dass Julie diese Qualen auch nur eine Minute länger als nötig ertragen muss.«

Gegen dieses Argument konnte selbst Gary nicht ankommen, was sein Schweigen bewies.

»Ich riskiere meine Karriere, weil ich von zwei Punkten überzeugt bin«, sagte sie. »Erstens, dass Matthew Dahler unser Mann ist, da bin ich mir zu neunundneunzig Prozent sicher, und zweitens, dass wir Julie an einer der beiden Adressen finden werden. Aber es ist meine

Karriere, die ich aufs Spiel setze, und ich bin nicht bereit, auch Ihre zu opfern. Also bleiben Sie im Wagen, wenn wir dort ankommen. Halten Sie mir den Rücken frei, falls ich Mist baue.«

Er sagte eine ganze Weile kein Wort, sondern saß offenbar gekränkt und mit verzerrtem Gesicht da. Er starrte durch die Windschutzscheibe und kratzte sich den Kopf.

»Okay, Winnett, wir machen es, wie Sie wollen.« Er klang müde und resigniert.

»Glauben Sie, dass wir Julie dort finden werden?«

»Ich hoffe es. Falls nicht, habe ich … haben wir keine weiteren Spuren mehr, rein gar nichts. Dann sind wir am Ende, und das wird für uns alle schwerwiegende Konsequenzen haben.«

»Ja«, sagte sie leise. Er hatte recht. Wenn sie einen Fehler machten, würden sie sich nicht mehr davon erholen. Ohne guten Grund und Durchsuchungsbeschluss fremden Besitz zu betreten, war ein Rechtsbruch, und da es um die Dahlers ging, würden sie damit niemals durchkommen.

Tess verlangsamte das Tempo, als sie sich dem Hafen näherten. Die Tore standen offen, daher musste sie nicht anhalten, sie tat es trotzdem, um sich bei einem Hafenmitarbeiter zu erkundigen, wo die Lagercontainer zu finden waren. Danach schaltete sie das Blaulicht aus und fuhr langsam weiter in die angegebene Richtung.

Ihr Handy vibrierte, und Gary schnappte es sich und las die eingetroffene Nachricht.

»Drehen Sie um«, verlangte er. »Die Deckenverstärkung wurde im Keller des Hauses eingebaut. Gerade kam die Bestätigung.«

Die Reifen quietschten auf dem überhitzten Asphalt, und Gary musste sich festhalten und stöhnte laut, als sie wendete. Sie raste vom Hafengelände herunter und zum Highway 1, bog nach links ab und fuhr weiter gen Süden. Das war sicherer als die andere Route, auch wenn sie zahlreiche Kreuzungen passieren mussten.

Gary zog seine Glock aus dem Holster, überprüfte die Munition und steckte sie wieder weg.

»Oh nein«, protestierte Tess. »Sie bleiben im Wagen. Darauf hatten wir uns geeinigt.«

»*Wir* haben uns auf gar nichts geeinigt. *Sie* wollten mir etwas vorschreiben, und ich hatte keine Lust mehr, mich länger mit Ihnen zu streiten. Ich bin viel zu müde, um ständig mit Ihnen zu diskutieren, Winnett.«

»Wir können da nicht beide reingehen, Detective. Denken Sie doch mal mit. Was ist, wenn er uns beide erschießt?«

»Das ist Blödsinn, und das wissen Sie selbst. Aber wie Sie wollen. Dann bleibe ich hier«, gab er nach und versuchte gar nicht erst, seine Kratzbürstigkeit zu verbergen.

Sie bog in Dahlers Straße ein und schaltete das Blaulicht aus. Zwei Häuser vor seinem stellte sie den Wagen am Straßenrand ab. Weit und breit war kein Fußgänger zu sehen, was auf dieser schmalen Straße und am späten Nachmittag an einem ruhigen Wochenende nicht weiter verwunderte. Tess überprüfte rasch ihre Waffe, stieg aus und schloss leise die Wagentür.

So unauffällig wie möglich ging sie auf Dahlers Haus zu. Tess war sich nicht sicher, ob sie sich nicht lieber von hinten Zutritt verschaffen sollte. Sie sah sich ein letztes Mal um und betrat mit gezogener Waffe den Garten.

* * *

Gary beobachtete sie aus der Ferne, überlegte einige Sekunden, zückte dann sein Handy und rief beim FBI an.

»Gibt es bei Ihnen einen Special Agent in Charge namens Pearson? Könnten Sie mich bitte zu ihm durchstellen? Dies ist ein Notfall.«

Sobald er das Gespräch beendet hatte, zog er seine Waffe und folgte Tess in Dahlers Garten.

# 44. Der Unterschlupf

Es wurde langsam dunkel, das half ihr dabei, unsichtbar zu bleiben, halb verborgen von den Büschen und einem knapp zwei Meter hohen Zaun. Tess duckte sich und schlich weiter zum Haus, wobei sie auf Bewegungssensoren achtete, um nicht versehentlich das Licht einzuschalten. Über dem Seiteneingang befand sich einer, aber sie drückte sich an die Wand, um ihn nicht zu aktivieren.

Sie erreichte die Tür und testete vorsichtig den Griff. Abgeschlossen. Sie griff in ihre Gesäßtasche und zog eine Kreditkarte aus dem Portemonnaie. Einige Sekunden später war die Tür offen.

Langsam und vorsichtig zog sie sie auf und lauschte auf Geräusche aus dem Inneren des Hauses. Sie hörte den Fernseher im ersten Stock, und flackerndes Licht fiel bis auf die Treppe. Der Seiteneingang im Erdgeschoss lag ein halbes Stockwerk tiefer als die untere Etage und ein halbes Stockwerk über dem Keller. Bei Matthews inoffiziellem Zuhause handelte es sich um ein Terrassenhaus.

Sie zog die Tür lautlos hinter sich zu und beschloss, im Keller anzufangen. Die Treppenstufen waren mit dicken Teppichfliesen ausgelegt, die das Geräusch ihrer Schritte schluckten. Sobald sie unten angekommen war, sah sie zuerst in die Waschküche, wobei sie die Waffe in der rechten Hand hielt. Mit der linken hielt sie die Taschenlampe fest, den Daumen auf dem Druckschalter, und stützte gleichzeitig den rechten Unterarm, um mehr Stabilität zu gewinnen. Danach überprüfte sie mehrere

Schränke und einen leeren Vorratsraum unter der Treppe.

Nun blieb nur noch eine Tür übrig, und sie öffnete sie langsam, um möglichst kein Geräusch zu machen. Der Raum, den sie betrat, war groß und erstreckte sich vermutlich unter dem gesamten Wohnbereich des Hauses. Sie schloss leise die Tür und konzentrierte sich als Erstes auf die Ecken.

Dann sah sie ihn in der Mitte des Raumes, den komplizierten Harnisch, in dem die reglose nackte Gestalt einer jungen Frau hing. Sie ließ den Kopf hängen, sodass ihr das braune Haar ins Gesicht fiel. Ihr Rücken war mit schmalen Linien bedeckt, an denen getrocknetes Blut klebte. Tess keuchte auf. Sie hatte geglaubt, nach Doc Rizzas Bericht auf das vorbereitet zu sein, was sie hier sehen würde, aber dieser Anblick erschütterte sie bis ins Mark. Der Harnisch hing von der Decke, und mithilfe mehrerer Seile und Winden war es leicht, die Position der darin gefesselten Frau zu verändern. Einige Meter davor lagen auf einer gekachelten Arbeitsfläche mehrere medizinische Instrumente, Drogen und Sexspielzeuge ordentlich auf Tabletts aufgereiht oder hingen an der Wand; all die Accessoires, die der sexuelle Sadist, dessen Profil sie erstellt hatten, sich nur wünschen konnte. Da sie voller Entsetzen darauf starrte, entging ihr der stille Alarm an der Wand. Die LEDs unter dem Display wurden rot und blinkten.

Tess trat rasch zum Harnisch und versuchte herauszufinden, ob die junge Frau noch am Leben war. Nachdem sie die Waffe weggesteckt hatte, überprüfte sie den Puls und stützte ihr sanft den Kopf. Die Frau lebte noch, war aber kaum bei Bewusstsein; sie zuckte bei der Berührung zusammen und wimmerte leise.

»Sch … Es ist alles gut«, flüsterte Tess. »Ich bin vom FBI und werde Sie hier rausholen.«

Julie wimmerte erneut und versuchte, die Augen aufzuschlagen, was ihr aber nicht gelang. Sie schien unter Drogen gesetzt worden zu sein. Tess suchte nach einem Lichtschalter, auch wenn sie dadurch Gefahr lief, Dahlers Aufmerksamkeit zu erregen. Endlich entdeckte sie ihn direkt über der Arbeitsplatte vor sich, legte ihn um, und grelles, fluoreszierendes Licht ging an.

Rasch lief sie zurück zu Julie und überprüfte ihre Pupillen. Die arme Frau bemühte sich, konnte die Augen aber nicht offen halten. Sie stöhnte leise und wollte etwas sagen, bekam jedoch nichts Verständliches heraus. Ihr Gesicht war an mehreren Stellen geschwollen, und ihre Unterlippe war aufgebläht, zerrissen und mit getrocknetem Blut verschmiert.

»Es wird alles gut«, flüsterte Tess. »Ich bringe Sie hier raus.«

Tess gab den Versuch auf, die Frau bei Bewusstsein zu halten, und machte sich daran, die Fesseln zu lösen. Sie fing mit dem rechten Handgelenk an und fummelte mit zitternden Fingern an den Lederriemen herum, versuchte verzweifelt, sie zu lösen, und bekam ihre Umgebung gar nicht mehr mit.

Daher sah sie ihn nicht kommen und hörte ihn auch nicht. Mit einem Mal wurde sie quer durch den Raum und gegen die Wand geschleudert, vor der sie zu Boden fiel. Verwirrt und mit rasendem Herzen hob sie gerade noch rechtzeitig den Kopf, um zu sehen, wie Matthew Dahler mit geballten Fäusten auf sie zustürmte. Einem Schlag konnte sie ausweichen, dann packte sie seinen Arm und nutzte ihn als Hebel, um vom Boden aufzustehen und gleichzeitig nach ihrer Waffe zu greifen. Aber sie konnte sie nicht schnell genug ziehen. Dahler umklammerte sie, drückte ihr beide Arme an den Körper und zerrte sie zur Arbeitsplatte, während sie vergeblich nach ihm trat. Er rammte ihren Rücken fest gegen die Tischplatte, und sie keuchte auf, als der Schmerz durch ihr Steißbein zuckte. Dahler griff nach einer Spritze, in der sich noch der Rest einer Flüssigkeit befand. Wie in einem Traum hörte Tess Julie noch lauter und verzweifelter wimmern.

Tess sah voller Panik, wie sich die Spritze ihrem Hals näherte, und versuchte mit ganzer Kraft, sich zu befreien. Aber Dahler war stark und hielt sie mit eisernem Griff fest. Es gelang ihr, ein Knie hochzuziehen und ihn in den Schritt zu treten, allerdings nicht so fest, wie erhofft. Immerhin brachte sie ihn leicht aus dem Gleichgewicht. Sie nutzte die Gelegenheit und rammte ihm einen Ellbogen in den Bauch, und als er sich reflexartig krümmte, knallte sie ihm den Ellbogen gleich noch gegen das Kinn, wobei sie die rechte Hand um die linke Faust legte, um mehr Kraft in den Schlag zu bringen. Sie hörte seine Zähne klappern, und er stöhnte vor Wut auf und starrte sie mit seinen blauen Augen zornig an. Plötzlich stieß er ein Grunzen aus und schloss so energisch die Fäuste, dass sie die Knöchel knacken hörte.

Er ging mit beiden Händen auf sie los, packte ihre Arme und schleuderte sie gegen die Wand. Tess wedelte mit den Armen, griff blind nach ihm und erwischte sein T-Shirt. Der Stoff zerriss, als sie gegen die Wand knallte, und entblößte seinen Oberarm, sodass sie sehen konnte, wie sich sein durchtrainierter Bizeps unter der Haut bewegte. Tess keuchte auf, starrte das Tattoo, das zum Vorschein gekommen war, entsetzt an und erstarrte. Eine Schlange, die sich um einen Stock wand. Die Schlange aus ihren finsteren Erinnerungen, aus ihren Albträumen. Das Tattoo, das sie aus ihrer dunkelsten Stunde kannte.

Dieses Bild suchte sie nun schon seit über zehn Jahren heim, aber nun sah sie es zum ersten Mal klar und deutlich vor sich. Ihr wurde speiübel, und sie stieß ein leises Wimmern aus, hockte sich auf den Boden und konnte keinen klaren Gedanken mehr fassen.

Dahler, der sich auf den Gegenangriff vorbereitet hatte, musterte sie verwirrt. Er packte sie am Revers, zerrte sie auf die Beine und presste sie mit dem Rücken an die Wand. Dann sah er ihr ins Gesicht, musterte sie von Kopf bis Fuß und grinste.

»Na, wen haben wir denn hier?«, fragte er. »Das Leben steckt wirklich voller Überraschungen.«

Sie sah ihm wie erstarrt ins Gesicht und konnte keinen Muskel bewegen, während sich die brutalen Erinnerungen nach Jahren des Schweigens und der Dunkelheit Bahn brachen. Vor ihr stand der Mann mit dem Schlangentattoo, den sie überall gesucht hatte, in Datenbanken ebenso wie auf den Straßen, in Geschäften, im Fernsehen. Endlich hatte sie ihn gefunden, aber nun war sie ob seiner Nähe wie betäubt und verwandelte sich in ein zitterndes, würgendes Nervenbündel.

Während er sie mit einer Hand gegen die Wand drückte, nahm er ihr mit der anderen die Waffe ab und schleuderte sie auf die Arbeitsplatte. Dann schlug er Tess mit der rechten Faust ins Gesicht, woraufhin sie benommen zu Boden sackte. Ihre rechte Wange kam hart auf den Fliesen auf, und sie hatte einen Lichtblitz vor Augen, als ihr Kopf gegen den kalten Boden prallte. Tess versuchte, den Kopf zu heben, aber er drückte ihn mit einem Ellbogen auf den Boden und kniete sich auf ihren Brustkorb. Mit einer Hand zerrte er ihr Haar nach hinten und entblößte ihren Hals.

»Da ist es ja.« Er lachte laut auf und strich mit dem Finger zwischen ihrem Ohr und ihrem Nacken über ihren Haaransatz. »Mein Zeichen. Ich erkenne mein Frühwerk wieder.«

Sie wimmerte leise und verabscheute sich für ihre Schwäche. Als sie ihm in die Augen starrte, die den ihren so nah waren, erinnerte sie sich wieder an das Flackern darin. In jener Nacht vor langer Zeit war es dunkel gewesen und er hatte eine Maske getragen, aber dieses Glitzern, dieses Aufblitzen von wilder, sadistischer Grausamkeit, war schon damals dort gewesen, und jetzt sah sie es wieder.

»Du erkennst mich, nicht wahr?«, fragte Dahler und drückte ihre linke Schulter noch fester.

Der stechende Schmerz und die fehlende Kraft und Koordination in der linken Hand deuteten darauf hin, dass ihre Schulter gebrochen oder ausgekugelt war. Sie schrie auf, weil es unfassbar wehtat.

»Ich wusste, dass du mich wiedererkennen würdest«, fügte er noch immer lachend hinzu. »Ich habe versucht, unsere Begegnung so denkwürdig wie möglich zu gestalten.«

Ihr Blick wanderte wieder zu seinem Tattoo. Die Schlange am Stab, das Symbol der Heilung und der Medizin. Man nannte das Symbol auch Äskulapstab, wie sie beim Anblick vieler Tausender Tattoos in der FBI-Datenbank gelernt hatte, während sie auf der Suche nach ihm gewesen war, nach Matthew Dahler, lange bevor sie seinen Namen gekannt hatte.

»Leider bist du weggelaufen, bevor ich mein erstes Meisterwerk vollenden konnte. Aber das lässt sich ja jetzt noch nachholen, nicht wahr?«

Sie hörte, wie Julies Wimmern lauter und immer lauter wurde und schließlich in verzweifelte Schreie überging. Irgendwie fachte das ihren Mut an, schenkte ihr neue Kraft, und sie löste sich nach und nach aus ihrer

Erstarrung, konnte wieder klarer denken und ihren nächsten Zug planen.

»Steh auf«, verlangte er und gab sie frei. Er trat einige Schritte nach hinten, nahm ihre Waffe von der Arbeitsplatte und richtete sie auf Tess. »Bewegung.«

Das Aufstehen schmerzte, ihr linker Arm hing schlaff herunter, und in ihrem Kopf pochte es. Sie schaffte es, sich hinzustellen, wandte den Blick aber nicht von Dahler ab.

»Ja, ich bin weggerannt«, sagte sie und fand sogar die Kraft, ihn anzugrinsen. »Weißt du auch, warum? Weil ich Arschlöcher wie dich hinter Gitter bringen musste. Ich konnte sie nicht warten lassen.«

Er kam wieder näher, mahlte mit dem Kiefer und hielt ihr die Waffe dicht vor die Brust. Tess zuckte nicht einmal zusammen.

»Soll ich dir auch verraten, warum ich den Abschaum dieser Welt nicht warten lassen konnte?«, fuhr sie fort und zwang sich, unaufhörlich weiter zu grinsen. »Weil ich den Weg für dich bereiten musste. Du bist der Nächste. Schon bald wirst du alles über Vergewaltigungen im Gefängnis wissen. Das wird ein Spaß.«

Er machte noch einen Schritt auf sie zu, und seine Lippen zuckten vor Zorn.

»Halt die Klappe, du Schlampe. Ich bin derjenige mit der Waffe in der Hand.«

Sie sah ihm abermals in die Augen, auch wenn sie das sehr verstörte und ihre Übelkeit verschlimmerte. Er war den Umgang mit Schusswaffen offenbar nicht gewohnt. Jemanden zu erschießen, das war nicht sein Modus Operandi. Er liebte es, seine Opfer zu quälen. Er wollte Tess leiden lassen, sie dort aufhängen, wo sich Julie gerade befand. Tess unterdrückte ein Schaudern.

»Ich wüsste zu gern, wie es für dich gewesen ist«,

meinte sie und legte so viel Sarkasmus in ihre Stimme, wie sie nur aufbringen konnte, »als du festgestellt hast, dass ich nicht mehr da war, während du mit deinem Schwanz in der Hand dagestanden hast. Du musstest das Vergewaltigen wohl noch üben, was?«

Er kam noch näher, sodass sie jetzt kein halber Meter mehr trennte. Ihr linker Arm war nicht zu gebrauchen, oder jedenfalls kaum, und das Pochen in ihrer linken Schulter wurde immer schlimmer, aber sie musste etwas unternehmen, und das war die perfekte Gelegenheit.

»Die Waffe ist gesichert, du Hornochse«, behauptete sie kaltschnäuzig.

Er wandte den Blick für einen Sekundenbruchteil von ihr ab und sah zum Sicherungshebel, und das reichte ihr. Schon rammte sie ihm den rechten Handballen mit einer Aufwärtsbewegung gegen das Kinn, machte gleichzeitig einen Schritt nach rechts und wehrte seine Waffenhand mit so viel Kraft ab, wie sie nur aufbringen konnte. Er ließ die Waffe fallen und ruderte mit den Armen, um nicht das Gleichgewicht zu verlieren, aber sie stieß ihm ein Knie in den Schritt, so fest sie konnte. Dahler taumelte nach vorn, hielt sich mit beiden Händen den Bauch und hielt den Kopf so, dass sie nur noch zutreten musste. Ein zweiter Tritt in die Lendengegend schickte ihn in Richtung Arbeitsplatte, und sie nutzte die Gelegenheit und hob ihre Waffe auf, um sie mit eiskaltem Blick auf ihn zu richten.

»Eine Sig hat keinen Sicherungshebel, Arschloch.« Sie drückte den Abzug und jagte ihm eine Kugel in den Oberschenkel. Er schrie vor Schmerz auf, hockte sich vor die Wand und versuchte mit beiden Händen, den Blutschwall aufzuhalten.

Dann schlug sie ihm den Knauf der Waffe gegen den Schädel, woraufhin er das Bewusstsein verlor.

»Jetzt sind wir quitt«, murmelte sie und steckte die Waffe weg.

Julie war wach, starrte jedoch mit glasigen Augen ins Leere. Sie wimmerte nicht mehr, seitdem Tess auf Dahler geschossen hatte, und wollte etwas sagen, aber Tess konnte sie einfach nicht verstehen. Tess versuchte erneut, die Fesseln zu lösen, fing diesmal jedoch bei den Füßen an, damit Julie so schnell wie möglich wieder auf eigenen Beinen stehen konnte.

»Fast geschafft. Ich bin gleich fertig«, sagte sie leise. »Ich verspreche Ihnen, dass Sie niemand so sehen wird.«

Julie wimmerte nur, und ihr rann eine frische Träne über die Wange.

Tess hatte die Fußfesseln gelöst und wollte Julie sanft beim Hinstellen helfen, aber Julie zuckte jedes Mal zusammen, wenn sie sie berührte. Sie war noch immer sehr schwach und konnte nicht aus eigener Kraft stehen. Obwohl ihre Füße den Boden berührten, gaben ihre Knie nach und sie hing zitternd und ermattet im Harnisch.

Danach machte sich Tess an ihrer Taille zu schaffen und öffnete die drei Schnallen des Stützgürtels. Julie wimmerte wieder und wollte etwas sagen.

»Nur noch ein paar Sekunden.«

Aber Julies Wimmern wurde lauter und panischer, und sie starrte mit glasigen Augen über Tess' Schulter.

»Achtung«, murmelte sie.

Tess wollte sich gerade umdrehen, als der Schlag kam. Etwas Schweres krachte gegen ihre Schläfe, und sie sackte verwirrt zu Boden und sah erst mal nur Sterne. Irritiert kroch sie rückwärts, bis sie die Wand erreichte, und sah sich nach ihrem Angreifer um.

»Das ist mein Sohn, du verdammte Schlampe«, schimpfte der Mann.

Dann sah sie ihn, Matthew Dahlers Vater, der ihr den

Rücken zuwandte und die Hand nach einem Baseballschläger ausstreckte, der auf der Arbeitsplatte lag. Tess zog die Waffe und schoss, als er sich gerade wieder zu ihr umdrehte. Die Kugel bohrte sich in seine Schläfe. Er landete mit lautem Knall nicht weit von seinem Sohn entfernt auf dem Boden, und Blut quoll aus der Wunde an seinem Kopf.

Matthew schlug stöhnend die Augen auf. Als er die Leiche seines Vaters sah, musste er grinsen.

»Armer alter Dad. Er war immer auf meiner Seite, was ich auch getan habe. Wahrscheinlich hat es ihm tief in seinem Inneren sogar gefallen. Die Vorstellung, sich an Mom zu rächen, reizte ihn.«

Tess richtete die Waffe auf ihn und ging in Schussposition, obwohl sie erschöpft und ausgelaugt war und keine Kraft in der linken Schulter hatte.

»Verhafte mich«, verlangte Dahler und streckte ihr die Handgelenke entgegen, damit sie ihm Handschellen anlegen konnte. »Ich werde morgen wieder auf freiem Fuß sein, dazu muss ich nur allen erzählen, wie wir beide uns damals amüsiert haben.«

Julie stöhnte leise.

»Das hier war etwas Persönliches, eine Vendetta, ein Plan, um sich an mir zu rächen. Das wird jeder erkennen.«

»Auf den Boden, Gesicht nach unten, Hände hinter den Kopf. Und zwar sofort«, ordnete Tess an. Sie würde sich nicht auf die Psychospielchen dieses Mistkerls einlassen.

»Mein Fehler … Mein einziger Fehler steht direkt vor mir.« Er lachte auf. »Siehst du schon die Schlagzeilen? Wir beide werden so viel Spaß haben. Wie in alten Zeiten.«

Er zwinkerte ihr zu, und Tess kämpfte gegen den in ihr aufbrodelnden Zorn an.

»Auf den Boden. Sofort«, wiederholte sie.

»Oder was? Du kannst mich nicht erschießen, ich bin unbewaffnet und verwundet. Und ich werde aus der Sache rauskommen. Sie wird kein Wort sagen«, er deutete mit dem Kinn auf Julie. »Sie wird nicht aussagen. Sie wird allen erzählen, dass es mit ihrem Einverständnis geschehen ist und dass das hier eine Falle war. Eine alte, rachsüchtige Exfreundin mit Trennungsängsten, die FBI-Agentin geworden ist. Vergiss nicht, dass man Stillschweigen kaufen kann. Ebenso wie seine Freiheit.«

Tess warf Julie einen Blick zu, während sie die Waffe weiterhin auf Dahler richtete.

»Es soll aufhören«, flüsterte Julie kaum hörbar.

Dahler lachte.

»Es wird nie aufhören, weder für sie noch für dich, Theresa Winnett.«

Tess konnte ihr Erstaunen nicht verhehlen, als sie ihren Namen aus dem Mund dieses verabscheuungswürdigen Mannes hörte.

»Ja, ich erinnere mich an dich«, fuhr er fort, »an die, die entkommen ist. Die, die weggelaufen ist und Bundesagentin wurde. Die, die nie mein Gesicht gesehen hat … Oh, das muss dich sehr geärgert haben, nicht wahr, Theresa?«

Tess sah Julie an und nickte einmal. Julie erwiderte ihren Blick und nickte.

»Auf den Boden, und zwar sofort«, brüllte Tess und richtete die Waffe auf Dahlers Brust. »Das ist die letzte Warnung.«

Dann drückte sie den Abzug, einmal, zweimal, und jagte ihm zwei Kugeln in die Brust, bevor er auch nur reagieren konnte. Dahler erstarrte und riss erstaunt die

Augen auf, als das Leben aus seinem Körper wich. Tess stieß die Luft aus und holsterte ihre Waffe.

»Kommen Sie«, sagte sie und löste Julies letzte Fessel. »Es wird Zeit, dass wir von hier verschwinden.« Sie schaute sich schnell im Raum um und entdeckte ein hellblaues Bettlaken, in das sie Julie einwickelte, bevor sie ihr sanft half, sich auf eine Couch zu legen.

»Ich hole uns Hilfe, okay? Jetzt ist es wirklich vorbei.«

»Lassen Sie mich nicht allein«, murmelte Julie, in deren Stimme sich Panik einschlich.

»Das werde ich nicht. Ich bleibe hier.« Tess zog ihr Handy aus der Tasche und wählte Garys Nummer. Im nächsten Augenblick hörte sie sein Handy ganz in der Nähe klingeln, zu nah, direkt vor dem Fenster.

»Oh nein!« Sie keuchte auf und rannte ins Freie.

Und da war er. Er lag reglos auf dem Gras, und Blut sickerte aus einer Wunde an seinem Kopf. Sie untersuchte ihn rasch, konnte jedoch keine Schusswunde entdecken. Sein Puls war stabil, aber schwach. Während sie Hilfe rief, hörte sie Sirenen näher kommen, und dann fuhr auch schon ein SWAT-Truck, gefolgt von SAC Pearsons SUV, vor dem Haus vor.

Tess wartete nur so lange, bis sie sich vergewissert hatte, dass man sich um Gary kümmerte. Dann eilte sie wieder ins Haus zu Julie und hielt ihre Hand, während sie zuhörte, wie das SWAT-Team das Haus durchsuchte.

Einer der Männer schlug vor, Julie zum Krankenwagen zu tragen, doch die junge Frau wimmerte nur und wandte den Kopf ab.

»Fassen Sie sie nicht an«, verlangte Tess und drückte Julies Hand. »Die Sanitäter sollen sie auf einer Trage rausbringen. Keiner berührt sie, haben Sie verstanden?«

## 45. Eine Einladung

Tess saß auf der Heckstoßstange des Rettungswagens, während ein Sanitäter sie verarztete. Der Adrenalinstoß war abgeflaut, und nun machten sich die Schmerzen deutlich bemerkbar. Ihre linke Schulter hatte ordentlich was abbekommen, ihr Kopf dröhnte, und ihre Rippen hatten ein paar Schläge zu viel einstecken müssen. Aber das war alles nicht weiter wichtig, weil Julie am Leben und in Sicherheit war.

Der Sanitäter holte ein Blutdruckmessgerät aus dem Wagen, und Tess hielt ihm geistesabwesend den rechten Arm hin. Sie hatte sich noch nicht davon erholt, dass sie sich ihren Monstern hatte stellen müssen, dass sie mit einem Mal dem Mann gegenübergestanden hatte, der den Lauf ihres Lebens vor mehr als zehn Jahren entscheidend verändert hatte. Tess konnte es immer noch nicht wirklich glauben, dass der Killer und der Mann mit dem Schlangentattoo ein und dieselbe Person waren. Vielleicht konnte sie jetzt, wo sie dieses Monster vom Antlitz der Welt getilgt hatte, endlich wieder darauf hoffen zu leben.

»Winnett«, sagte SAC Pearson und hätte sie beinahe erschreckt.

»Sir.« Sie drehte sich zu ihm um, sodass er ihr zerschundenes Gesicht sehen konnte.

»Ich habe einen Haufen Beschwerden vorliegen. Palm Beach County hat zweimal angerufen und sich über Ihre herablassende Art und Ihre Missachtung der Regeln beschwert. Dann rief mich der Gouverneur direkt nach Ihrem Besuch bei den Dahlers an, nannte Ihren Namen und sagte, Sie hätten einer der angesehendsten Familien der Gegend unangemessene Fragen gestellt. Mrs Feldman Dahler steht gleich da vorn und droht uns alles Mögliche an, weil Sie das Haus ohne Durchsuchungsbefehl betreten haben.«

»Sir, ich …«

»Unterbrechen Sie mich nicht, Winnett. Wir haben uns doch schon mal darüber unterhalten, dass Sie andere ausreden lassen sollen.« Er fuhr sich mit einer Hand über den glänzenden Schädel und danach über das Gesicht. »Ich spreche es zwar nur ungern aus, aber es muss sein: Gute Arbeit.« Er seufzte schwer. »Ich will doch hoffen, dass es die Methode, welche Sie in diesem Fall auch immer angewandt haben mögen, nicht in die Handbücher in Quantico schafft. Was für ein grässliches Chaos.«

Ihre Mundwinkel zuckten.

»Ich gehe davon aus, dass Ihr Bericht ebenso chaotisch ausfallen wird wie das hier.« Er machte eine Geste, mit der er die Straße, auf der mehrere Einsatzfahrzeuge mit Blaulicht standen, mit einbezog. »Lassen Sie mich nicht zu lange darauf warten.«

»Nein, Sir.«

»Und, Winnett? Wenn Sie aus dem Erholungsurlaub zurückkehren, den man Ihnen verschreiben wird, bekommen Sie einen neuen Partner.«

»In Ordnung«, erwiderte sie und hatte auf einmal gar nichts mehr dagegen. Entweder war sie zu müde oder auf dem besten Weg, einiges anders anzugehen.

»In Ordnung?«, wiederholte Pearson. »Haben Sie sich etwa den Kopf gestoßen?« Er wartete nicht auf ihre Antwort, sondern drehte sich wie üblich um und ging weg, womit das Gespräch nach Pearson-Art beendet war.

Sie lächelte noch eine Weile, nachdem er längst weg war, während der Sanitäter ihr die Weste auszog und ihr T-Shirt zerschnitt, um ihre Schulter zu untersuchen. Seine Finger tanzten über ihre Haut, was sie jedoch nicht länger störte. Sie holte ihr Handy aus der Tasche und rief SSA McKenzies Nummer auf, starrte sie einige Zeit an, beschloss dann jedoch, ihn später in einem ruhigeren Moment anzurufen. Es wurde Zeit, dass ihr Heilungsprozess begann.

»Das muss geröntgt und möglicherweise operiert werden«, teilte ihr der Sanitäter mit. Er war ein junger Mann von Ende zwanzig mit ruhigen, kühlen Fingern und einer besänftigenden Ausstrahlung. »Es könnten einige Sehnen und Nerven gerissen sein. In diesem Fall sind noch weitere Röntgenaufnahmen nötig. Wir nehmen Sie mit ins Krankenhaus.«

»Okay«, erwiderte sie nicht gerade erfreut. Sie sehnte sich nach einer heißen Dusche und Cats Burgern mit Pommes frites. Am liebsten hätte sie gleich einen doppelten Burger mit Käse, Bacon und Gurke gegessen. Schlecht fürs Herz, gut für die Seele, Therapie auf Cat-Art. Auf einmal fiel ihr etwas ein, und ihr erstarrte erneut das Blut in den Adern, während sie heftiger Widerwille überkam.

»Hey, würde es Ihnen etwas ausmachen, mal hier am Haaransatz nachzusehen?«, bat sie und zeigte dem Sanitäter die linke Halsseite. »Ich kann das nicht sehen … Was ist da? Vielleicht eine Narbe?«

»Da ist nichts; es blutet nicht einmal«, antwortete der Mann. »Sieht nach einer alten Verletzung aus.«

»Ja, aber was genau ist da?«

Er fuhr mit einem behandschuhten Finger über die Stelle.

»Da sind drei sehr schmale parallele Linien. Wie flache Schnitte oder so. Wissen Sie nicht mehr, wie das passiert ist?«

»Nein.« Sie erschauderte. »Das tue ich nicht. Aber das ist Jahre her und nicht mehr von Bedeutung. Wie geht es meinem Partner Gary Michowsky?«

»Es geht ihm gut. Er hat eine Gehirnerschütterung und muss auch ins Krankenhaus.«

»Ist er bei Bewusstsein?«

»Ja, er ist da vorn und macht Scherereien. Aber was will man von einem Polizisten schon erwarten?« Der Sanitäter schnaufte und zeigte auf Gary, der auf einer Trage saß, während zwei Sanitäter versuchten, ihn zum Hinlegen zu bewegen.

»Geben Sie mir eine Minute?« Sie stand auf, was sie sofort bereute, da die abrupte Bewegung den Schmerz in ihrer Schulter und ihrem Kopf aufleben ließ. Dann ging sie zu Michowsky und legte ihm eine Hand auf die Schulter.

»Legen Sie sich hin. Es ist vorbei«, sagte sie. »Sie können sich jetzt entspannen.«

»Es geht mir gut. Ich will nicht wie ein Baby durch die Gegend getragen werden. Davon wird mir schwindlig.«

Sie beugte sich vor und raunte ihm ins Ohr: »Legen Sie sich hin, oder ich erzähle allen von Ihrer Midlifecrisis.« Augenzwinkernd sah sie zu, wie er sich hinlegte und von den Sanitätern auf der Trage anschnallen ließ. »Wir beide gehen auf dieselbe Röntgenparty. Also entspannen Sie sich. Vielleicht verraten Sie mir ja eines Tages, was Sie in Dahlers Garten gemacht haben, wo Sie doch im Wagen warten sollten.« Sie zögerte und musste lächeln. »Danke, dass Sie mir den Rücken freigehalten haben«, fügte sie hinzu.

Er scheuchte sie mit einer Handbewegung weg.

»Winnett?«

»Ja?«

»Gehen wir mal einen Mojito trinken, wenn wir diesen Mist hinter uns haben? Aber einen richtigen.«

Sie grinste und wandte sich ab.

»Hey, Winnett?«, rief er ihr hinterher.

Tess drehte sich auf dem Absatz um, seufzte übertrieben, lächelte aber immer noch.

»Was denn?«

»Für eine eingebildete FBI-Zicke sind Sie gar nicht mal so übel.«

ENDE

## *Die Kunst des Tötens*

Paul Buderath
DER KÜNSTLER
Thriller
DEU
296 Seiten
ISBN 978-3-7413-0168-1

Nachdem in einer leerstehenden Wohnung im Essener Norden abgeschlagene Köpfe entdeckt wurden, steht Kommissar Alexander Michelsen vor einem Rätsel. Doch als bald darauf eine weitere Tote gefunden wird, die das gleiche Tattoo trägt wie einer der Enthaupteten, muss man von einem Serientäter ausgehen. Die Vermutung liegt nahe, dass der Täter weitere Morde plant ...